KB161405

계약직
아내
2

계약직 아내 2

ⓒ류다현 2015

초판1쇄 인쇄   2015년 5월 10일
초판4쇄 발행   2019년 5월 9일

지은이   류다현

펴낸이   박대일
편집   이문영 · 임유리 · 박현주
교정   문정
마케팅   송재진
표지디자인   김은희

펴낸곳   파란미디어
출판등록   2004년 9월 14일 제313—2004—00214호

주소   04072 서울시 마포구 성지1길 32—36 (합정동)
전화   02.3141.5589(영업부) 070.4616.2012(편집부)
팩스   02.3141.5590
전자우편   paranbook@gmail.com
카페   http://cafe.naver.com/paranmedia
페이스북   http://www.facebook.com/paranbook

ISBN   978-89-6371-188-1(04810)
    978-89-6371-186-7(전2권)

계약직 아내

2

류다현 장편소설

파란

20

아침 식탁에 앉은 석금과 연희, 민호는 묵묵히 밥만 먹었다. 평소에도 그리 대화가 많은 편은 아니었지만 요즘 식탁을 잠식하고 있는 침묵은 무거웠고, 어두웠고 또 차가웠다. 차 실장이 정성을 다해 식탁을 차려도 시원찮은 젓가락질만 오갔다.

진영이 민호의 가족과 이 식탁에 둘러앉아 함께 밥을 먹은 적은 한 번도 없었다. 그럼에도 그녀가 이 집에 없다는 것을 세 사람은 역력히 느꼈다. 늘 등 뒤에서 세 사람의 식사를 챙기던 그 살뜰한 손길이 만들어 낸 온기가 그리웠다.

석금이 침묵을 깼다.

"차 실장."

"네, 회장님."

차 실장이 부리나케 달려왔다.

"소금 좀 주게. 국이 싱겁네."

차 실장은 서둘러 소금을 작은 그릇에 담아 왔다. 그러면서 고개를 갸웃거렸다. 국은 싱겁지 않았다. 게다가 석금은 혈압 때문에 늘 싱겁게 먹는 버릇이 있었다.

석금은 국에다 소금을 넣어 휘휘 저은 후 한 숟갈 떴다. 여전히 맛이 없었다. 차 실장이 솜씨가 없는 게 아닌데, 뭔가 빠진 맛이었다.

"저, 내일 아침엔 순두붓국이라도 끓일까요?"

차 실장이 영 식사를 못 하는 석금을 보며 조심스럽게 물었다.

"사서 만든 순두부로는 그 맛이 영 안 나. 괜히 고생하지 마시게."

차 실장은 송구한 얼굴로 주방으로 물러갔다.

"이제 올 때가 되지 않았니?"

연희는 기어이 진영의 이야기를 꺼냈다.

석금이 못마땅한 얼굴로 숟가락을 내려놓았다. 탕, 하는 소리가 불편한 심기를 그대로 드러냈다. 연희는 힐끔 석금의 눈치를 보았다. 자신이 갑자기 다치는 바람에 결과적으로 진영이 인선의 임종을 지키지 못하게 돼서 연희의 마음도 불편하기 그지없었다.

심술을 부리려고 진영의 이야기를 꺼낸 것이 아니었다. 세상을 떠난 시어머니처럼 진영 역시 연희에게 단 한 번도 곁을 내준 적도, 따스한 미소를 지어 준 적도 없었지만 연희는 진영의 안부가 궁금했다. 진영으로부터는 전화 한 통도 없었다. 그런데 두 남자는 약속이라도 한 듯 입을 꾹 다물고 있었다.

'전화 한 통 없는 걸 보면 정말 내가 싫은 모양이네.'

연희도 자기 성격이 얼마나 사람들을 피곤하게 하는지 알고 있었다. 하지만 그런 식으로라도 자기 존재를 확인받지 않으면 견딜 수가 없었다. 연희도 나약하고 철없는 자기가 싫었다.

처음부터 그랬던 건 아니었다. 연희에게도 남편에게 사랑받고 살고 싶다는 꿈이 있었다. 나이 차이 많이 나는 남편이니 아빠처럼 오빠처럼 귀여워해 줬으면 좋겠다고 생각했다. 그런 소녀 같은 순수한 꿈은 결혼한 바로 다음 날 박살났다. 연희를 깨운 건 남편의 다정한 입맞춤이 아니라 시어머니의 호령 소리였다.

남편에게 의지할 수 없으니 아들에게라도 의지하고 싶었지만 민호 역시 시어머니가 빼앗아 갔다. 민호는 연희의 아들이 아니라 영분의 둘째 아들이었다. 시어머니는 연희가 민호를 안고 어르는 것도 곱게 보지 못했다. 집안살림은 분희의 몫이었다. 연희는 자신이 씨받이 같다는 자괴감마저 들었다. 집안 어디에도 연희의 자리가 없었다. 그런 연희의 괴로움을 석금은 이해하지 못했다. 결혼을 하면 여자는 시집에 모든 것을 맞춰 사는 게 당연하다고 생각하는 사람이었다.

석금에게 어머니는 자신을 위해 모든 것을 내준 사람이었고, 피붙이도 아닌 분희를 친딸처럼 키워 낸 사람이었다. 부리는 사람에게도 영분은 늘 대우가 후했다. 영분은 오직 연희에게만 박했다. 인자한 영분도 '시' 자가 붙는 순간, 전혀 다른 인격이 된다는 것을 석금은 몰랐다.

이혼은 꿈도 꿀 수 없던 시절이었다. 견디는 것 말고는 방법이 없었다. 한계에 이르면 자기도 모르게 폭발했고, 그럴수록 남편과 아들은 멀어졌다.

그런 자신을 견뎌 낸 이는 진영뿐이었다. 욕실에서 미끄러졌던 그날, 연희는 진영을 친정에 보내지 않으려던 게 아니었다. 못마땅하긴 했지만 남편이 보내라고 했으니 군말 없이 보내 줄 생각이었다. 그런데 그렇게 쉽게 팔이 부러질 줄은 몰랐다. 욕실에서 균형을 잃고 미끄러진 순간, 연희는 머릿속이 하얗게 됐다. 패닉에 빠진 연희가 그 순간 의지할 사람은 진영밖에 없었다. 이상한 일이었다. 왜 남편인 석금도, 아들인 민호도 아닌 진영에게 의지했을까? 이런 게 미운 정이라는 걸까?

연희는 한 번도 진영을 좋아한 적이 없었다. 처음 만난 순간부터 싫었다. 찔러도 피 한 방울 안 날 아이였고, 성격적으로도 맞지 않았다. 도무지 무슨 생각을 하는지 알 수 없었다. 그러나 진영은 한 번도 연희에게서 도망친 적이 없었다. 늘 그 자리에 있었다. 좋든 싫든 말이다.

어쩌면 가족이란 그런 것일지도 모르겠다고 연희는 생각했다. 좋아서가 아니라 싫어도 함께 있어 주는 존재, 결혼 생활 내내 연희에겐 그런 존재가 필요했었다. 그런데 그런 존재가 남편도 아들도 아닌, 미워하는 며느리 진영이라는 게 아이러니했다. 진영의 존재 때문인지 민호의 결혼 후 연희는 히스테리와 우울증이 현저하게 줄었다. 매년 두세 번은 발발하던 대상 포진도 없었다.

연희는 최대한 상냥한 목소리로 말했다.

"나 편하자고 오라는 거 아니야. 친정이라고 해도 남동생 하나밖에 없잖아. 걔가 거기 있으면 남동생 밥하고 빨래하느라 오히려 쉬지도 못하지 않겠니? 내가 설마 친정엄마 장사 지내고 온 애를 어떻게 할까 봐 그래? 걔가 정 불편하다면 내가 교토에 있는 큰언니 집에 한 달 정도 다녀올게."

민호는 여전히 묵묵부답이었다. 연희는 힐끗 민호의 밥그릇을 봤다. 3분의 1도 채 비우지 못하고 헛숟가락질만 하고 있었다. 석금이 말했다.

"당신이 없어도 여기 있으면 눈앞에 일이 있는데 쉴 수 있겠어?"

"차 실장 있잖아요. 민호야, 내가 전화할까?"

그제야 민호는 움찔했다. 민호는 연희를 바라보며 말했다.

"그러지 마세요. 아직 많이 안 좋아요. 잠도 못 자고, 밥도 잘 못 먹는대요."

잠도 못 자고 밥도 못 먹는 건 민호도 마찬가지였다. 일을 하다가도 자신도 모르게 멍하니 있을 때가 많았다. 심장을 조이는 가장 중요한 나사가 어딘가에서 빠져 버린 것 같았다. 민호는 고개를 푹 숙이고 밥을 먹는 시늉을 했다.

"너, 뭐 고민 있니?"

연희가 물었다. 아무리 봐도 아들이 어딘가 이상했다. 민호는 아무 대답도 하지 않았다.

"여보, 요즘 회사가 어려워요?"

연희가 석금에게 물었다. 연희가 회사 일에 대해 묻는 것은 난생 처음이었다. 석금도 민호의 어두운 안색이 내심 마음에 걸렸지만 아무렇지 않은 목소리로 말했다.

"장모도 부모인데, 상 치르고 난 애 얼굴이 그럼 밝겠어?"

민호 편을 들어 줬지만 석금 역시 민호가 이상한 것이 그것 때문이 아니라는 것을 알고 있었다.

"양평은 어떠냐? 네 고모가 네 처 걱정을 많이 하던데, 거기서 몇 주 쉬는 건 어떠냐? 종로 프로젝트도 마무리 단계이니 너도 네 처랑 같이 며칠 쉬다 오너라."

"아유, 거긴 왜……."

연희가 이맛살을 찌푸리며 싫은 티를 냈지만 민호가 연희의 말허리를 끊었다.

"그게 좋겠네요. 진영이만 보낼게요."

거기라면 진영이 마음 편하게 쉴 수 있을 것 같았다.

"너도 같이 가거라. 상 치르는 거 보통 일 아니야. 좀 쉬어야지."

"휴가를 가도 아랫사람들 먼저 보내고 가야죠. 다들 몇 달 동안 야근에 주말근무에 제대로 쉬지도 못했어요."

석금은 민호의 입에서 나온 말이 대견하기 그지없었다. 확실히 아들은 변했다. 그리고 아들이 이렇게 철이 든 건 진영 덕분이었다.

"그럼 내가 분희에게 전화하마."

연희는 자기를 꼭 빼놓고 진영에 대해 이야기를 나누는 석금과 민호를 바라보았다. 두 사람은 진심으로 진영을 걱정하고 있었다. 부러우면서도 속이 상했다. 어쩌면 자신도 그렇게 되돌릴 수 있는 순간이 있었을지도 몰랐다.

시어머니가 증오스러웠고, 자신을 보호해 주지 않고 밖으로 도는 남편이 원망스러웠다. 그러나 한 번이라도 그 증오와 원망을 내려놓았다면 어땠을까? 그랬다면, 여전히 아물지 않은 상처는 있었겠지만 아들과 남편의 관심과 배려는 받지 않았을까?

민호를 낳음으로써 가족이라는 끈에 묶였지만, 어쩌면 그 끈은 생각한 것처럼 단단하지 않은 것일지도 몰랐다. 보는 사람이 없으면 순식간에 신기루처럼 사라질 끈 같았다.

내가 죽으면 이 두 사람은 슬퍼할까?

연희는 장례식에서 온몸이 부서져라 울음을 토해 내던 진영을 떠올렸다. 낳아 주지 않았어도 기른 정만으로도 그렇게 울 수 있는 것이었다. 민호는 그렇게 울어 주지 않을 것 같았다. 연희는 민호에게 준 것이 거의 없었다. 그것은 연희가 이 세상을 떠난 후에 민호가 연희를 기억할 만한 것이 거의 없다는 뜻이기도 했다. 연희는 숟가락을 놓고 자리에서 일어났다. 석금도 민호도 연희에게 왜 일어나는지를 묻지 않았다.

출근 준비를 다 하고도 진형은 선뜻 집을 나서지 못했다. 자꾸만 잔소리가 입 밖으로 튀어나왔다.

"설거지는 내가 와서 할 테니까 개수대에 쌓아 놓기만 해. 50분 공부한 후에는 꼭 10분 쉬고, 스트레칭하는 것도 잊지 마. 도시락은 식으면 바로 냉장고에 넣어야 해. 요즘 날씨가 더워서 쉴 수 있어."

"알았어."

진영은 순순히 대꾸했다.

"대답은 그렇게 해 놓고 늘 설거지해 놓잖아. 이번에도 해 놓으면 화낼 거야."

진영은 가볍게 웃었다. 진형은 진영의 웃는 얼굴이 믿기지 않았다. 이제야 진형이 아는 누나가 돌아온 것 같았다.

민호가 하룻밤 다녀간 후 갑자기 달라진 진영의 모습에 진형은 깜짝 놀랐다.

식사량도 늘었고, 밤에는 서너 시간이지만 눈도 붙이는 것 같았다. 그것만으로도 충분히 놀라운데 진영은 임용시험 공부를 시작했다. 좀 쉬다 하라는 진형의 말에 진영은 고개를 가로저으며 말했다.

"임용시험 봐서 교사가 되기로 엄마하고 약속했어."

"사돈댁에서 누나가 공부한다고 뭐라고 하지 않아?"

"민호 씨한테 허락받은 거야."

그런 집에서 진영의 임용시험 공부를 허락했다는 게 진형에게는 좀 의외였다.

"7시 반쯤 집에 올 거야."

진형은 현관에서 구두를 신으며 말했다.

"너 그렇게 매일 칼퇴근하면 안 찍혀?"

진형은 매일같이 일거리를 산더미같이 들고 집에 왔다.

"회사에서 할 일은 회사에서 하고, 집에서 할 일은 집에서 하는 거지. 별 신경을 다 쓴다. 그렇게 잡생각 다 하면서 언제 시험에 붙어? 시험은 단번에 붙어야 돼. 100미터 전력 질주했는데, 또 뛰면 기록이 나겠어? 2년, 3년 붙잡고 있으면 더 힘들어. 시험공부는 학문연구가 아니야. 요령이고 테크닉이고 일정 관리라고. 올 11월까지는 잡생각하지 말고 공부만 해. 한 번에 붙어야 그쪽 집에서도 아무 말 안 할 거 아니야."

진영이 하품을 했다.

"어제는 몇 시간 잤어?"

"다섯 시간."

"그런데 왜 그렇게 피곤해 보여? 한숨도 못 잔 사람 같아."

또 진형이 잔소리할 기색을 보이자 진영이 말을 끊었다.

"어서 가. 회사 늦겠다. 앞으로 수지 씨가 음식 준다고 덥석 받아 오지 마. 결혼하면 하기 싫어도 해야 하는 게 요리인데 왜 벌써부터 요리를 시켜? 이제 나 기운 차렸어. 음식은 내가 알아서 할게."

"시키긴 누가 시켜? 수지가 누나 걱정돼서 어머님이 싸 주시는 거 가져오는 거야."

"가지고 오는 것도 일이지. 그리고 퇴근하고 바로 집에 오지 말고 데이트 좀 해."

진영은 처음 본 순간부터 수지가 마음에 들었다. 동글동글,

모난 곳이 없는 사람이었다. 자기와는 정반대의 타입이라 오히려 더 끌렸다. 엄마가 죽기 전에 수지를 만나고 간 것이 진영에겐 큰 위로였고, 위안이었다.

진영이 수지 이야기를 꺼내자 진형은 민호 생각이 났다.

"매형은 요즘 바쁜가 보네."

하루에 한 번 하던 전화가 끊긴 지 꽤 되었다.

"응. 프로젝트가 막바지라 많이 바빠."

진영은 짧게 대꾸했다. 이제 진형이 민호를 매형으로 부를 날도 얼마 남지 않았다.

"누나, 나 다녀올게."

진영은 진형을 배웅하면서 민호 생각을 했다.

그 사람도 출근했을까? 아침은 잘 챙겨 먹었나? 넥타이는 뭘 맸을까? 누가 배웅은 해 줬을까?

넥타이를 매 줄 때면 민호는 늘 진영을 뚫어지게 쳐다보았다. 꼭 눈동자에 진영을 새겨 넣기라도 하는 듯했다. 출근할 때면 늘 이마나 입술에 가볍게 키스를 했다. 헤어지는 게 못 견디게 힘들다는 듯 굴었다. 차 앞에서 민호를 배웅한 후에도 진영은 차가 보이지 않을 때까지 서 있곤 했다. 민호가 몇 번이나 미러로 진영이 있는지 확인하는 기분이 들었기 때문이다. 민호는 퇴근할 때면 아무리 힘들고 컨디션이 좋지 않아도 진영을 보면서 미소 지었다.

민호를 생각하자 진영은 갑자기 어지러워졌다. 온몸이 단단한 밧줄에 꽁꽁 묶인 듯 옴짝달싹할 수 없었고, 무언가 터질 듯

파란미디어 도서목록

상상의 경계를 허문다
이야기의 힘을 믿는다

파란

e-mail paranbook@gmail.com
cafe cafe.naver.com/paranmedia
facebook facebook.com/paranbook
tel 02. 3141. 5589 fax 02. 3141. 5590

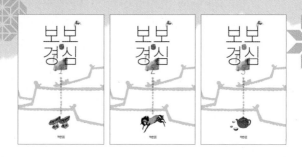

중국 최고의 로맨스 작가 동화 桐華

보보경심 전정은 옮김 | 각 권 14,500원(전3권)

중국 120만 부 화제의 밀리언셀러!
SBS 드라마 '달의 연인-보보경심 려' 원작 소설

18세기 초 청나라 강희제 시대로 시간을 거슬러 간
21세기 중국 여성 장효의 사랑과 운명!

장효/마이태 약희
불의의 사고로 300여 년 전 과거로 타임슬립한다. 피로 얼룩질 황자들의 운명을
알고 있는 약희는 비정한 역사의 흐름에 휩쓸리지 않으려 애쓰지만
오히려 점점 깊이 개입하게 된다.

사황자 윤진
카리스마 넘치는 절대군주. 속을 알 수 없는 냉랭함으로 약희를 혼란스럽게 만들지만
약희가 태자와 원치 않는 혼인을 할 위기에 처하자 드디어 움직이기 시작한다.

팔황자 윤사
사고뭉치지만 사랑스러운 약희를 애틋하게 보살피며 약희와의 사랑을 키워 간다.
그러나 권력과 사랑, 둘 중 하나를 선택하길 바라는 약희의 요구에 크게 갈등한다.

© 步步驚心 보보경심

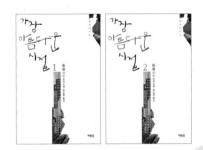

가장 아름다운 시절

유소영 옮김 | 각 권 13,000원(전2권)

동화 작가의 첫 현대소설! 드라마 '최미적시광'의 원작
도시를 배경으로 하는 네 남녀의 얽히고설킨 오피스 로맨스!
첫사랑의 회사로 이직한 주인공 쑤만의 고군분투 사랑 쟁취기!

ⓒ 最美的时光 가장 아름다운 시절

특별한 로맨스가 온다! '파란썸(some)'은 파란미디어의 해외 문학 브랜드입니다.
파란썸의 책들을 전자책 서점에서도 만나보세요!

새로운 스케일의 이야기가 온다!

◆

화천골 과과 지음 · 전정은 옮김 | 각 권 13,000원(전4권)

100만 독자가 추천한 베스트셀러!
6억 명이 열광한 인기 드라마 '화천골'의 원작소설

그녀는 팔자가 사납고 음기가 너무 강했다.
그녀가 태어날 때 어머니는 난산으로 숨지고 성 안은 이상한 향기가 가득했다.
봄날의 수많은 꽃들이 단숨에 시들어 그녀는 화천골花千骨이라는 이름을 얻었다.

귀신과 요괴에 시달리며 외롭게 자란 소녀, 화천골.
절대 닿을 수 없는 스승 백자화에게 마음을 빼앗기며 가혹한 운명에 맞서다!

화천골
"앞으로는 소골이 함께할게요. 제가 사부님 곁에 있으니, 더 이상 혼자가 아니에요."
기이한 운명을 벗어나기 위해 노력하지만 스승 백자화에게 허락되지 않은 마음을
품게 되면서 스스로 금기의 덫에 몸을 던진다.

백자화
"백자화의 생에 제자는 화천골, 단 한 명뿐입니다."
달빛이 쏟아지는 것처럼 우아하고 초연한 장류산의 상선. 그 누구도 제자로 들이지
않았던 그에게 화천골이 들어오면서 그의 마음속에서도 미묘한 파동이 생겨난다.

이 조마조마했다. 누군가 심장을 제멋대로 주무르는 것처럼 아팠다. 알 수 없는 소용돌이에 말려 들어가는 기분이 들었다. 속수무책으로 밀려오는 파도에 중심을 잃고 제멋대로 바다 위를 표류하는 기분이었다.

진영은 소파에 털썩 몸을 맡겼다.

그 사람……, 울었지.

인선을 보내고 진영은 눈을 감고 귀를 막았다. 자기 자신을 견딜 수가 없었다. 자신은 살 가치가 없는 인간 같았다. 어둠 속으로 침잠해, 파도가 바위를 깎듯 천천히 흐르는 시간 속에서 자기 자신이 닳아 없어져 버렸으면 좋겠다고 생각했다. 그런데 아무도 들어올 수 없었던 그 안으로 민호가 들어왔다. 어떻게? 어떻게 당신이 여기 들어온 거지? 진영은 이해할 수 없었다.

진영은 손바닥을 물끄러미 바라보았다. 민호의 뺨을 세게 쳤던 감촉과 민호가 키스했던 감촉이 고스란히 남아 있었다. 그 일은 진영의 마음에 지진을 일으켰다. 왜 맞았는데도 가만히 있지? 왜 때리는 대신 키스를 하는 거지?

더 이상 민호를 생각하지 않으려고 진영은 주방 개수대 앞에 서서 설거지를 했다. 차가운 물에 손을 담그니 기분이 아주 조금 나아졌다. 그릇을 다 씻은 후에는 냉장고 청소도 했다. 화장실도 청소했다. 집안일에 서툰 진형이라 구석구석 먼지가 쌓여 있었다. 오랜만에 물걸레질을 했더니 집안이 빛이 나는 것 같았다.

커피 한 잔을 마신 후 진영은 공부를 하기 위해 책을 폈다. 막 공부를 시작하려는데 전화벨이 울렸다. 민호였다. 이혼 이야기를 한 그날 이후 처음 온 연락이었다. 진영은 전화를 받았다.

— 아파트 앞이야. 내려와.

'여보세요?'라는 말도 없이 민호는 짧게 용건만 말하고 전화를 끊었다.

진영은 심장이 두근거렸다.

'이혼 이야기를 하려고 온 걸까?'

그것 말고는 민호가 진영을 찾아올 용건이 없었다.

그날 민호는 분명 이혼해 주겠다고 말했다.

너무 쉽게, 너무 금방 대답이 나와서 도리어 진영이 놀랐다.

정말 나는 당신을 모르겠어. 그래서 당신을 어떻게 대해야 할지 모르겠어.

당신은 도대체 내게 뭘 원하는 거지? 난 당신에게 뭘 줘야 하지?

진영은 어떤 얼굴로 민호를 만나야 할지 도무지 알 수 없었다. 당황스러운 얼굴로 진영은 거실을 계속 오락가락했다. 진영은 베란다로 나가 밖을 내다보았다. 민호의 차가 보였다. 진영은 마치 무언가에 끌리기라도 하듯 현관문을 열고 밖으로 나갔다.

전화를 끊고 민호는 멍하니 운전석에 등을 기댄 채 아파트 입구를 바라보았다.

16

이혼해 주겠다고 말했지만 민호는 여전히 자신이 없었다. 그래서 진영에게 연락을 할 수가 없었다. 전화를 걸거나 얼굴을 마주하는 순간, 진영은 바로 물을 것이 분명했다.

우리 이혼은요?

보내 줘야 한다. 못 보낸다. 매 순간, 민호는 머릿속에서 결론이 나지 않는 격전을 벌이느라 온몸이 젖은 솜처럼 무거웠다. 하지만 보내 줘야 했다. 진영은 그와 있는 것이 행복하지 않다고 했다. 그 말이 민호의 심장에 쿡 박혀서 매 순간 뜨겁게 타올랐다.

민호는 서류 가방 속에 들어 있는 이혼 서류를 떠올렸다. 여전히 민호가 써야 할 칸은 비어 있는 채였다. 도저히 쓸 수가 없었다.

민호는 아파트 건물 입구를 흘끔 바라보았다. 전화를 건 지 5분은 족히 흐른 것 같은데 여전히 진영의 모습은 보이지 않았다. 민호는 운전대에 잠시 엎드렸다. 피곤해 죽을 것만 같았다. 며칠째 거의 자지 못해 눈이 뻑뻑했다. 침대에 누워 용케 잠이 들어도 무의식중에 매번 진영이 있는지를 확인하다 차가운 촉감에 벼락이라도 맞은 듯 소스라치게 놀라서 깨곤 했다. 한참 후, 진영이 계속 이렇게 없을 거라는 것을 깨닫고 민호는 소리 내지 않고 울었다. 민호는 눈물이 말라도 울 수 있다는 것을 처음 알았다.

고개를 들자 진영이 차 쪽으로 걸어오고 있는 것이 보였다. 민호는 차에서 내렸다.

"짐 챙겨서 내려와."

진영의 표정이 굳었다.

"난 당신 집에 안 가요."

당신 집. 그 말이 또 민호를 아프게 후벼 팠다. 그 집에 당신이 있는 것만으로도 난 행복했는데, 당신에게 그 집은 감옥이었나? 다시는 돌아가고 싶지 않을 정도로?

"집에 데려가려고 온 거 아니야. 양평 고모님 댁에 데려다줄게."

"고모님 댁엔 왜요?"

"아버지가 거기서 며칠 쉬래. 고모도 대찬성이시고."

진영은 아무 말도 하지 않고 민호를 가만히 바라보기만 했다.

"왜? 곧 이혼할 남편의 아버지 말이라 듣고 싶지 않아?"

"고모님에게 폐가 될 것 같아요. 고모님, 무릎도 불편하시잖아요."

"네가 가서 도와주면 되잖아. 끝까지 완벽한 며느리 노릇 해야지. 당신, 아직 그만둔 거 아니잖아."

여전히 진영은 가겠다는 대답을 하지 않았다.

"네가 안 가면 고모가 여기로 음식 싸 들고 쳐들어오실 거야. 몇 번이나 널 보러 오시겠다는 걸 아버지가 말리셨어. 네가 안 가는 게 고모를 더 힘들게 하는 거야."

무릎 때문에 늘 고생하던 영천댁은 작년에 인공관절 수술을 받았다. 진영이 졌다.

"알았어요. 짐 챙겨서 내려올게요."

진영은 아파트로 들어가기 위해 서너 걸음 걷다가 멈추고 뒤를 돌아보았다.

"올라와서 기다릴래요?"

민호는 대답하지 않고 걸음을 뗐다.

진영은 방에 들어가 며칠 갈아입을 옷을 가방에 쌌다.

민호는 거실 소파에 앉았다. 탁자 위에 놓인 임용고시 수험서들이 눈에 거슬렸다. 보기 싫어서 민호는 눈을 감았다.

진영이 세수를 하려고 방을 나왔을 때 민호는 소파에 기대어 가느다랗게 코까지 골면서 자고 있었다.

"민호 씨."

진영은 민호의 어깨를 살며시 흔들었다. 몇 번을 흔든 후에야 민호가 가까스로 눈을 떴다. 진영은 그제야 민호의 눈을 자세히 볼 수 있었다. 핏발이 서 있었다.

"많이 피곤해요? 잠깐 눈 좀 붙일래요? 고모님 댁에는 나 혼자 가면 돼요."

민호는 말끄러미 진영을 바라보았다. 숨도 쉬지 않고 눈도 깜빡이지 않고 진영을 바라보았다. 마치 아무 일도 없었다는 듯, 진영은 평소와 똑같은 얼굴과 목소리였다. 민호는 먹먹한 느낌을 애써 감추고 무표정한 얼굴로 진영을 응시했다. 침묵이 버거워진 진영이 다시 민호를 불렀지만 민호는 미동도 하지 않았다.

"몇 시간이라도 편하게 베개 베고 이불 덮고 자요."

진영은 민호의 손을 살짝 잡았다. 그러나 민호는 그 손을 뿌리쳤다.

"난 네가 이러는 거 싫어."

진영은 이해할 수 없다는 듯한 눈빛으로 민호를 바라보았다.

"너, 지금 나를 일로 대하잖아."

"일이라니요?"

"이진영이 이렇게 친절하고 상냥한 사람이었던가?"

"한 번도 당신 앞에서 뭔가를 꾸미고 그랬던 적 없어요."

"그럼 지금 이러는 게 네 본심이야?"

"그래요."

민호의 표정이 더 굳었다.

"넌 아무렇지도 않니?"

"뭐가요?"

"지난 3년, 우린 부부 비슷한 걸로 살았어. 그리고 곧 헤어질 거야. 하다못해 다니던 회사를 그만둘 때도 뭔가 아쉬운 기분이 들기 마련이야. 그런데 넌 어떻게 그렇게 아무렇지 않은 얼굴이야?"

나지막한 목소리였지만 진영은 민호가 있는 대로 상처받았음을 알 수 있었다.

그럼 어떤 얼굴을 해야 하는데요? 웃을 수도 없고 울 수도 없잖아요. 그러니까 아무렇지 않은 얼굴을 할 수밖에요.

진영은 고개를 돌리며 뱉을 수 없는 말을 꿀꺽 삼켰다.

"너한테 난 뭐였니?"

진영은 대답하지 않았다. 민호가 쓰게 웃고 다시 눈을 감는 찰나 진영이 입을 열었다.

"모르겠어요."

민호가 눈을 떴다. 진영은 아까보다 더 작은 목소리로 말했다.

"모르겠어요."

진영은 혼란스러운 얼굴이었다.

"그러는 난 당신에게 뭔가요?"

민호는 말문이 막혔다. 너무도 명료한 답이라 대답할 수 없었다. 대답해도 진영이 이해하지 못할 거라고 생각했다. 어떻게 그걸 모를 수 있니? 민호는 오히려 그렇게 되묻고 싶었다.

"이혼, 번복할 생각 없니?"

진영은 길게 한숨을 쉬었다.

"내가 더 잘할게."

진영은 민호의 눈에서 절실함을 읽고 말았다. 그 눈은 버려진 강아지나 아기고양이의 눈 같았다. 마리아의 집에서 본 별님방 아이들의 눈빛과도 비슷했다. 제발 날 사랑해 달라고 애원하는 눈빛이었다.

"내가 널 행복하게 해 줄게. 내 옆에 있길 잘했다고 생각하게 만들어 줄게."

"생각할 시간을 줘요."

진영은 겨우 대답했다. 여기서 안 된다고 말하는 건 너무 잔인한 것 같았다. 언 발에 오줌 누는 것과 다를 바 없는 짓이라는 것을 알았지만 진영은 그렇게 말하고 고개를 돌렸다. 그렇게 진영은 또 자기 안의 벽으로 도망쳤다.

진영이 생각해 보겠다고 말하자 민호는 갑자기 긴장이 풀렸다.

"딱 한 시간만 자고 가자."

진영은 민호를 위해 작은 방에 요와 이불을 폈다.

"자요. 한 시간 후에 깨워 줄게요."

나가려는 진영을 민호가 막무가내로 잡고 이불 속으로 끌어들였다.

"미, 민호 씨."

"아무 짓도 안 해. 그냥 안고만 있을게."

민호는 진영을 품에 꼭 안았다. 이제야 살 것 같은 느낌이 들었다. 진영의 온기가 살갗에 닿고 진영의 체취가 폐부에 스며들었다.

"내가 자는 동안 반창고 노릇 좀 해. 병 주고 약 주는 이진영."

반창고라는 말에 진영은 또다시 울컥하는 기분이 들었다.

민호는 곧 잠이 들었다. 깊이 잠든 민호의 팔에서 힘이 풀렸고 진영은 자유의 몸이 되었다. 그러나 진영은 이불 밖으로 나가지 않았다. 그저 민호와 조금 떨어져 누웠다.

'어쩌려고 그런 말을 했어?'

진영은 익숙한 촉감에 흠칫 놀라며 몸을 떨었다. 민호가 진영의 머리카락을 만지작거렸다.

처음엔 민호가 머리카락을 만지는 것이 거슬려서 자다가 몇 번이나 깼었는데, 어느새 길들어 버린 것 같았다. 남편의 코고는 소리에 익숙해져 그 소리가 없으면 도리어 불안해서 잠을 못 잔다는 아내처럼 말이다.

민호의 손가락이 부드럽게 진영의 머리카락을 쥐었다. 진영은 머리카락으로 뻗은 민호의 손을 잡았다. 민호는 깊이 잠들어 진영이 손을 잡았다는 것을 느끼지 못하는 것 같았다.

민호의 손은 크고 무겁고 단단했다. 그렇지만 놀랄 만큼 포근했다. 진영은 옆으로 누워 두 손으로 민호의 손을 잡았다. 민호는 여전히 결혼반지를 끼고 있었다.

그러고 보니, 우린 손 잡고 어딘가를 걸어 본 적도 없구나.

연인이 아닌 부부로 살아간다는 것은 생활에 삼켜지는 것이기도 했다. 민호는 회사 일에 바빴고 진영은 집안일에 바빴다. 진영은 민호와 단둘이 있고 싶지 않아 의도적으로 바쁘게 움직였다. 민호는 둘만의 시간을 보내고 싶어 했지만 진영은 늘 그런 민호의 제안을 거절했다.

그 수많은 거절을 당할 때마다 당신은 아팠겠지?

사랑하지 않으면 상처받지도 않고 상처 주지도 않을 줄 알았는데.

민호 씨, 당신이 날 사랑한다고 할 때마다 난 당신이 나에게 들리지 않는 음악 소리에 맞춰 왈츠를 추자고 하는 것 같아요. 당신은 부드럽게 몸을 움직이지만 내게는 그 음악이 들리지 않아서 도대체 어떻게 몸을 움직여야 할지 모르겠어요. 당신이 내게 무엇을 말하고 싶은 건지, 무엇을 전하고 싶은 건지, 도대체 뭘 하려고 하는 건지, 뭘 해 줘야 하는 건지 알 수가 없어요. 그리고, 아주 많이 슬퍼요.

난, 난 어째서 이렇게 망가져 버린 걸까요?

그리고 당신은 왜 이렇게 망가진 나를 사랑한다고 하는 걸까요?

눈물이 고였다. 진영은 억지로 눈물을 삼켰다. 눈물이 식도를 타고 흐르는 것이 느껴졌다.

진영은 민호의 가슴팍에 손바닥을 댔다. 얇은 드레스 셔츠를 통해 민호의 뜨거운 체온과 건강한 심장 박동이 느껴졌다.

당신과 헤어진 후에, 난 무엇으로 당신을 기억하게 될까요?

당신의 온기, 한결같았던 당신의 온기. 그걸로 기억할게요. 당신은 내 평생 가장 따뜻한 사람이었어요.

진영은 머릿속이 깜깜해졌다. 퓨즈가 끊어진 것처럼 진영은 깊은 잠에 빠져들었다.

21

진영이 깼을 때는 이미 해가 지고 있었다. 진영은 그렇게 정신없이 자 버린 자신이 어이가 없었다. 어떻게 중간에 깨지도 않고 한나절을 꼬박 잤지? 진영은 옆에서 여전히 곤하게 자고 있는 민호를 바라보았다.

살짝 흔들어 봤지만 민호는 피곤하다는 듯, 으으 하는 신음 소리만 내고 옆으로 돌아누웠다. 진영은 자고 있는 민호에게 이불을 고쳐 덮어 주었다.

진영은 민호가 자는 모습을 한참 동안 바라보았다. 이상했다. 방 안의 공기가 달라진 기분이었다. 이 사람과 한 공간에 있다는 이유만으로 왜 내 마음이 이렇게 편안해지는 걸까? 매일매일 뭔가에 짓눌리던 기분, 뭔가에 쫓기는 듯했던 기분이 사라졌다. 어깨가 가벼워졌고, 숨쉬기가 편해졌다.

진영은 거실로 나가 진형에게 전화를 걸어 며칠 영천댁의 집에 다녀오겠다고 하고 영천댁의 집 주소와 전화번호를 알려 주었다. 그러고는 주방으로 가 저녁을 지었다. 점심도 먹지 않고 내처 잤으니 깨면 분명히 배가 고플 것이다. 반찬을 만들기에는 시간이 빠듯해서 진영은 비지찌개를 하려고 사 둔 비지와 불려 놓은 무청시래기로 비지밥을 했다. 들기름 냄새가 고소하게 집 안을 채울 때쯤 민호가 부스스한 얼굴로 방에서 나왔다.

"한 시간만 잔다고 했잖아. 깨우지 그랬어?"

"너무 곤하게 자서 그냥 뒀어요. 저녁 먹어요. 당신 좋아하는 비지밥 했어요."

민호는 식탁에 앉았다.

"너는 안 먹어?"

"배고파서 먼저 먹었어요."

진영은 거짓말을 했다. 민호는 김이 모락모락 나는 비지밥을 작은 그릇에 덜어 양념간장에 비볐다. 그동안 입맛이 없었던 것이 거짓말 같았다.

"한 그릇 더 먹을래요?"

"응."

진영은 비지밥을 한 그릇 더 퍼 왔다. 한 그릇을 다 먹었는데도 민호는 두 번째 그릇도 맛있게 먹었다. 진영은 민호가 맛있게 밥을 먹는 모습을 보는 게 좋았다. 그 모습을 보고 있자니 갑자기 진영도 배가 고파졌다. 진영은 얼마 안 남은 비지밥을 닥닥 긁어 와 양념간장에 비벼 먹었다. 엄마가 세상을 떠난 후 처음으로 뭔가를 맛있게 먹는 기분이었다. 진영은 그런 자신이 한심하고 또 죽은 엄마에게 죄스럽기까지 했다. 그렇지만 숟가락질을 멈출 수는 없었다.

밥을 다 먹은 후 진영이 말했다.

"당신은 집에 가요. 고모님 댁에는 내가 차 몰고 가면 돼요."

"아냐. 데려다줄게."

민호는 그 시간 동안만이라도 진영과 같이 있고 싶었다.

모처럼 푹 자고 입맛에 맞는 음식을 먹어서 그런지 민호는 기분이 편안했다. 그렇지만 진영의 눈에는 민호의 까칠한 얼굴과 핏발 선 눈이 들어왔다.

"얼굴이 왜 그렇게 까칠해요?"

"잠을 못 잤어. 당신이 옆에 없으니까 잠이 오지 않더라."

진영은 깊이 한숨을 쉬었다.

"내가 없다고 왜 잠을 못 자요?"

잠을 못 잔 건 진영도 마찬가지였다. 자꾸만 허전하다는 느낌이 들어 잠에서 깨곤 했다.

민호가 작은 목소리로 중얼거리듯 말했다.

"늘 있던 사람이 없으니까."

진영은 화제를 돌렸다.

"집에는 별일 없어요?"

"차 실장님이 고생이지. 그럭저럭 굴러가니까 당신은 걱정하지 말고 푹 쉬어."

민호는 혹시 진영이 신경 쓸까 봐 그렇게 말했지만 사실 집

안 꼴은 엉망이었다. 차 실장이 애를 쓰고는 있지만 집안은 어수선했다. 석금도 민호도 집에 들어오는 시간이 점점 늦어져 가족이 저녁 식사를 같이한 것도 손에 꼽을 정도였다. 민호가 결혼하기 전처럼 가족은 모래알처럼 다시 흩어졌다.

그럭저럭 굴러간다는 말을 들은 진영은 기분이 묘했다. 자신의 부재가 큰 문제가 아니라는 것처럼 들렸다. 하긴, 내가 하든 차 실장님이 하든 무슨 상관일까? 어차피 내 일은 누가 해도 그만인 그런 집안일이었을 뿐이야.

"이제 출발해야 할 것 같은데요. 더 늦으면 당신이 집에 갈 때 고생해요."

"밥 잘 먹었어. 오랜만에 밥 같은 밥을 먹은 기분이야."

위장뿐만 아니라 마음까지 따스하게 채워지는 한 끼였다. 민호는 식탁 옆에 차곡차곡 쌓아 둔 복숭아 통조림을 힐끗 바라보았다.

"이젠 복숭아 통조림 안 좋아해?"

"아, 아뇨."

"그런데 하나도 안 줄었네."

진영은 민호가 통조림 숫자까지 기억하고 있을 줄은 몰랐다.

"아프지 않아서요. 통조림은 아플 때만 먹어요."

"아프지 않았다면서 왜 얼굴이 그 모양이야?"

"잠을 잘 못 자서 그래요. 밥은 잘 챙겨 먹고 있어요. 굶으면 진형이가 야단이라서요."

겨우 민호는 다행이라는 듯 미소 지었다.

"내 걱정은 말아요."

민호는 손을 내밀어 진영의 뺨을 만지려고 했지만, 진영은 그 손을 피해 자리에서 일어났다.

"그릇 씻어야 해요."

민호는 손끝에 닿은 공기가 유난히 차갑게 느껴져 살짝 주먹을 쥐었다.

사막은 덥기만 한 줄 알았는데, 춥기도 하구나.

민호는 자리에서 일어나 영천댁에게 지금 서울에서 출발한다는 전화를 했다.

영천댁은 남편 성제와 함께 집 앞에서 손전등을 들고 서 있었다. 늦은 시간이라 민호는 차에서 내려 인사만 하고 바로 집으로 출발했다. 영천댁은 진영을 미리 치워 둔 안채의 손님방으로 데려갔다.

진영이 손님방에 멍하니 앉아 있는데 영천댁이 작은 상을 들고 들어왔다.

"죽 끓있다. 묵고 자라. 죽은 묵고 바로 자도 부대끼지 않으니까."

영천댁은 죽 그릇의 뚜껑을 열고 진영에게 숟가락을 쥐여 주었다.

"어여어여 한 술 뜨라. 식으면 맛없다."

숭어와 닭, 인삼과 황기로 끓인 보신어죽이었다.

"오늘 바깥어른이 장에 갔는데 실한 숭어가 있어서 니 보신

시킨다고 사 오신 기다. 아직 숭어 철이 아닌데 엄마가 니 먹으라고 보내셨나 보다."

엄마라는 말에 울컥하고 눈물이 쏟아질 것 같았다.

진영은 목이 메어 못 먹을 것 같았지만 그릇을 깨끗이 비웠다. 영천댁은 진영이 그릇을 비운 것을 보고 말했다.

"진영아, 니 그거 아나? 자식이 죽어서 따라 죽는 부모는 있지만 부모가 죽어서 따라 죽는 자식은 없대이. 그게 세상 이친 기라. 부모는 자식을 가슴에 묻고, 자식은 부모를 산에다 묻는다 카제? 부모 보낸 자식이 밥 잘 묵고 웃고 행복하고 그런 거 절대로 잘못 아니다. 부모는 말이다. 자식이 죽은 부모 때문에 밥 못 묵고, 울기만 하문 속 상해서 저승에서 제대로 쉬지도 몬 한다. 니 마음이 편해야 저 세상 간 니 엄마 마음도 편해지는 기다. 내 말 잘 알긋제?"

진영은 갑자기 눈물이 흘렀다. 영천댁은 진영의 등을 거칠지만 따스하게 쓰다듬으며 말했다. 꼭 인선이 쓰다듬어 주는 것 같았다.

"그라이까 니 오늘만 우는 기다. 알았제?"

"엄마가 보고 싶어요."

볼 수 없다는 것을 알면서도 진영은 미치도록 인선이 보고 싶었다. 엄마도 사람인데 왜 엄마는 꼭 안 죽을 것 같았을까? 바보 같은 생각이었지만, 진영은 늘 인선이 그 자리에 그대로 있을 것만 같았다. 언제든 함께할 시간이 있을 것만 같았다.

영천댁은 다 안다는 눈빛으로 진영을 보았다.

"엄마한테 너무 못된 딸이었어요. 엄마한테 받기만 하고 해 드린 것도 없고요."

진영은 영천댁에게 고백했다. 누군가에게 이 마음을 털어놓고 싶었다.

진영은 인선이 준 사랑을 사랑으로 되돌려 준 적이 없었다. 분명 인선은 알고 있었을 것이다. 진영이 착하고 순종적인 얼굴을 하고 있으면서도 마음속으로는 주판알을 튕기고 있다는 것을. 그 모습이 인선을 얼마나 마음 아프게 했을까? 인선은 공부 잘하는 딸도, 착한 딸도, 집안을 부양하는 딸도 원하지 않았다. 한 번도 인선은 진영에게 그렇게 하라고 말한 적이 없었다. 인선의 가장 큰 소망은 진영이 행복해지는 거였다. 그런데 진영은 그것을 몰랐다. 인선에게 행복한 모습을 보여 준 적도 없었다.

"와 해 준 게 없노? 니가 이 세상에 태어난 것만으로도 니는 부모에게 다 해 준 기다. 진영이 니도 부모가 되면 안다. 부모는 바보라서, 자식이 속 썩인 것 그거 다 잊어버리고, 기쁘게 해 준 것밖에 기억 몬 한다. 내도 내 배로 낳은 새끼가 둘이고, 남의 배 빌려 낳은 새끼가 넷이지만, 지나고 보이까 가들 때문에 속 썩은 건 기억이 하나도 안 나드라. 미운 날도 있었겠지. 근데 부모가 뭔지, 저노무 새끼 미워 죽겠다 싶더라도 내 보고 '엄마' 하면서 방긋 웃으면 아무 생각이 안 나더라. 니 엄마도 그랬을 기다. 그저, 니가 있는 것만으로도 행복하셨을 기다."

꼭 죽은 인선이 영천댁의 입을 빌려 말하는 것 같았다. 진영은 영천댁의 품에 안겨 계속 엄마, 엄마 소리를 내며 울었다.

"그래. 실컷 울그라. 니가 어디서 울 수 있었겠노. 사람은 울 만큼 울어야 웃을 수 있는 기다. 원망하고 싶으면 실컷 원망하고, 욕을 하고 싶으면 실컷 욕을 해라. 맘에 쌓아 놓으면 병이 되고 한이 되는 기라."

영천댁의 눈에서도 눈물이 흘렀다.

"어, 엄마한테 사랑한다는 말을 못 했어요."

"말 안 해도 다 안다."

"어떻게 알아요? 말을 안 했는데 어떻게 알아요!"

자기도 모르게 진영은 목소리를 높였다.

"엄마는 다 안다. 너무 당연한 소린데, 그걸 꼭 말로 해야 알아듣나."

영천댁은 가슴을 손바닥으로 쳤다.

"엄마는 귀가 아니라 여기로 듣는다. 그라이까 걱정 마라. 니 엄마도 다 아셨을 기다. 니가 사랑한 거, 미안한 거 말이다."

진영은 영천댁의 품에서 울다가 잠이 들었다.

진영은 여느 때처럼 시끄럽게 우는 새소리에 잠이 깼다.

처음 이곳에서 아침을 맞았을 때, 진영은 한밤중에 새가 우는 것이 신기했다. 그런데 새가 울고 나서 얼마 지나지 않으면 동쪽 창이 희끄무레하게 빛났다. 밤이 끝나고 새벽이 시작되는 그 찰나의 순간을 새들이 알아채는 것이 진영은 마냥 신기했다. 해가 뜨기 직전 가장 어두운 순간에 우는 새소리는 진영의 마음에 위로가 되었다.

잠에서 깼지만 진영은 이불 속에서 동쪽 창을 바라보고만
있었다. 동쪽 창이 붉게 물들다 점점 더 환해졌다. 그러자 수탉
이 목청껏 울었다. 진영은 이불에서 몸을 일으켰다.

시골은 도시보다 하루가 일찍 시작되고 일찍 끝났다. 아침
을 먹기 전에 영천댁은 집안 청소와 텃밭 일을 모두 끝냈다. 젊
은 사람이 가만히 누워 있기가 죄송해 진영은 영천댁의 뒤를
졸졸 쫓아다니며 일을 도왔다. 괜찮다고, 들어가서 쉬라고 영
천댁은 혀가 닳도록 잔소리를 했지만, 집안일이 끝이 없는 줄
아는 진영은 들은 척도 하지 않았다.

이부자리를 정리한 진영이 세수를 하러 마당으로 내려가니
성제가 입을 꾹 다문 채 안채 마당을 비질하고 있었다. 아침 인
사를 하는 진영에게 성제는 고개를 끄덕하는 것으로 아침 인
사를 대신했다. 진영이 온 첫날, '그럼 잘 쉬다 가시게.'라고 한
말이 진영이 성제에게서 들은 제일 긴 말이었다.

성제는 조선 시대에서 빠져나온 사람 같았다. 성제는 새벽
에 비질을 할 때와 식사를 할 때를 빼고는 안채에는 들어오지
않았고, 대부분의 시간은 사랑채에서 보냈다.

영천댁도 손님이 와서 다과상이나 밥상을 내갈 때를 빼고는
사랑에는 얼씬도 하지 않았다. 성제는 하루 종일 열 마디를 하
면 많이 하는 사람이었다. 저렇게 답답한 사람과 어떻게 사나
싶었다. 무뚝뚝한 성제와 달리 영천댁은 하루 종일 우리 바깥
어른이, 우리 바깥어른이 하는 말을 달고 살았다.

그런데 오후가 되면 안방 툇마루에 까만 비닐봉지가 나타났다. 봉지 안에 든 건 별게 아니었다. 눈깔사탕이나 계피떡, 막과자, 단팥빵 같은 군것질거리였다. 가끔은 복숭아나 자두 같은 것이 들어 있을 때도 있었다.

"이게 뭐예요?"

영천댁은 웃으면서 말했다.

"우리 바깥어른 선물. 꼭 이래 버리는 것처럼 놓고 간다. 하여튼 목석같은 양반이라. 옛날에는 말이다. 별식이 생겨도 어른들 드리고, 얼라들 나눠 주고 나믄 어디 내 입에 들어갈 게 있나. 그게 안돼 보였나 꼭 나 혼자 묵으라고 이렇게 던져 놓고 가드라."

영천댁은 행복한 웃음을 지으며 비닐봉지에 든 과일젤리 하나를 입에 넣었다. 이가 약한 영천댁을 위한 간식이었다.

"아나, 니도 하나 무 봐라."

영천댁은 젤리 하나를 진영의 손에 건넸다. 진영은 젤리를 입안에 넣었다. 표면에 붙은 굵은 설탕이 사각사각 소리를 내면서 입안에서 부서졌다. 젤리를 다 먹은 후 진영은 영천댁에게 물었다.

"두 분은 어떻게 만나신 거예요?"

"선봐서 만났제. 근데 나중에 사정 알고 울 어매가 중신어미를 볶아 죽일 뻔했다 아이가. 어데 이런 자리에 내 딸을 보낼라 카냐고."

"근데 결혼하신 거 보면 좋으셨나 봐요."

영천댁은 가만히 웃었다.

"어디든 시집만 갈 수 있다면 별 상관 없었대이. 어무이랑 오빠한테 폐 안 끼치려고 그냥 처음 선본 사람하고 결혼해 삐리자 싶었제."

영분 대신 집안 살림을 하다 보니 분희는 어느새 서른을 넘겼다. 혼인 말이 안 나온 건 아니었지만 이상하게도 내키지 않았다. 그러다 석금이 결혼을 하게 되었는데, 사돈댁에서 분희를 껄끄럽게 여겼다. 죽어도 영분과 석금에게 짐이 되고 싶지 않았던 분희는 시집을 가려고 혼처를 찾는데 나이가 나이인지라 재취 말고는 시집갈 자리가 없었다.

그러던 차에 중매쟁이가 선 자리를 가져왔다. 직업은 교사이고, 시골에서 농사를 크게 짓는 집 외아들에 전처가 병으로 죽었다는 소리만 듣고 맞선 자리에 나갔다. 전처 자식이 넷이나 되고, 시할머니에 시부모님까지 모셔야 한다는 말은 쏙 빠졌었다.

부모의 성화에 못 이겨 선 자리에 나온 성제는 영천댁이 앉자마자 자기 처지를 간단명료하게 이야기했다. 이런 자리에 시집올 사람이 어디 있겠냐며, 시간 낭비하지 말고 갈 길 가자고 말했다. 그런 성제를 밥이나 먹자며 붙잡은 건 분희였다.

충충시하, 시골 살림, 전처 자식 넷이 하나도 겁이 안 났다. 분희는 오히려 좋은 자리였다면 더럭 겁이 나서 시집을 못 갔을 것 같았다.

"무슨 복에 내가 좋은 사람과 만나겠노 싶어서 결혼을 안 할

라 켔데이. 근데도 사람이 참 그리웠대이. 가족들하고 북적북
적하니 살 부비며 사는 게 내 꿈이었제."

진영은 가만히 듣고 있었다. 영천댁은 자기 이야기를 별로
하는 사람이 아니었다.

"근데 말이다. 내 박복한 인생에 가장 원했던 소망 하나는 기
똥차게 이뤄진 기라. 내는 이 집에 시집와서 처음으로 외롭지
않았대이. 어무이한테는 많이 미안하제. 어무이 내 시집보내고
욕 많이 잡샀다 아이가. 친딸이면 그런 자리에 보내겠냐고. 그
렇지만 내 고생한 거 빌로 없다. 몸이야 어딜 간들 안 힘드나.
살림하고 애 낳고 사는 기 다 제 몸 닳아 가며 하는 일 아이가.
근데, 마음 고생한 적은 읎다. 시할머님하고 시부모님은 처녀
가 이런 자리에 시집왔다고 내를 복덩이라고 부르셨제. 소원대
로 가족들하고 살 부비면서 북적북적 한세상 재미나게 살았제.
내가 한이 참 많았는데 이젠 마음에 맺힌 게 암것도 읎다."

영천댁은 진영의 손을 잡았다.

"진영아, 사는 게 글타. 참 구질구질하제. 오죽하면 복이 많
은 사람은 태어나지 않은 사람이라고 카드나. 근데 말이다. 살
다 보면 살아 있길 잘했다고 생각하는 때가 꼭 온다. 저 위에
계신 하늘님이 짜잘한 소원들은 안 들어주지만 가장 원하는 소
망 하나는 기똥차게 들어주시는 양반인 기라. 그라이까 괜히
못난 생각 말고, 민호 꽉 붙들고 자식 낳고 살다 보면 웃을 날
이 올 끼다."

진영은 가만히 고개를 숙였다. 그런 날이 과연 올까요?

영천댁은 진영의 마음을 읽은 듯 말했다.

"속는 셈 치고 함 살아 봐라. 꼭 온다."

다른 사람이 그 말을 하면 그냥 흘러버렸을 텐데 영천댁의 말은 진영의 가슴에 닿았다. 인생에서 우러난 말이기 때문이었다.

"아이고, 니 벌써 일났나?"

진영이 세수한 물을 버리는 소리를 듣고 부엌에서 영천댁이 나왔다.

"잘 주무셨어요?"

진영은 말갛게 웃으며 영천댁에게 아침 인사를 했다.

"저노무 닭 모가지를 비틀어야지. 아 잠도 못 자그로 새벽부터 울어쌌노."

영천댁은 괜히 죄 없는 수탉에게 화풀이를 했다.

"시어른 모시고 살면서 어데 늦잠이라도 잘 수 있었겠나. 들가서 좀 더 자라."

매일 아침 반복되는 실랑이였다.

"푹 잤어요."

대청마루로 올라간 진영은 냉큼 걸레를 들었다.

"아이고, 고마 됐다카이."

진영은 영천댁의 말이 들리지 않는 척 마루를 걸레로 닦았다. 걸레질을 다 한 진영은 영천댁을 따라 집 뒤에 있는 텃밭으로 가 호미로 잡초를 뽑았다. 새벽 공기는 차가웠지만 금세 땀투성이가 됐다.

진영은 오늘이 며칠인지, 여기 온 지 얼마나 됐는지 알 수가 없었다. 하루 같기도 했고 열흘 같기도 했다. 끼니가 되면 밥을 먹고, 아기 오리처럼 영천댁 뒤를 졸졸 쫓아다니며 밭일을 하고, 청소를 하고, 빨래를 하다 보면 해가 졌다.

영천댁이 으그그 하는 소리를 내며 허리를 폈다.

"오늘 아침은 또 뭘 해 먹노."

영천댁은 텃밭을 살폈다.

"진영아. 가지 좀 따고 호박이랑 풋고추, 오이하고 깻잎도 따라. 호박이랑 풋고추 넣고 된장 지지고, 가지밥 해서 묵자."

멀리서 까치 우는 소리가 시끄럽게 들렸다.

"누가 오려고 까치가 저레 울어쌌노? 우리 진영이 서방님이 오려나?"

영천댁의 놀림에 진영은 그저 웃기만 했다.

대청마루에 상을 차리고 영천댁와 성제, 진영이 밥을 먹으려는 순간 소라가 아들 은우를 데리고 왔다.

"엄마, 임 서방 공항 데려다주고 왔어요. 밥 줘요."

은우는 신발을 벗고 올라와 외할아버지인 성제에게 덥석 안겼다. 은우는 두 팔을 활짝 벌리고 말했다.

"할아버지, 이만 한 비행기를 열 개나 봤어."

무뚝뚝한 성제도 은우 앞에서는 하회탈로 변신했다.

"할매도 우리 강아지 좀 안아 보자. 이리 온나."

은우는 영천댁의 품에도 폭 안겼다.

"어이구, 우리 강아지 또 자랐네. 뭘 묵고 이래 컸노? 니 어매 음식 솜씨에도 이만큼 컸으니 우리 강아지 참 장하다."

"엄마는 내 흉을 안 보면 혀에 가시가 돋지?"

소라가 톡 쏘듯 말했다.

"할머니, 배고파."

"은우, 아침 안 묵었나?"

은우가 고개를 까딱했다.

"아빠는?"

"아빠도."

은우의 고자질에 영천댁 눈이 세모가 됐다.

"가시나, 니는 남편 바다 건너가는데 아침밥도 안 먹였나!"

"일찍 일어나서 입맛 없다고 안 먹는댔어."

"입맛이 없으면 입맛이 나는 걸 만들어야제!"

만나기만 하면 티격태격하는 건 여전했다. 진영이 자리에서 일어나 은우와 소라가 쓸 수저를 챙기려고 부엌으로 가려는데 소라가 말했다.

"올케, 민호 것도 챙겨 와요."

그 말에 대답이라도 하듯 대문이 열리고 민호가 과일이 든 비닐봉지를 양손에 쥐고 나타났다.

"고모, 저 왔어요."

"아이고, 우리 진영이 좋겠네."

영천댁이 진영을 보고 놀렸다. 진영은 얼굴이 빨개졌다. 그 빨간 얼굴을 보고 또 영천댁과 소라가 웃음을 터트렸다.

"새색시도 아닌데 뭘 그래 부끄러워하노?"

영천댁의 집에서는 남녀가 따로 밥을 먹었다. 성제와 민호,

은우가 한 상을 받고, 소라와 영천댁, 진영이 한 상을 받았다. 그런데 민호가 냉큼 수저를 들고 진영의 옆으로 다가왔다.

"난 색시 옆에서 먹을래요."

그러자 은우가 쭈뼛거리며 입을 열었다.

"난 엄마랑 먹을래."

소라가 웃으면서 말했다.

"우리 아버지 왜 이렇게 인기가 없어요?"

"그러게 말이다."

자기도 모르게 진영이 웃음을 터트렸다. 민호는 아주 오랜만에 보는 진영의 웃는 모습에 마음이 뭉클해졌다. 진영이 많이 편해 보였다.

"나라도 아버지랑 먹어야겠다. 아버지, 역시 마누라보단 딸이 최고죠?"

"아니. 그래도 마누라가 최고야."

말수가 적은 성제도 딸 앞에서는 말이 많아졌다. 또다시 웃음이 터졌다.

소라가 수저를 들고 성제의 상으로 갔다. 성제와 소라, 은우가 한 상에 앉았고, 민호와 진영, 영천댁이 한 상에 앉게 됐다.

"뭘 그렇게 봐요?"

"당신 웃는 거 오랜만이라서. 참 보기 좋다."

그러는 민호도 미소를 짓고 있었다.

"이렇게 같이 밥 먹으니까 더 좋고. 집에선 늘 따로 먹잖아."

"얼래? 그기 무신 소리고? 그 집이 울 집처럼 내외하는 것도 아닌데 밥을 와 따로 먹노?"

"어른들 시중 드느라요."

"에엣? 그럼 올케는 밥 같이 안 먹는 거예요?"

소라는 뜨악한 얼굴이었다.

"며느리가 무슨 몸종이야? 아우, 난 절대 그리고 못 살아."

"가시나, 말조심 안 하나."

영천댁이 소라의 등짝을 쳤다.

성제가 느릿느릿 말했다.

"식구가 달리 식군가. 같이 밥 먹는 데서 정이 나는 법인데……."

"할아버지, 배고파."

가장 웃어른인 성제가 수저를 들지 않아 은우는 계속 눈치만 보고 있었다.

"아이고, 우리 강아지, 배고파 우야노. 소라 아부지, 퍼뜩 밥술 뜨이소."

영천댁이 성제를 재촉했다. 성제가 수저를 들자 그제야 다들 밥을 먹기 시작했다.

　

식사를 마치고 영천댁과 성제는 민호와 은우를 데리고 장에 갔다. 소라와 진영은 설거지를 하고 평상에 앉아 느긋하게 커피를 마셨다.

"큰일 치르느라 많이 힘들었죠? 올케가 어떤 마음일지 정말 상상이 안 돼요. 도대체 어떻게 위로를 해야 할지 모르겠어요.

아직도 얼굴이 너무 안 돼 보여요"

"여기 와서 많이 좋아진걸요."

"아직도 마음이 안 좋죠?"

"잘해 드리지 못해 후회가 많이 돼요. 언니는 고모님하고 사이도 좋고, 좋은 딸이니까 저처럼 후회는 하지 않으실 거예요."

소라는 피식 웃었다.

"좋은 딸은요. 나 엄마 속 무지하게 썩였어요. 엄마 입버릇이 '저년 철들기 전에 내가 죽지'였다니까요. 엄마 죽기 전에 조금 철이 들어 다행이지 뭐예요."

"전혀 그렇게 안 보이는걸요. 두 분 사이, 부러울 정도로 좋아 보여요."

자신도 그렇게 인선과 티격태격해 봤으면 좋았겠다는 생각이 들 정도였다.

"그렇게 된 지 얼마 안 됐어요. 언니, 오빠들하고 싸우고, 밖에선 사고 치고, 아무튼 질풍노도도 그런 질풍노도가 없었어요. 대추나무집에서 큰소리 나면 그 집 막내딸 사고 친 거라고 온 동네가 다 알았다니까요."

"고모님은 그런 기억 하나도 안 난다고 하시던데요."

"하긴 나도 자식 낳아 보니 그래요. 결혼은 해도 그만, 안 해도 그만이라고 생각하지만 아이는 낳길 잘했다고 생각해요."

"그럴까요? 전 잘 모르겠어요."

소라는 의아한 얼굴을 했다.

"왜요?"

"좋은 엄마가 될 자신이 없어서요."

진영은 마당 한구석을 응시하면서 대꾸했다. 소라는 진영의 시선을 따라갔다. 아직 꽃이 피지 않은 봉숭아였다.

"나도 좋은 엄마는 아니에요. 나중에 은우가 나보고 불량 엄마라고 해도 할 말 없어요. 그렇지만 난 우리 은우를 정말 많이 사랑해요. 난 그거면 된다고 생각해요. 지레 겁먹지 말아요."

진영은 가만히 소라의 말을 듣고만 있었다.

"아무튼 올케는 너무 성실하고 너무 생각이 많아요. 그래서 우리 민호가 반했나? 자기랑 정반대라서? 얼른 낳아요. 내가 낳아 보니까요. 육아는 체력이에요. 은우 동생도 낳아 주고 싶지만 체력이 안 돼서 남편이 절대 반대예요. 민호가 몇 명 낳자고 해요?"

진영은 그저 웃기만 했다. 소라는 진영이 쑥스러워한다고 생각했다.

"민호는요. 늘 우리 집을 부러워했어요. 우리 집에 놀러 오면 늘 집에 안 가려고 했어요. 방학 때면 아예 살다시피 했고요. 그때는 민호 같은 부잣집 아들이 왜 우리 집같이 평범한 집을 부러워하는지 이해를 못 했어요. 우리 집은 형제자매가 여섯이나 되니까 늘 싸움이 끊이지 않았거든요. 엄마 사랑도 늘 나눠 가져야 했고, 큰애는 큰애라서 작은애한테 양보해야 했고, 작은애는 작은애여서 큰애한테 양보해야 했어요. 가운데 낀 나는 큰애한테도 작은애한테도 양보해야 했고요. 시집갈 때까지 혼자 방을 써 본 적도 없어요. 아무튼 우리 육 남매는 다들 불만이 많았어요. 그런데 외아들인 민호는 백조처럼 우아해 보이더라고요. 하하하."

소라는 웃음을 터트렸다.

"그런데 자라고 보니 민호가 참 외로웠겠구나 싶더라고요. 민호는 늘 가족의 정에 굶주려 있었거든요. 그 집, 겉으로는 멀쩡해 보이지만 외삼촌도 그렇고 외숙모도 그렇고 민호한테 상처를 많이 줬어요. 부부싸움에 자식 등이 터진 꼴이죠. 민호는 거의 방치되어 자란 거나 다름없어요."

그래서였나? 그래서 당신은 돈을 써서라도 그런 가정의 모습을 만들고 싶었던 걸까? 그렇게 해서라도 그런 가정에서 살고 싶었던 걸까? 진영은 눈을 내리깔았다. 마음이 무거워졌다.

"그래서 난 민호가 올케랑 결혼한다고 했을 때 참 다행이라고 생각했어요. 올케랑 결혼하고 민호가 참 많이 밝아졌어요. 그 자식, 늘 헛짓만 하고 다녀서 엄마도 나도 걱정이 많았는데 그래도 결혼은 똑 부러지게 했다고 늘 그래요."

"그렇지 않아요. 전 아무것도 한 게 없어요."

"한 게 없긴 왜 없어요? 그 집 며느리 노릇 하는 거, 쉽지 않잖아요. 난 억만금을 줘도 못 할 것 같아요. 시댁과 며느리 사이는 좋으려야 좋을 수가 없지만 두 분은 좀 너무하시잖아요. 아, 미안해요. 내가 너무 솔직했죠?"

진영은 그저 웃었다.

"올케가 민호를 많이 사랑하니까 그렇게까지 할 수 있는 거잖아요. 올케에게 정말 고마워요. 민호에게 가정을 만들어 줘서요. 민호는 처음으로 돌아갈 곳이 생긴 기분이었을 거예요."

진영은 입을 꾹 다물고 있었다.

하룻밤 자고 가기로 한 민호가 씻으러 간 사이, 진영은 툇마루에 걸터앉아 멍하니 하늘을 바라보았다. 하늘은 구름으로 뒤덮여 있었고, 공기에서 물 냄새가 났다. 비가 올 것 같았다.

손에 쥐고 있던 휴대전화에서 띠링 하는 소리가 났다. 진형이 보낸 문자가 도착한 소리였다.

집 구했어. 회사 근처 투룸. 월세야.

진영은 고맙다고 답장한 후 휴대전화를 내려놓았다. 민호가 씻고 방에 들어왔는지 방 안에서 부스럭거리는 소리가 났다. 진영은 문을 열고 말했다.

"할 얘기 있는데, 잠깐 나올래요?"

민호는 한참 동안 눈을 깜빡였다.

"그 이야기, 꼭 지금 해야 하니?"

"네."

짧고 단호한 진영의 대답에 민호는 도살장에 끌려가는 소 심정으로 툇마루에 엉덩이를 걸쳤다. 진영은 단도직입적으로 말했다.

"이혼할래요."

대답할 기운을 잃고 민호는 고개를 푹 숙였다. 진영의 얼굴이 많이 좋아져서 이혼하겠다는 마음이 바뀐 줄 알았다.

"내가 그렇게 싫어?"

"아니에요. 당신과 사는 게 싫어서가 아니에요. 단지 그렇게 살다 보면 영원히 내가 원하는 게 뭔지도 모르고 살 것 같아서 그래요."

"네가 원하는 걸 내가 주면 안 되니?"

진영은 말끄러미 민호를 바라보다가 한참 후 고개를 가로로 저었다.

"나도 모르는 그걸 당신이 내게 어떻게 줄 수 있겠어요? 그건 내가 찾아야 해요. 난 지금껏 한 번도 날 위해서 살아 보지 못했어요. 나는 이 세상에 빚을 진 것 같아서 늘 누군가를 위해서, 누군가가 바라는 모습으로 살아왔어요. 그게 내가 사는 방식이었고, 나를 지키는 방법이라고 생각했어요. 나, 행복해지고 싶어요. 남들에게 그럴듯하게 보이는 행복 말고, 정말 내 마음이 행복한 거요. 나, 제대로 살아 보고 싶어요. 이진영으로요. 그래야 더 이상 엄마한테 미안하지 않을 것 같아요."

진영의 귀에 무언가 부서지는 소리가 들렸다. 아주 오래전부터 쌓아 둔 벽이 부서지는 소리였다. 아주 어렸을 때부터 진영은 늘 그 벽 뒤에서 몸을 웅크리고 있었다. 단단한 벽 뒤에 숨으면 상처받지도 상처 주지도 않을 줄 알았다. 그러나 아니었다. 그러니 이젠 그 벽에서 나와야 했다.

민호는 진영의 손을 꽉 잡았다. 그렇게 잡으면 진영이 자기에게서 떠나겠다는 결심을 조금이라도 누그러뜨릴 수 있을 것 같은 생각이 들었지만 헛된 몸짓이었다.

"미안해, 널 아내로 만들어 버려서, 네가 사랑한 사람들을 볼모로 잡아서, 내 가족 때문에 고생시켜서. 미안해, 좀 더 나은 사람이 될 수 있는 기회도 시간도 있었는데 그 시간을 그냥 허비해 버려서."

진영은 고개를 가로저었다.

"아니에요. 제발 그렇게 말하지 마요. 당신이 그렇게 말하는 거 싫어요."

"왜?"

진영은 말끄러미 민호를 바라보다가 입을 열었다.

"날 좋아하는 사람이 스스로를 시시하게 여기는 건 싫어요. 그럼 나는 시시한 남자의 사랑을 받는 여자가 되는 거잖아요. 날 그런 여자로 만들고 싶어요?"

민호는 그 말에 충격을 받은 듯 한참 동안 가만히 있었다.

"내 어디가 좋아요?"

진영은 수없이 스스로에게 물었던 말을 민호에게 던졌다. 왜 이 사람은 날 사랑하는 걸까? 난 예쁘지도, 착하지도, 그렇다고 매력이 있지도 않은데, 왜? 나는 사랑받을 만한 자격 같은 건 없는 사람인데 왜 이 사람은 날 사랑한다고, 아플 정도로 날 사랑한다고 말하는 걸까?

"파도랑 잡기놀이 해 봤어?"

진영은 고개를 끄덕였다.

"파도한테 이긴 적 있어?"

진영은 조금 생각하다가 고개를 저었다.

"나한텐 네가 그랬어. 파도와 잡기놀이를 하는 줄 알았는데 나도 모르게 파도에 풍덩 빠져들고 말았어. 그렇게 너한테 흠뻑 젖어 버렸어. 이유 같은 건 없어. 그냥 너여서 좋아."

너여서 좋아. 그 말이 너무나도 달콤하게 들려 진영은 눈을 감았다. 단지 나라는 이유로 사랑받을 수 있는 걸까?

어디서 북소리가 나는 듯했다.

진영은 민호의 손을 놓고 고개를 돌렸다. 북소리가 아니었다. 비가 오는 소리였다.

진영은 가볍게 손바닥을 툇마루 지붕 밖으로 내밀었다. 차가운 물방울이 손바닥에 떨어졌다. 간지럽기도 하고 따갑기도 했다.

진영은 마당으로 나가 가만히 비를 맞았다. 시원했다. 민호는 진영에게 다가가 두 팔로 진영을 껴안았다.

"마음 아프게 해서 미안해요. 날 용서해 줄래요?"

민호는 고개를 가로저었다.

"당신 때문에 아픈 게 아니야. 그러니까 용서 같은 건 할 수 없어."

민호의 얼굴에서 빗물인지 눈물인지 알 수 없는 것이 흘러내렸다.

"나는 그저 당신을 사랑하고 있을 뿐이야."

22

― 사장님 오셨습니다.

경비 직원이 인터폰으로 연락을 했다. 차 실장은 민호를 맞이하기 위해 나갔다. 지금껏 아무리 늦어도 민호를 맞이하는 건 진영의 일이었다. 그런데 오늘 진영은 석금과 연희의 저녁 식사가 끝난 후 차 실장에게 뒷일을 부탁하고는 2층으로 올라가 버렸다.

차 실장은 진영의 얼굴빛이 영 예전으로 돌아오지 않아 걱정이 됐다. 워낙 강단이 있는 사람이라 버티고 있지만, 먹는 것도 시원치 않았다.

하긴, 그 큰 식탁에서 혼자 밥을 먹는데 무슨 밥맛이 생길까?

결혼하고 지금껏 진영은 민호와 시부모의 식사 시중을 든 후 혼자서 밥을 먹었다. 차 실장은 솔직히 기분이 영 더러웠다.

식구가 달리 식구인가? 식사 시중이야 월급 주는 도우미에게 시키면 되지.

진영이 모친상을 치르고 몇 주 쉬다가 집으로 돌아온 후, 한 달이 흘렀다. 진영이 오고 집안이 제 모습을 찾은 것도 잠시, 진영과 민호 사이에 냉랭한 공기가 돌았다.

처음엔 차 실장 정도밖에 눈치 채지 못했지만 이젠 석금과 연희까지 눈치를 챈 상태였다. 진영과 민호, 두 사람의 얼굴에서 미소가 사라졌고, 같은 공간에 있어도 시선조차 마주치지 않았다. 그러면서도 진영은 집안일은 완벽하게 꾸려 갔고, 민호는 회사 일에 정력을 쏟아부었다. 겉으로 볼 때는 어쨌든 멀쩡해 보였다.

오늘도 민호는 만취 상태였다. 운전기사가 현관까지 민호를 부축해 왔다.

민호는 차 실장을 보고 고개를 까닥했다. 술 냄새와 여자 향수 냄새가 머리가 아플 정도로 지독했다. 넥타이는 어디서 잃어버렸는지 보이지 않았고, 셔츠 단추가 두 개나 풀려 있었다. 흰 와이셔츠에는 여자 화장품 자국과 립스틱 자국이 선명했다. 뭘 하다가 들어왔는지는 안 봐도 뻔했다. 차 실장은 자기도 모르게 한숨을 내쉬었다.

차 실장에게는 낯익은 모습이었다. 3년 전, 그러니까 민호가 결혼하기 전까지 지겹게 본 모습이었다.

차 실장은 요즘 민호가 거의 매일같이 저런 모습으로 귀가하자 마음이 조마조마했다. 외박도 두 번이나 했다. 그런데 뻔

뻔하게도 진영에게 호텔로 갈아입을 옷을 가져오게 했다. 술자리가 늦게 끝나 피곤해서 호텔에서 잤다고 말했지만 아무도 그 말을 믿지 않았다. 이전에는 아무리 술자리가 늦게 끝나도 꼭 집에 들어왔다.

"그 사람은요?"

"계속 기다리시다가 좀 전에 올라가셨습니다."

진영은 한참 전에 올라갔지만 차 실장은 거짓말을 했다. 부질없는 짓인 걸 알지만 민호와 진영 사이가 더 벌어지는 것을 막고 싶었다.

"일이 계속 많으신가 봐요."

차 실장은 조심스럽게 말을 건넸다.

민호는 차 실장을 보더니 코웃음을 쳤다. 일 때문이 아니라는 걸 당신도 잘 알지 않느냐는 듯한 코웃음에 차 실장의 얼굴이 붉게 달아올랐다.

고용인들이 민호가 바람난 게 아니냐는 입방정을 떠는 것을 듣고 차 실장은 벼락같이 야단을 쳤었다. 그러나 차 실장도 그 말에 심적으로는 동의했다. 2층 청소를 맡은 도우미들 사이에서 두 사람이 각방을 쓰고 있다는 말도 흘러나왔다.

고용인들은 그래도 이만큼 누리고 사는 게 어딘데 이 좋은 자리를 발로 차고 나가겠냐고 말했지만, 진영은 연희와 달리 부잣집 며느리 자리에 연연하는 성격이 아니었다. 진영은 분명한 선을 지키고 사는 사람이었고 그런 사람은 선을 넘을 경우 절대로 뒤돌아보지 않는다는 것을 차 실장은 알고 있었다.

게다가 진영에게는 친정 부모가 없었다. 자식과 친정 부모, 이 두 가지가 없는 진영에게 이혼은 본인 마음만 먹으면 되는 문제였다.

2층으로 올라간 민호는 진영의 서재로 가 노크를 하고 문을 열었다. 책상에 앉아 한창 공부를 하고 있던 진영이 고개를 들었다.

"이제 왔어요?"

진영이 자리에서 일어났다. 민호는 비틀거리며 힘겹게 소파에 앉았다. 진영이 물 한 잔을 따라 와 유리컵을 민호에게 건넸다. 그 순간 두 사람의 손이 닿았다. 민호는 움찔하더니 닿은 부분에서 손을 재빨리 뗐다. 집에 돌아온 후 민호는 진영에게 손끝 하나 대지 않았고, 일상적인 접촉도 피했다. 진영은 민호가 자기를 피하는 모습이 이상하게 신경이 쓰였다.

민호는 단숨에 물을 다 마시고 입을 열었다.

"재취업 준비는 잘되고 있어?"

여자 향수 냄새와 술 냄새가 진동을 했다. 진영은 고개를 조그맣게 끄덕거렸다.

"난 참 괜찮은 고용주야. 그렇지 않아?"

민호의 농담에도 진영은 웃지 않았다. 향수 냄새가 지독했다. 어제와 같은 냄새였다. 그렇다면 오늘도 같은 여자와 있었다는 걸까?

진영은 민호의 옷에 향수 냄새와 화장품 흔적을 남긴 여자가 신경이 쓰였다. 드라마에서 본 장면들이 머릿속을 어지럽혔다. 화려한 여자가 민호의 팔에 목을 감고, 가슴에 얼굴을 대고, 목덜미에 입술을 대는 상상을 했다. 민호가 자신을 안고 키스했을 때의 느낌이 생생하게 떠올랐다. 민호도 그 여자를 안았을까? 그 여자를 만졌을까? 그 여자의 키스에 응했을까? 심장이 날카로운 바늘에 찔린 듯 아팠다. 이혼을 한다는 것은 민호의 곁에 다른 여자가 있을 수도 있다는 뜻임을 진영은 이제야 깨닫고 있었다.

민호는 피곤한 듯 소파 등받이에 몸을 기댔다.

"꼭 이렇게까지 해야 해요?"

진영은 다른 여자의 향수 냄새가 나는 민호를 보는 것이 끔찍하게 싫었다. 그저 그렇게 보이기 위해서라도 싫었다. 그녀가 편하게 이혼할 수 있도록 하기 위해서라도 싫었다.

"그 이야기는 더 안 하기로 했잖아."

"민호 씨, 이혼을 원한 건 나예요. 내가 그냥 아버님께 말씀드릴게요."

"내게 혼인 파탄의 책임이 명확하게 없는 한 우리 아버지는 절대로 당신을 놓아주지 않을 거야."

"아버님이 놓아주지 않으시는 게 무슨 상관이에요? 결혼은 당신과 내가 한 건데요."

"이런 말 하기 싫지만 당신을 붙잡기 위해 당신 동생을 건드릴 수도 있는 분이야."

"설마요."

민호는 진영을 보고 씁쓸한 미소를 지었다.

"우리 아버진 자기에게 필요한 사람은 절대로 놓치지 않을 분이야. 당신 덕에 평생 원하던 가정을 드디어 얻었는데, 겨우 당신이 더 이상 살기 싫어한다는 이유로 포기하실 것 같아? 이 제껏 나와 내 어머니를 희생시킨 것도 당연하게 생각하신 분이 피도 안 섞인 며느리 하나 힘들게 하는 것에 눈 하나 깜빡할 리 없잖아. 당신이 좀 유능했어야지."

민호는 굳어 버린 진영의 얼굴을 보며 말했다.

"당신이 요즘 터무니없이 유해진 아버지 모습만 봐서 그 양반 진짜 모습을 잊어버린 것 같아. 우리 아버지의 진짜 모습은 결혼 전 당신에게 내 아들이 싫증날 때까지 살아만 주면 섭섭하지 않게 돈을 주겠다고 말했던 바로 그 모습이라고. 당신이 나를 사랑하지 않는다는 것을 알면서도 비싼 장난감을 사 주듯 당신을 며느리로 삼았던 사람이야. 속마음이야 어떻든 그저 겉으로만 잘 살면 그만인 양반이라고."

민호는 메마르게 웃음을 터트렸다.

"내가 누굴 닮았겠어?"

"아니에요."

진영은 단호하게 말했다.

"당신은 아버님도, 어머님도 닮지 않았어요."

자기도 모르게 진영은 민호의 손을 잡았다. 그러나 민호는 또 그 손을 가볍게 뿌리쳤다. 진영이 자기 몸에 손을 대는 것을 원치 않는다는 뜻 같았다.

"그럼, 공부하다가 자. 난 씻어야겠다."

진영은 민호가 뿌리친 손을 다른 손으로 꼭 잡았다. 어쩐지 울음이 터질 것 같았다.

진영은 소파에서 일어나려고 하는 민호를 붙잡았다.

"일자리 구했어요. 윤아 선배 아는 분이 임신 때문에 갑자기 휴직을 하게 되어서 계약직 교사를 구한대요. 면접 보기로 했어요."

일자리를 구할 것, 그것은 민호의 조건이었다. 일자리를 구하게 되면 이혼을 진행시키기로 했다.

"생각보다 빨리 구했네. 역시 능력 있는 이진영이야. 내가 사람 보는 눈은 있다니까."

민호는 한참 동안 고개를 숙이고 있었다. 이제 이 집에서 진영을 보는 날도 얼마 남지 않은 것이다. 민호는 다시 마음을 다잡고 고개를 들었다.

"집 말인데, 네 명의로 해 둔 그 아파트에서 살아 줬으면 해."

진영은 그 집을 민호에게 다시 돌려주겠다고 말한 터였다.

"너한테 마음 편히 쉴 집이 있어야 내가 안심이 될 것 같아. 그 정도는 나를 위해 해 줄 수 있잖아?"

"진형이가 집 구했어요."

"당신과 처남이 가진 돈으로 구할 수 있는 집이야 뻔하지."

"사람 사는 곳이 뭐 그렇게 다르다고요. 교통도 편하고 집도 깨끗하대요."

"처남은 내년에 결혼한다며. 누나를 월셋집에 두고 처남이 마음 편히 결혼할 수 있겠어?"

진영이 멈칫했다. 민호는 억지로 머리를 짜냈다.

"퇴직금이라고 생각하면 안 될까?"

말을 하면서도 진영이 받아들일 거라는 생각은 들지 않았다. 늘 지나칠 정도로 계산이 정확한 진영이 아니던가. 그러나 몇 초 후, 진영의 입에서 승낙의 말이 떨어졌다.

"알았어요. 그렇게 할게요."

민호는 안도의 한숨을 내쉬었다. 받지 않겠다고 고집을 피우면 어떻게 하나 고민했었다.

"명의는 당신 이름으로 돌려요. 그리고 딱 2년만 거기서 살게요."

민호는 고개를 끄덕였다. 진영으로서는 많이 양보한 것이었다.

"아, 맞다. 잊어버릴 뻔했네."

민호는 주머니에서 구겨진 명함을 꺼내 진영에게 건넸다.

"누구 명함이에요?"

"예전에 결혼할 때 만났던 변호사 기억나?"

진영은 고개를 끄덕였다.

"독립해서 사무소를 냈어. 여자 변호사라 대하기 편할 거야. 일 처리도 깔끔하고. 나라면 아주 지긋지긋한 사람일 테니 확실히 당신 편을 들어 줄 거야. 내가 유책 배우자라는 게 확실하니까 소송까지 안 가고 협의 이혼으로 끝낼 수 있어. 변호사도 그렇게 말할 거야. 가서 일 의뢰해. 나는 내 담당 변호사에게 일 맡길 거야. 얼마 전에 내가 준 거, 잘 가지고 있지?"

"네."

"그걸 변호사에게 보여 주면 돼."

민호가 자리에서 일어났다.

"정말 왜 이렇게까지 하는 거예요?"

"그 이야기는 더 안 하기로 했잖아."

"꼭 이런 식으로 이혼을 해야 해요? 난 당신이 이렇게까지 하는 게 싫어요. 당신은 사실은 정말, 정말 좋은 사람인데, 정말 훌륭한 사람인데 왜 당신이 사람들의 손가락질을 받아야 하냐고요."

민호는 눈앞이 흐릿해졌다. 조금만 더 있으면 눈물이 흘러내릴 것 같았다. 그렇게 좋은 사람인데 왜 너는 날 떠나려고 하냐고, 그렇게 좋은 사람인데 왜 너는 나를 사랑할 수 없냐고 소리를 치고 싶었다. 진영 앞에서 무릎이라도 꿇고 제발 떠나지 말라고 애원할 것만 같아 민호는 주먹을 꼭 쥐었다. 아무렇지 않게 진영을 대하려고 민호는 죽을 힘을 다하고 있었다. 그녀가 원하는 게 질척이지 않는 깔끔한 이혼이라면 그렇게 해줄 생각이었다.

"그럼 너무 무리하지 마."

민호는 애써 미소를 보이고 서재를 나갔다. 진영은 민호가 서재에서 나간 후 한참 동안 창밖을 바라보았다. 한기를 느낀 진영은 팔짱을 끼고 팔을 어루만졌다. 민호의 담담한 얼굴이, 민호의 미소가 진영의 심장을 칼로 찌른듯 아프게 했다. 하나도 괜찮지 않으면서 괜찮은 척하는 민호의 모습에 진영은 어찌

할 바를 몰랐다. 민호 홀로 아파하는 것이 이토록 큰 고통으로 다가올지 진영은 몰랐다. 태어나서 처음으로 진영은 타인의 고통 때문에 마음 아파하고 있었다.

진영은 몸을 돌려 책상으로 갔다. 자물쇠가 달린 서랍을 열쇠로 열고 서류 봉투를 꺼냈다. 집에 돌아오고 얼마 되지 않았을 때 민호가 내민 것이었다.

"이게 뭐예요?"

"열어 봐."

진영은 봉투를 열었다. 민호가 여자와 호텔로 들어가는 모습을 찍은 사진과 성적인 내용의 문자 메시지를 주고받은 것을 캡처한 것들이었다. 진영은 영문을 알 수 없어 의아한 얼굴로 민호를 바라보았다.

"요즘은 이 정도 증거만 있으면 외도로 인정한대."

진영은 놀라서 입을 살짝 벌렸다.

진영은 사진에 찍힌 여자를 바라보았다. 각도가 절묘해서 여자의 얼굴은 보이지 않았다.

"이 여잔 누구예요?"

"단역배우. 이런 역할은 처음이라며 재미있어 하더라."

그렇게 말하고 민호는 피식 웃었었다.

진영은 봉투를 꼭 쥔 채 긴 한숨을 쉬었다.

'이제 정말 이혼을 하는 거구나.'

민호의 목소리가 진영의 마음속에 울려 퍼졌다.

나는 그저 당신을 사랑하고 있을 뿐이야.

진영은 눈물이 났다. 이유를 알 수 없는 눈물이었다.

"너 요즘 너무 늦는 거 아니냐? 집에서 기다리는 사람 생각
도 해야지."

석금은 진영이 들으라는 투로 민호에게 말을 건넸다. 국그
릇을 쟁반에 받쳐 가져오던 진영은 멈칫했다.

"제가 노느라 늦습니까?"

민호는 짜증이 섞인 목소리로 대꾸했다.

"남자가 바깥일을 하다 보면 늦을 수도 있고 그런 거죠."

그 말에 석금은 할 말을 잃었다.

그 역시 입버릇처럼 한 말이었다. 내가 노느라 늦느냐, 처자
식 먹여 살리느라 그러는 거다, 바깥일 하다 보면 늦을 수도 있
고 여자 있는 술집에 갈 수도 있는 거지, 그렇다고 내가 밖에서
살림을 차렸냐 아니면 자식을 봐 왔느냐, 정 못 봐주겠거든 네
가 이 집을 나가면 되지 않느냐.

석금은 진영의 얼굴을 바라보았다. 진영은 담담한 얼굴로
국그릇을 놓고 있었다. 생각과 감정을 조금도 감추지 못하는
아내 연희와 달리 진영은 무슨 생각을 하는지 도무지 알 수가
없었다.

민호는 급하게 처리할 일이 있다며 식사를 마치자마자 바로
출근했다. 진영은 민호를 배웅하지도 않았다.

석금은 평소와 같은 시간에 출근을 했다. 차 옆에서 두 손을
모으고 가만히 서 있던 진영이 막 차에 오르려는 석금에게 작

은 목소리로 말했다.

"아버님, 드릴 말씀이 있는데요. 밖에서 뵐 수 있을까요?"

석금은 흠칫 놀라며 진영을 바라보았다. 석금은 잠깐 생각에 잠겼다가 입을 열었다.

"오늘 점심 약속이 비는데 점심 같이 먹을까? 내가 맛있는 거 사 주마."

"점심은 어머님 식사 때문에 안 되고요. 오후 시간은 안 될까요?"

"그럼 내가 스케줄 확인하고 비서에게 연락하라고 하마."

"네, 아버님. 잘 다녀오세요."

진영은 한 걸음 뒤로 물러서서 고개를 숙였다.

석금은 진영이 탁자에 놓은 봉투의 내용물을 확인했다.

예상했던 것이었다. 석금은 사진을 보자마자 한숨을 쉬었다. 그렇지만 설마설마했었다. 여자 있는 술집에 드나드는 것 같긴 했지만 만나는 여자가 있을 줄은 몰랐다. 이건 석금이 아무리 아비라고 해도 변명도 못 할 문제였다. 그렇지만 도대체 왜? 석금은 민호가 이해되지 않았다. 하긴, 언제 그가 아들을 이해한 적이 있었던가.

석금은 진영이 울음을 터트리지 않을까 걱정했다. 아무리 강단이 있어도 진영도 여자였다. 그러나 그의 생각은 기우일 뿐이었다. 진영은 담담한 얼굴로 입을 열었다.

"조용히 끝내고 싶습니다."

감정 따윈 담기지 않은 건조한 목소리였다.

진영의 말에 석금은 놀라 눈을 크게 떴다. 진영이 이렇게 나올 줄은 전혀 예상하지 못했다. 석금은 진영이 자신에게 민호를 크게 야단치고 마음을 잡게 해 달라고 말할 줄 알았다.

"아가, 네가 많이 화났다는 건 잘 안다. 내가 그 녀석을 아주 혼을 낼 테니……."

진영은 말을 끊었다.

"약속하셨잖아요. 민호 씨가 제게 흥미가 사라지면 절 놓아주시기로요."

진영은 석금에게 그들이 했던 계약을 상기시켰다. 석금은 다시 멍해졌다. 그는 이미 잊고 있던 계약이었다. 진영 역시 잊은 줄 알았다.

"돈은 필요 없습니다. 몸만 나가겠습니다. 아버님 허락을 받으려는 게 아닙니다. 알려 드리려고 온 거예요. 최대한 빨리, 조용히 처리하겠습니다."

자기도 모르게 석금의 언성이 높아졌다.

"요새 애답지 않게 차분하다고 생각했더니 내가 널 잘못 봤구나. 민호가 잘했다는 게 아니야. 그렇지만 사람이 살다 보면 실수 한 번은 할 수 있는 거다. 세상 부부들이 실수 한 번으로 이혼을 한다면 이 세상에 이혼 안 한 부부가 어디 있겠냐?"

진영은 입을 꾹 다물고 석금을 바라보았다. 처음 보는 진영의 고집스러운 눈빛에 석금은 움찔했다. 어떤 일에도 '네, 아버님. 그렇게 하겠습니다.'라고 말하던 진영은 온데간데없었다.

진영은 단단한 목소리로 입을 열었다.

"아버님 말씀이 맞아요. 여자 문제 한 번으로 이혼하는 여자는 없죠. 제가 이혼하는 건 민호 씨보다 아버님, 어머님 두 분 때문이에요. 저는 두 분과 계속 가족으로 살 자신이 없습니다."

"내가 너에게 결혼하기 전에 모질게 한 건 인정한다. 늘 미안하게 생각했다."

"결혼 전 문제로 이러는 게 아닙니다. 결혼 전에 어떤 일이 있었든 결혼한 이상 그 전의 일에 대해선 다 덮고 가야 한다고 생각합니다. 제가 아버님에게 서운한 점은 결혼 후의 일 때문입니다. 아버님에게 며느리는 가족입니까?"

"당연한 소릴 하는구나. 난 널 내 가족이 아니라고 생각한 적 없다."

진영의 얼굴에 떫은 미소가 어렸다 사라졌다.

"그럼 제 생일이 언제인지 아세요?"

석금은 아무 대답도 하지 못했다. 진영은 그럴 줄 알았기에 별로 놀라지도 않았다.

"아버님과 어머님에게 며느리는 과연 뭔가요?"

한 번도 생각해 본 적이 없는 부분이었다. 늘 그 자리에 있는 사람, 그의 생활을 안락하게 해 주는 사람, 아들 민호가 지극히 사랑하는 사람. 많은 말들이 갑자기 석금의 머릿속에 떠올랐지만 입밖으로 나오지 않았다.

"아버님은 저에 대해 아무것도 모르세요. 알고자 하는 노력도 하지 않으셨어요."

문득 석금은 자신이 진영뿐 아니라 아내와 아들의 정확한 생일도 모른다는 사실을 깨달았다. 집안사람 중 그가 생일을 알고 있는 사람은 돌아가신 어머니가 유일했다.

　"저는 아버님에 대해 지난 3년 동안 참 많이 알고자 노력했습니다. 세상 모든 며느리들이 그렇듯 제 남편의 아버지이시니까 한 노력이었습니다. 알아주길 바라진 않았지만, 저도 인간이라서 그런지 많이 지쳤습니다. 아버님과 어머님은 제 수고와 노력과 희생을 당연하다고 생각하시는 것 같아서요. 저는 한 번도 두 분과 가족이라는 생각을 할 수 없었습니다. 제가 차 실장과 다른 점은 민호 씨와 한 침대를 쓰는 것 말고는 없다는 생각마저 들었어요."

　"아니다. 나는 너를 그렇게 생각한 적 없어."

　"정말 그럴까요? 아버님, 제가 만약 크게 아파서 며느리 노릇을 못 하고 몇 년을 꼬박 병원에 입원해야 한다면 어쩌실 건가요?"

　석금은 아무 말도 하지 못했다. 진영이 석금의 생각을 대신 말로 표현해 줬다.

　"민호 씨에게 이혼하라고, 아내 노릇, 며느리 노릇을 제대로 할 수 있는 여자와 재혼하라고 하실 거예요. 버릴 수 있는데, 그런데도 제가 가족인가요? 어머니가 돌아가실 때까지만 버티자, 그렇게 생각했습니다. 저희 어머니가 제가 결혼할 때 무척 반대하셨어요. 누가 봐도 팔려 가는 결혼이었으니까요. 그래서 어떻게 해서든 잘 사는 모습을 보여 드리고 싶었어요."

"민호도 이혼에 동의했니?"

"아니요."

석금은 자기도 모르게 안도의 한숨이 나왔다. 그러나 다음 말에 석금의 얼굴은 다시 굳었다.

"민호 씨에게 변호사에게 의뢰하겠다고 말했습니다."

진영의 마음은 단단했다.

"민호 씨가 협의 이혼에 동의하지 않는다면 결국 재판 이혼까지 가야 할 텐데, 그렇게까지 하고 싶지 않습니다. 진흙탕 싸움이 될 테니까요."

"재판으로 가면 넌 절대 못 이긴다."

진영은 쓸쓸하게 웃었다. 민호가 말했던 석금의 본래 모습이 아마 이런 모습이겠지.

"제가 그것도 모르고 일을 벌였을 거라고 생각하세요?"

진영은 자신의 카드를 뒤집었다.

"아버님이 절 놓아주지 않으시면 결혼 전에 아버님과 저 사이에 있었던 그 일, 민호 씨에게 다 이야기하겠습니다. 그 사람은 과연 그 사실을 어떻게 받아들일까요? 3년을 같이 산 아내가 시아버지 될 사람과 거래를 해서 결혼을 받아들였다면요. 아버지가 자신을 그렇게 형편없는 놈으로 보고 있었다는 걸 안다면요."

석금은 할 말을 잃고 놀란 얼굴로 진영을 바라보았다.

"그때 아버님은 저뿐만 아니라 아직 생기지도 않은 아이까지 아버님 뜻대로 하려고 하셨어요. 아버님, 가족은 아버님의 소유물이 아니에요."

진영의 목소리가 조금 날카로워졌다.

석금의 머릿속에 그때 자신이 한 말들이 모조리 되살아났다.

설마 3년 동안 아이가 생기지 않은 것은 그 이유 때문이었나? 언제나 이혼할 생각을, 떠날 생각을 하고 살았던 걸까? 그런데도 그렇게 자신과 연희에게 잘했다는 건가? 도대체 왜?

"그 사람, 더는 가엾게 만들지 마세요. 아버님이 생각하시는 것처럼 민호 씨는 바보가 아니에요. 아버님은 민호 씨를 사랑하세요. 그것까지 부정하지 않습니다. 그렇지만 이 세상에서 민호 씨를 제일 바보 취급하는 것도 아버님이세요. 그 사람의 손발을 다 묶어 놓은 사람은 다름 아닌 아버님이십니다."

진영은 몇 초간 뜸을 들인 후 나지막한 목소리로 말했다.

"민호 씨에게 다 이야기할까요?"

만약 민호가 그 사실을 안다면 자신과 아들과의 관계는 돌이킬 수 없게 될 것이다. 민호는 절대로 자신을 용서하지 않을 것이다. 석금은 자기가 친 덫에 자기가 걸린 듯한 기분이었다. 석금의 눈빛을 보고 진영은 자신이 승기를 잡았다는 것을 알았다.

진영은 여전히 담담한 어조로 말했다.

"조용히 집에서 나가게 해 주세요. 나가서도 민호 씨나 회사에 불리할 내용은 절대 제 입에서 나오지 않을 겁니다. 제가 바라는 건 조용한 이혼입니다. 돈도 필요 없어요."

석금은 진영에게 매달렸다.

"3년을 살 맞대고 살았다. 처음엔 마음이 없더라도 살다 보면 사람 사이에 정이라는 게 생기기 마련 아니냐. 고운 정은 아니더라도 미운 정이라도 분명 있을 게야. 민호 녀석, 뭐에 씐 게 분명해. 남자들, 살면서 사고 한 번은 쳐. 오죽하면 남자는 철들면 죽는다고 하지 않니? 정 네가 나와 민호 엄마가 부담스럽다면 분가하거라. 너희들 생활에 일절 간섭하지 않으마. 너희들 분가는 내가 오래전부터 생각하고 있던 일이다."

"분가한다고 해결될 문제가 아니라는 건 아버님도 잘 아시잖아요."

"네가 힘든 만큼 보상해 주마."

석금은 필사적이었다. 민호에겐 진영이 필요했다. 지난 3년만큼 평온하고 행복해 보이는 아들의 모습을 그는 보지 못했다. 그가 아들에게 해 준 일 중 제일 잘한 게 진영과 결혼시킨 거라고 생각할 정도였다.

진영이 아무런 반응을 보이지 않자 석금은 같은 내용을 반복해서 말했다.

"네가 힘든 만큼 누리고 살게 해 주마."

영일그룹 며느리이자 미래의 안주인의 자리가 누릴 수 있는 건 어마어마했다. 그러나 진영은 고개를 가로저었다.

"저도 쉽게 이혼 이야기를 꺼내는 게 아닙니다. 대부분의 사람들은 그냥 참고 살겠지요. 번듯한 집안의 며느리로 사는 거, 다들 부러워하지요. 제가 민호 씨랑 결혼했을 때, 사람들은 제가 로또에 맞았다고 그랬으니까요. 그런데 저는 더 이상은 이렇게 살 수 없어요. 역시 저는 로또 같은 것과는 안 맞는 사람인가 봐요. 지난 3년 동안 맞지 않는 옷을 입고 산 기분이에요."

"지금껏 해 온 게 아깝지 않니? 나와 민호 엄마가 천년만년 사는 것도 아니지 않니."

조금만 참으면 그 모든 게 다 네 것이라고 유혹하는 듯했다. 석금은 전혀 진영을 이해하지 못했다.

진영은 심호흡을 한 번 크게 한 후 말했다.

"사업하시는 아버님이시니 손절매가 얼마나 중요한지 아실 거예요. 저, 이쯤에서 손절매하려고 합니다. 이제까지 살아온 게 아깝다고 남은 몇십 년 인생까지 거기에 처넣는 건 바보 같은 일이라고 생각합니다. 돌아가신 저희 어머니도 그러길 바라실 거예요."

석금은 진영의 이혼을 절대로 막을 수 없다는 것을 깨달았다.

자기도 모르게 진영은 진심을 토했다.

"전 돈이 아니라 가족이 필요해요, 아버님."

진영의 말에 석금은 움찔했다.

"그만 가 보겠습니다."

석금을 보는 것은 이것이 마지막이겠지만 진영은 '안녕히 계세요.'라는 하직 인사를 하진 못했다.

진영은 자리에서 일어나 올 때처럼 조용히 회장실을 나갔다. 석금은 한동안 석상이라도 된 듯 그 자리에 꼼짝 않고 앉아 있었다.

23

집으로 돌아온 진영은 한동안 침실에 멍하니 앉아 있다가 억지로 기운을 내어 몸을 일으켰다. 짐을 챙겨야 했다. 3년 동안이 집에서 살면서 진영은 가급적 자기 흔적을 남기지 않으려고 애썼다. 언제라도 떠날 수 있도록, 그런 마음으로 살았던 3년이었다. 여행용 가방 하나에 진영의 3년이 차곡차곡 쌓였다.

진영은 드레스 룸에 걸린 옷들을 바라보았다. 이 옷들을 가져갈 생각은 없었다. 이건 영일그룹 며느리의 옷이지 이진영의 옷이었던 적은 없었다. 새삼 진영은 지난 3년 동안 자신이 자기와 동떨어진 세상에 살았음을 깨달았다.

'이게 다인가?'

진영은 가방을 살짝 들어 보았다. 부피에 비해 꽤 묵직했다. 책 때문인 것 같았다.

진영은 화장대에 앉아 한참 동안 왼손 약지에 낀 결혼반지를 바라보았다. 이제는 이걸 뺄 시간이었다. 진영은 힘껏 반지를 뺐다. 하지만 반지가 빠지지 않았다. 진영은 욕실로 가 손에 비누칠을 한 후에야 겨우 반지를 뺄 수 있었다. 반지를 뺐지만 반지의 흔적은 약지에 고스란히 남아 있었다. 반지를 빼도 여전히 반지가 그 자리에 있는 듯한 착각마저 들었다. 진영은 한참 동안 손가락의 흰 부분을 만지작거리다가 거울을 바라보았다. 어쩐지 울 것 같은 여자가 진영을 바라보고 있었다.

'나, 그렇게 불행하지 않았어. 그렇지?'

진영은 거울 속의 자신에게 물었다. 거울 속의 진영이 눈을 깜빡이며 고개를 끄덕였다.

'아니, 어쩌면 행복했던 것 같아. 단지 그걸 깨닫지 못했을 뿐이야. 그리고 결국 날 행복하게 해 준 사람들에게 상처를 줬어.'

진영은 반지를 바라보았다. 결혼반지는 3년의 세월만큼 낡아 있었다. 진영은 민호가 자신에게 이 반지를 끼워 줬을 때를 떠올렸다. 인선에게 허락을 받았다며 민호는 환하게 미소를 지었었다.

그것은 계약직 아내를 원하는 남자의 미소가 아니었다.

사랑하는 사람과 드디어 결혼하게 된 남자가 짓는 미소였다.

'그때부터 사랑이었던가요?'

또다시 심장이 저릿했다.

인선은 민호가 진영을 사랑하고 있다는 것을 알았기에 결혼을 허락했을 것이다. 그러니까 아빠의 반지를 줬겠지. 인선은 진영의 엄마였고, 엄마로서 진영에게 제일 좋은 선택을 했을 것이다.

하지만 진영은 더 이상 결혼을 유지할 힘도, 자신도 없었다. 결혼은 고사하고 자신이 어떻게 살아야 할지도 모르겠다는 생각이 들었다.

'지금은 일단 이곳을 나가는 것부터 생각하자.'

노크 소리가 났다.

"들어오세요."

차 실장이 조심스럽게 입을 열었다.

"저녁 준비할 시간인데 내려오지 않으셔서요. 어디 불편하세요?"

벌써 시간이 그렇게 됐나?

진영이 입을 열었다.

"어머님은요?"

"동창 모임 가셨는데 저녁 식사는 안 하시고, 여섯 시쯤 오신다고 하셨어요."

아직 연희에게 아무 연락이 없는 것을 보니 석금도 민호도 아무 말도 하지 않은 것 같았다.

"오늘 저녁은 준비할 필요 없을 거예요."

"네?"

"저녁 먹을 정신이 있는 사람이 없을 테니까요."

"작은 사모님, 무슨 일 있으세요?"

차 실장의 시선이 가방에 멈췄다.

"어디 가세요?"

가방의 크기가 심상치 않아 차 실장의 얼굴도 덩달아 심각해졌다.

진영은 최대한 담담하게 말했다.

"저, 그 사람하고 이제 그만 살기로 했어요. 아버님께도 말씀드렸고, 제가 오늘 집에서 나가는 건 그 사람도 알아요. 어머님은 아마 곧 알게 되시겠죠."

"작은 사모님……."

차 실장은 얼이 빠져 뒷말을 잇지 못했다. 너무 갑작스러웠다. 오늘 오후 진영이 석금을 만나러 간다면서 연희에게 알리지 말라고 해서 좀 이상하긴 했었다.

"죄송합니다."

진영은 차 실장에게 고개를 숙였다.

"아, 아니에요. 작은 사모님이 왜 제게 죄송하세요?"

"제가 나가는 건 차 실장님만 알고 계세요. 다른 분들께는 적당히 둘러대 주세요."

"설마 이혼하시는 거예요?"

"네. 제가 많이 부족해서요."

차 실장은 고개를 강하게 가로저으며 말했다.

"부족하시긴요. 작은 사모님이 최선을 다하신 건 제가 알아요."

갑자기 차 실장이 울먹거리자 진영은 당황했다.

"전 괜찮아요, 차 실장님. 저한테 정말 잘해 주셨는데 이렇게 마음의 짐만 남기고 가네요."

"작은 사모님, 너무 급하게 결론 내리지 마세요."

차 실장은 자기도 모르게 진영의 손을 꽉 잡았다.

"결혼한 부부 중에 이혼 생각 안 하는 부부는 한 쌍도 없어요. 근데 사는 게 웃긴 게 그 고비만 넘기면 또 살 만해져요. 그렇게 나이를 먹고, 기력도 떨어지고, 늙어가면서 그 사람이 가엾고 짠해지고, 세상에 별사람 없다 생각하게 돼요. 좋아서가 아니라 다 그럭저럭 겨우겨우 살고 있는 거예요. 그러니까 작은 사모님……."

차 실장은 말끝을 흐렸다. 그녀 역시 자기 말이 진영의 이혼을 막을 수 있다는 생각으로 한 말은 아니었다. 이렇게 이 집을 떠나는 진영이 너무 안타까워서 자기도 모르게 나온 말이었다. 지금까지 견딘 시간이 안타까웠다. 그렇지만 진영이 자신의 딸이라면 어땠을까? 더 이상 못 살고 나오겠다는 딸에게 참고 살라고 했을까? 아니었을 것 같았다.

"제가 더는 못 버티겠어요. 차 실장님 아니었으면 정말 더 힘들었을 거예요. 고맙습니다."

차 실장이 나가고 진영은 콜택시를 불렀다. 온몸에 힘이 하나도 없어 진영은 침대에 털썩 누웠다.

침대 시트에서 민호의 냄새가 났다. 이상하게 마음이 편해졌다. 진영은 자기도 모르게 깜빡 잠이 들었다.

핸드폰이 울렸다. 진영은 퍼뜩 잠에서 깨어 전화를 받았다.

— 콜입니다. 지금 집 앞인데요.

"네, 지금 나갈게요."

진영은 몸을 일으켰다. 욕실로 가 세수를 하고 매무새를 정리했다. 방을 나가려던 진영은 발걸음을 멈췄다. 한참을 망설이다가, 진영은 욕실로 가 민호가 쓰는 화장품과 향수를 보관하는 캐비닛을 열었다. 진영은 반쯤 쓴 민호의 향수를 꺼내고 새 향수의 포장을 뜯어 그 자리에 놓았다.

대문까지 차 실장이 따라 나왔다. 괜찮다고 하는데도 극구 가방을 들어 주었다.

"작은 사모님, 그럼⋯⋯."

차 실장은 진영에게 뭐라 인사를 건네야 할지 알 수 없었다. 그래서 겨우 '그럼'이라는 말로 말을 맺었다. 진영은 가만히 고개를 숙였다. 두 사람은 뭐라 말을 잇지 못하고 고개만 숙이고 있었다.

꽤 오래 기다린 택시기사가 짜증스럽게 클랙슨을 울렸다.

"뒷일 잘 부탁드려요."

진영은 택시를 탔다. 차 실장은 택시가 골목을 빠져나갈 때까지 그 자리에 서 있었다. 마른하늘에 날벼락을 맞은 것 같았다.

차 실장이 집으로 들어가자 아닌 게 아니라 직원들이 모두 호기심이 가득한 얼굴로 차 실장을 바라보았다.

"작은 사모님, 어디 가신 거예요?"

"친정에요."

"네? 또요?"

목소리에 짜증이 섞여 있었다. 진영이 없으면 다들 여러모로 심신이 더 고단했기 때문이었다.

"언제 오신대요?"

"좀 걸리신답니다. 자, 다들 일해요. 오늘 저녁은 간단하게 국수로 할 거니까 육수 낼 준비해요."

저녁 먹을 사람은 없을 것 같았지만 차 실장은 직원들의 주의를 돌리기 위해 평소처럼 일을 시켰다. 자기도 모르게 차 실장은 또 한숨을 쉬고 말았다.

아파트 앞에 진형이 걱정스러운 얼굴로 서 있었다.

진형은 폭탄이라도 맞은 듯 정신이 없었다. 진영은 느닷없이 이혼할 테니 집을 구해 달라더니, 어제는 민호의 집에서 나오겠다는 말을 했다. 진형은 회사에서 조퇴를 하고 집으로 왔다.

진형은 택시에서 내리는 진영의 얼굴을 뚫어져라 바라보았다. 피곤해 보이고, 기운이 없어 보이긴 했지만 담담한 얼굴이었다.

"별일 아니라니까. 회사 일 바쁘다며 뭐하러 조퇴를 해?"

잠시 친정에 다니러 온 사람처럼 진영은 말했다.

"이혼이 별일이 아니야?"

"세 쌍 중 한 쌍이 하는 게 이혼이야."

"남이 하는 이혼이랑 내 가족이 하는 이혼이 같아?"

진형은 긴 한숨을 내쉬었다.

"도대체 요즘은 누나가 무슨 생각으로 사는지 모르겠다. 위태위태, 조마조마 불안해 죽겠다고."

진형은 진영의 손에서 가방을 뺏어 들며 말했다.

"하긴 언젠가 이런 날이 올 줄 내가 알았지. 누나는 지금껏 한 번도 사고는 안 쳤잖아. 아빠도, 엄마도, 나도 언젠가 누나가 사고 한 번 크게 칠 줄 알았어."

진영은 가족들이 자신을 그렇게 생각할 줄은 꿈에도 몰랐다.

"사고 총량의 법칙이라고 알아? 사람이 평생 치는 사고는 총량이 똑같아. 보통 사람은 평생에 걸쳐 일정하게 나눠 치는데, 누난 한 번도 사고 같은 걸 안 쳤으니 거의 핵폭탄급일 거라고 아빠가 그랬어."

진형이 현관문을 열며 중얼거렸다.

"역시 아빠 말이 맞았네."

진영은 마음속으로 중얼거렸다.

'정말 큰 사고는 이혼이 아니라 민호 씨와의 결혼이었어. 이혼은 그 사고의 막을 내리는 것뿐이야.'

진영 평생 그렇게 제멋대로 굴었던 건 처음이었다.

"정말 이혼하는 거야? 아니면 홧김에 나온 거야?"

"변호사 만나고 왔어."

진영은 석금을 만나기 전, 민호가 소개해 준 변호사 사무실에 들렀었다.

"엄마 일도 정리했고, 이혼 상담도 받았어."

"누나."

"좀 쉬었다가 이야기하자. 피곤해."

진형은 진영이 씻고 옷을 갈아입을 때까지 기다려 줬다. 하지만 진영이 냉장고를 열고 식사 준비를 하려고 하자 진형이 가로막았다.

"지금 밥이 중요해? 이야기부터 해. 도대체 어떻게 된 거야?"

"협의 이혼이라 빠르면 두 달 정도면 서류 정리 끝날 거라고 하더라."

"내가 궁금한 건 그게 아닌 거 누나도 알잖아. 도대체 무슨 일이야? 돈 많은 집이니 매형이 돈 사고 쳤을 일은 없을 테고. 혹시 매형이 누나를 때렸어?"

"이진형!"

"그게 아니면 바람피웠어? 도대체 뭐냐고!"

진영은 진형에게 민호가 만들어 준 핑계를 말할 수는 없었다. 진형에게 민호가 나쁜 사람이 되는 것은 싫었다.

"그 사람 때문이 아니야. 나 때문이야."

"그게 무슨 소리야? 누나 때문이라니?"

"그 집에서 더는 못 버틸 것 같아."

갑자기 목소리가 흔들렸다. 갑작스럽게 진영의 눈에서 눈물이 흐르자 진형은 당황했다. 진영 역시 당황했다. 왜 눈물이 이토록 서럽게 나오는지 이해가 되지 않았다. 꼭 쫓겨난 기분마저 들었다. 무언가 소중한 것을 빼앗긴 기분마저 들었다.

"누나."

진영은 끅끅 소리를 내며 울었다. 울음은 쉬 그쳐지지 않았다. 겨우 진영이 울음을 그친 후에 진형이 물었다.

"시집살이가 그렇게 힘들었어?"

진형은 이혼 사유를 시집살이로 결론내린 듯했다. 진영은 거기에 맞는 대답을 해주었다.

"결혼하면 그 정도 시집살이는 다 해. 내 문제야. 갈수록 허무하고 허전해서 견딜 수가 없었어. 내가 아니라 박씨 집안 며느리, 박민호의 아내만으로 계속 살 자신이 없어. 비싼 옷 입고, 좋은 차 타고, 저택에 살면서 사모님 소리 듣는 거 처음엔 나쁘지 않았어. 백화점, 호텔, 골프장 어딜 가도 항상 VIP 대접 받는 것도 좋았고. 그렇지만 난 거기에 어울리는 사람이 아니야. 남들에게 보이기 위해 겉만 가꾸며 사는 건 이제 지쳤어. 마음에도 없는 소리만 지껄이며 살고 싶지 않아. 아무 의미도 없는 일에 내 자신을 갉아 먹히는 것 같아. 박씨 집안 며느리로 사는 건 내게 맞는 옷이 아니더라. 평범하게 내가 좋아하는 일 하면서 그렇게 살고 싶어."

"난 전혀 눈치 못 챘어. 누나, 언제부터 그런 생각을 한 거야?"

"한 1년 전부터 부쩍 그런 생각을 많이 했어. 그 사람도 그런 내 마음을 이해해 줬고. 그렇지만 아픈 엄마에게 이혼하는 모습을 보여 주고 싶지 않아. 그래서 엄마 돌아가실 때까지만 부부로 살자고 합의했어."

"매형이 순순히 이혼에 동의했어?"

"응."

진형에게는 진영이 이혼하겠다는 것보다 민호가 이혼에 동의했다는 말이 더 신빙성이 없게 들렸다. 결혼보다 더 이해할 수 없는 이혼이었다.

"그럼 누나는 매형 없이도 살 수 있어?"

"뭐?"

"누나, 매형 사랑하잖아. 그런데도 떠날 수 있는 거야? 떠나는 것 말고 다른 방법은 없는 거야?"

사랑? 내가 박민호를 사랑해?

진형의 목소리는 확신에 차 있었다. 도대체 뭘 보고 내가 박민호를 사랑한다고 생각하는 거지?

"나 그 사람 사랑 안 해. 너도 알잖아, 내가 그 사람 돈 보고 결혼한 거. 너무 힘들어서 그 사람한테 도망간 것뿐이었어."

그럼 왜 그렇게 우는 건데? 지금 누나 눈빛하고 표정이 어떤지는 알고 있어?

진형은 가볍게 한숨을 쉰 후 입을 열었다.

"누나가 이혼을 원하는 건 확실해?"

진영은 고개를 끄덕이며 말했다.

"지금처럼은 살 수 없어."

진형은 진영의 마음이 굳다는 것을 느꼈다.

"알았어. 난 누나 편이야. 내가 누나를 도울게. 아무 걱정 하지 마."

진형에게 누나의 이혼은 핵폭탄급 사건이었다. 그렇지만 묘하게 마음이 놓이기도 했다. 진영이 울면서 힘들다고 속마음을 이야기하는 게 좋았다.

"걱정할 것 없어. 나, 일자리 구했어. 가을부터 출근할 거야.

임용 붙으면 너나 수지 씨한테 폐 끼칠 일 없어."

진형의 표정이 단박에 굳었다. 또, 이런 식이었다.

"미안해, 너 결혼 앞두고 있는데 이런 일 벌여서. 수지 씨한 텐 서류 정리할 때까지 말하지 마. 부담스러울 거야."

"나하고 수지는 비밀 같은 거 안 만들어. 수지하고 난 결혼 할 거고, 그럼 우린 가족이야. 난 누나가 폐 어쩌고저쩌고 그럴 때마다 누나가 날 가족으로 생각하지 않는 것 같아."

"아냐. 왜 그렇게 생각을 해?"

"누나는 언제나 나보고 기대라고 하면서 누나는 나한테 전 혀 기대려고 하지 않잖아."

"그건 내가 너보다 위니까, 누나니까 그렇지."

"그건 우리가 성인이 되기 전의 일이지. 이제 나도 성인이 고, 돈 벌잖아. 나도 누나 도울 수 있어. 일하지 말고 그냥 공부 만 해."

"그럴 필요 없어. 다들 계약직 교사로 일하면서 공부하는걸."

진형의 얼굴이 굳었다. 진형은 망설이다가 그동안 차마 입 밖으로 낼 수 없었던 것을 물었다.

"누나가 나한테 잘한 거, 아빠 돌아가시고 누나가 생계를 책 임진 거, 엄마 아빠가 누나에게 베푼 은혜를 갚으려고 그런 거 야? 엄마는 돌아가셨고 나도 먹고살 만해졌으니까 이제는 누나 노릇 다했다고 생각하는 거야? 그래서 자꾸 날 밀어내려고 하 는 거야?"

사실은 그랬다. 진영은 진형에게 뭐든 양보하지 않으면 마음이 불편했었다.

희생을 해야 한다면 그건 진형이 아니라 자신이어야 한다고 생각했지만 늘 힘에 부쳤고 버거웠다. 어깨에 찰싹 붙은 짐처럼 발버둥 치면 칠수록 더 힘겹기만 했다.

진영은 진형을 위해 거짓말을 했다.

"아니야. 솔직히 많이 힘들었어. 너하고 내 처지가 바뀌었으면 좋겠다고 생각한 적도 있었어. 네가 오빠고 내가 여동생이면 이 고생 안 할 텐데 그런 생각도 했단 말이야."

"정말 그랬어?"

진형은 여전히 미심쩍은 눈빛이었다.

"그래. 내가 말했잖아, 네가 잘되면 곱으로 벗겨 먹겠다고. 근데 지금은 영 먹을 게 없다. 이왕 벗겨 먹을 거, 좀 더 기다렸다 왕창 뜯어 먹을래. 너 그때 딴소리하면 안 돼. 아니, 말 나온 김에 각서라도 받아 놔야겠다."

진형은 겨우 굳은 얼굴을 풀었다. 알면서도 속아 주는 게 가족이라고 진형은 생각했다.

"수지가 누나에 대해 많이 알고 싶어 해. 수지는 겉과 속이 똑같아. 그냥 있는 그대로 봐 줘. 너무 조심스럽게 굴지 말라고. 누나가 수지한테 너무 예의 차리고 그러면 나 정말 섭섭할 거 같아. 수지도 그렇고."

"예의 지키는 게 뭐가 나빠? 넌 남자라서 몰라."

진형은 딱 잘라 말했다.

"누난 예의를 지키는 게 아니라 벽을 쌓는 거잖아."

진형의 말에 진영은 흠칫했다.

다들 알면서도 모른 척해 준 거구나. 난 내 벽이 투명한 줄 알았는데. 진영은 쓰디쓴 웃음이 밀려왔다. 정말 이진영, 너 바보다.

진형은 진영을 똑바로 보면서 물었다.

"내가 친동생이 아니란 게 누나한텐 중요해?"

그 말에 진영은 또 흠칫했다. 진영은 대답할 수 없어서 질문을 던졌다.

"너는 어때? 너는 내가 친누나가 아니란 게 중요해?"

"모르겠어. 누나가 친누나였다면 우리는 지금 모습하고 달랐을까? 그런데 아무리 생각해도 모르겠어. 나한테 누나는 항상 이진영 한 사람뿐이니까. 친누나와 입양해서 남매가 된 누나는 많이 다른 거야? 달라야 하는 거야?"

진형이 그런 생각을 하고 있는 줄은 꿈에도 몰랐다. 입양아라서 고통을 받는 건 자기뿐이라고만 생각했었다. 그런데 아니었다. 진영이 고민하는 만큼 다른 가족들도 고민하고 있었다.

"나도 모르겠어. 나한테 남동생은 이진형, 너 하나뿐이니까."

그 말은 진실이었다.

"세연이는?"

"세연이 이야기가 왜 여기서 나와?"

"핏줄로 보면 나하고 누난 사촌이지만 세연이는 반쪽이긴 해도 진짜 여동생이잖아."

무엇이 진짜이고 가짜일까? 진영은 잠시 생각했다. 핏줄이지만 세연이에게 인간적인 정을 느껴본 적은 한 번도 없었다. 그런데도 단지 핏줄이라는 이유로 세연이를 진짜 동생이라고 하는 건 이상했다.

"난 한 번도 세연이를 동생으로 생각해 본 적 없어. 사촌으로도 여겨 본 적 없어. 그 애는 그냥 나한테 남이야."

"피가 섞였는데도? 어쨌든 엄마가 같잖아."

"나한테 엄마는 우리 엄마 한 분뿐이야."

"정말 그렇게 생각해?"

진영은 고개를 끄덕였다.

"그리고 내 동생은 너뿐이야."

진형은 울 것 같은 얼굴을 했다.

"난 누나에게 미안했어. 나만 친자식으로 태어나서 말이야."

내가 울었을 때 너도 울었구나.

진영은 깨달았다.

그래서 우리는 가족인 거구나.

너무 늦게 깨달았지만 그래도 지금이라도 깨달아서 다행이라고 진영은 생각했다.

법원에 협의이혼의사확인신청서를 내고 한 달이 지난 후에 민호와 진영은 다시 만났다. 판사 앞에서 협의 이혼 의사를 확인받기 위해서였다. 시간에 맞춰 두 사람은 변호사를 대동하고 법원 앞에서 만났다. 변호사들은 밖에서 기다리겠다고 말했다. 민호와 진영은 대기실로 나란히 걸어갔다.

대기실은 꽤 넓었다. 민호와 진영 말고도 여러 쌍의 부부가 와 있었다.

진영과 민호가 온 후에도 쉴 새 없이 대기실 문이 열리고 닫혔다. 거의 서른 쌍이 넘는 부부들이 있는 대기실은 고요하기만 했다. 같이 오는 부부는 거의 없는지, 대기실 문이 열릴 때마다 대부분의 사람들이 반사적으로 고개를 돌려 들어오는 사람을 확인했다.

말기 암 병동보다 더 우울하고 무거운 공기가 대기실을 짓눌렀다.

이곳은 결혼의 죽음을 선고받는 곳이니 어쩌면 말기 암 병동과도 비슷할지 모르겠다고 진영은 생각했다. 우울함에 짓눌릴 것 같아 진영은 의자에서 몸을 일으켜 벽에 붙은 사진을 보러 갔다.

대기실 벽에는 큼직한 사진 네 장이 붙어 있었다. 아마추어가 찍은 티가 역력했지만 무언가 무시할 수 없는 분위기를 풍겼다. 아무것도 없는 벌판에 서 있는 당느릅나무를 봄, 여름, 가을, 겨울에 걸쳐 찍은 사진이었다. 나무가 외로워 보인다고 생각하며 진영은 사진 제목을 보기 위해 시선을 아래로 내렸다.

제목을 본 진영은 자기도 모르게 살짝 얼굴을 찌푸렸다.

동행. 그것이 그 사진들의 제목이었다.

하늘 아래 홀로 서 있는 나무를 찍은 사진에 왜 동행이라는 제목을 붙인 걸까? 진영은 그 제목이 아이러니하게 느껴졌다. 지금 이곳은 이혼을 코앞에 둔 사람들이 모여 있는 대기실이었다.

직원이 들어와 부부들에게 번호표를 나누어 주었다. 민호와 진영은 7번이었다. 민호는 번호표를 만지작거렸다.

7번. 오늘 민호와 진영은 일곱 번째로 이혼을 할 부부였다. 럭키 세븐이라고 해야 할지. 민호는 씁쓸하게 웃었다.

민호는 짧게 자른 진영의 머리를 낯설게 바라보았다.

"머리 잘랐네."

"더워서요."

진영의 머리는 목덜미가 보일 정도로 짧게 잘려 있었다.

"짧은 머리도 잘 어울려. 어려 보이기도 하고."

어울린다고 말하면서도 민호는 어딘지 슬프고 아쉬운 얼굴을 했다.

진영은 그냥 살짝 미소만 지었다. 진영은 그의 흔적을 깨끗이 지워 버릴 생각인 것 같았다. 여전히 이 여자는 자신을 아프게 했다. 이 얼얼한 아픔은 자신이 여전히 이 여자를 사랑하고 있다는 뜻이었다. 그러니까 아파도 괜찮았다. 그게 박민호가 이진영을 사랑하고 있다는 유일한 증거니까.

민호는 진영의 머리카락에 살짝 손을 댔다. 진영은 움찔했지만 민호가 머리카락을 만지도록 내버려 뒀다. 민호의 손이 머뭇거리다가 하얗게 드러낸 목덜미로 향했다. 진영의 피부에 살짝 소름이 돋았다. 민호는 촉촉한 피부에 입술을 대고 싶은 충동을 겨우 참았다. 민호는 겨우 진영의 목덜미에서 손을 뗐다. 진영의 목덜미가 붉어졌다.

"오늘 법원 오는 거, 두 분께 말씀드렸어요?"

"이혼하는 마당에 별 신경을 다 쓴다."

"아버님, 당신에게 심한 소리 하지 않으셨어요?"

뜻밖에도 석금은 조용했다.

뺨 몇 대는 각오했었다. 못난 놈, 모자란 놈이라는 호통도 들을 각오가 되어 있었다. 언제나처럼 그를 향한 질책이 쏟아질 거라고 생각했었다. 그런데 석금은 한숨을 내쉬며 진영에게 가서 빌라는 말을 했을 뿐이었다. 석금은 민호의 고통을 그대로 느끼고 있는 듯했다. 아니, 민호보다 더 괴로운 얼굴을 했다. 그 모습을 보는 민호는 묘한 느낌이었다. 민호는 한 번도 석금이 자신을 사랑하는 걸 실감해 본 적이 없었다. 석금에게 중요한 것은 늘 일이나 돈, 체면이라고 생각했었다. 석금은 '내가 돈을 버는 건 다 너를 위해서다.'라고 입버릇처럼 말했지만 민호는 그 말을 믿은 적이 없었다.

그런데 잘못 생각한 것 같았다. 민호가 인생에서 제일 힘든 순간, 석금은 민호를 야단치지 않고 그냥 민호의 있는 그대로를 받아들여 줬다. 그것이 석금이 아들 민호를 사랑하는 방식이었다. 좋은 순간보다 나쁜 순간, 최악의 순간에 힘이 되는 사랑이었다.

민호는 자신이 지금껏 엇나가고 반항하면서도 석금이 자기편이라는 것을 의심해 본 적이 없었다는 것을 깨달았다. 자신에게 뭔가 나쁜 일이 생기면 제일 먼저 석금에게 연락을 할 것이며, 석금은 욕을 하든 어쨌든 민호의 문제를 해결하기 위해 구두가 닳도록 뛰어다닐 것이다. 그것이 사랑이 아니라고는 부정할 수 없었다.

마음의 문은 닫았지만 석금과 민호는 그런 믿음으로 강하게 묶여 있었다. 단 한 번도 의식해 본 적 없는 부자간의 끈을 민호는 그 순간 깨달았다. 어쨌든 석금은 아버지였고, 자신은 아들이었다. 민호는 때때로 자신이 석금의 아들임을 잊고 살았지만 석금은 단 한순간도 자신이 민호의 아버지임을 잊어 본 적이 없었다. 석금은 늘 민호의 편이었다.

민호는 진영을 생각했다. 진영은 세상에 태어나 한 번도 이런 '내 편'이 있음을 믿어 본 적 없을 것 같았다. 진영은 어릴 때 이런 무조건적이고 맹목적인 사랑을 경험해 보지 못했다. 그러니 사랑을, 사람을 믿을 수 없는 게 당연했다. 또, 진영이 가여워졌다. 나라도 당신 편이 돼 주고 싶었는데, 내가 못나서 미안. 민호는 마음속으로 중얼거렸다.

"당신, 우리 아버지를 만나서 뭐라고 했기에 그 양반이 꿀 먹은 벙어리가 돼 버린 거야?"

"별말 안 했어요."

"하긴 증거가 너무 훌륭했지."

"정말 괜찮은 거예요?"

"그 양반도 많이 늙었나 보더라. 너한테 무조건 가서 싹싹 빌라고 하던데. 그러면 네가 돌아올 거라고 기대하신 것 같아. 그 양반, 이진영이 어떤 여잔지 모르니까 그런 말을 하는 거지. 오늘 확인받고 말씀드리려고. 그래야 빨리 단념하시겠지. 아들을 죽이기야 하시겠어? 몇 대 맞고 끝나겠지. 아버지 기력

이 워낙 떨어져서 맞아도 별로 안 아파. 골프채만 잘 숨겨 놓
으면 돼."

"난 당신이 나쁜 사람 되는 거 정말 싫어요. 그래서 말인데
요. 나한테 불임 문제가 있어서 당신이 밖으로 돌았다고 그렇
게 이야기해요. 당신이 이혼에 동의하는 것도 그 이유 때문이
라고요. 그럼 두 분도 납득하실 거예요. 아이 문제는 많이 신경
쓰셨잖아요. 손자 문제는 절대 양보하지 않으실 테니까요."

"이진영, 생각 많이 했네."

민호가 기특하다는 듯 웃었다.

"당신이 나쁜 사람이 되는 건 싫어요."

"왜?"

"당신은 좋은 사람이니까."

"내가 좋은 사람이라고 말해 주는 건 당신이 처음이자 마지
막일 거야."

"사실이 그래요. 부모님께는 그렇게 말씀드리는 걸로 해요."

"싫어."

"민호 씨."

"내가 끝까지 좋은 남자 하게 해 줘."

"당신은 경영자로서 사람들 앞에 서야 하는 사람이에요. 또,
언젠가는 재혼해야 하고요. 이런 이유로 이혼했다고 하면 다들
당신을 색안경을 끼고 볼 거예요."

"재혼 안 해. 너니까 결혼한 거야. 내가 말했잖아, 세상에 이
사람이다 싶은 사람을 한 번 만나는 것도 행운이라고. 나는 이

미 그 행운을 써 버렸어."

민호는 진영을 물끄러미 보다가 입을 열었다.

"피임약은 언제부터 먹었니?"

진영은 놀랐다. 민호가 알고 있을 줄은 몰랐다.

"서재 서랍에 있는 걸 우연히 봤어."

"민호 씨, 그건요……."

"네가 내게 안겼을 때, 그때부터 난 우리가 그저 계약만은 아니라고 생각했어. 뭔가 달라졌다고 생각했어. 너도 달라지고 있다고, 나를 조금은 좋아할지도 모른다고 생각했지. 바보 같은 착각이었지만."

"아이를 원했어요?"

나 같은 여자의 아이를 원했어요?

"아이가 생기면 평범한 부부로 살 수 있을 거라고 생각했어. 시작은 이상했지만 끝은 해피엔딩일 거라고 혼자 착각했었지."

당신은 그런 꿈을 꾸고 있었구나. 나와 부부가 되어 아이를 키우는, 그런 꿈을 꾸고 있었구나.

조금만 더 생각했다면 당연히 진영도 알 수 있는 일이었다. 민호는 진영을 사랑했다. 사랑하니까 부부가 되고 싶었고, 부부가 되었으니 아이가 가지고 싶었을 것이다. 그건 마음의 자연스러운 흐름이었다.

또, 나는 의도치 않게 당신에게 상처를 준 셈이구나. 내가 피임약을 먹는 줄 알았을 때, 당신의 그 꿈은 산산조각 났겠지. 그래서 많이 아팠겠지. 나란 인간은 정말 고슴도치인가 봐. 가만히 있어도 늘 당신을 찔러. 아주 아프게.

세상에서 무심함이라는 가시가 제일 날카롭고 아프다는 것을 진영은 깨달았다.

진영은 마음을 가라앉혔다. 오해부터 풀고 싶었다.

"피임약 말이에요. 당신이 알고 있을 줄 몰랐어요. 당신이 생각하는 그런 건 아니에요. 생리통이 심해서 결혼 전부터 먹었어요. 생리통 심할 때 피임약을 꾸준히 먹으면 효과가 있거든요."

민호는 눈만 깜빡거렸다. 생리통 때문에 피임약을 먹는 줄은 꿈에도 몰랐다.

"피임약 이야기를 꺼내는 게 어쩐지 부끄러워서 진통제라고 거짓말한 것뿐이에요. 피임약을 먹고 있어서 피임에 대해 따로 이야기하지 않았어요. 당신을 속이거나 그럴 생각은 없었어요."

진영은 책망하는 투로 들리지 않기를 바라며 말을 이었다.

"아이 이야기, 한 번도 한 적이 없어서 난 당신이 아이를 원한다고는 생각도 못 했어요."

"난 생기길 바랐어. 생겼다면 넌 낳았을까? 나와 함께 그 아이를 키웠을까?"

"그랬겠죠."

"엄마는 되고 싶었니?"

진영은 힘겹게 입을 열었다.

"아뇨. 난 엄마가 될 자신이 없어요. 당신이 날 잘 봤어요. 난 척하는 건 잘하지만 진짜로 누군가를 위하고 사랑하고 그런 건 못 해요. 이런 엄마의 아이로 태어나면 아이가 너무 가엾잖아요. 그렇지만 생겼다면 낳았을 테고, 낳았다면 키웠겠죠. 그 여자 같은 엄마가 되지 않는 게 내 목표니까."

"행복했을까?"

"아니요. 행복하진 않았을 거예요."

진영은 영천댁이나 소라, 윤아처럼 행복한 엄마가 될 자신이 없었다.

민호는 생각했다.

그때 너에게 물어봤으면 좋았을걸.

돌이켜 보면 민호는 한 번도 진영이 하는 말을 들으려고 했던 적이 없었던 것 같았다. 자신이 원하는 대답이 아닐 것 같아서, 거절이 두려워서 늘 사랑이라는 감정으로, 돈의 힘으로 진영을 밀어붙였던 것 같았다. 그리고 그 결과가 계약이고 이혼이었다.

그리고 그건 민호가 가장 경멸하던 석금의 사랑 방식이기도 했다. 석금은 늘 민호의 의견 같은 건 묻지 않고 자기 식으로 사랑을 퍼부었다. 민호에게 제일 좋은 것을 석금이 결정했다. 민호는 석금의 그런 사랑에 질식할 것 같았고, 도망가고 싶었다.

"오직 계약만은 아니었어요, 당신과 나 사이."

진영이 망설이다 말했다. 민호는 놀란 얼굴로 진영을 바라보았다. 잠시 후 쓰디쓴 미소가 떠올랐다. 진영이 솔직해질 때는 다시는 보지 않을 사람과 함께 있을 때뿐이었다.

법원 직원이 번호 7과 함께 민호와 진영의 이름을 불렀다.

이렇게 이름이 함께 불리는 것도 아마 오늘이 마지막이겠지.

민호가 자리에서 일어나자 진영도 일어났다.

이혼은 채 5분도 걸리지 않았다. 판사는 건조하게 두 사람의 생각이 변하지 않았는지, 여전히 이혼을 원하는지를 물었고, 진영과 민호는 그렇다고 대답했다.

그걸로 끝이었다.

처음 들어올 때처럼 두 사람은 나란히 걸어서 법원을 나섰다. 이제 헤어져야 할 시간이었다.

두 사람의 변호사인 유한과 은수가 다소 가라앉은 표정으로 그들을 기다리고 있었다. 민호는 유한을 보며 말했다.

"우리, 사진 좀 찍어 주실래요?"

유한은 당황한 얼굴을 했다. 은수 역시 당황했다.

정말 끝까지 특이한 부부였다. 이혼 기념사진을 찍는 부부는 난생 처음이었다.

그러거나 말거나 민호는 유한에게 휴대전화를 내밀었다.

유한이 사진을 찍기 위해 몇 걸음 뒤로 물러섰다. 민호는 진영에게 가까이 가 손을 잡았다.

휴대전화를 들고 있는 유한을 바라보며 민호가 입을 열었다.

"이제 같이 사진 찍을 일 없잖아."

진영은 울음을 터트리지 않으려고 입술을 깨물었다.

"그럼, 찍습니다. 하나, 둘."

민호가 나지막한 목소리로 말했다.

"웃어 줄래?"

그러나 진영은 미소가 나오지 않았다.

"셋."

찰칵, 하는 소리가 유난히 크게 났다.

유한이 찍힌 사진을 확인하고 입을 열었다.

"한 장 더 찍겠습니다."

민호가 진영에게 더 바짝 붙었다. 아플 정도로 세게 진영의 손을 잡았다. 진영은 민호가 여전히 결혼반지를 끼고 있다는 것을 깨달았다.

눈물이 가득 고인 눈으로 진영은 미소 지었다.

"진영아. 꼭 행복해야 돼."

찰칵, 소리가 났다. 민호는 진영의 손을 놓았다.

24

진영은 은수가 통화를 끝내기를 기다렸다. 고맙다는 인사를 하고 집에 가기 위해서였다. 몇 분 후 은수가 미안한 얼굴로 진영 쪽으로 걸어왔다.

"죄송합니다."

"괜찮습니다."

"전남편 분 변호사와 통화를 했는데요. 이혼의사확인서등본을 진영 씨가 내 줬으면 좋겠다고 하는데요. 어떻게 하실래요?"

전남편이라는 말에 진영은 움찔했다. 그렇게 민호는 남이 되었다. 진영은 겨우 대답했다.

"제가 낼게요."

그 사람에게 확인서등본을 내게 할 수는 없었다.

은수는 '잠시만.'이라고 말한 후 또 전화를 걸었다. 민호의 변호사와 통화를 하는 것 같았고, 이번 통화는 금방 끝났다.

"이미 법원에서 들으셨겠지만, 확인서등본은 3개월 이내에 내시면 돼요. 안 내면 이혼이 무효가 된다는 건 아시죠?"

진영은 고개를 끄덕였다.

"잊지 말고 꼭 내세요."

은수는 그 외의 자잘한 일들에 대해 설명을 계속했다. 그러나 그 소리가 진영의 귀에는 하나도 들어오지 않았다. 그저 멍하기만 했다.

은수는 진영이 자기 말을 제대로 귀담아 듣지 않는다는 것을 깨닫고 묘한 기분에 사로잡혔다. 진영은 지금껏 만난 어떤 의뢰인보다 차분하고 담담했고, 자기가 뭘 하는지 똑똑히 알고 있었다.

그런데 막상 원하는 판결을 받고 나오는 순간, 그녀는 한없이 연약해 보였다. 은수는 부모를 잃어버린 아이를 길에 버리고 가는 기분에 사로잡혔다.

은수는 진영이 늘 가지고 다니는 가죽 수첩을 바라보았다. 심플하면서도 세련된 디자인의 수첩은 소중하게 쓴 태가 났다. 두 번째 만난 날, 은수는 진영에게 수첩이 어느 브랜드 거냐고 물었다. 여자들끼리의 스몰토크였다.

"남편이 첫 결혼기념일 선물로 준 건데 어디 건지는 몰라요."

은수는 좀 놀랐다. 외도한 남편이 준 결혼기념일 선물을 가지고 다닌다는 건 은수의 상식으로는 이해가 되지 않는 일이었다. 10캐럿 정도 되는 다이아몬드 반지라면 모를까.

그때 민호의 차가 은수와 진영의 옆을 스쳐 지나갔다. 진영은 자기도 모르게 민호의 차를 바라보았다. 하지만 빠르게 지나가 버려 진영은 차에 탄 민호를 보지 못했다.

은수는 그런 진영을 바라보면서 이혼을 후회하는 거냐고 물어보고 싶은 마음을 억눌렀다. 자신은 변호사지 상담사가 아니었다. 한편으로 마음이라는 것은 참 웃기는 존재라고 생각했다. 어째서 제삼자에게 더 뚜렷하게, 더 정확하게 보이는 걸까? 하지만 마음이 남아 있다고 해도 얼마든지 이혼할 수 있었다. 사랑과 결혼은 별개의 문제였다.

의뢰인의 개인적인 감정엔 전혀 발을 담그고 싶지 않은 은수였지만 자꾸만 진영에겐 신경이 쓰였다. 그건 길을 걷다 누가 비틀거리며 쓰러질 것 같을 때 무의식적으로 그 사람을 붙잡으려고 손을 내미는 것과 같은 마음이었다.

두 사람은 보폭을 맞춰 천천히 걸었다. 은수가 입을 열었다.

"영미 계약법에 보면요. 효율적 위반이라는 개념이 있어요."

한 번도 들어보지 못한 낯선 용어가 나오자 진영은 주의를 집중했다.

"결혼 생활을 유지했을 때 얻을 수 있는 것이 결혼 생활을 깼을 때 얻을 수 있는 것보다 적다면 그 결혼은 깨는 게 서로 이롭다는 거예요. 이혼은 계약 파기가 아니라 일종의 효율적 위반이 되어야 한다고 난 생각해요. 계약은 지키는 것보다 깨는 게 효율적일 때도 있으니까요. 그러니까 이혼은 실패나 잘못이 아니에요."

진영은 은수가 예상하지 못했던 질문을 던졌다.

"어느 쪽 기준으로 생각해야 하는 거죠? 남편? 아내? 아니면 이혼을 제기한 사람? 이혼을 당하는 사람?"

"모두 다 합쳐서요. 부부는 너의 슬픔, 나의 슬픔, 너의 기쁨, 나의 기쁨, 이렇게 나눌 수 없는 거잖아요. 물론 결혼을 했다고 해서 부부가 같은 것을 느껴야 한다고는 생각하지 않아요. 부부로서 느끼는 슬픔과 고통의 총합이 행복의 총합보다 크다면 갈라서는 게 현명하고 용기 있는 행동일지도 몰라요. 그렇게 헤어지는 건 이혼이 아니라 해혼解婚이겠죠."

부부로 느끼는 슬픔과 기쁨? 그런 게 뭐지? 진영은 한 번도 그런 것을 느껴 본 적이 없었다.

'그러니까 우린 결혼이라는 제도에 묶여 있었을 뿐, 한 번도 부부였던 적은 없었어.'

"외도 때문에 헤어지시는 게 아니죠?"

기어이 은수는 묻고 말았다. 입 밖으로 그 질문을 내는 순간, 은수는 자신의 '망할 오지랖'을 저주했다. 진영은 담담하게 말했다.

"그 사람은 날 행복하게 해 줄 수 없는 자신이 싫다고 했어요. 나는 그 사람을 아프게 하는 내가 싫었고요."

그게 진짜 이혼 사유였다.

"두 분 다 정말 재미있는 분들이시네요."

"네?"

"뭔가를 해 준다고 행복해지는 건 아니잖아요. 저는 아이를 낳아 본 적이 없지만 부모가 된 친구들이 그렇게 말하더군요. 자식이 존재하는 것만으로도 행복하다고요. 태어나 가장 무기력한 순간에 아무 이유 없이 무조건적인 사랑을 받았기 때문에 사람은 타인을 조건 없이 사랑하게 되는 것 같아요. 결혼이나 이혼에는 이유가 있지만 사랑에는 이유가 없죠. 그 사람이 내게 무엇을 해 주어서가 아니라 단지 그 사람이라는 이유로 사랑하게 되는 거니까요. 어떤 생물이든 자기 생존을 최우선으로 생각하고 살아요. 그렇지만 인간은 가장 소중한 목숨도 사랑하는 사람을 위해 기꺼이 내놓잖아요. 정말 대단한 일이라고 생각하지 않아요?"

"함께 있는 게 아프다면 헤어지는 게 더 나은 것 아닌가요?"

"고통은 쓸모없는 게 아니에요. 몸이 아픈 것을 고통으로 알수 있잖아요. 고통이 없다면 어디가 잘못된 건지 몰라서 허망하게 죽을수도 있어요. 때로 고통은 살아 있다는 증거이기도 하고, 누군가를 사랑하고 있다는 증거이기도 해요. 사랑하기 때문에 기쁠 때보다 사랑하기 때문에 아플 때가 더 많아요. 그렇지만 세상엔 감수해야 하는 아픔도 있는 거 아닐까요?"

갑자기 진영은 세상을 떠난 인선을 떠올렸다. 인선을 떠올리면 항상 심장이 저릿할 정도로 아팠다. 눈물이 울컥 치밀어올랐다. 고통에 가까운 감각, 그러나 이 고통을 느끼지 못하는건 더 싫을 것 같았다. 그건 내가 엄마를 사랑하고 있다는 증거니까. 그래서 민호도 그렇게 말했던 걸까?

은수는 가볍게 머리카락을 쓸어 올리며 중얼거리듯 말했다.

"내가 사랑하는 사람이 나 때문에 힘들고 아픈 것을 좋아할 사람은 없죠. 그렇지만 그 이유로 떠나는 건 이기적이라고 생각해요."

"이기적이라고요?"

은수는 말을 고르지 않고 그냥 머릿속에서 떠오르는 대로 말했다.

"숨을 쉴 때마다 폐가 타는 것처럼 아파도 숨을 쉬어야 살 수 있는 것처럼 사랑도 그래요. 사랑하지 않으면 살 수가 없기 때문에 사랑을 하는 거예요. 그 사람이 아픈 게 싫은 게 아니라 그 사람을 아프게 하는 '내'가 싫은 게 아닌가요? 그건 결국 그 사람의 아픔이 아니라 내 아픔 때문에 떠나는 거잖아요."

진영의 얼굴이 굳었다. 제대로 정곡을 찌른 것 같았다.

"사랑해도 떠날 수 있는 건 상대를 아주 많이 사랑하거나 상대보다 자기 자신을 더 사랑하거나 그 둘 중 하나인 것 같아요. 진영 씨는 어느 쪽이에요?"

진영은 대답하지 않았다. 은수는 살짝 혀를 깨물었다. 지금 이혼하고 나온 사람에게 도가 지나쳤다. 그렇지만 오늘 진영은 곧 허물어지기 직전의 건물처럼 보였다.

'설마 이 사람, 남편이 자기한테 어떤 존재인지도 모르는 거 아닐까?'

은수는 한숨을 내쉬었다.

'이래서 난 이혼 의뢰가 싫다니까.'

승자도 패자도 없었다. 은수가 진영 몰래 한숨을 내쉬고 있는데 휴대전화가 띠릿, 소리를 냈다.

술이나 한잔하자.

'선배도 비슷한 기분인가 보네.'

은수는 그러자는 답 문자를 보냈다. 그리고 진영의 얼굴을 보았다. 여전히 담담한 얼굴을 하고 있었지만 그 담담함은 얇은 종이로 만든 가면 같았다. 이 여자는 어쩌면 터무니없이 여린 여자일지도 몰랐다.

진영이 갑자기 입을 열었다.

"그런데 말이에요. 애초에 슬픔과 기쁨, 고통과 행복을 저울 위에 올려놓을 정신이 있다면 결혼 같은 건 하지 않았을 텐데요."

"그렇죠. 결혼이라는 게 참 만만하지 않죠. 사랑이 아니라면 이 미친 짓에 뛰어들 사람이 누가 있겠어요? 다 눈이 머니까 결혼하는 거죠. 평생 감고 살 수 있으면 좋을 텐데, 그걸 못 하니까 결혼이라는 계약을 하는 거겠죠. 사랑은 본디 변덕스러운 거니까요."

은수의 어조가 유난히 시니컬했다.

"실례지만 변호사님은?"

30대 후반 정도로 보이는데 결혼반지는 끼고 있지 않았다. 사무실에도 남편 사진이나 가족사진은 보이지 않았다.

"갔다 왔습니다. 개인적인 경험도 있고, 하도 안 좋게 이혼하는 모습을 많이 봐서 그런지 전 결혼에 비판적인 편이에요. 가족은 고사하고 인간에 대한 최소한의 예의도 잊어버리고 진흙탕 싸움을 하는 꼴을 하도 많이 봐서요."

그래서인지 이렇게 고요한 이혼이 이상했다. 그건 싸울 힘이 없어서 침묵하는 고요함과는 달랐다. 서로를 바라보는 눈빛이 참 아련했다.

은수는 자신이 이혼했을 때를 떠올렸다. 미치도록 사랑해서 결혼했지만, 그날 서로의 눈동자는 텅 비어 있었다. 판사 앞에서 이혼 의사를 확인하기 전부터 그들은 부부가 아니었다. 그래서 이혼 절차는 사망 확인과 비슷했다.

그래도 이혼할 수 있어 다행이었다. 만약 사람들의 시선이 두려워 이혼하지 않았다면 그도 자신도 결혼이라는 행성에 좀비로 남아 있었을 테니까.

그렇지만 민호와 진영은 달랐다. 서로를 그렇게 바라볼 수 있다면, 서로를 그렇게 배려할 수 있다면 왜 이혼을 하는 걸까? 도대체 이 부부의 단추는 어디서부터 잘못 끼워진 걸까? 어쩌면 이 부부에게 필요한 것은 잘못 끼워진 첫 단추를 찾아가는 여정이 아닐까? 어쩌면 이혼은 그 여정의 첫 번째 기착지일지도 모르겠다는 생각이 들었다. 은수는 마음이 조금 가벼워졌다.

"헤어져서 해결되는 문제는 없어요. 그건 그냥 문제를 버려두고 도망치는 거니까요."

은수는 맑은 눈으로 진영을 응시하며 말했다.

"그렇지만 헤어져야 해결되는 문제도 있어요."

"수수께끼인가요?"

"네. 답은 진영 씨가 찾아보세요."

이번엔 진영이 은수에게 질문을 던졌다.

"계약뿐이어도 결혼은 유지될 수 있을까요?"

"네?"

은수는 눈을 동그랗게 떴다.

"아내는 아내의 일을, 남편은 남편의 일을 하는 계약으로서의 결혼."

은수는 여전히 잘 모르겠다는 얼굴을 했다. 은수는 잠시 생각한 후 말했다.

"아내와 남편이 해야 할 가장 중요한 일은 서로를 사랑하는 것 아닌가요? 그 외의 것들은 그 사랑을 지키고 키우기 위해 하는 것이잖아요."

말을 하고도 은수는 너무 이상론을 이야기했다고 생각했다.

큰길로 나온 진영이 말했다.

"전 여기서 택시 타고 들어갈게요. 여러모로 많이 고마웠어요."

"힘들면 전화하세요. 의뢰인이 아니라 친구로요. 법률 상담도 환영이지만, 가급적 일로는 날 안 만나는 게 좋겠죠?"

진영은 웃었다.

"한동안 많이 허탈할 거예요. 이혼 후 감상에 젖는 건 아무 도움도 되지 않아요. 이혼한 것 때문에 괜히 움츠리지 말고요. 진영 씨가 말했죠? 더 행복하기 위해 이혼을 선택한 거라고요."

"네."

"꼭 행복해질 수 있을 거예요."

은수는 진영에게 악수를 청했다. 은수의 손은 부드럽고 따뜻했다. 마치 진영의 새 출발을 응원하는 것 같았다.

은수는 일이 있다며 다시 법원으로 들어갔고, 진영은 택시를 잡았다. 진영이 막 목적지를 말하려는데 기사가 먼저 입을 열었다.

"어디 구청으로 가실 건가요?"

"네?"

느닷없는 구청 이야기에 진영은 어안이 벙벙했다.

"그거 내러 가야 하잖아요. 관할 구청에 내면 되는 거예요."

'그거'라는 말에 진영은 손에 들고 있는 등본을 바라보았다. 기사는 백미러로 진영을 보며 말했다.

"지금 이 시간에 법원에서 나오는 분들은 다 이혼하고 나오시는 분들이거든요."

한두 명을 구청으로 실어 나른 게 아닌 듯했다. 진영은 어쩐지 이 상황이 우스웠다. 이혼급행택시를 탄 기분이었다. 기사는 다시 목적지를 재촉했다.

'지금 당장 등본을 낸다고?'

진영은 내키지 않았다. 진영은 기사에게 집이 있는 동 이름을 댔다.

"손님, 아직 미련이 있으신가 보네. 정말 이혼하는 사람은 택시에 타자마자 바로 구청으로 가자고 해요."

"그런 거 아니에요."

"그럼 지금 당장 내요. 묵혀 둔다고 이자가 붙는 것도 아니잖소. 나중에 따로 시간 내기도 귀찮아. 지긋지긋한 노비문서를 불태울 시간이 왔는데 뭘 망설여?"

그렇지만 진영은 처음 말한 목적지를 바꾸지 않았다. 기사는 진영의 집으로 차를 몰면서 계속 수다를 떨었다. 진영이 만난 택시기사 중 제일 수다스러운 사람이었다.

"나도 젊어서 기운 넘쳤을 때는 사네 못 사네 법원 문턱 닳도록 드나들었지. 그런데 막상 갈라서려고 하면 세상에 별 여자 있나 싶어서 주저앉은 게 몇 번인지 몰라. 마누라도 그랬는지, 지금까지 잘은 아니지만 지지고 볶으며 살고 있소."

기사의 웃음 속에 한숨이 섞여 있었다.

"거 웬만하면 새댁이 한 번만 봐주고 데리고 살아요. 그렇게 살다 보면 늙어서 옛날이야기 웃으면서 할 날이 온다오. 기운 빠지면 남자들은 다 철들어. 그때 새댁이 꽉 잡고 호령하면서 살아요. 늙어서 등 긁어 줄 사람 하나는 있어야 하잖아."

진영은 잠자코 기사의 수다를 들었다.

택시에서 내린 진영은 집으로 가려던 발걸음을 돌려 전철역 근처에 있는 이동통신 대리점으로 들어가 휴대전화를 새로 개통했다.

"번호변경 안내서비스가 무료로 제공되고요."

"필요 없어요."

"네?"

"필요 없다고요."

대리점 직원은 진영을 이상하다는 듯한 눈으로 봤다.

"그럼 번호변경 알림서비스도 필요 없으세요?"

"네."

직원은 '뭔가 사연 있는 여자네.'라고 말하는 듯한 눈으로 진영을 보고는 진영이 원하는 대로 해 줬다.

새 휴대전화를 개통하고 진영은 집으로 돌아왔다. 진영은 샤워를 한 후, 자기 위해 이불을 폈다. 암막 커튼을 쳐 방 안은 밤처럼 어둑어둑했지만 잠이 오지 않았다. 진영은 몸을 일으켜 화장대 위에 올려 둔 민호의 향수를 가져왔다. 베개에 향수를 살짝 뿌렸다. 민호의 냄새와 비슷한 냄새가 났다. 진영은 눈을 감았다.

법원에서 나온 민호는 이혼에 대한 마지막 정리를 하기 위해 유한의 사무실로 갔다.

"전처 분께서 확인서등본을 구청에 내신다고 했으니 이걸로 모든 게 끝났습니다."

전처라는 말에 확인서등본을 멍하니 바라보던 민호가 흠칫 놀라며 고개를 들었다.

"정말 끝인가?"

"네?"

유한은 어리둥절한 얼굴을 했다. 민호는 확인서등본 쪽으로 시선을 돌렸다. 자기 묘비를 응시하는 사람처럼 지독하게도 착

가라앉은 눈빛이었다. 민호는 혼잣말처럼 중얼거렸다.

"정말 쉽군. 이렇게 쉬운 거였나? 뭐가 이렇게 간단하지?"

이혼이 끝나는 순간, 자주 보던 장면이었다. 진흙탕에서 싸우는 것처럼 처절하게 서로를 물어뜯은 후 애타게 기다리던 이혼을 한 부부도, 이혼 판결을 받고 나오는 순간에는 다들 그런 생각을 했다. 죽어도 같이 살 수 없다고 이혼까지 해 놓고 아무도 후련해하지 않았다. 허탈하고 쓸쓸해했고, 고통스러워했다. 이혼은 제 살을 베어 내는 일이었다. 설사 그 살이 썩은 살이라고 해도 말이다.

자기도 모르게 유한은 대꾸하고 말았다.

"결혼은 계약이지 않습니까."

"계약이라. 그렇죠. 결혼은 계약이죠."

민호는 웃었다. 그 웃음이 너무도 쓸쓸하게 느껴졌다.

"수고 많으셨습니다."

민호는 자리에서 일어나 유한에게 손을 내밀었다.

"아, 아닙니다. 별말씀을요."

정말 유한은 이번 일에서 별로 한 일이 없었다.

변호사 사무실을 나온 민호는 차에 탔다.

"어디로 모실까요?"

민호는 한참 동안 아무 말도 하지 않았다.

"사장님?"

기다리다 못한 기사가 백미러로 민호를 힐끔 바라보며 그를 불렀다.

"갓길에 차 세워요."

기사는 민호의 말대로 차를 갓길에 세웠다.

"차는 내가 운전할 테니 택시 타고 회사에 들어가세요."

민호는 택시비를 기사에게 주고 운전석에 앉았다. 기사는 다소 당황한 눈빛으로 멀어지는 차를 바라보았다.

운전석에 앉았지만 민호는 어디로 가야 할지 알 수 없었다. 정신을 차려 보니 진영의 아파트 앞이었다. 민호는 시동을 끄고 해가 질 때까지 계속 진영의 아파트 주차장에 차를 대고 앉아 있었다. 눈물도 나지 않았다. 그저 세상이 완전히 박살나 버린 기분이었다.

"이렇게 일찍 어쩐 일이세요?"

차 실장이 민호를 맞이하며 말했다. 밤 12시가 되기 전에는 집에 오지 않던 민호였다.

"저녁 식사는 하셨어요?"

"생각 없습니다. 두 분은요?"

"식사 마치시고 지금 후식 드시고 계십니다."

민호는 식당으로 성큼성큼 걸어갔다. 민호는 인사도 하지 않고 두 사람 앞에 앉았다. 민호의 기세가 심상치 않아 연희와 석금은 자기도 모르게 긴장했다. 민호는 거두절미하고 본론을 이야기했다.

"두 분께 드릴 말씀이 있습니다. 오늘 법원 다녀왔습니다."

"법원이라니?"

연희가 어리둥절한 얼굴로 되물었다.

"진영이와 저, 이혼했습니다."

'이혼하겠습니다'도 아니고 '이혼했습니다'였다. 연희는 민호가 무슨 말을 하는 건지 이해가 잘 되지 않아 눈만 깜빡거렸다.

"너, 지금 무슨 말을 하는 거야?"

"법원 가서 협의 이혼하고 왔어요. 서류 정리했습니다."

민호의 말뜻을 이해한 연희는 부서져라 찻잔을 식탁에 내려놓았다. 그 서슬에 녹색 찻물이 식탁과 연희의 옷에 튀었다.

"미쳤니!"

연희가 소리를 질렀다.

"도대체 너희들한테 부모는 뭐야! 어디서 통보야, 통보가!"

"진정해. 얘기는 끝까지 들어봐야 하잖아."

"이게 진정할 문제예요? 당신은 귀가 먹었어요? 애들 오늘 이혼했다잖아요! 무슨 이야기를 더 들어요? 이혼했다는데."

"당신이 그렇게 소리 지르면 얘가 할 말을 못 하잖아."

석금의 반응에 연희는 더 기가 막혔다.

"박석금 씨! 옆집 아들이 이혼했어요? 당신 아들이 이혼했다고요!"

연희는 진영이 민호의 여자 문제로 짐을 싸서 나갔지만 이혼을 할 거라고는 꿈에도 생각지 못했다. 그저 초장에 버릇을 확실히 잡으려고 그런 거겠지, 마음 가라앉히고 돌아오겠지 싶었는데 진영은 감감 무소식이었다. 참다못한 연희가 진영을 만나 보겠다고 나섰지만 석금이 부부 문제이니 그 둘에게 맡겨 두라며 단호하게 말렸다.

"걔 당장 불러! 지금 당장 집에 오라고 해! 내가 아무리 우스워도 그렇지. 뭐, 이혼?"

민호는 입을 꾹 다물었다.

"도대체 이혼은 왜 한 거야?"

"아시잖아요."

"그것 때문에 너랑 못 살겠대? 겨우 그것 때문에? 우리 집에서 누린 게 얼마고 친정에 갖다 준 게 얼만데, 고작 바람 한 번 못 참고 이혼 도장을 찍어!"

민호도 덩달아 목소리를 높였다.

"불결해서 저랑 한 공간에 있고 싶지도 않대요. 같은 공기로 숨도 쉬기 싫다는데, 손끝이 닿는 것도 고문당하는 것 같다는데 그럼 어떻게 해요?"

"빌었어야지. 나 죽었소, 무릎 꿇고 빌었어야지. 울든 다리를 붙잡고 늘어지든 했어야지. 옳다구나 이혼 도장을 찍어 주는 머저리가 어디 있어!"

"이혼을 안 해 주면 언론에 터트릴 거라고 했어요."

그 말에 연희는 멈칫했다.

"아시잖아요, 지금 회사가 중요한 시기인 거. 그 사람이 안 좋은 말 할 사람이 나뿐이겠어요? 우리 집안이 콩가루인 건 우리만 알면 됐지 대한민국 국민들이 다 알 일 있어요?"

"그래도 이 녀석이! 네가 지금 잘했다는 거야!"

석금이 연희의 말을 끊었다.

"올라가 쉬어라."

민호는 놀라서 석금을 바라보았다. 석금이 이렇게 쉽게 놓아줄 줄은 꿈에도 몰랐다. 연희 역시 당황한 눈빛이었다. 자기보다 더 펄펄 날뛸 줄 알았던 석금이 꿀이라도 먹은 듯 조용했다. 그러나 석금은 더 뜻밖의 소리를 했다.

"다 내가 못나게 살아서 그런 거다."

"여보!"

석금은 기운이라곤 하나도 없는 얼굴로 중얼거리듯 말했다.

"그래도 넌 나보다 낫게 살지 그랬니."

석금은 긴 한숨을 쉬었다. 민호는 차라리 한 대 맞는 게 더나을 것 같다는 생각이 들었다. 석금의 한숨과 실망이 처음으로 민호의 가슴에 닿았다.

"좋은 모습을 보여 드리지 못해서 죄송합니다."

태어나서 처음으로 아버지에게 하는 사과였다. 자기도 모르게 튀어나왔다.

"네 탓 할 거 없다. 내가 너한테 좋은 모습을 못 보여 줬으니그런 거겠지."

석금이 자리에서 일어났다. 연희는 돌이라도 된 듯 자리에 앉아 민호를 노려보았다. 석금은 연희를 억지로 일으켜 방으로 끌고 갔다.

방으로 들어간 석금과 연희는 입을 꽉 다문 채 시선을 피했다.

석금은 진영이 민호의 사진을 들고 찾아온 날, 이런 날이 올 거라고 예상했었다. 진영의 마음을 돌릴 수 있는 방법은 없었다. 하긴 그 정도 강단이 있었으니 이 큰 살림에 자신과 연희를 견딜 수 있었겠지.

연희는 벌떡 자리에서 일어나 휴대전화를 찾았다. 단축번호 1번을 눌렀다. 더 이상 서비스되지 않는 번호라는 음성안내가 흘러나왔다. 연희는 당황해서 다시 전화를 걸었지만 결과는 똑같았다.

"기막혀. 이 계집애, 전화번호를 바꿨네."

연희는 진영이 그들과의 인연을 끊어 버렸다는 것이 실감났다. 온몸에 찬물을 뒤집어쓴 기분이었다. 연희는 휴대전화를 냅다 침대에 던지며 화풀이를 했다.

"맹랑한 계집애. 내가 뭐라고 그랬어요. 걔 아주 맹랑하다고, 절대 만만한 애 아니라고 그랬잖아. 당신은 그저 고분고분한 겉모습에 속았지. 걔 정말 무서운 애야. 어떻게 이혼을 이렇게 쉽게 해?"

어쨌든 팔은 안으로 굽었다. 연희도 남편의 외도 때문에 그렇게 고통을 받았지만 민호 편을 들 수밖에 없었다.

"살림을 차린 것도 아니었다면서! 이 머저리 같은 녀석은 이혼하자고 한다고 덥석 이혼을 해?"

그러면서도 연희는 그렇게 단칼에 이혼을 해 버린 진영에게 묘한 감정이 들었다. 그녀도 수없이 이혼을 생각하고 또 생각했지만 실행에 옮기진 못했다. 그런데 진영은 단 한 번의 민호의 외도에 미련 없이 이 집을 나갔다.

지긋지긋하다고, 감옥 같고 족쇄 같다고 여기면서도 연희는 이 집에서 벗어나는 건 엄두를 내지 못했다. 그래서 단칼에 모든 것을 끊어 버리고 이 집을 나간 진영이 지금 어떤 기분일지 궁금했다. 하지만 지금 중요한 건 그게 아니었다.

"왜 그렇게 멍하니 있어요!"

연희는 석금을 향해 날카롭게 소리를 질렀다.

"당장 비서실에 전화해서 바뀐 전화번호 알아 오라고 해요. 걔 남동생한테 연락을 해 보든가요."

"당신이야말로 진정해. 왔다 갔다 하지 말고 앉아서 생각하라고."

연희는 석금의 말에 다시 의자에 앉았다. 석금은 여전히 침통한 얼굴이었다.

"당신은 어떻게 아들 일을 옆집 불 보듯 해요?"

"어떻게 설득을 해? 이혼했다잖아. 이혼이 뭔지 몰라? 걔랑 우리 민호는 이제 남이라고, 남. 그러니 우리도 더 이상 걔 시부모가 아니야. 남이라고."

둘 사이에 아이도 없으니 정말 진영과 그들 사이엔 아무것도 남아 있지 않았다.

"정말 이혼한 건 아닐 거예요. 무슨 이혼이 이렇게 금방, 이렇게 쉽게 돼?"

"민호가 서류 정리를 했다잖아."

"정말 이혼을 했단 말이에요?"

연희는 황당하기만 했다.

민호의 바람 한 번으로 진영이 이렇게 독하게 인연을 끊을 리 없었다.

연희는 인선이 세상을 떠나기 전 진영이 이제 그만 살겠다고 말한 게 마음에 걸렸다.

어쩌면 그전부터 계속 이혼할 마음이 있었지만 인선이 살아 있을 때까지는 참고 살자고 생각했을지도 몰랐다.

"독한 것 같으니라고. 찔러도 피 한 방울 안 나올 계집애 같으니라고. 세상에 얼마나 독하면 이렇게 이혼을 해? 그 계집애 앉은 자리에서는 풀도 안 날 거야."

석금은 연희를 물끄러미 바라보았다. 책망하는 눈빛이 아니었다.

연희는 석금이 방에 들어오자마자 언제나처럼 자신을 쥐 잡듯 잡으며 '그러게 새아기한테 잘하지.'라는 잔소리를 퍼붓겠거니 했는데 석금은 입을 꾹 다물고 있었다. 그런 남편이 연희는 낯설었다.

연희는 한참을 생각한 후에 말했다.

"분가시켜 준다고 해요."

"이미 말했어. 싫다더군."

"당신은 걔들 이혼할 걸 알고 있었어요?"

"나한테 왔었어. 더 이상 못 살겠다고, 이혼하겠다고 했어."

"하! 그래서 순순히 그러라고 했어요?"

"당연히 안 된다고 했지. 그런데 애가 마음 바꿀 기미가 없더라고. 사부인 돌아가실 때까지만 참자, 그러고 살았다는데 뭐라고 말해."

"나한테는 왜 아무 말 안 했어요!"

"걔가 당신 말 듣고 마음을 바꾸겠어?"

그 말이 맞아서 연희는 한동안 아무 말도 못 했다.

"많이 힘들었나 봐. 민호 일이 기폭제였겠지만 그 전부터 서운한 게 많았던 것 같아."

"걔가 그래요? 시집살이가 힘들었다고요?"

"그렇게 말하진 않았어."

연희는 입술을 잘근잘근 씹었다. 어떻게 진영을 설득해야 할지 좋은 생각이 떠오르지 않았다. 문득, 연희는 자신이 진영에 대해 아는 게 거의 없다는 것을 깨달았다.

"민호가 가서 빌었대요?"

"그럼 안 빌었겠어?"

연희는 다시 자리에서 벌떡 일어나 방 안을 왔다 갔다 했다.

"걔 몫으로 아파트 하나 해 줘요. 아니야. 아파트는 그렇고, 강남에 있는 빌딩 하나 주라고요. 그럼 별수 있어요? 못 이기는 척 들어오겠지."

"그건 살 마음이 있을 때 이야기지. 당신은 나보다 더 걔를 겪었으면서 그 애 성격을 몰라? 걔 한 번 아니면 아닌 애야. 이 집 안에 미련 같은 건 깃털만큼도 없는 애라고. 그런 애가 돈을 준다고 돌아올 것 같아?"

말을 마친 석금은 연희를 물끄러미 바라보았다. 연희는 아까부터 석금이 자신을 보는 눈빛이 영 거슬렸다. 한 번도 본 적 없는 눈빛이었다.

"왜 그런 눈으로 봐요?"

"당신 새아기 별로 좋아하지 않았잖아. 난 걔들 갈라서면 당신이 바로 새 며느리 보자고 할 줄 알았지. 우리 민호 정도면 더 좋은 조건의 여자랑 재혼시킬 수 있다고 그럴 줄 알았어."

"당신, 그걸 말이라고 해요! 아무리 못마땅해도 3년 동안 이 집 며느리였어요."

석금은 쓰게 웃으며 말했다.

"그래, 걔만 한 애는 아마 없을 거야. 새아기가 없으면 당신이 아주 곤란하지."

"지금 내가 불편해서 이렇게 펄펄 뛰는 거 같아요?"

"그럼 뭣 때문에 그러는 건데?"

연희는 기가 막힌다는 듯 석금을 바라보았다.

"민호 걔는 진영이 없이 못 살 거라고요. 지금 당신은 민호 얼굴 보고도 그렇게 태평한 거예요! 그리고 집안 망신은 어쩔 거예요."

주변 사람들에게 진영의 평판은 좋았다. 늘 시키는 일을 깔끔히 해냈고 입이 무거워 다들 진영을 좋게 보고 있었다. 연희와 함께 참석하는 봉사 모임에서도 궂은일을 도맡아 했었다.

그런 진영이 이혼을 하고 나갔다면 사람들의 손가락질은 진영이 아닌 연희와 석금 부부에게로 향할 게 뻔했다. 연희는 귓가에 사람들의 혀 차는 소리가 들리는 것 같았다. 그렇게 며느리를 잡더니만. 쯧쯧.

114

석금은 법원에서 돌아온 민호의 얼굴을 떠올렸다. 세상의 모든 희망을 잃어버린 듯한 얼굴이었다. 진영은 민호에게 그런 존재였다. 그런 민호에게 석금은 아무 말도 할 수 없었다. 석금도 민호의 이혼에 책임이 있었다.

석금은 무거운 마음으로 처음 진영을 만났던 그날부터 지금까지를 떠올렸다.

민호가 결혼을 하고 싶다고 말한 여자는 처음이었다. 민호가 처가에 경제적인 지원을 해야 한다고 말했을 때, 석금은 그렇게 하라고 말했다. 그때 민호는 처음으로 석금에게 진심으로 고맙다고 말했다. 그가 해 주는 것들을 아낌없이 누리고 살면서도 늘 고까운 시선으로 석금을 바라보던 민호였다. 세상만사 아무런 의욕도 없이 그저 회사의 자리만 채우고 있던 민호가 일에 의욕을 가진 것도 결혼 후부터였다. 생각해 보면 아들의 모든 변화는 진영 덕이었다. 진영은 아들에게 소중한 존재였다. 그런데 그런 진영에게 자신은 단지 없는 집 자식이라는 이유로 무례했고 천박하게 대했었다. 민호와 결혼하고 싶지 않다고 말했는데도 억지로 결혼을 시켰다. 진영이 이 집안에 넌더리를 내는 것도 당연했다.

무슨 마음으로 큰 애정도 없는 민호와 3년을 살았을까?

친정을 경제적으로 돕기 위해, 암 투병을 하는 어머니 가슴에 못을 박지 않으려고 버텼겠지. 집안일과 연희와 자신의 시중을 드는 것만으로도 벅차 민호에게 정을 붙이고 살 여유도 없었을 것이다. 부질없는 가정이지만, 둘이서 오순도순 살게 했다면 민호의 애정에 진영이 마음을 열었을 수도 있었을 것이다. 서로 얼굴 한 번 안 보고 결혼해도 몇십 년 해로하는 부부처럼 말이다. 민호도 바깥으로 돌지 않았을지도 모른다.

민호에게서 아내를 빼앗은 건 자기 부부인지도 몰랐다.

자신을 찾아와 이혼 이야기를 꺼내던 민호의 두 눈은 충혈되어 있었다.

"도저히 못 살겠대요. 저도 이 집도 더는 못 견디겠답니다."

석금은 마음이 복잡해 한동안 아무 말도 할 수 없었다. 이미 진영이 다녀간 터라 민호가 언제 올지 이제나저제나 기다리고 있던 터였다.

"왜 그런 실수를 했니? 너희들 사이좋은 거 아니었니? 난 너희 부부 사이가 별문제 없는 줄 알았다."

인선이 죽기 얼마 전, 석금은 두 사람이 각방을 쓴다는 말을 얼핏 들었다. 그때는 일이 바빠서 그러려니 하고 무심히 넘겼었다. 설마, 그때부터 밖으로 돈 건가?

두 사람 사이의 싸늘한 공기는 둔한 연희도 느낄 정도여서 연희가 석금에게 '쟤들 혹시 부부 싸움 한 거 아니에요?'라고 물었던 적이 있었다. 그래서 '부부 싸움 안 하는 부부가 어디 있어? 좀 다퉜나 보지.' 하고 별것 아닌 것처럼 넘겼었다.

결혼한 지 3년인데 신혼부부처럼 늘 알콩달콩 살 수 있나. 그리고 웬만한 일이면 진영이 다 참고 넘어가길 바랐던 마음도 있었다. 그때 민호나 진영에게 물어봤으면 두 사람의 파경을 막을 수 있었을까? 부부 사이는 간섭하는 게 아니라고 모른 척했지만 석금은 자신의 진심을 깨달았다. 그저 귀찮았을 뿐이었다. 어쨌든 진영이 제대로 며느리 노릇을 한다면 그 속이 썩어 문드러져도 상관없다고 생각했던 것이다. 그리고 그는 자신이 늘 그런 식이었음을 깨달았다. 그런 자신을 진영이 '남'으로 여기는 건 당연했다.

"그 사람이 집안 살림에 외부 일에 장모님 병간호 때문에 저한테 좀 소홀했어요."

진영이 바쁘다는 건 석금도 알았기에 아무 말도 할 수 없었다.

"집에 와도 진영이는 늘 피곤해서 절 상대하는 것도 힘들어 했어요. 그래서 마음이 허전해서 저도 모르게 그랬어요."

더더욱 석금은 아무 말도 할 수 없었다. 외로워서 바람을 피웠다는 말, 여자들은 이해하지 못하지만 남자인 석금은 민호의 심정을 이해할 수 있었다.

남자란 생물은 단순했다. 누군가의 칭찬과 관심, 애정에 늘 목말랐다. 죽기 전까진 어른이 되지 못하는 게 남자였다. 자신도 그랬다. 어머니와 아내 사이를 중재하기보단 그 진흙탕에서 발을 뺐다. 그리고 아내에게 받아야 하는 애정과 관심을 다른 여자에게서 구했다. 그 여자에게 연희 같은 애정을 느껴 본 적은 없었다. 불장난 같은 거였다. 그러나 그 불장난으로 타 버린 건 연희의 마음과 그들의 결혼이었다.

"얼마나 깊은 사이냐?"

"아무 사이 아니에요. 그냥 술 몇 번 같이 마시고……."

민호는 말끝을 흐렸다. 더 들어보지 않아도 뻔한 이야기였다.

"그 사진은 어떻게 된 거냐? 혹시 새아기가 네 뒷조사라도 한 거냐?"

"저한테 돈을 뜯어내려고 그런 사진을 찍었는데 제가 꿈쩍도 안 하니까 진영이한테 보낸 것 같아요."

석금은 또 긴 한숨을 내쉬었다. 예전에 여러 번 있던 일이었다.

"일단 새아기한테 시간을 줘라. 마음 정리할 시간이 필요할 거야. 설마 그렇게 쉽게 이혼을 하겠니? 시간 날 때마다 잘못했다고, 다시는 그런 일 없을 거라고 빌고."

연희는 늘 그렇게 넘어갔었다. 그렇지만 석금은 결코 진영이 연희처럼 어영부영 용서를 하리라고 생각하지 않았다. 그러나 아들에게 위로의 말을 해 주고 싶었다.

"제 전화는 안 받아요. 찾아가도 안 만나줘요. 할 말 있으면 변호사 통해서 하라고 그래요."

"남동생하고 연락을 해 보면 어떠냐?"

"더 펄펄 뛰어요. 그동안 진영이가 우리 집에서 고생하는 걸 봐서 처남이 나서서 이혼하라고 해요. 누나는 자기가 벌어 먹일 수 있다고."

하긴 민호의 처남이 그렇게 생각하는 것도 무리는 아니었다. 석금은 새삼 죽은 안사돈의 빈자리를 크게 느꼈다. 인선이 살아 있다면 분명 진영을 잘 다독거리며 민호에게 한 번만 더 기회를 주라고 말해 줄 것만 같았다.

연희는 다시 자리에서 벌떡 일어났다.

"기사 불러요. 걔 아마 친정에 있을 거예요. 일단 만나서 이야기해요. 무슨 방법이 있을 거예요. 당신, 민호가 원하는 건 다 해 줬잖아요. 그러니까 이번에도 힘 좀 써 보라고요."

석금은 힘없이 중얼거렸다.

"그래, 다 해 줬지. 결혼하기 싫다는 애를 친정을 경제적으로 도와주겠다며, 살다가 이혼하더라도 섭섭지 않게 보상해 주겠다며 억지로 결혼시켰으니까."

그 말에 연희는 놀라 입을 벌렸다. 민호의 결혼에 그런 사정이 있은 줄은 꿈에도 몰랐다.

"민호도 그걸 알아요?"

"알면 순순히 결혼했겠어? 알면 그 녀석 성격에 지금 가만히 있겠어?"

연희는 갑자기 다리에 힘이 빠져 의자에 털썩 주저앉았다.

"그 애는 민호를 별로 사랑하지 않았는데 민호가 그 애에게 목을 맸지. 그렇게라도 결혼 안 시키면 민호 녀석 평생 제대로 살지 않을 것 같아서 내가 억지를 부렸어."

연희는 날카롭게 소리를 질렀다.

"그런데 왜 바람을 피웠대요? 그렇게 죽고 못 살 때는 언제고 도대체 왜 바람을 피운 거냐고요! 끔찍이 아끼는 마누라를 두고 왜 바람을 피우냐고요."

"나도 죽고 못 살았지만 바람피웠잖아."

연희는 눈을 동그랗게 떴다. 석금이 제 입으로 바람피운 이야기를 꺼낸 건 처음이었다.

석금은 연희에게 물었다.

"당신도 새아기처럼 그러고 싶었어? 당신도 평생 내가, 이 집안이 지긋지긋했어? 도저히 참을 수 없다고 생각한 적 있었어?"

연희의 눈을 바라본 석금은 혀가 굳어 버렸다.

그때 받았던 고통이 이제까지도 생생하다는 것이 연희의 상처 입은 눈빛에 고스란히 드러났다. 세월이 이만큼 흘렀으니 잊어버렸을 거라고 생각했던 건 오직 그만의 착각이었다. 너무 오랜 세월 상처를 내버려 둬 암 덩어리가 되어 버렸지만 그는 그것을 늘 모른 척했다.

"누구 좋으라고 곱게 이혼해 줘요."

그 목소리에 담긴 살기에 석금은 움찔했다.

"당신 죽이고, 나도 죽어 버리고 싶었어."

석금은 그가 연희를 참았던 것만큼 연희 역시 참고 살았다는 사실을 깨달았다. 늘 철없고 사치스럽다고 경멸했던 아내지만, 그래도 아내는 그를 떠나지 않았다. 그건 사랑이라고는 말할 수 없지만, 정이라고는 할 수 있는 감정이었다.

칼을 휘두르듯 석금과 연희, 민호와의 관계를 끊어 내는 진영을 보면서, 석금은 연희가 자신을 그렇게 떠났다면 자신이 결코 지금처럼 살지 못했을 것임을 깨달았다. 그는 늘 자신이 가정을 지키고 있다고, 자기가 있으니까 그나마 가족이 이 정도 꼴이라도 유지하는 거라고 생각했지만 그건 착각이었다.

그만 희생했던 게 아니었다. 자신을 배신한 남편과 살을 맞대고 사는 건 결코 쉬운 일이 아니었을 것이다. 그는 진영처럼 미련 없이 돌아서지 않은 아내에게 고마워해야 했다.

"미안해. 내가 많이 잘못했어."

연희는 두 눈을 크게 떴다.

"당신, 지금 뭐라고 했어요?"

"미안해."

연희는 멍했다. 지금 석금의 입에서 흘러나온 미안하다는 말이 믿기지가 않았다. 그런 연희를 바라보며 석금은 천천히 말을 이었다.

"한 번도 진심으로 사과한 적이 없었어. 닥친 상황을 피하기 위해 마지못해 사과했을 뿐이었어. 당신도 알고 있었지, 내 사과가 한 번도 진심이 아니었다는 거?"

"그래요. 당신, 한 번도 내게 진심으로 사과한 적 없었죠."

"나는 당신이 다 잊어버린 줄 알았어."

"그건 죽을 때까지 못 잊어요. 당신, 나한테 정말 너무했던 거 알아요?"

"이제야 알았어, 내가 당신에게 너무한 거."

미안한 것은 그것 하나만이 아니었다.

"난 날 믿고 시집온 당신을 지켜 준 적이 없었어. 당신과 어머니가 싸우자 난 비겁하게 도망쳐 버렸지. 나는 그때 당신과 평생 함께하겠다는 결혼 서약을 저버린 거야. 당신에게 내 어머니는 가족이 아니었을 거야. 그런데도 난 평생 당신에게 내

어머니를 가족으로 대하라고 강요했지. 어머님이라고 부른다고 내 어머니가 당신 어머니가 되는 게 아닌데, 난 그게 당연하다고 생각했어. 돌이켜보면, 내 어머니가 당신에게 해 준 게 뭐가 있다고 난 당신에게 늘 어머니에게 잘하라고 그랬을까."

연희의 눈에서 눈물이 흘렀다. 그토록 받고 싶었던 사과, 그토록 듣고 싶었던 말을 이렇게 들을 줄은 꿈에도 몰랐다. 석금은 연희가 지금껏 보던 모습 중 가장 진지한 얼굴로 그녀에게 사과하고 있었다. 그녀를 외롭게 만들어서, 가족 안에 홀로 버려 두어 미안하다고. 연희는 입술을 깨물고 눈물을 닦았다.

"죽을 때 다 되어 가니 별소릴 다 하네요. 됐어요. 누가 그딴 사과 듣고 싶대요?"

"당신 말이 맞아. 그 긴 세월 동안 얼마든지 좋은 시절로 만들 수 있는 기회가 있었는데 이렇게 죽을 때가 다 되어 사과하는 날 당신이 어떻게 받아들일 수 있겠어. 그렇지만 고맙다는 말은 하고 싶어. 당신이 곁에 있어 줘서 내 인생이 이 정도였던 것 같아. 당신도 분명 나와 같은 공간에서 숨 쉬는 것이 싫을 정도로 힘들었을 텐데 내 곁에 있어 줬잖아. 그리고 끝까지 어머니를 모셨고. 나는 당연하다고 생각했는데 그건 전혀 당연한 일이 아니더군."

연희는 또다시 눈물이 날 것 같아서 어금니를 악물었다.

석금은 가족이 되기 위해 노력 같은 게 필요한 줄 몰랐고, 노력하지 않는다는 이유로 가족이 떠날 수 있다고도 생각하지 않았다. 그런데 진영은 그게 당연하지 않다고 말했다. 석금과 연희가 민호의 부모이기에 노력한 것이라고 말했다. 그리고 그 노력을 더 이상 할 수 없어서 떠난다고 했다.

석금은 길게 한숨을 쉰 후 이야기했다.

"새아기, 민호 바람 때문에 이혼한 거 아니야. 바람 한 번에 이혼하는 사람이 어디 있냐고 그러더군. 나와 당신이 가족이 아니어서, 가족이 될 것 같지 않아서 떠난다고 했어."

"뭐라고요? 그 무슨 말도 안 되는 소리예요? 가족이 될 것 같지 않다니요. 걔 머리가 어떻게 된 거 아니에요? 민호랑 결혼했으면 당연히 우리 가족인 거죠."

석금은 쓰디쓴 미소를 지으며 물었다.

"새아기가 묻더군, 자기 생일이 언제인지 아느냐고. 당신은 알고 있어?"

그 말에 연희는 멈칫했다. 몇 초 후, 연희는 고개를 저었다. 알지 못했다. 알아야 한다는 생각도 하지 않았다. 진영은 매년 연희의 생일에 연희가 제일 좋아하는 성게미역국을 끓였고, 잊지 않고 작은 선물도 했었다. 그때마다 연희는 제 안목에 맞는 싸구려만 준다고 흉을 봤다. 보란 듯이 포장도 뜯지 않고 구석에 처박아 뒀었다. 어떨 때는 도우미에게 쓰라고 주기도 했었다. 그 모든 것을 진영은 다 보고 있었다. 왜 그렇게 못되게 굴었을까? 연희 자신이 귀한 딸이듯 진영 역시 누군가의 귀한 딸이었다. 연희와 비교할 때 진영은 정말 열심히 노력하는 며느리였다. 그 어떤 도우미도 진영만큼 연희의 비위를 맞춘 적이 없었다. 하지만 연희는 그것을 당연하다고 생각했다. 없는 집 딸이니까, 네가 우리 집에 시집온 게 어디냐고 생각했었다.

그리고 그런 자신의 태도는 죽은 영분과 무섭도록 닮아 있었다. 가장 증오하는 사람과 자신이 거울을 보는 것처럼 닮았다는 것을 깨달은 연희는 망연자실했다.

"당신한테 새아기는 가족이었어?"

연희는 아무 대답도 하지 못했다.

깊은 침묵이 두 부부를 감쌌다. 석금도, 연희도 그렇게 오랫동안 부부로 살았는데 서로 진심을 말한 건 아주 오랜만임을 깨달았다.

25

　모임을 끝내고 집으로 돌아가던 석금의 차가 회사 근처를 지났다. 석금은 회사 앞에서 차를 세우게 했다. 로비로 들어서는 석금을 보고 경비요원이 급히 달려왔다.

　"박 사장은?"

　"아직 사무실에 계십니다. 연락할까요? 회장님 올라가신다고요."

　"일하는 사람을 뭐하러 귀찮게 해? 지나가다가 얼굴이나 보고 가려고 왔어. 가서 일 봐."

　경비요원은 석금이 엘리베이터를 타는 것을 보고 나서야 자기 자리로 돌아갔다.

　석금은 이혼 후 민호가 망가질 거라고 걱정했지만 기우였다. 민호는 미친 듯이 일에 몰두했다. 그러나 그런 모습을 보는 것도 석금은 마음이 편치 않았다. 석금은 민호가 일로 도피했다는 것을 알고 있었다. 아버지로서 자식을 위해 뭔가 해 줄 수 있는 게 없다는 사실이 석금은 더 괴로웠다. 이제껏 돈으로 대부분의 문제를 해결해 왔던 석금에게 이번 일은 인생 최대의 난제였다.

석금은 생각했다.

'새아기는 가족이 아니었다고 했지만 가족이 아닌데 이렇게 빈자리가 크게 느껴질 수 있을까?'

진영이 없어 불편하다는 의미가 아니었다. 늘 있어 줄 것 같았던 사람이 없어진 건 엄청난 상실감을 느끼게 했다. 그 허전함은 상상 이상이었다. 퇴근하고 집에 들어가면 '아버님, 오셨어요.' 하는 진영의 단정한 목소리가 들릴 정도였다. 자기도 이런데 민호의 마음은 오죽할까 싶었다.

석금은 사장실 문을 열었다. 비서도 퇴근하고 민호 혼자 앉아서 서류 더미에 파묻혀 있었다. 인기척에 민호가 고개를 들었다. 얼굴이 말이 아니었다.

"저녁은 먹었냐?"

민호의 시선이 벽에 걸린 시계로 향했다.

"시간이 벌써 이렇게 됐네요."

굶은 게 분명했다. 퀭한 두 눈과 쑥 들어간 볼, 예전보다 더 날카로워 보이는 민호의 턱선이 석금은 영 못마땅했다.

"소주나 한잔하자."

민호는 순순히 자리에서 일어났다.

석금과 민호는 회사에서 한참 떨어진 포장마차로 갔다. 주인은 단골 석금을 알아보고는 알아서 소주 두 병과 홍합탕을 가져다줬다.

"자주 오시나 봐요."

"여기 오면 마음이 편해. 술값도 싸고. 난 네가 좋아하는 와인은 무슨 맛으로 마시는지 모르겠더라."

"저는 소주가 무슨 맛인지 모르겠던데요."

"받아라."

석금은 자기 잔에 소주를 따라 민호에게 주었다. 민호는 단숨에 소주잔을 비우고 석금에게 잔을 돌려주었다. 석금은 소주 한 잔을 한 번에 비우고도 얼굴을 찡그리지 않는 민호를 바라보았다. 소주가 쓰지 않을 만큼 인생이 쓰다는 것이었다.

'내가 쓴맛을 너무 많이 봐서 너는 그러지 않길 바랐는데.'

석금은 잔에 다시 소주를 따랐다.

"회사 일은 너 혼자 다 하냐? 야근 좀 고만하라고 원성이 자자하다."

"누가 일렀어요? 서 이사님이에요, 김 상무님이에요?"

여러 대기업을 제치고 종로 프로젝트를 따낸 후 회사에서 민호의 위상이 달라졌다.

회사 임원들은 민호가 회사를 말아먹지 않으면 다행이라고 생각했었다. 그런데 민호가 꾸준히 성과를 내자 피는 못 속인다, 다 회장님을 닮아서 그렇다, 영일그룹은 앞으로도 아무 걱정 없다며 석금에게 입에 발린 소리를 해 댔다.

자식이 자기를 닮아 잘한다는 소리를 들으니 기분이 좋아야 하는데 석금은 자기를 닮았다는 그 말이 생각보다 마음에 들지 않았다. 겉만 멀쩡하면 뭐 하나 싶었다. 속이 저렇게 텅 비어 있는걸.

"일하다가 건강 버리면 아무 소용 없다. 아무리 바빠도 잠은 꼭 집에서 자도록 해라."

"일할 때가 제일 마음이 편해서요."

"못난 놈."

차라리 놀고먹으며 능글능글 반항할 때가 나았다. 자식이 뭔지 싶었다. 죽는 순간까지 이렇게 애달픈 게 자식이었다. 잘 나면 잘나서, 못나면 못나서 가슴 졸이는 게 자식이었다.

석금은 민호에게 술잔을 건넸다.

"나이를 먹었나 봐요. 소주가 하나도 안 쓰네요."

"낼모레 여든 될 아비 앞에서 잘하는 소리다."

"아버지가 일에 미쳐 사시는 걸 이해 못 했는데. 아버지 마음도 이랬나 싶고……."

석금은 쓰게 웃었다. 그 역시 그랬다. 그는 아내의 편도, 어머니의 편도 들 수 없었다. 집에서 쉴 수도 없었다. 그래서 회사로 도망쳤다.

"집에 있고 싶지 않아요."

민호는 술잔을 비우고 입술을 손등으로 닦았다. 술이 물 같았다. 주거니 받거니 하며 소주 두 병을 다 비웠는데도 취하지가 않았다.

"새아기가 없으니까 집이 썰렁하더구나. 연락은 하니?"

"아뇨. 그 사람, 전화번호 바꿨어요. 연락하지 말라는 뜻 같아요."

"사람 마음이라는 게 어렵구나."

석금은 망설이다가 입을 열었다.

"내가 한번 만나보랴?"

"아버지."

"진영이, 너 때문에 이혼한 거 아니다."

"아, 아니에요. 제가 실수를 해서……."

석금이 긴 한숨을 쉬었다.

"내가 말했지 않니, 네 탓 하지 말라고. 결혼 전부터 나한테 쌓인 게 많았을 게다. 새아기가 그러더구나. 나와 네 엄마가 가족이 아니어서 떠나는 거라고."

그런 말을 했었나? 그래서 아버지가 나를 탓하지 않으신 건가?

그냥, 날 나쁜 사람 만들면 되지. 뭐하러 그런 소리를 했니, 진영아.

그렇지만 민호에게는 그 말이 위로가 됐다. 진영은 진영 나름대로 민호를 지키려고 한 것이다.

그러니까 난 너한테 아무 존재도 아닌 건 아니야. 그렇지?

진영과 이혼한 후, 민호는 자기도 모르게 진영에게 말을 거는 버릇이 생겼다.

너한테 난 그렇게 나쁜 새끼는 아니었어. 그렇지?

포장마차 주인이 소주 한 병을 더 가져왔다.

"네 녀석이 잘했다는 게 아니야. 그렇지만 네 실수 한 번으로 새아기가 네게 정이 확 떨어지진 않았을 게다. 네가 새아기 한테 참 잘했지 않니. 그걸 봐서라도 한 번은 참아 줬겠지. 생각해 보니 내가 참 무심했더구나. 잘해 줄 수 있는 기회가 3년이나 있었는데. 정이 떨어질 만도 해."

석금은 돈이 아니라 가족이 필요하다는 진영의 말이 시시때 때로 떠올랐다.

진영이 그렇게 힘든 시집살이를 군말 없이 했던 이유가 어쩌면 그들과 가족이 되고 싶어서, 그들에게 가족으로 받아들여지고 싶어서였던 게 아니었을까 하는 생각이 들었다. 입양아로 컸으니 유난히 가족에 대한 애착이 컸을지도 몰랐다. 그래서 안 될 것 같다는 생각이 들자 미련 없이 떠난 것이다.

"걔, 먹고살 건 있는 거냐?"

석금은 진심으로 진영이 걱정됐다. 자신이 주겠다는 돈도, 민호가 주겠다는 위자료도 받지 않았다. 말 그대로 맨몸으로 나갔다.

"야무진 사람이잖아요. 직장 잡아서 다닌대요."

"거, 준다는데 받지."

"우리 집안 돈이라면 지긋지긋했나 봐요."

석금은 길게 한숨을 쉬었다.

"내가 지긋지긋했던 거겠지."

아내, 아들에 이어 며느리에게까지 미움을 받다니, 석금은 정말 인생을 잘못 산 것인지도 모르겠다 싶었다.

민호는 찬찬히 석금의 얼굴을 살폈다. 소주 때문에 붉어진 얼굴에 유난히 주름살이 깊어 보였다.

어쩌면 나는 아버지를 정말 미워한 건 아닐지도 모르겠다.

민호는 그렇게 생각했다.

"내가 제대로 사과를 하면 마음이 풀리지 않을까?"

민호는 놀랐다. 민호는 그의 아버지는 절대로 사과 같은 걸 할 사람이 아니라고 굳게 믿고 있었다. 그런데 석금은 민호를 위해 며느리에게 사과를 하겠다고 말하고 있었다.

"아버지, 그 사람 그냥 내버려 두세요. 한 번 아니면 영원히 아닌 사람이에요."

석금은 한참 있다가 입을 열었다.

"그래. 그게 네 뜻이면 그래야지."

민호는 기분이 이상했다. 이렇게 자기 뜻에 순순히 따라 주는 아버지는 처음이었다.

"너는 믿지 않겠지만 난 네가 행복하길 바라서 그랬단다. 어떤 식으로든 네가 원하는 걸 다 해 주면 네가 행복할 줄 알았는데……."

석금은 소주를 입안에 털어넣었다.

"정말 내 뜻대로 되지가 않는구나. 그러니 이젠 네 뜻대로 하거라."

민호는 진영이 그에게만 무언가를 남긴 게 아니라는 생각이 들었다. 아버지가 늙어서 그런 것이 아니었다. 진영이 묵묵히 노력한 3년이 석금의 마음에도 뭔가를 남겨 놓은 것이다.

언제부터 우리 가족의 마음에 네 자리가 생겼을까?

민호는 코끝이 시큰거렸다.

진영이 보고 싶었다.

"박민호?"

낚시도구를 챙기는 경현을 보며 윤아가 물었다.

벌써 몇 주째, 주말이면 경현은 민호와 함께 바다로 밤낚시를 갔다. 레스토랑을 경영하는 경현은 주중보다 주말에 시간내기가 힘들었지만 비상사태였다. 대학 시절부터 민호를 봐 왔던 경현은 민호의 상태가 심상치 않음을 알았다.

"미안."

윤아는 둘째를 임신한 상태였다.

"어쩔 수 없지. 이래서 사람 소개는 함부로 하는 게 아니라니까. 이런 애프터서비스를 해 줘야 할지는 몰랐네."

"진영 씨는 잘 지내?"

"걔야 크렘린이잖아. 언제 속말해?"

그래서 윤아는 늘 진영이 신경 쓰였다. 윤아는 한숨을 푹 쉬었다.

"왜 한숨을 쉬어?"

"몰라. 답답한 계집애 얼굴 꼴 하고는. 아우, 속상해."

민호 처량 맞은 데 비할 게 아닐걸. 경현은 마음속으로 중얼거렸다.

윤아는 한숨을 푹 쉬고 말했다.

"힘들다고 펑펑 울기라도 하면 좋겠는데 괜찮다잖아. 내 앞에서조차 뭘 그렇게 괜찮은 척이야. 나쁜 계집애. 정 없는 계집애."

윤아는 진영 앞에선 할 수 없었던 말을 경현에게 쏟아놓았다.

"뭐 하고 지내?"

"좀 있으면 개학이잖아. 애들 가르칠 준비해야지. 게다가 담임까지 맡아서 정신없어."

아기방에서 우는 소리가 났다.

"그럼 잘 다녀와."

윤아가 서둘러 아기방으로 들어갔다.

밤에는 참돔이 많이 잡힌다더니 오늘은 아예 입질조차 없었다. 경현은 잠을 쫓기 위해 인스턴트커피를 끓여 민호에게 갔다.

"뭘 좀 잡았냐?"

"어?"

민호가 경현을 바라보았다. 민호의 눈빛은 바다에 내려앉은 어둠보다 더 어두웠다. 경현은 그런 민호의 눈빛을 볼 때마다 심장이 쿵 내려앉는 기분이었다.

"형, 뭐라고 했어? 내가 딴생각하느라 못 들었어."

"커피 마시라고."

민호는 순순히 경현이 타 준 커피를 마셨다.

경현은 자기 낚싯대가 있는 쪽으로 돌아갔다. 낚시꾼 마음이 딴 데 있는 걸 아는지 물고기들이 약이라도 올리듯 미끼만 슬쩍 건드리고 도망쳤다. 경현은 낚싯대가 아니라 흐릿한 수평선을 노려보았다. 불빛 하나 없는 캄캄한 어둠은 두려울 만큼 그 밀도가 짙었다. 파도 소리는 흉포하기까지 했다. 해가 뜬다는 희망이 없다면 견딜 수 없는 어둠이었다.

경현은 밤을 새워 낚시를 하다가 바다에서 일출을 보는 것을 좋아했다. 빛의 바다가 몰려오는 듯한 그 경험은 아무리 여러 번 봐도 마음을 뜨겁게 끓게 했고, 살아야겠다는 마음을 불러일으켰다. 민호도 어두운 밤을 지나 밝게 빛나는 해와 바다를 보면서 마음을 추스르길 바랐다. 그렇지만 민호가 받은 상처는 일출 정도로는, 경현이 옆에 있는 것 정도로는 치유될 수 없는 것 같았다.

처음에 민호가 이혼했다고 했을 때, 경현은 아주 질 나쁜 농담을 들은 것 같은 기분이었다. 그런데 사실이었다.

"형수님에게 부탁해서 진영이 좀 챙겨 줘. 형수님 도움이라면 받을 테니까."

경현은 왜 이혼했냐고 묻지 않았다. 경현에게 그건 쓸데없는 질문이었다. 그에게 중요한 건 민호가 상처받았다는 사실이었다. 경현은 진영이 미워질 지경이었다.

민호는 주머니에서 휴대전화를 꺼냈다. 단축번호 1번, 진영의 번호였다.

— 지금 거신 번호는…….

벌써 수없이 들었던 익숙한 목소리가 들렸다.

수없이 걸었지만 진영의 목소리를 들을 수는 없었다.

눈물이 흘러내릴 것 같아 민호는 바다로 뛰어 들어갔다.

온몸이 바닷물에 흠뻑 젖었다.

얼굴을 적신 물은 눈물이 아니야. 바닷물일 뿐이야.

경현이 놀라서 따라 들어와 민호를 붙들었다. 여름이지만 바닷물은 얼어 죽을 정도로 차가웠다.

"야, 이 미친 새끼야!"

"난 안 죽어. 그러니까 걱정하지 마."

민호는 바닷물로 얼굴을 씻었다. 경현은 어이가 없었다.

"이 새끼야, 미친 짓도 좀 적당히 해라. 가서 매달려. 뭔 똥 폼이냐? 박민호, 네가 언제부터 그렇게 멋진 새끼였냐? 사랑하니까 놔준다는 그딴 건 다 거짓말이야. 가서 너 없인 못 살겠다고 그래. 네 미친 짓 말리기도 지겹다, 지겨워. 너 때문에 나까지 이혼당하겠다고!"

이혼당하겠다고 말한 건 엄살이었다.

"난 이혼한 거 후회 안 해. 진영이가 원한 거였으니까."

"야!"

정말 돌아 버린 게 분명했다. 아무리 사랑해도 해 줄 수 있고 해 줄 수 없는 게 있지.

경현은 윤아가 이혼을 원한다는 생각만으로도 돌아 버릴 것 같았다. 그건 가정도 하고 싶지 않은 일이었다. 경현에게 윤아는, 윤아와 꾸린 가정은 우주 전체와도 바꿀 수 없는 것이었다.

민호에게는 분명 진영이 그런 존재라고 경현은 생각했다.

"박민호, 이 못난 놈아! 사랑은 그렇게 멋진 게 아니야. 상대방이 너랑 같이 있으면 죽을 것 같다고 해도 붙잡고 늘어지는 게 사랑이라고!"

"형 말대로 난 못난 놈이니까. 난 그런 식으로밖에 사랑을 못 하는 놈이니까. 원하는 대로 이혼해 줬으니까 진영이는 아주 조금이라도 더 행복해졌겠지. 나는 그거면 돼."

"못난 게 아니라 미친 거구나, 너."

"그럼 어떻게 하라고? 내게 원하는 게 이혼밖에 없다잖아. 그러니 해 줄 수밖에 없잖아."

경현은 민호의 말을 듣고 기가 질렸다.

"그럼 너는! 네 행복은!"

"형, 내 걱정은 하지 마. 난 안 죽어. 죽긴 왜 죽어? 나 열심히 살 거야."

경현은 대꾸할 기운도 없었다.

"진영이가 그랬어, 시시한 남자한테 사랑받고 싶지 않다고."

민호는 갑자기 웃었다.

"난 평생 시시한 남자였는데, 진영이는 왜 내가 좋은 사람이라고 그러는 걸까?"

사랑까진 바라지 않았어. 그냥 진영이가 날 필요로 해 줬으면 좋겠다고 생각했지.

그런데 이제 진영이한테 난 필요가 없어졌어.

"진영이는 내가 좋은 사람인데도 날 사랑할 순 없었던 걸까?"

또 눈물이 나올 것 같아 민호는 밀려오는 파도에 얼굴을 박았다. 경현은 민호가 울고 있다는 것을 알면서도 모른 척했다.

'이 바보 자식아! 바다에 얼굴을 처박는다고 그게 숨겨지니?'

경현은 민호를 데리고 텐트로 갔다. 옷을 갈아입게 하고, 낚싯대를 거둬들였다. 이런 정신으로 낚시를 하다간 사고가 날 것 같았다.

두 사람은 텐트 안에서 흐릿한 랜턴 불빛을 바라보며 멍하니 앉아 있었다. 파도 소리에 귀가 익숙해져 사방이 고요하게만 느껴졌다. 갑자기 민호가 얼굴을 찡그리며 심장을 손바닥으로 눌렀다.

"왜 그래?"

"갑자기 욱신거려서."

"어디 안 좋은 거 아니야?"

"그런 거 아니야. 시시때때로 여기가 아파, 아무 이유 없이."

이유가 왜 없겠니? 경현은 민호에게 들리지 않게 혀를 찼다.

"진영이……."

경현이 민호의 말을 다 듣지 않고 대꾸했다.

"잘 지내."

그 순간 민호의 눈빛이 뭐라 말할 수 없는 물빛을 띠었다.

"그래? 다행이네."

"그러니까 너도 잘 먹고 잘 살아. 이 웬수 자식아."

민호는 가만히 경현을 바라보다가 말했다.

"그럴 수 없다는 건 형이 더 잘 알잖아."

민호는 고개를 무릎 사이에 박았다. 눈물이 나오는 것을 들키지 않으려는 것임을 알고 경현은 텐트 밖으로 나와 버렸다. 경현은 자기도 모르게 주머니를 뒤져 담배를 찾다가 윤아와 결혼한 후 담배를 끊었다는 사실을 떠올렸다.

경현은 자기가 정말 바보 같은 소리를 했다는 것을 깨달았다. 진영 없이 민호는 잘 먹고 잘 살 수 없었다. 경현은 애꿎은 땅바닥을 차면서 중얼거렸다.

"자식아, 좀 덜 사랑하지 그랬니. 미련한 놈, 왜 약게 살질 못해."

새 학교에서의 첫 일주일. 진영은 무슨 정신으로 일주일을 보냈는지 아무 기억도 나지 않았다. 일요일이 반가워 눈물이 날 정도였다.

이번엔 담임까지 맡게 되어 더 정신이 없었다. 진영은 초보 담임이었지만 아이들은 베테랑 학생이었다. 교단에 올라가 서른다섯 명의 아이들을 보는 순간, 심장이 미친 듯이 뛰었다. 70개의 레이저빔을 온몸에 맞는 기분이었다.

반 아이들은 새 담임인 진영에게 호의적인 눈빛을 보이지 않았다. 경험이 별로 없는 기간제 여선생에게 자기 진로를 맡겨야 한다는 게 불만스러워 잔뜩 예민한 얼굴로 진영을 바라보았다. 하필 맡은 학년이 고2였다. 여름방학이 끝나면 고2들은 사실상 고3이었다.

이전 담임인 경화는 결혼 7년 만에 어렵게 아이를 가졌다.

출산이 내년 2월이라 처음엔 별걱정을 안 했지만 유산기가 심해 더 이상 근무를 할 수 없었다. 병원에 몇 번 하혈로 실려 가고 나서 어렵게 휴직을 결정했다.

학년 주임 선생은 노골적으로 경화에 대한 험담을 했다. 이 래서 학부모들이 유부녀 교사를 좋아하지 않는다고.

진영은 애매하게 웃었다. 진영은 개인적인 사정을 학교 사람들에게 알리지 않았다. 어차피 오래 있을 곳도 아니었다. 사람들에게 구구절절 설명하는 것도 구차했다. 옆자리에 앉은 국어과 교사이자 1학년 담임인 소진을 빼고는 진영에게 살갑게 구는 사람도 없었다. 오히려 진영은 그게 편했다.

바쁘고 힘들어서 좋은 점은 단 하나였다. 민호 생각을 하지 않아도 된다는 것.

늦잠을 자고 일어난 진영은 양복을 입고 막 나가려고 하는 진형과 마주쳤다.

"일요일인데 출근이야?"

"돈은 괜히 많이 주나. 시간당 계산하면 회계사 월급, 많은 것도 아니야."

진형의 눈 밑에 판다처럼 다크서클이 자리 잡고 있었다.

"출근하면 출근한다고 말하지. 그럼 밥했을 텐데……."

진영은 아침을 굶고 출근하는 진형이 안타까웠다.

"누나도 일요일에는 늦잠 자야지. 그리고 우유 마셨어."

"많이 늦어?"

"아니. 일곱 시쯤엔 집에 들어올 것 같아."

"그럼 수지 부를까? 저녁 같이 먹자. 오늘 마트에서 한우 30%
세일이래."

"아냐. 됐어."

"데이트하기로 했어?"

"그건 아니고."

진형의 얼굴이 어둡게 변했다.

'싸웠나?'

"그럼 나 간다."

진형이 출근한 후 진영은 장을 보러 마트로 차를 몰고 갔다.
주차장에 겨우 차를 대고 카트를 밀면서 매장을 돌며 진영은
적어 온 메모를 보고 물건을 카트에 담았다.

진영은 예전 민호네 살림을 할 때처럼 자기도 모르게 카트
가득 식재료를 담곤 했다. 함께 장을 보던 진형이 '누나, 손이
왜 이렇게 커? 이걸 누가 다 먹는다고?' 하며 어이없는 얼굴을
했었다. 진영은 함께 장을 보는 신혼부부를 바라보았다. 뭐가
그렇게 좋은지, 통조림 하나를 집으면서도 까르륵 웃음을 터트
렸다.

진영은 세탁기 세제가 있는 코너로 카트를 밀고 가다가 자
기도 모르게 카트를 멈췄다.

'민호 씨?'

진영은 서둘러 민호로 보이는 사람을 향해 카트를 밀었다.
그런데 가까이 가서 보니 키가 큰 것 말고는 아무런 공통점이
없는 사람이었다. 진영은 쓴웃음을 지었다.

'그 사람이 이 동네 마트에 올 리가 없잖아. 나도 참.'

그렇지만 진영은 다시 한 번 뒤로 돌아 그 남자를 바라보았다. 열 걸음 정도 뒤에서 그 남자의 뒷모습을 보니 다시 민호가 떠올랐다.

계산대 앞에는 줄이 길게 서 있었다. 차례를 기다리며 진영은 카트 안에 담긴 물건을 보며 마지막으로 뺄 것은 없는지, 금액은 얼마나 되는지 가늠하다가 멈칫했다.

카트에 담긴 식재료들 중에 진영과 진형이 좋아하는 것은 하나도 없었다. 순두부, 얇게 썬 삼겹살, 한우 살치살, 저염 명란젓, 완숙 토마토, 애호박, 표고버섯, 배, 금태…… . 모두 민호가 좋아하는 것들이었다. 진영은 어이가 없기도 하고 당황스럽기도 했다.

"저…… ."

진영의 뒤에 서 있는 여자가 말을 걸었다.

"네?"

"계산 안 하실 거예요?"

앞사람의 계산이 거의 끝나 가고 있었다. 진영은 서둘러 카트 안에 든 물건들을 계산대 위에 올렸다.

집에 돌아온 진영은 마트에서 산 식재료를 냉장고에 정리하고 일주일 동안 먹을 밑반찬을 만든 후 대충 점심을 챙겨 먹고 노트북을 켰다. 월요일까지 지난주에 있었던 진로면담보고서를 제출해야 했다.

진영은 이름 하나를 보고 타이핑을 하던 손을 멈췄다.

임윤지. 진영은 그 이름을 한참을 바라보았다. 신발에 들어간 작은 돌조각처럼 끊임없이 진영의 머릿속에서 떠나지 않는 아이였다.

진영은 학생이었을 때 교사가 교단에서 '너희들 뭐 하는지 여기선 다 보인다.'라고 했던 말을 믿지 않았다. 그런데 자신이 교사가 되고 나니 그 말이 무슨 뜻인지 이해가 됐다. 고작 몇십 센티 높은 곳에서 바라보는 것뿐인데도, 아이들의 표정과 움직임이 한눈에 확 들어왔다. 쓱 훑어보는 것만으로도 문제가 있는 아이가 금방 눈에 띄었다.

윤지, 그 아이가 그랬다. 성적도 고만고만했고, 특별히 문제를 일으킨 적도 없었다. 교우 관계가 소극적인 것 말고는 특별히 걸리는 구석도 없었다. 윤지는 여자아이들이 끼리끼리 만드는 그룹 중 어느 그룹에도 속하지 않았다. 그렇다고 괴롭힘이나 따돌림을 당하는 것 같지는 않았다.

'근데, 왜 이렇게 신경이 쓰이지?'

진영은 한숨을 쉬었다. 수업을 할 때도 자꾸 그 아이에게 시선이 갔다. 윤지는 도통 수업에 집중하지 못했다. 어딘가 딴 곳을 헤매는 듯한 눈빛이었다. 언뜻언뜻 그 풀기 없는 눈빛에 절박함이 슬쩍 드러났다 사라졌다.

진영은 반 아이들에게 휴대전화 번호를 알려 주었다.

"무슨 일 있으면 선생님한테 연락해."

진영의 시선이 윤지와 마주쳤다. 진영은 윤지를 보며 덧붙여 말했다.

"무슨 일 없어도 연락해도 돼. 전화가 아니라 메신저도 괜찮고."

진영은 메신저 아이디도 가르쳐줬다.

그때 윤지의 얼굴에 차갑고 비틀린 미소가 떠올랐다. 노골적으로 진영을 비웃고 있었다.

윤지는 눈빛으로 말했다.

아무도 믿지 않아. 당신의 동정이나 관심 같은 것은 쓸모없어. 당신이 내 고통을 알아?

진영과 눈이 마주쳤음에도 윤지는 시선을 돌리지 않았다. 당돌한 눈빛이었다. 그러나 진영 역시 시선을 돌리지 않고 윤지를 바라보았다. 윤지는 당황해서 시선을 돌렸다. 진영의 시선이 너무나도 부드러웠기 때문이었다.

면담 시간에도 윤지는 입을 꼭 다물고 있었다. 진영의 묻는 말에 성의 없이 대꾸하는 게 전부였다. 진영은 면담에 앞서 부모와 학생이 함께 작성하는 예비 설문지를 힐끗 바라보았다. 지망 학교와 희망 전공을 적는 칸이 비어 있었다.

"아직 마음을 못 정한 거야?"

"전 대학 안 가요."

진영은 윤지의 성적을 확인했다. 1학기 중간고사 때까지는 그럭저럭 10등 근처를 맴돌았는데, 기말고사 때 중간보다 아래로 성적이 떨어졌다. 진영은 1학기 초에 있었던 부모면담 기록을 뒤졌다. 부모는 면담에 오지 않았고, 지망 학교와 희망 전공 칸은 비어 있었다.

"그럼 학교 졸업한 후에는 뭘 할 생각이야? 특별히 하고 싶은 일이라도 있어?"

또, 윤지는 차갑고 비틀린 미소를 지었다.

"글쎄요. 그때까지 살아 있을지 알 게 뭐예요."

이유 없는 반항심이나 사춘기 특유의 겉멋으로 무례하게 구는 건 아니었다. 그랬다면 진영은 눈물이 쏙 빠지게 야단을 쳤을 것이다. 뭔가 문제가 있었다. 그래도 다행인 점은 윤지가 진영에게만 무례하게 군다는 것이었다. 그건 윤지가 진영에게 보내는 SOS 신호였다.

"너 무슨 고민 있니?"

진영은 결국 그렇게 묻고 말았다. 그때 윤지의 시선이 흔들렸다. 그러나 진영은 거기서 멈췄다. 뭔가 고민이 있다는 것을 확인한 것만으로도 충분했다. 괜히 여기서 친한 척, 이해하는 척 무리해서 입을 열게 하면 역효과였다. 진영은 상담수첩을 덮으며 말했다.

"말할 준비가 되면 언제든 찾아와. 선생님이 기다리고 있을게."

그렇지만 윤지는 명백하게 진영을 비웃는 듯한 눈으로 보았다. 윤지가 상담실에서 나간 후 진영은 한숨을 내쉬었다.

하긴, 내가 누군가를 도울 만한 사람인가? 윤지가 날 미덥게 보지 못하는 것도 당연해.

진영은 윤지의 이름 아래에 '부모면담 필요'라는 글씨를 썼다가 지웠다. 부모는 아무것도 모르고 있을 게 뻔했다. 여기서 부모에게 알리면 윤지에게 신뢰를 얻을 수 없었다. 사춘기 아이들에게 부모는 공공의 적이고, 적에게 정보를 제공한 사람은 스파이였다.

윤지에 대해 생각하니 머리가 아파서 진영은 책상에서 일어나 주방으로 갔다.

콩을 갈아서 커피를 내렸다. 식탁에 앉아 커피를 마시며 진영은 식탁 위에 쌓아 둔 복숭아 통조림을 바라보았다.

그 택시기사의 말이 맞았다. 받는 즉시 내야 했다.

'다음 주에는 꼭 내자.'

진영은 한숨을 내쉬며 커피를 마셨다.

그때 현관 벨이 울렸다. 뜻밖에도 현관문 밖에는 수지가 서 있었다.

"진형이는 회사 갔는데."

"저도 알아요. 오늘은 언니 보러 왔어요."

"어서 들어와요."

"요 앞에서 팔기에 포도 좀 사 왔어요."

"고마워요."

진영은 포도가 담긴 검은 비닐봉지를 받아 들었다. 주방에서 포도를 씻으며 진영은 수지에게 물었다.

"커피 마실래요? 방금 내렸어요."

"네."

진영은 포도와 커피를 쟁반에 받쳐 내갔다.

"언니는 커피 안 드세요?"

"난 방금 마셨어요. 그런데, 두 사람 무슨 일 있어요?"

요 며칠 진형의 얼굴이 많이 좋지 않았다. 회사 일 때문이라고 생각했는데 지금 잔뜩 긴장한 수지의 얼굴을 보니 어쩌면 회사 일이 아닐지도 모르겠다는 생각이 들었다.

"오빠가 무슨 소리 했어요?"

"아뇨. 두 사람 다 얼굴이 안 좋아서 내 맘대로 넘겨짚은 거예요."

갑자기 수지가 무릎을 꿇고 앉았다.

"언니, 정말 미안해요."

진영은 당황했다.

"수지 씨, 왜 이래요?"

"저희 부모님이 상견례 때 언니를 만나고 싶다고 하세요."

상견례에는 작은아버지 부부가 나가기로 약속이 되어 있었다.

"나를요? 상견례 때 형제는 안 나가는 거라고 하던데요?"

수지는 겨우 입을 열었다.

"저희 부모님이 형제라도 결혼을 하면 부모 대신이니까 작은아버님과 작은어머님보다는 언니네 부부와 상견례하는 게 맞다고 하셔서요."

"네?"

진영은 아연실색했다.

"수지 씨, 설마⋯⋯."

"두 분, 언니 이혼한 건 아직 모르세요. 제가 오빠한테 언니

146

이혼한 건 부모님에게 알리지 말자고, 상견례 날에 언니 남편 분이 회사 일로 바빠서 갑작스럽게 못 오시는 걸로 입을 맞추자고 했어요. 오빠가 잔뜩 화가 나서 우리 결혼을 다시 생각해 보자고 그러더니 제 연락을 안 받아요."

수지의 눈에서 눈물이 뚝뚝 떨어졌다.

"저희 집에 자식이라곤 저 하나뿐이에요. 그래서 부모님이 저한테 기대를 많이 거셨고, 지원도 아낌없이 해 주셨어요. 속물이라고 해도 어쩔 수 없지만 조건 좋은 남자랑 결혼하길 바라셨어요."

진영은 수지를 가만히 바라보았다.

"저희 엄마, 우리 결혼 100% 허락하신 게 아니에요. 그래서 저도 모르게 그랬어요. 언니, 제발 기분 나빠 하지 마세요. 저도 제가 잘못한 거 알아요. 엄마가 언니에 대해 처음 물었을 때는 언니가 결혼해서 잘 살고 있을 때였어요. 그랬는데, 언니가 갑작스럽게 이혼한 후에 그걸 엄마한테 어떻게 이야기해야 할지 몰라서 계속 미루다가……."

진영은 티슈 곽을 수지 쪽으로 밀어 주었다. 수지의 심정이 이해가 됐다.

"오빠는 제가 언니를 부끄럽게 여긴다고, 가족으로 받아들이지 않는다면서 그저께부터 전화도 안 받아요. 가족이면 그런 건 다 이해해 주고 감싸 안아야 하는 게 아니냐고요. 제 마음은 그게 아닌데, 난 엄마에게도 오빠에게도 상처 주기 싫어서 그런 건데. 얼마 전에는 집 문제로 또 크게 싸웠어요. 뭐가 이렇게 힘든지 모르겠어요. 원래 결혼할 땐 다 이렇게 싸우는 건가요?"

수지는 자기도 모르게 푸념이 터져 나왔다. 자존심 때문에 부모나 친구들에게는 이런 이야기를 할 수가 없었다. 연애할 때는 단 한 번도 싸운 적이 없었다. 그런데 요즘 수지와 진형은 만나기만 하면 매번 싸우거나 기분이 상했다.

"언니도 결혼 준비할 때 이렇게 싸웠어요?"

묻고 나서야 수지는 아차 싶었다. 그러나 진영은 웃으며 말했다.

"아뇨. 나하고 그 사람은 한 번도 안 싸웠어요."

"한 번도요?"

수지는 놀라서 자기도 모르게 말끝을 올렸다. 우리는 싸울 수가 없었으니까. 진영은 싸울 수 있는 수지와 진형이 어쩐지 부럽기조차 했다. 진영은 원래의 화제로 돌아갔다.

"그런데 집은 왜요?"

진형의 결혼을 앞두고, 진영은 두 사람이 함께 살 신혼집이 제일 걱정이었다. 그래도 남자 쪽에서 집을 해 가야 할 텐데 지금 진형의 벌이로는 대출을 받아도 아파트 전세를 얻을 수 없었다.

"아빠가 나중에 줄 유산을 미리 주신다며 제 이름으로 아파트 한 채를 사 주시기로 하셨어요. 오빠는 부모님도 안 계시고, 저희 집도 자식이 저 하나니까 집 가까운 데 얻길 바라셨어요. 전 아직 시험공부 중이고, 나중에 아이가 생기면 봐 주시기도 편하니까요. 저도 그러고 싶고요. 근데 오빠는 가급적 이 근처 아파트를 얻었으면 해요."

진영은 진형에게 그런 이야기를 들은 적이 없었다.

"나 때문인가요?"

수지는 고개를 끄덕였다.

"언니 혼자 두고 싶지 않다고요. 그 심정을 이해 못 하는 건 아니에요. 오빠가 그러더군요. 오빠한테 가족은 언니 단 한 사람뿐이라고요. 그렇지만 저도 외동딸이에요. 부모님이 저를 늦게 보셔서 연세가 많으신 데다 아빠가 몇 년 전에 뇌수술을 하셔서 건강이 그리 좋지 않으세요. 오빠는 하나도 양보를 안 하고, 제 사정은 조금도 이해하려고 하지 않아요. 지금껏 결혼 준비하면서 저는 오빠한테 다 맞췄어요. 혹시라도 기우는 혼사라고 오빠 마음이 상할까 봐 정말 죽을힘을 다했어요. 제가 친정근처에 산다고 해서 언니와 소원해지는 건 아니잖아요. 멀어져 봤자 같은 서울 안이고, 전철 타면 30분도 안 걸려요. 근데 오빠는 제가 언니를 남 취급한다고 서운해해요. 이혼하고 혼자된 언니가 가엾지도 않냐고, 언니랑 잘 지내지 못하면 결혼할 수 없다고 그래요."

진형이 자신을 애틋하게 생각해 주는 건 고마웠지만 이건 정말 아니었다. 진영은 진형이 지금 앞에 있었다면 등짝 스매싱을 서너 번 날렸을 거라고 생각했다. 진영은 어이가 없어 말을 끊었다.

"그 자식, 바보 아니에요? 아니면 날 바보 취급하는 건가? 미안해요. 내가 대신 사과할게요. 그 자식은 결혼이 뭔지 모르나 봐요. 자기가 돌볼 사람이 누군지도 모르네요. 기가 막혀서. 누가 누굴 돌본다는 거야? 내가 나 하나도 감당 못 할 만큼 덜떨어진 여자로 보인대요? 내 의사는 하나도 중요하지 않대요? 결혼한 남동생, 뭐가 예뻐서 아침저녁으로 보고 싶대요?"

수지는 진영이 어떻게 받아들일지 정말 겁이 났다. 그런데 진영이 수지의 본심을 곡해하지 않고 이해해 주자 안심이 되었다.

수지는 진영을 질투한 적이 있었다. 진영에 대해 말을 할 때면 진형의 눈빛은 애틋함, 그 자체여서 진형의 일순위는 자신이 아니라 누나 진영이 아닐까 하는 생각을 했던 적도 있었다. 마음속에 차곡차곡 쌓인 서운함이 결혼 준비를 하면서 폭발해 버린 것 같았다. 그러나 진영이 자신을 이해한다고 생각하자 쌓였던 서운함이 사르르 녹아 없어졌다.

"내가 그렇게 걱정되는데 결혼은 어떻게 한대요? 평생 나랑 같이 살지. 수지 씨, 이런 남자, 어디가 좋아서 결혼까지 하는 거예요?"

"콩깍지가 안 벗겨져요."

수지는 농담을 할 만한 여유를 되찾았다.

"수지 씨, 내 말 서운하게 듣지 말아요."

수지는 고개를 끄덕였다.

"나에게 수지 씨는 아직 손님이에요. 귀한 손님이요. 시간이 지나면 진형이만큼 수지 씨가 편하게 느껴질 날이 올 거예요. 수지 씨도 그렇겠죠. 그렇지만 우리, 서두르지 말아요. 사람과의 관계는, 특히 가까운 사이는 억지로 뭘 하려고 하면 할수록 탈이 나더라고요. 저녁 약속은 내가 어떻게든 해 볼게요. 진형이한테는 내가 말할 테니까 아무 말 하지 마요."

"언니, 고마워요."

"어머님 마음을 이해해 드리세요. 수지 씨가 어머님께는 정말 귀한 딸이라서 그런 거예요. 내가 그 입장이었어도 그랬을 거예요. 누군들 눈에 차겠어요."

또 심장이 아팠다. 엄마도 그랬겠지. 엄마에게 난 내 존재 자체로 귀한 딸이었겠지. 그렇게 사랑받았는데 왜 몰랐을까? 엄마도 날 결혼시키고 마음 아팠을까? 내가 그런 식으로 시집을 가 버려서?

그나마 민호가 엄마에게 잘해 드린 게 유일한 위안이었다.

"엄마가 돌아가시고 나니까 엄마 마음을 이해 못 해 드린 게 제일 마음이 아팠어요. 그러니까 수지 씨는 그러지 마요."

수지가 돌아가고 진영은 한참을 망설이다가 민호에게 전화를 걸었다. 전화번호를 등록하진 않았지만 진영은 민호의 번호는 외우고 있었다. 신호가 한참 가도 민호는 전화를 받지 않았다.

진영은 전화를 끊었다. 몇 분 후, 진영은 다시 민호에게 전화를 걸었다.

― 여보세요?

민호의 목소리는 짜증스러워하는 것 같았다. 진영은 민호의 목소리를 듣는 순간, 목이 콱 막혀 아무 말도 할 수 없었다.

― 여보세요?

진영은 겨우 입을 열었다.

"저, 진영이에요."

민호는 많이 놀랐는지 아무 말도 하지 않았다.

"지금 통화 가능해요?"

몇 초 후 민호의 목소리가 들려왔다.

— 응, 말해.

민호의 목소리가 떨리고 있었다. 진영은 한숨을 훅 내쉰 후 용건을 이야기했다.

바쁘다고 둘러댈까도 생각했지만 아직 결혼을 하려면 한참이 남았다. 분명 어떤 핑계를 대서라도 민호의 얼굴을 보려고 할 것 같았다.

"진형이가 곧 결혼하는데, 그쪽 집안에서 당신과 날 한번 보고 싶대요."

민호는 여전히 아무 말도 하지 않았다. 마음이 급해 진영은 자꾸만 말이 빨라졌다.

"그쪽에서 우리 이혼한 걸 아직 모르고 있거든요."

사실 아직 서류를 내지 않았으니까 두 사람은 법적으로 여전히 부부였다. 물론, 민호는 전혀 모르고 있지만.

"결혼 앞두고 내가 이혼했다고 하면 괜히 잡음만 생길까 봐 아직 말 안 했어요. 정말 이런 부탁 하는 거 염치없지만 저녁 식사, 같이할 수 있어요?"

민호는 아무 말 없이 진영의 말을 듣고만 있었다. 진영은 얼굴이 홧홧 달아올랐다. '내가 미쳤지.'라는 말이 절로 터져 나올 것 같았다. 염치없다고 말했지만 민호의 입장에서는 어이없는 전화일 것이다. '도대체 날 얼마나 우습게 보면 이런 전화를 하지? 뭐 이런 황당한 여자가 있지?'라고 생각할 것 같았다.

"미, 미안해요. 내가 너무 어이없는 부탁을 했네요. 그냥 잊어버려요."

진영은 황급히 전화를 끊으려고 했다.

— 진영아.

다급한 목소리가 진영을 붙잡았다.

— 할게.

진영은 한참 후에야 겨우 입을 열 수 있었다.

"고, 고마워요."

대답을 들은 후에도 진영은 전화를 끊을 수가 없었다. 그렇다고 민호더러 먼저 전화를 끊으라고 할 수도 없었다. 두 사람은 서로의 숨소리에 귀를 기울이며 상대가 지금 어떤 얼굴을 하고 있을지 상상했다. 한참 후 민호가 입을 열었다.

— 나도 부탁할 일이 있어.

"뭔데요?"

— 얼마 후면 마리아의 집 도서관 개관식을 해. 그때 같이 가 줄 수 있어? 홍보팀에서 가급적 당신과 둘이 있는 모습을 사진으로 담고 싶다고 해서 말이야.

"그렇지만 우린 이혼했는데……."

— 아직 회사에 알리지 않았어. 마리아의 집 일은 당신이 계속 담당했잖아. 그래서 홍보팀은 당신 인터뷰도 하고 싶은가 봐.

"나중에 우리 이혼 사실이 알려지면 사람들이 우습다고 하지 않을까요? 당신이 곤란해지는 거 아니에요?"

— 전혀. 사람들이 그때까지 이 일을 기억할 리 없잖아.

"그럼, 할게요."

— 고마워.

"아니에요."

— 그럼 일정 정해지면 연락해.

"네."

대화가 끊겼지만 두 사람은 여전히 전화를 끊지 못했다. 한참 후에 민호가 입을 열었다.

— 먼저 끊어.

진영은 전화를 끊었다. 얼마나 긴장했는지 휴대전화를 든 손에 땀이 흥건했다.

심장이 쿵쿵 소리를 내며 뛰고 있었다.

26

"체육 시간에 쉬고 싶다고?"

"네."

"어디 아프니?"

"생리통이 심해서 그래요."

진영은 윤지를 빤히 바라보았다. 여학생들이 체육이 하기 싫을 때 자주 대는 핑계였다. 그렇지만 일주일 전 윤지는 체육 교사에게 똑같은 핑계를 댔었다. 체육교사에게 똑같은 핑계를 댈 수 없어서 진영을 찾아온 것 같았다. 진영은 당장 그 이야기를 꺼내 면박을 주고 윤지를 운동장으로 돌려보낼 수도 있었다. 그렇지만 진영은 속아 주기로 했다.

"선생님도 생리통이 되게 심한데, 윤지도 그런가 보네. 약은 먹었어?"

"네."

"그럼 교실에서 자습해."

진영의 허락을 받고 윤지는 교무실을 나갔다. 윤지가 교무실을 나가자마자 옆자리의 소진이 입을 열었다.

"이 선생, 너무 물러. 그렇게 애들 하자는 대로 다 해 주면 좋은 선생님 소리 들을 것 같지? 요새 애들은 영악해서 그렇게 무른 선생은 떡 반죽 주무르듯 한다고. 아니면 도마 위에 올려놓고 회를 뜨거나."

진영은 웃었다.

"근데 쟤 요즘 좀 이상하네. 왜 저러지? 분위기가 위태위태해. 이 선생한테 뭐 말한 거 없어? 학기 초에 면담했잖아."

교직 20년의 감이었다.

"아뇨. 별다른 말은 없었어요."

"하긴 제 입으로 말할 리가 없지. 수업 시간엔 어때?"

"영 집중을 못 해요. 지각도 늘었고요."

소진의 미간에 주름이 생겼다. 엇나가는 신호가 한두 개가 아니었다.

지각 때문에 진영은 윤지의 어머니에게 전화를 했었다. 윤지에게 주의를 주겠다는 건조한 대답이 돌아왔다.

— 출근하기 전에 깨우는데 또 자 버려서 지각을 하는 것 같아요. 애가 야무지질 못해서…….

그렇지만 윤지는 계속 지각을 했다. 연락을 다시 해 볼까 하다가 진영은 마음을 접었다. 윤지의 어머니는 윤지에게 별로 관심이 없는 것 같았다. 아무리 자식이 잘 숨긴다고 해도 보통 엄마라면 뭔가 이상하다는 낌새를 채기 마련이었다. 그러나 윤지 어머니의 목소리에서는 아무런 애정이 느껴지지 않았다. 가정적으로도 그리 원만한 것 같지 않았다.

"교우 관계는 어때?"

"특별히 친한 친구는 없는 것 같아요. 그렇다고 따돌림 당하는 건 아닌 것 같은데. 학교 밖에서 문제가 있는 걸까요?"

"잘 모르겠어. 저렇게 조용한 것보단 눈에 띄는 사고를 쳐 주는 게 고마운데 말이야. 난 생선보다 고슴도치가 좋더라. 속에 있는 가시보단 눈에 보이는 가시가 뽑기 쉽잖아. 저 나이 때가 힘든 게 자기가 다 컸다고 착각하기 때문이거든. 진짜 어른이 보면 애도 그런 애가 없는데 말이야."

"그렇죠. 정말 애죠. 근데 저도 저 나이 때 다 큰 줄 알았어요."

"나도 그랬어."

소진과 진영은 깔깔 소리 내어 웃고 말았다. 소진이 말했다.

"진짜 어른은 절대 혼자 고민 안 해. 세상에 혼자 고민해서 해결될 문제가 없거든. 왜냐하면 세상 문제는 다 인간과 인간이 얽혀서 생긴 거잖아. 안 그래?"

진영은 고개를 끄덕였다.

"어째 애들이 갈수록 예민해지고 삭막해지는 것 같아. 세월이 복잡해서 그런가? 애들 눈빛 보면 가끔 가슴이 철렁해. 사는 게 고달프고 지쳐 보여. 도와주고 싶어도 요즘 애들은 어른을 믿지 않잖아. 돕는 것도 쉽지 않아."

소진은 딸이 고등학생이어서 더 그런 생각이 들었다.

수업종이 울리기 2분 전, 교무실에 작은 파도가 쳤다. 수업이 있는 교사들이 움직이는 소리였다. 소진도 주섬주섬 교과서와 참고자료를 챙겨 자리에서 일어났다.

"아무튼, 이 선생이 신경 좀 써야겠어."

"네."

"일단 주시하기만 해. 애들은 교사가 자기에게 관심을 갖고 보고 있다는 것만으로도 행동이 달라지기도 하니까. 대부분 관심이 고픈 애들이야."

교무실에서 잡무를 처리하다가 진영은 자리에서 일어났다. 교실에 윤지가 혼자 있을 테니 다른 아이들 눈치 보지 않고 단둘이서 뭔가 이야기를 나눌 수 있을 것 같았다.

진영은 수업 중인 교실을 지나쳤다. 교사가 되었지만 수업 시간에 복도를 걸을 때면 다시 학생으로 돌아간 기분이 들어 심장이 두근거렸다. 진영은 교실 창문으로 윤지가 있는지 확인했다.

텅 빈 교실에 윤지가 엎드려 있었다. 아이의 등이 가늘게 떨리고 있었다. 울고 있는 것 같았다. 진영은 황급히 교실 안으로 들어갔다.

"윤지야, 많이 안 좋아?"

진영은 윤지를 억지로 일으켰다. 윤지는 잔뜩 화가 난 얼굴로 진영을 노려보았다.

"그냥 나 좀 내버려 두라고요. 6개월만 있다 갈 주제에, 왜 이렇게 귀찮게 해요!"

"내가 뭘 귀찮게 했는데?"

"계속 날 이상한 눈으로 쳐다봤잖아요!"

'도대체 당신이 뭔데 날 신경 써?'라고 말하는 듯했다.

"내가? 내가 왜 널 이상한 눈으로 봐?"

진영은 천연덕스럽게 대꾸했다. 윤지는 약이 오른 것 같았다.

"그럼 왜 온 건데요?"

"자습하라고 했는데 왜 책상이 텅 비어 있어? 너 놀라고 체육 시간에 빼 준 거 아니야."

이럴 때는 선생의 권위가 꽤 쓸 만했다. 진영은 '넌 학생이고 난 선생이야.'라는 눈으로 윤지를 보았다. 윤지는 입술을 앙다 물고 보란 듯이 서랍에서 수학 문제집을 꺼내 폈다.

"임윤지. 언제든 말할 기분이 생기면 찾아와. 선생님, 기다릴게."

윤지의 입술 사이로 바람 빠지는 소리가 났다. 조소였다.

"내가 네 담임이어서가 아니야. 선생님은 다른 사람에게 간섭하는 건 딱 질색인데, 너는 자꾸 걸려. 네가 감당하기 힘든 짐을 지고 버둥거리는 게 빤히 보이거든. 넌 아직 미성년자이고, 그 나이 때는 어른들 도움을 받을 권리가 있는 거야. 지금 너한테 중요한 건 공부는 아닌 것 같다. 넌 아무도 널 도울 수 없다고 생각하지? 세상에 너 혼자만 있는 것 같지? 근데 안 그래. 선생님이 안 그렇게 만들 거야."

또다시 윤지의 얼굴이 일그러졌다.

"아무것도 모르면서……."

"그래, 난 몰라. 그렇지만 물에 빠진 사람을 구할 때 왜 물에 빠졌냐고 물어보고 구하는 사람 있어? 임윤지, 선생님은 널 계속 귀찮게 할 거다."

진영은 잔소리는 그쯤하고 교실을 나섰다.

어른이 되고 보니 알게 되었다. 아이는 아무리 어른스러워도 아이였다. 아무리 감추려고 해도 어른의 눈에는 그 빈틈들이 보였다. 괜찮은 척, 아무렇지 않은 척하는 그 모습이 애처로웠다. 소진의 말이 맞았다. 생선보다 고슴도치가 낫다. 그렇지만 쉽게 마음을 열지 않으려고 하는 그 마음도 이해가 됐다. 진영은 누군가 보고 있다는 느낌이 들어 무심결에 복도 쪽 창문으로 고개를 돌렸다. 윤지가 진영을 보고 있었다. 자기가 보고 있다는 것을 들키자 윤지는 타조가 모래밭에 고개를 묻듯 책상 위에 펼쳐 둔 수학 문제집에 고개를 처박았다.

귀엽네.

진영은 웃음을 참고 교무실로 향했다.

예약해 둔 한식당에는 수지 가족이 먼저 와서 기다리고 있었다. 언제 도착하냐고 묻는 수지의 문자에 초조함이 가득했다. 비 오는 금요일 저녁이었다. 상습 정체구역인 삼청동 초입부터 밀리기 시작해 식당 앞까지 도착하는 데 30분이 넘게 걸렸다. 차라리 걷는 게 더 빠를 뻔했다. 진형과 진영은 약속 시간보다 5분 늦은 상태였다. 진형의 발걸음이 급했고 마음은 그것보다 더 급했다.

"누나, 안 들어가고 뭐해?"

"먼저 들어가."

"왜?"

"민호 씨가 오기로 했어."

"누나!"

진형은 사람들의 시선도 잊어버리고 소리를 질렀다.

"그 얘긴 없던 걸로 했잖아. 그 사람이 왜 여길 와!"

"너 때문에 부탁한 거 아니야. 수지 씨가 안돼서 그런 거야. 내가 이혼한 건 너한테 한참 후에 말한 걸로, 그렇게 입 맞춰. 넌 내가 이혼한 거 모르는 거다."

진영은 휴대전화를 꼭 쥔 채로 식당 입구에서 눈을 떼지 않고 말했다.

"지금 수지 부모님께 거짓말을 하자는 거야?"

"그래."

진영은 한숨을 쉬며 말했다.

"미안하다, 하나밖에 없는 누나가 이 모양이라 네 앞길이나 막고. 자랑은 안 돼도 욕은 먹게 하지 말았어야 했는데."

진형은 누나가 사과하는 건 더 싫었다.

"그래서 엎어질 혼사라면 애초에……."

말보다 손이 빠른 진영의 스매싱이 진형의 등짝을 강타했다. 오랜만에 진영으로부터 저릿저릿한 스매싱을 받은 진형은 얼굴을 사정없이 찌푸렸다.

"수지 없이 살 수도 없으면서 엎는다는 소릴 도대체 몇 번이나 하는 거야? 수지가 너한테 계속 겨 줄 것 같지?"

그 말에 진형은 움찔했다. 진형도 자신이 수지에게 어리광을 부리고 있다는 것을 알고 있었다.

"그러지 마. 상대방이 잘해 주는 건 네가 잘나서가 아니야. 한쪽이 일방적으로 겨 줘야 하는 관계가 얼마나 오래갈 것 같니? 그런 사람은 한 번 놓아 버리면 절대 뒤돌아보지 않아. 왜지 알아? 다 줘 버렸기 때문에 미련도 없는 거야."

그 말을 하고 진영은 멈칫했다. 자기가 한 말이 부메랑처럼 날아오는 것 같았다.

당신, 그런 마음으로 이혼해 준 걸까? 더 이상 겨 줄 수 없어서? 미련마저 없어져 이혼할 수 있었던 걸까?

진영은 다시 입을 열었다.

"무작정 수지 편을 들어 주면 안 돼? 너보고 나라를 팔아먹으라는 것도 아니잖아. 넌 수지가 하나뿐인 심장을 달라고 해도 줄 수 있을 거야. 거짓말 정도로 수지 마음이 편해질 수 있다면 그렇게 해 줘. 왜 어려운 것은 해 줄 수 있는데 쉬운 건 못해 주는 거야? 집도 둘이 잘 상의해서 구해. 내가 수발들 간병인이 필요한 독거노인도 아니잖아. 그만 들어가 봐. 사돈어른들 기다리시겠다."

그러나 진형은 움직이지 않았다.

"난 누나가 걱정돼."

"뭐?"

"언제나 갑자기 연기처럼 사라질 것 같은 얼굴을 하고 있는데 나더러 어쩌라고? 누나를 보고 있으면 꼭 어디 먼 데로 떠날 것 같단 말이야. 정신이 반절 이상은 사라진 사람 같다고. 도대체 무슨 생각을 하고 사는 거야?"

진형은 뭐라고 더 말하려고 입술을 달싹거리다가 입을 꾹 다물고 수지와 수지의 부모가 기다리고 있는 룸으로 걸어갔다.

진영은 멍했다.

그게 무슨 소리야? 난 멀쩡해. 멀쩡하다고. 내가 왜 연기처럼 사라져? 정신 똑바로 차리고 잘 살려고 얼마나 발버둥 치고 있는데.

몇 분 후, 휴대전화에 문자가 왔다는 신호음이 들렸다.

지금 도착했어. 주차장이야.

문자를 보자마자 심장이 빠르게 뛰기 시작했다. 입구 쪽을 보던 진영의 눈이 바닥으로 향했다.

멀리서 발소리가 났다. 진영은 그 발소리가 민호의 것임을 알았지만 시선을 돌릴 수가 없었다.

진영은 그 순간 마음 가장 깊은 곳에 숨겨 둔 진실을 깨달았다.

수지를 위해서도, 진형을 위해서도 아니었다.

민호에게 연락을 한 건 그가 보고 싶어서였다. 목소리를 듣고 싶어서였다.

그건 진영에게 아주 낯선 감정이었다. 누군가가 보고 싶다는 것, 그립다는 것.

구두코가 보일 때까지 진영은 고개를 숙인 채로 뭔가 대단히 중요한 것을 본다는 듯 애꿎은 휴대전화만 만지작거렸다.

"진영아."

진영은 겨우 고개를 들어 민호를 봤다. 심장이 더 빠르게 뛰었다.

'진영아.'라고 부르는 그 목소리가 터무니없을 정도로 따뜻했다.

그들 사이에 아무 일도 없었다는 듯한 목소리였다. 지난 3년 동안 민호는 수없이 진영을 불렀다. 그런데 이제 와서 왜 심장이 미치도록 뛰는 거지? 아무 의미 없는, 단순히 날 부르는 그 말에?

민호는 진영이 시선을 피하자 늦어서 화가 난 걸로 오해했다.

"늦어서 미안. 차가 밀렸어. 그쪽 어른들은 오래 기다리셨어?"

"약속 시간보다 일찍 오셨대요. 어서 가요."

진영은 몸을 휙 돌리려고 했지만 민호가 진영의 팔을 잡았다.

"어디 아파? 얼굴이 빨개."

"아, 아니에요."

그렇지만 민호는 진영의 팔을 놓아주지 않았다. 민호는 재빨리 진영의 이마에 손바닥을 댔다. 진영의 얼굴은 더 발갛게 달아올랐다.

"열은 그렇게 높지 않은 것 같은데. 혹시 그거니? 너 이유 없이 열 오르고 그러잖아."

"아, 아니에요. 몸살 기운이 조금 있어서 그래요."

"저 앞에 약국 있던데, 약부터 먹자. 환절기 몸살을 우습게 보다간 큰코다쳐. 기다려. 내가 약 사 올게."

"아니에요. 괜찮아요."

민호의 눈에는 여전히 걱정이 가득했다.

"식사 끝나고 약 먹을게요."

그제야 겨우 민호는 진영의 팔에서 손을 뗐다. 진영은 자기도 모르게 민호의 손이 닿았던 곳에 손을 댔다. 전기가 통한 듯 찌릿찌릿했다.

진영과 민호가 룸으로 들어가자 수지와 수지의 부모인 인환과 은화가 자리에서 일어났다. 진영이 뭐라고 입을 열기 전에 민호가 앞으로 나섰다.

"진형이 매형 되는 박민호입니다. 늦어서 죄송합니다. 이쪽은 제 처고요."

민호는 자연스럽게 진영의 허리에 손을 댔다.

"처음 뵙겠습니다."

서로 인사를 주고받은 후 민호가 명함을 꺼내 인환에게 건넸다. 명함을 확인한 인환은 놀란 얼굴을 했다.

"영일그룹이라면 영일건설이 있는……."

"그룹이라고 하기엔 부끄러운 규모의 사업체입니다."

"그래도 그 나이에 벌써 사장이시라는 건……."

"부친의 회사라 턱없이 높은 직함을 갖고 있을 뿐입니다."

옆에 앉은 은화도 놀랐다. 부친의 회사라고 했으니 사주의 아들이라는 뜻이고, 회사를 이어받을 후계자라는 뜻이었다. 평범해 보였던 진영이 다시 보였다.

'시집 잘 갔네. 저 얼굴 어디에 복이 있어서 저렇게 번듯한 신랑감을 물었대? 부잣집 아들 아니랄까 봐 귀티가 줄줄 흐르네. 얘는 도대체 왜 말을 안 한 거야? 말을 안 하니까 괜히 이상한 상상을 했잖아.'

수지는 민호가 아버지 일을 돕고 있다고만 말했다. 수지의 부모는 수지가 진형의 매형에 대해 자세히 말을 하지 않으니 변변치 못한 사람인가 싶어 꼭 제 눈으로 확인하고 싶어서 억지를 부린 것이었다.

진형의 누나가 번듯한 집안에 시집가서 살고 있다는 것을 알자 괜히 진형에 대한 점수도 올라갔다. 한편으로는 별로 대단해 보이지 않는 진영도 저런 번듯한 집안에 시집갔는데 왜 수지는 성실함 말고는 가진 게 없는 놈한테 홀딱 빠져서 앞뒤 분간을 못 하는지 조금 속도 상했다.

은화는 민호가 하는 양을 안 보는 척하며 훔쳐보았다. 민호는 진영의 의자를 빼 주고 냅킨도 펴 줬다. 늘 그렇게 해 주는 듯 자연스러운 몸짓이었다.

'공주도 저런 공주가 없네.'

은화는 옆에 앉은 수지를 힐끗 쳐다보았다. 수지는 진형을 챙기는 중이었다.

'으이그, 실속 없는 년. 속없는 년. 좋단다.'

"바쁘신 분을 저희가 번거롭게 한 것 같아 죄송합니다."

"저와 제 처가 처남 부모 대신인데 이쪽에서 먼저 챙기지 못해 죄송합니다. 상 치른 지 얼마 되지 않아서 아직 경황이 없습니다. 처남 일에 무관심해서 그런 게 아니니 이해해 주십시오."

"저희야말로 상 치른 지 얼마 되지 않았는데 이런 자리를 마련해서 죄송스럽습니다."

"말씀 낮추십시오. 제가 한참 아래인데요."

"아, 아닙니다. 사돈지간에는 원래 말을 높이는 거랍니다."

민호는 수지를 바라보았다.

"우린 구면이죠?"

"네. 그때는 덕분에 잘 먹었습니다."

"가끔 두 사람을 불러서 밥도 사 주고 그러고 싶었는데 이 사람이 결혼하기 전에 시집 식구가 자꾸 부르면 부담스럽다고 하도 난리를 쳐서요."

"둘이서 보낼 시간도 별로 없는데 왜 거기에 우리가 껴요? 안 그래도 진형이가 회사 일 때문에 바빠서 데이트도 잘 못 하는데요."

"이제 곧 한 식구가 될 테니까 우리 자주 얼굴 봐요."

수지는 민호와 진영의 자연스러운 태도에 얼이 빠졌다. 저게 연기라면 아카데미상에 도전해도 될 것 같았다.

수지는 진영에게서 민호와 함께 오겠다는 말을 듣고 걱정이 태산 같았다. 오면 와서 걱정이고 안 오면 안 와서 걱정이었다. 이혼까지 한 부부이니 사이가 티가 나게 냉랭할 것 같았고, 그것은 그것대로 은화가 흠을 잡을 것 같았다. 그러나 그런 걱정을 비웃기라도 하듯 진영과 민호는 사이좋은 부부로 나타났다.

'정말 이혼한 거 맞아?'

자연스럽게 양쪽 집의 연장자인 인환과 민호 사이에 대화가 오갔다. 부모 대신이라는 말이 빈말처럼 느껴지지 않을 만큼 민호의 태도는 믿음직스러웠다.

"식사는 저희 쪽에서 시켰습니다. 여기 음식들이 다 괜찮습니다."

그 말을 듣기라도 한 듯 문이 열리고 서버가 음식을 가져왔다.

"좋은 날인데 술 한잔 어떠십니까?"

인환이 안동소주를 주문했다. 진형의 가족과 수지의 가족은 소주잔을 가볍게 부딪친 후 식사를 시작했다.

진형은 진영을 바라보는 은화의 시선이 부드럽게 변했다는 사실을 깨달았다. 그깟 명함 한 장이 가지는 힘이 대단하다 싶어 쓴웃음이 났다.

처음엔 찝찝한 기분이었지만 막상 수지의 부모님을 대면하자 진형은 민호가 고마웠다. 한 자리가 더 채워진다는 것이 이렇게 든든한 기분일 줄 몰랐다. 진형과 진영만 나왔더라면 어쩐지 기가 죽었을 것 같았고 저쪽에 비해 밀린다는 기분을 지울 수 없었을 것 같았다.

상견례라는 게 그런 자리였다. 선 자리가 남녀가 서로에 대해 말없이 주판알을 튕기는 자리인 것처럼, 상견례는 집안과 집안끼리의 소리 없는 계산과 저울질이 난무하는 장소였다. 진형은 곧 가족이 될 건데 자존심 싸움이 무슨 소용이 있을까 생각했던 자신이 바보였다는 것을 깨달았다. 수지의 부모님에게 자존심을 세운다는 건 결국 자신에게 수지의 부모가 남이라는 뜻이었다. 그건 수지에게도 진영이 남이라는 뜻이었다. 그러니 수지에게 진영을 가족으로 여기라는 자신의 요구는 부당한 것이었다.

진형은 옆에 앉은 진영을 힐끗 바라보았다. 유난히 얼굴이 좋아 보였다. 민호 역시 그래 보였다.

'아직 누나에게 마음이 있다는 건가? 아니면 전처에 대한 배려인가?'

얼마 전 진형은 진영의 방에서 뭘 찾다가 이혼의사확인서등본이 봉투 안에 있는 것을 보고 깜짝 놀랐다. 진형은 진영에게 그걸 봤다는 내색을 하지 않았다. 그 후 진형은 진영이 방을 비울 때면 가끔 서랍을 몰래 열어 봤다. 등본이 든 봉투는 늘 같은 자리에 얌전히 놓여 있었다.

'누나, 망설이는 거야?'

진형은 진영을 누구보다 잘 안다고 생각했다. 진형이 아는 진영은 늘 칼로 벤 듯, 자로 잰 듯 모든 일에 미련 같은 게 없었다. 망설일 거라면 아예 시작도 하지 않는 사람이었다.

누나가 이상하게 구는 건 늘 그 남자, 박민호가 관련되었을 때뿐이었다. 갑작스러운 결혼, 갑작스러운 이혼, 모두가 진형에겐 이해할 수 없는 일들이었다.

진영과 수지의 시선이 마주쳤다. 수지는 소리 내지 않고 말했다.

'언니, 고마워요.'

진영은 별것 아니라는 눈빛을 보냈다.

대화는 주로 인환과 민호가 주고받았다. 서먹했던 분위기는 술이 몇 잔 돌자 풀어졌다.

그런데 은화의 질문에 분위기가 갑자기 싸늘하게 얼어붙었다.

"진형이 누나 되시는 분은 몇 살 때 입양되신 거예요?"

"어, 엄마."

수지가 질겁했다. 분위기도 좋은데 왜 이런 질문을 꺼내는지 이해할 수가 없었다. 그러나 은화는 아무것도 모른다는 얼굴로 생글생글 미소를 지었다. 내 딸 우습게 보지 말라는 뜻으로 던지는 질문이었고 친누나도 아니면서 세상에 없는 시어머니 몫까지 더해 시누 짓 하지 말라는 경고이기도 했다.

인환이 헛기침을 했지만 은화는 아랑곳하지 않았다. 은화는 진영을 빤히 바라보며 대답을 기다렸다.

이런 눈빛은 아주 오랜만이었다. '너는 그 집 가족이 아니야.'라는 사람들의 눈빛, 그런 눈빛을 받을 때마다 진영은 자기만 참으면 된다고 생각했다. 그렇지만 이젠 참고 싶지 않았다.

그 눈빛에 다른 가족들도 상처받는다는 것을 알았기 때문이다.

'어째서 우리를 가만 놔두질 않는 걸까? 자기들이 만든 가족이 그렇게 완벽하다고 생각해? 내 가족을 그렇게 우습게 볼 만큼?'

온몸이 파들파들 떨렸다.

어디선가 따스함이 밀려왔다. 민호가 진영의 손을 꽉 잡고 있었다. 진영은 민호를 보았다.

괜찮아. 당신은 혼자가 아니야.

그렇게 민호의 눈빛이 말하고 있었다.

진영은 차분하게 대답했다.

"여덟 살 때 입양되었습니다."

"돌아가신 사돈어른 두 분은 정말 대단하신 분들이네요. 이렇게 잘 키워서 좋은 신랑감과 짝을 지어 주시고요."

그 말에 숨겨진 가시를 모를 만큼 다들 둔하지 않았다.

참다못해 수지가 끼어들었다.

"진형 씨는 못 키웠어요? 엄만 왜 괜한 소리를 해요."

이쯤에서 그만하라는 뜻이었지만 은화는 아랑곳하지 않았다.

"내 자식도 키우다 보면 갖다 버리고 싶을 때가 있는데, 남의 자식을. 어휴, 전 정말 자신 없어요."

진영도 진형도 얼굴이 벌겋게 달아올라 어쩔 줄 몰라 했다.

진형은 뭐라 한마디를 하자니 이쪽이 더 우스워 보일 것 같아 아무 말도 할 수 없었다. '우린 입양 가족이지만 핏줄로 맺어진 가족 못지않아요.'라고 말하는 것이 뭐라 형언할 수 없을 만큼 구차하고 비참하게 느껴졌다.

진영은 수지의 부모에게 잘 보여야 할 진형을 생각해 참았고, 진형은 이혼한 전남편 민호까지 부른 진영을 생각해 참았다.

뜻밖에도 민호가 딱딱한 목소리로 입을 열었다.

"남의 자식이라니요?"

민호는 은화를 똑바로 바라보았다. 여전히 진영의 손을 꽉 쥔 채였다.

"돌아가신 장인어른과 장모님이 들으셨다면 당장 자리를 박차고 일어나셨을 겁니다. 장인어른과 장모님에게 진영인 처남과 다를 바 없는 자식이었습니다. 두 분께는 처남도 남의 자식이지만 지금 가족이 되려고 하지 않습니까. 설마 처남을 남이라고 생각하시는 건 아니시겠지요?"

은화의 얼굴이 벌겋게 달아올랐다. 급속도로 차가워진 분위기를 수습하기 위해 인환이 나섰다.

"그럴 리가요. 저는 사위가 아니라 아들이라고 생각하고 있습니다."

그러나 민호의 얼굴엔 불쾌한 기색이 역력했다. 아내에 대한 사랑이 지극해 아주 작은 모욕도 넘기지 않는 사람 같았다. 진형 역시 누나 일이라면 물불 가리지 않는다고 했다.

인환이 재빨리 사과를 했다. 이 두 사람에게 밉보이면 고생은 수지가 했다. 세상 어떤 사내도 자기 가족을 모욕하는 건 참지 못했다. 남자들이 의외로 속이 좁고 꽁한 구석이 있었다. 인환 역시 누가 자기 아내나 수지에 대해 안 좋은 말을 한다면 앞뒤 가리지 않고 주먹부터 날릴 것이고, 절대 잊지 않을 터였다.

"당신 취했어? 왜 그래? 이 사람이 과음했나 봅니다. 궁금한 걸 참지 못하고 말한 거니 이해해 주세요."

진영이 입을 열었다.

"경험해 보지 않으신 분은 이해하지 못할 거예요. 피도 섞이지 않았는데 입양으로 가족이 된다는 걸요. 사소한 호기심이실 수도 있지만 받아들이는 입장에서는 지금까지 쌓아 온 관계를 한순간에 부정당하는 기분이라 예민하게 받아들일 수밖에 없어요."

"제 처가 큰 실례를 했습니다."

인환은 묘한 기분이었다. 핏줄로 이어진 그와 그의 아내, 수지보다 핏줄로 이어지지 않은 진영과 민호, 진형이 더 굳게 결속된 가족처럼 느껴졌다. 그들은 마치 한 사람처럼 화를 내고 있었다.

"당신 뭐 해? 어서 사과하지 않고."

"미, 미안해요."

은화가 사과를 했지만 분위기는 영 되살아나지 않았다.

후식을 먹을 때까지 껄끄러운 분위기가 계속되었다. 식사를 마치고 인환이 계산을 하려고 하는데 이미 계산이 되어 있다는 대답이 돌아왔다. 식사 도중 잠시 화장실에 간다고 말하고 나갔던 민호가 계산을 마친 후였다.

"저희 쪽에서 초대한 건데요."

인환이 난처한 얼굴을 했다.

민호의 비서가 금색 보자기에 싼 것을 가져왔다.

"집으로 초대해서 대접해야 하는 게 예의지만 어른들 모시고 사는 처지라서요. 빈손으로 보내 드리기가 뭐해서 준비했습니다. 집에 가서 풀어 보세요."

뜻밖의 선물에 인환은 놀랐다. 그 역시 사위였지만 처가 일을 이렇게 세심하게 챙겨 본 적이 없었다. 진형 역시 놀랐다.

"처남은 어른들 댁까지 모셔다 드리지."

"예, 형님."

진형은 진심을 담아 말했다.

"오늘 정말 고맙습니다."

진형과 수지 가족이 떠난 후 민호가 진영을 보고 말했다.

"우리도 이만 가자."

"네."

민호는 한참을 망설인 끝에 물었다.

"내가 바래다줘도 돼?"

"네."

진영이 선선히 그러라고 하자 민호는 기분이 묘했다. 식사하러 올 때 퍼붓던 비는 멎었지만 하늘은 여전히 비를 머금은 회색 구름으로 뒤덮여 있었다. 주차장을 향해 걸으면서 민호는 피식 웃었다.

"왜 웃어요?"

"우리 처음 만났을 때, 너 내가 바래다주는 거 되게 싫어했잖아."

"그랬어요?"

"그래도 명색이 맞선이었는데 넌 예의상으로도 내 전화번호도 안 물었어."

"그……랬어요?"

기억이 나지 않았다. 그런데 그랬을 것 같았다. 다시 만날 일 없는 사람인데 무엇하러 전화번호를 교환해? 분명 그렇게 생각했을 것이다.

"그때 내가 명함을 줬는데도 넌 나한테 명함을 안 줘서 내가 뭐라 그랬잖아. 너, 되게 싫다는 얼굴로 메모지에 전화번호를 써 줬지. 내가 준 그 명함은 어쨌어?"

명함을 받은 것도 기억이 나지 않았다.

"아마 가방에 넣고 잊어버렸을 거예요."

"그랬을 것 같았어."

"근데 당신은 왜 나한테 또 전화번호를 물었어요? 내가 번호 적어 줬다면서요?"

"잃어버렸거든. 그 메모지 잃어버리고 정말 눈앞이 아찔했었어. 도우미 분이 쓰레기로 잘못 알고 버렸다는데, 쓰레기차를 따라갈 뻔했어. 근데, 내 꼴이 너무 우습잖아. 당신이 뭐라고 내가 이러나 싶어 당황했지. 당신은 내 이름도 기억 못 할 텐데. 혼자서 삐쳤지, 이진영이 얄미워서."

민호는 웃음을 터트렸다.

그런 사소한 일들이 당신에겐 추억이었던 걸까? 진영은 가만히 민호를 바라보았다.

"그다음은 병원에서 만났지. 그때 이진영 성격이 만만치 않은 여자인 거 한눈에 알아봤지. 알아서 기어야겠다 싶었다니까. 당신, 그때 처남을 막 팼었잖아. 동생하고 북어는 이틀에 한 번 패야 한다고 했던가, 사흘에 한 번 패야 한다고 했던가?"

그건 진영도 기억에 있는 일이었다. 진영은 웃음을 터트렸다. 느닷없이 민호가 나타나서 무척 놀랐었다. 그리고 민호는 꽃다발을 선물해 진영을 더 놀라게 했다.

"그때 왜 꽃다발을 선물한 거예요?"

"날 기억하라고. 그렇게라도 당신이 날 기억해 주길 바랐어. 그때 당신, 꽃다발 들고 날 계속 봐 주었잖아."

"내가 그랬어요?"

진영은 전혀 기억나지 않았다.

"저 멀리서 꽃다발을 들고 있던 당신이 내가 뒤돌아보자 손을 흔들어 줬어. 당신이 등 돌리지 않고 얼굴을 보여 줘서 좋았지. 당신이 날 보고 있다는 게 행복했어. 그런데 행복하면서도 심장이 찌릿찌릿 아팠어. 바늘로 찌르는 것처럼. 아마 그때 난 당신이 날 사랑하지 않을 거라는 걸 알았나 봐."

내겐 아무 의미 없는 행동들이 당신에겐 그런 의미와 행복을 준 것들이었나?

"그때도 전화번호를 안 물어봤잖아. 정말 내 평생을 통틀어 가장 전화번호 알아내기 힘든 여자였어."

풋, 하고 또 진영이 웃음을 터트렸다.

"그다음은……."

진영이 민호의 말을 가로챘다.

"마리아의 집이었죠. 정말 이불 빨래 못하더라. 무슨 남자가 그렇게 허리가 부실한지."

이번엔 민호가 웃음을 터트렸다.

"그때도 여지없이 전화번호 알아내기는 실패. 그때 당신이 뭐라고 했지?"

"남자랑 친구 안 해요."

"음, 아주 마음에 들었어. 난 남녀 사이에는 절대로 친구가 될 수 없다고 믿거든. 지금 와서 생각해 보면 이진영, 정말 밀당의 고수였어. 매번 만날 때마다 유리구두 대신 물음표만 잔뜩 남겨 놓고 신데렐라처럼 사라졌지."

알고 싶어서, 이해하고 싶어서, 사랑하고 싶어서 이진영이라는 바다가 날 젖게 하고, 춥게 하고, 끝내 익사시킬 줄 알면서도 걸어 들어갔다.

민호는 잠시 미소를 지은 후 입을 열었다.

"당신은 몰랐겠지만 당신을 만날 때마다 난 선물을 받는 기분이었어."

진영은 생각에 잠겼다. 도대체 내가 이 사람에게 준 게 뭐지?

진영에게 박민호라는 사람은 창밖에 부는 바람 같은 사람이었다. 그래서 별다른 관심을 기울이지 않았다. 처음 만난 순간부터 다른 세계에 사는 사람이라고 생각했었고, 다시는 볼 일이 없는 남자라고 생각했는데 끈질기게 마주쳤었다. 그리고 결혼에 이혼까지 했다.

어느새 주차장에 도착했다. 민호는 진영을 위해 조수석 문을 열어 주었다.

"오늘 와 줘서 고마워요."

"아냐. 서로 도움을 주고받는 건데, 뭐. 이진영이 아주 좋아하는 거잖아. 신세 안 지고, 빚 안 지고, 깔끔하게."

"개관식 준비는 잘되어 가요?"

"응. 그런데 잡지 인터뷰가 잡혔어. 여성지."

민호는 조심스럽게 진영의 눈치를 살폈다.

마리아의 집에 도서관을 지은 것은 나름 뉴스였고, 그룹에서도 크게 홍보하고 싶어 했다. 진영이 꾸준히 기부 활동과 사회봉사 활동을 해 온 터라, 부부의 모습을 함께 담고 싶다는 게 그룹 홍보팀의 제안이었다. 그걸로 끝날 줄 알았는데 느닷없이 여성지 인터뷰까지 잡혔다.

"괜찮아요. 어차피 하기로 한 건데요."

민호는 안도의 한숨을 내쉬었다. 민호는 운전에 열중하는 척했지만 그의 모든 감각은 진영에게 향해 있었다. 진영이 입을 열었다.

"이걸 물어보는 게 우습다는 건 알지만 물어보고 싶어요."

"말해 봐."

"이혼, 왜 해 준 거예요?"

민호는 매달리긴 했지만 진영이 이혼 의사를 강력히 밝히자 순순히 이혼을 해 줬다. 그때는 별생각이 들지 않았지만 요즘 들어 진영은 자꾸만 순순히 이혼을 해 준 민호 생각이 났다. 그것은 목에 걸린 생선가시처럼 진영의 마음을 불편하게 했다.

"왜 못 해 준다고 뻗대야 했어?"

"그런 말이 아니잖아요."

"계약이라는 건 그런 거 아니야? 한쪽이 싫으면 끝나는 거."

차는 가다 서다를 지루하게 반복했다. 민호는 앞차를 뚫어져라 바라보며 말했다.

"그게 다인가요?"

민호는 진영을 바라보았다.

"그게 왜 궁금한데?"

진영은 대답하지 않고 그저 민호를 바라보기만 했다. 민호는 가만히 한숨을 내쉰 후 입을 열었다.

"네가 나한테 바란 게 그것뿐이었으니까."

진영은 갑자기 먹먹해져서 고개를 숙였다. 진영은 더 이상 아무 말도 할 수 없었다.

어느새 두 사람이 탄 차가 진영의 아파트에 도착했다. 민호는 아파트 주차장에 차를 댔다. 진영은 차 문을 열려고 했지만 열리지 않았다.

"차 문, 열어 줘요."

민호는 미동도 하지 않고 앞만 바라보았다.

"민호 씨."

민호가 천천히 입을 뗐다.

"잠깐만 같이 있자. 잠깐만."

진영은 차 문 손잡이에서 손을 뗐다. 한참 동안 두 사람은 아무 말도 하지 않고 정면을 바라보고만 있었다. 밀폐된 차 안에서 두 사람은 서로의 체취를 진하게 느낄 수 있었다. 익숙한 체취였지만 기묘하리만큼 심장을 뛰게 했다.

침묵을 깬 건 진영이었다.

"무슨 생각 해요?"

민호의 고개가 느릿느릿 진영 쪽으로 향했다.

"이 차가 통조림이 되어 버렸으면 좋겠다는 생각. 너와 내가 밀봉된 채로 갇히고, 우리가 들어 있는 통조림은 어느 집 지하실 선반에 놓여지는 거야. 그리고 먼지가 쌓인 채 세상 종말의 날이 올 때까지 잊혀지는 거지."

"되게 맛없는 통조림인가 보네요, 종말의 날까지 아무도 안 뜯는 걸 보면."

민호가 진영의 손을 잡았다.

"진영아."

민호는 오롯이 자신만을 담고 있는 진영의 눈동자에 가슴이 뻐근해졌다.

"너무 예뻐서 눈물이 날 것 같은 적 있니?"

진영은 가만히 민호의 눈을 바라보았다. 진영은 마음속으로 대답했다.

'바로 지금요. 나를 보는 당신이, 나를 담은 당신 눈이 너무 예뻐서 눈물이 날 것 같아요.'

"난 항상 네가 너무 예뻐서 눈물이 날 것 같았어. 그리고 지금도……."

민호가 서서히 진영 쪽으로 고개를 숙였다. 진영은 민호의 입술을 피하지 않았다. 민호와 진영의 입술이 가볍게 부딪쳤다.

"어떻게 하면 좋니? 나 정말 널 못 놓겠어. 널 보니까, 널 만 지니까 이제야 살 것 같아."

정말 딱 숨이 막혀 죽을 것 같은 순간에 진영으로부터 전화가 왔었다.

진영과 약속을 하고, 약속 시간까지 무슨 정신이었는지도 전혀 생각이 안 났다. 그 며칠 동안 그저 앞으로 몇 시간 몇 분 후면 진영을 본다는 것 말고는 다른 생각을 할 수가 없었다. 시간이 너무나도 느리게 흘렀다. 어쩌면 진영과 약속한 그날이 오지 않을지도 모른다는 터무니없는 생각마저 했다.

"난 정말 구제할 수 없는 바보야. 견딜 수도 없는 주제에 널 떠나보내다니. 역시 멋진 척하는 건 나한테 안 맞나 봐. 구질구 질하더라도 네 다리를 붙잡고 질질 늘어지는 게 맞았어."

그런 바보니까, 날 사랑할 수 있었겠죠?

당신이 조금이라도 영리했다면, 계산이라는 것을 할 수 있었다면 나 같은 여자를 좋아할 리 없잖아요.

내가 당신에게 준 건 길바닥에 뒹구는 자갈이었는데, 당신은 그것을 다이아몬드나 진주처럼 소중하게 여겼던 거군요.

정말 바보 맞아요.

진영은 가만히 그를 안았다. 민호의 체온이 느껴지자 마음 밑바닥이 따스하게 데워지는 기분이었다. 온몸에서 긴장이 풀렸다. 진영은 자신이 긴장하고 있다는 것도 몰랐었다. 늘 멍하니 먼 곳을 바라보고 있다는 진형의 말이 무엇이었는지 알 것 같았다. 정신 반절이 어디에 가 있었는지 깨닫고 말았다.

"어떻게 해야 좋을지 모르겠어. 내 마음속에 있는 네가 조금도 사라지지가 않아. 널 사랑하는 방법은 알 것 같은데, 널 잊는 방법은 아무리 해도 알 수가 없어."

흐린 하늘은 다시 비를 뿌리기 시작했다. 가느다란 빗줄기는 곧 우동 면발처럼 굵어졌다. 바람이 세게 부는지 나뭇가지들이 거칠게 흔들렸다. 번쩍 번개가 쳤다. 세상에 종말이라도 오듯 비가 무섭게 쏟아졌다. 그러나 차 안은 고요했고 따뜻했다. 이곳은 안전했다.

진영이 말했다.

"우리, 비가 그칠 때까지만 통조림이 돼요."

민호가 진영의 머리카락을 머뭇거리며 쓰다듬었다. 조심스럽고 다정한 손길이었다.

눈빛도 손길도 입맞춤도 그리고 잠자리도 당신은 늘 이렇게 조심스럽고 다정했다.

나는 항상 당신이 왜 나를 그렇게 보는지 이해할 수 없었어.

난 하나도 예쁘지도 착하지도 않은데, 그런 눈빛, 손길을 받을 자격이 없는데.

그런데 이제 깨닫고 말았다.

내가 자격이 있어서 당신의 사랑을 받는 게 아니었어.

민호가 말했었다.

나는 그저 당신을 사랑하고 있을 뿐이야.

그래, 그거였다. 사랑.

민호는 자신을 사랑하고 있는 것뿐이었다.

사랑한다는 그 말. 귀찮았고, 불편했고, 그 다음은 어리둥절했다.

누군가를, 그것도 타인을 어떻게 그렇게 사랑할 수 있는 건지 이해할 수 없었다.

그 마음이 싫었던 건 아니었다. 다만, 그것을 어떻게 갚아야 할지 알 수 없어 모른 척했을 뿐이다. 하지만 아무도 진영에게 주판알을 튕기지 않았다. 마음이 시키는 대로 아끼고 사랑했을 뿐이었다.

진영은 자신이 느끼는 감정과 감각을 무어라 표현해야 할지 알 수 없었다.

생전 처음 느껴 보는 기묘한 느낌이었다. 아릿하게 아파 눈물이 나올 것 같으면서도 입가엔 미소가 지어지는 그런 기분, 도대체 이 기분이 뭘까? 아프면서도 행복한 이 기분은?

진영은 눈을 감았다. 민호의 입술이 목덜미를 눌렀다.

오래 비가 왔으면 좋겠다.

진영은 그렇게 생각했다.

27

설립한 지 70년이 넘은 동문여고는 노후한 구교사와 올해 초 새로 지은 신교사 이렇게 두 개의 교사로 나뉘어져 있었고, 신교사는 고3에게 배정되었다. 널찍하고 밝은 신교사가 있어서 구교사는 더욱 어둡고 초라해 보였지만, 진영은 구교사가 더 좋았다.

학교에서 진영이 제일 좋아하는 곳은 4층에 있는 구 미술실의 복도에 있는 창이었다.

학생이었을 때 진영은 학교에서 자신의 비밀공간을 찾는 버릇이 있었다. 인적이 거의 없는 그늘진 곳을 좋아했다. 그런 곳에 홀로 있으면 외롭다기보다는 마음이 편안했고 안전하게 보호받는 기분마저 들었다. 그 버릇은 교사가 돼서도 그대로여서 처음 학교에 온 날, 진영은 구 미술실 복도를 찾아냈다.

미술실과 음악실 등이 새로 지은 신교사로 이동하면서 4층은 텅 빈 상태였다.

저녁 급식을 먹은 진영은 한숨 돌리기 위해 자판기에서 캔 커피를 하나 사서 구 미술실 앞으로 갔다.

결혼해 아이가 있는 여교사들은 저녁 자습 감독을 가급적 안 하려고 하다 보니 기간제 교사인 진영이 그 일을 떠맡게 되는 일이 많았다. 담임이 되고 나니 잡무가 엄청나게 늘었다. 아이들 얼굴보다는 서류 작업을 하느라 노트북을 더 많이 봐야 했다. 교재 연구도 당연히 잡무의 뒤로 밀렸다. 진영은 자신이 투덜이 스머프라도 된 기분이었다. 그런 자신이 마음에 들지 않아 진영은 커피를 한 모금 마시며 얼굴을 찌푸렸다.

'내가 배가 불렀나? 교사도 직업이야. 네가 아이들의 구원자 노릇을 하려고 여기 있는 건 아니잖아. 게다가 넌 계약직이라고. 당장 내년에 다른 학교를 찾아봐야 하는 처지야. 뭘 그렇게 고민해? 그런 고민은 네 몫이 아니야. 그건 여기에 있는 선생님들이 할 몫이라고. 네가 땜빵이라는 거 잊었어?'

진영은 이상하게 서글퍼졌다. 책임지지 않는다는 게 좋았던 시절도 있었는데, 지금은 이상하게 마음이 무거웠다.

학교는 종합병원과 담 하나를 사이에 두고 있었는데, 구 미술실 복도 쪽 창문에서 병원의 신생아실이 보였다. 푸르스름한 빛을 내는 인큐베이터들이 줄지어 놓여 있는 것을 보고 있으면 마음이 차분하게 가라앉았다. 그 푸른색은 기이하게도 신비롭고 따스해 보였다. 새 생명을 담고 있어서 그런 것 같았다.

진영은 인기척에 고개를 돌렸다. 윤지였다. 뜻밖의 곳에서 윤지와 마주친 진영은 조금 놀랐다. 윤지 역시 당황한 얼굴이었다. 윤지에게도 이곳이 은신처인 것 같았다.

진영은 윤지에게서 시선을 돌리고 의도적으로 모른 척했다. 진영은 휴대전화에 이어폰을 연결했다.

너야말로 날 방해하지 말라는 무언의 몸짓이었다.

윤지는 갈까 말까 망설이다가 있기로 마음먹었는지 진영에게서 세 발자국 정도 떨어진 곳에 서 있었다. 늘 윤지에게서 풍기는 긴장감이 사라져 있었다. 윤지도 이곳에서 진영이 느끼는 것을 느끼고 있었다. 그것만으로 뭔가 설명할 수 없는 유대감과 친밀감이 생기는 것 같았다.

진영은 좋아하는 노래를 반복해서 들으면서 인큐베이터의 푸른빛이 아니라 유리창에 비친 윤지의 얼굴을 훔쳐봤다. 진영은 윤지의 얼굴에 어린 것이 무엇인지 알 수 있었다. 그건 어른의 슬픔이었다. 진영은 그 얼굴을 아주 잘 알고 있었다. 저 나이 때 자신의 얼굴이 딱 저랬었다.

진영은 시선을 돌려 유리창에 비친 자기 얼굴을 보았다. 이제 내 얼굴엔 어떤 슬픔이 있을까? 진영은 자신의 얼굴을 처음 본 듯 꼼꼼히 뜯어보았다. 그런데 진영의 얼굴 위로 민호의 얼굴이 겹쳐졌다.

온몸에 다정하고 부드러운 온기가 퍼졌다.

그때의 감각이 고스란히 되살아났다. 뜨거워 봤자 37도 정도밖에 되지 않는 사람의 체온이 어쩌면 그렇게 따뜻할 수 있을까? 진영은 자기 심장에 손바닥을 댔다. 심장이 빠르게 뛰고 있었다.

'당신도 내 체온이 따뜻했을까? 나도 당신에게 위로가 되었을까?'

민호가 닿았던 곳에서 봄바람이라도 불듯 따스한 기운이 올라왔다. 차 천장을 두드리는 빗소리는 마치 우박이 떨어지듯 거셌지만 민호의 손길과 몸짓은 봄비처럼 다정했다. 비가 그친 후에도 한참 동안 두 사람은 서로에게 안겨 있었다. 진형이 집에 도착했냐고 전화를 걸지 않았다면 그들은 아마 밤새도록 그렇게 있었을 것이다.

진영은 도망이라도 치듯 차에서 내려 허둥지둥 집으로 들어갔다. 베란다에서 아래를 내려다보니 민호의 차가 여전히 서 있었다. 민호의 은색 차가 어둠 속에서 반짝 빛을 냈다. 민호의 차를 보면서 진영은 자기도 모르게 미소를 지었다.

민호는 진영의 집에 불이 켜질 때까지 꼼짝도 하지 않을 것 같았다.

진영은 거실 불을 켰다. 그리고 다시 베란다로 나갔다. 불이 켜진 후에도 한참 동안 민호의 차는 그 자리에 있었다. 마치 진영에게 안녕이라고 인사를 하듯 전조등을 두 번 깜빡거린 후 차가 천천히 움직였다.

'내가 보이나?'

붉은 후미등을 길게 늘어뜨리고 가는 민호의 차 뒤에다 대고 자기도 모르게 진영은 손을 흔들었다.

깜빡깜빡. 그 빛이 자꾸만 머릿속에서 떠올랐다 사라졌다.

저녁 자습 시작 10분 전을 알리는 종이 울렸다.

진영은 귀에서 이어폰을 뺐다. 교무실에 가서 자습 감독을 할 준비를 해야 했다. 윤지 역시 교실로 돌아가려고 하다가 진영을 바라보며 말했다.

"저도 그 노래 좋아해요. 옥상달빛의 〈수고했어, 오늘도〉 맞죠?"

"그래."

"노래 가사가 좋아요."

윤지가 대화 비슷한 것을 시도한 것은 처음이었다. 진영은 윤지가 말을 걸어 줘서 기뻤고, 그녀가 좋아하는 노래를 윤지가 좋아한다는 것도 좋았다.

"선생님도 좋아하는 노래야."

대화는 그것으로 끝났다. 윤지는 진영을 스쳐 지나갔다. 진영은 미소를 지었다. 아주 조금이지만 윤지와 친해진 것 같은 기분이 들었다.

여고생들은 아이돌이 부르는 가요만 좋아하는 줄 알았는데 이런 노래도 좋아하는구나. 진영은 윤지의 의외의 면을 발견한 것 같았다.

진영은 윤지가 있던 곳을 바라보다가 고개를 갸웃거렸다.

'분명 내가 먼저 왔는데, 어디서 온 거지?'

윤지는 진영이 온 방향이 아니라 반대 방향에서 왔다. 그러나 그곳은 복도 끝이었다. 진영의 눈이 구 미술실 옆에 있는 미술준비실에 멈췄다. 굳게 잠긴 미술실과 달리 미술준비실 문은 열려 있었다.

진영은 미술준비실 안으로 들어갔다. 좁은 미술준비실 안에 위로 향하는 작은 계단이 있었고, 계단은 창고로 이어져 있었다. 창고 문을 열고 나가자 옥상이 나왔다.

'이렇게 옥상에 올라가는 방법도 있구나.'

중앙 계단의 옥상 입구는 안전상의 이유로 굳게 잠겨 있었다. 아이들은 이렇게 샛길을 발견해 옥상에 들락날락하는 것 같았다. 다 먹은 컵라면 용기와 과자 봉지와 녹이 슨 음료수 캔이 여기저기 흩어져 있었다.

진영도 학교에 다닐 때 옥상이 좋았다. 뭔가 말할 수 없을 만큼 불공평하고 슬프다는 생각이 울컥울컥 올라오는 날이면 옥상에 올라가곤 했었다. 위에서 보면 모든 것이 다 작고 사소하게 보였다. 그리고 하늘을 올려다보면 어마어마한 푸른빛이 동공을 가득 채웠다. 그때처럼 진영은 고개를 들어 하늘을 바라보았다. 그때만큼 높고 푸르고 다정한 하늘이었다.

휴대전화가 울렸다. 민호였다.

— 지금 통화할 수 있어?

진영은 시간을 확인했다.

"여섯 시 반부터 저녁 자습 시작해요. 3분 정도는 괜찮아요."

— 토요일 열두 시에 백화점에서 봐. 개관식에 입고 갈 옷도 필요하잖아. 하는 김에 미용실 예약도 해 놨어.

"고마워요."

— 뭘, 내 일인데. 그리고 말이야······.

민호는 뜸을 들였다.

— 점심은 먹어야 할 것 같아서 백화 예약해 뒀어.

백화는 민호가 좋아하는 중식당이었다. 진영은 중국 음식을 좋아하지 않았다. 진영의 입맛은 고지식한 한식파였다. 칼칼한 찌개 없이는 밥을 잘 못 먹는 진영을 윤아는 아저씨 입맛이라고 놀렸다.

"예약 취소하면 안 돼요?"

아무 말소리도 들리지 않았지만 민호가 풀이 죽은 얼굴을 하고 있는 것이 눈에 선했다.

"밥은 제가 살게요. 뭐 먹고 싶어요?"

— 난 뭐든 좋아해. 다 잘 먹어.

갑자기 목소리 톤이 올라갔다. 살아 있는 개구리를 줘도 맛있게 먹을 것 같은 기백이 느껴졌다. 진영은 웃음을 참았다. 민호는 뭐든 잘 먹는 사람이 아니었다. 본인은 잘 모르지만 석금을 닮아 민호의 식성은 까다로운 편이었다.

"백화점 근처에 좋아하는 식당이 있어요. 거기서 밥 먹어요."

전화를 끊고 진영은 옥상에서 내려왔다.

"무슨 좋은 일 있어?"

같이 야간 자습 감독을 맡은 옆자리의 소진이 물었다.

"네? 좋은 일은 무슨 좋은 일이요?"

"꼭 로또 맞은 사람처럼 실실 웃고 있잖아."

"제, 제가요?"

저녁 자습 시작을 알리는 종이 울렸다. 진영은 어버버 하다
가 소진의 뒤를 따라 자리에서 일어났다.

진영이 약속 시간보다 조금 일찍 백화점 VVIP 라운지에 들
어서자 낯이 익은 직원이 다가왔다.

"정말 오랜만에 오셨네요. 오늘 열두 시에 예약하셨지요?"

진영은 가볍게 고개를 끄덕였다. 직원은 진영을 안쪽의 자
리로 안내했다.

"차는 늘 마시는 대로 커피로 준비할까요?"

"네."

"더 필요하신 것은 없으신가요?"

"좀 덥네요. 찬물 한 잔 부탁드립니다."

진영은 가방에서 책을 꺼내 읽었다. 인기척이 나자 진영은
차가 나온 줄 알고 고개를 돌렸다. 뜻밖에도 연희가 서 있었다.
진영은 자리에서 일어났다. 그렇게 집을 나온 후 연희를 보는
것은 처음이었다. 뭐라고 불러야 할지 몰라 진영은 가만히 고
개를 숙였다.

"앉아도 되니?"

"네, 앉으세요."

마침 직원이 진영의 커피를 가져왔다. 연희는 자기 몫의 홍
차를 부탁했다.

진영은 뭐라고 말을 꺼내야 할지 몰라 입을 다물었다. 안부
를 묻는 것도 우스울 것 같았다. 다신 보지 않을 사람처럼 집을

나왔던 진영이었다. 이혼을 하고 나니 두 사람은 허망하리만큼 서로에게 아무것도 아니었다. 부를 호칭도 없는 사이였다.

"민호 일 때문에 왔니?"

"네."

"전화번호 바꿨더구나."

"네."

"민호가 너 일한다고 그러던데……."

"네, 기간제 교사로 일하고 있습니다."

"그래. 어디 아픈 덴 없고?"

"네, 괜찮습니다."

진영의 근황을 묻는 연희의 목소리는 차분했다.

"팔은 괜찮으세요?"

"괜찮아. 잘 붙었다고 의사가 그러더라."

"집에는 별일 없으시죠?"

"너 말고 별일이야 뭐 있겠니."

안부를 묻고 나니 더 이상 할 말이 없어진 두 여자는 금붕어처럼 차만 마셨다.

연희는 뭔가 결심한 얼굴로 홍차 잔을 내려놓았다. 지금이 아니면 이 말을 할 기회가 없을 것 같았다. 연희는 진영을 똑바로 보며 말했다.

"미안하다."

진영은 처음엔 놀랐고, 그다음에는 기분이 묘했다. 진영은 연희의 사전에 그 단어가 있는 줄 꿈에도 몰랐다.

기분이 묘한 건 연희도 마찬가지였다. 며느리였던 진영에게 사과하는데 자존심이 상하지 않았다. 연희는 석금의 진심 어린 사과로 자신의 안에서 무언가 새살이 돋은 기분이 들었다. 그래서일까? 진영에게 순순히 미안하다는 말이 나왔다.

"정말 이상하지? 네가 내 며느리일 때는 한 번도 이런 예의, 이런 사과를 차린 적도, 한 적도 없는데 말이야. 네가 남이 되고 나서야 미안하고 고마운 마음이 들다니 정말 우습구나. 가족이 가끔은 남보다 못할 때가 많다는 말이 맞나 보다."

연희는 쓰게 웃었다.

"그 말 한마디면 넌 이혼하지 않았을 거야. 그렇지?"

"왜 그렇게 생각하세요?"

"내가 그랬거든. 희생하는 게 억울한 게 아니라 그 희생을 다들 당연하게 생각하는 게 억울했어. 수고한다, 미안하다, 그 말이 듣고 싶었어. 그런데 정작 내가 시어머니가 되고 나니 그 말이 입 밖으로 나오지 않더라. 아마 돌아가신 그 사람 어머니도 내가 하는 모든 일들을 당연한 걸로 생각하셨겠지. 그러니 평생 미안하다, 고맙다는 말 한 마디도 안 하시고 내게 당당하셨던 거겠지. 그분은 내게 평생 빚쟁이처럼 구셨어. 하나뿐인 아들을 훔쳐 간 도둑 취급을 하셨지."

연희는 진심으로 진영에게 사과하고 있었다. 그 모습이 조혈모세포를 기증하기 위해 자신에게 억지로 사과했던 인숙과 겹쳐졌다. 인숙은 한 번도 진영에게 진심이었던 적이 없었다.

"난 네가 탐탁지 않았어. 아니, 싫었어."

"알고 있습니다."

"그 이유도 알고 있니?"

"그 정도도 짐작 못할 정도로 염치 없지 않습니다. 제가 어⋯⋯."

어머님 입장이었어도 탐탁지 않았을 거라고 말하고 싶었지만, 진영은 연희를 무어라 불러야 할지 몰라 말끝을 흐렸다. 이혼한 마당에 연희를 '어머님'이라고 불러도 되는지 진영은 알수가 없었다. 연희는 진영의 난감함을 눈치 채고 김빠진 웃음소리를 냈다.

"참 우습지? 이혼을 하고 나니 서로를 뭐라고 불러야 할지 적절한 호칭조차 없지 않니? 그만큼 멀고도 가까운 사이지. 이혼해 보니 어떠니? 생각만큼 홀가분하니?"

"아니요."

솔직한 대답이었다. 연희는 어쩐지 웃음이 나왔다.

"그래도 후회는 안 하지?"

"네. 그래야 했으니까요."

"네가 부럽더구나."

"네?"

"어떻게 그렇게까지 할 수 있는지 처음엔 당황했고 화가 났지만 한편으론 부럽더구나. 그렇게 당당하게 나갈 수 있다는 것이 말이야. 하긴, 내가 널 처음 보는 날 알았지. 보통은 넘는다고."

"죄송합니다. 그렇게 아무 말도 없이 나와서."

연희는 피식 웃었다.

"집 나갈 때 무슨 예의가 필요하니? 그래도 이혼까지 할 줄은 몰랐다. 그렇게 나와 민호 아버지가 널 힘들게 했니?"

"제가 별나서 그래요."

연희는 진영을 물끄러미 바라보았다. 진영도 연희의 시선을 피하지 않고 가만히 바라보았다. 진영은 연희의 인상이 조금 변했다고 느꼈다. 늘 짜증과 신경질을 달고 다니던 연희가 여유있어 보이기까지 했다. 항상 불만에 차 있던 눈빛도 차분한 눈빛으로 바뀌어 있었다. 연희가 입을 열었다.

"넌 참 이상한 애였어. 한 번도 내게 인정받거나 관심을 받고 싶어 하지 않았지. 하지만 난 그러지 못했어. 미워하고 싫어하면서도 돌아가신 어머님의 인정과 관심을 받고 싶었지. 너처럼 초연할 수 있었다면 상처받지 않았을 텐데 말이야."

시어머니가 죽고 나면 날개라도 단 듯 홀가분할 줄 알았는데 아니었다. 허탈하고 화가 났다. 시어머니가 세상을 떠났다고 해서 연희 마음의 응어리가 풀리는 건 아니었다. 죽어서도 자신을 괴롭히는 시어머니가 지긋지긋했다.

"그 반대였어요. 상처받기 싫어서 초연한 척했던 것뿐이에요. 관심이나 사랑 같은 것이 애초에 제 몫일 리 없다고 생각해서 그런 것뿐이었어요. 그러니까 어쩌면 저보다 어머님이 더 좋은 며느리였을지 몰라요. 어머님은 항상 민호 씨 할머니에게 진심이셨을 테니까요."

연희는 놀란 듯한 눈으로 진영을 바라보았다. 이렇게 속 이야기를 하는 진영은 처음이었다.

진영과 연희는 처음으로 '대화'를 하고 있었다.

"그분은 마지막 순간까지 날 미워하셨어. 쓸모없이 아들 등골 빼먹는 년, 당신 가시고 나면 집안을 내가 들어먹을 거라고 악담을 하셨지. 당신이 뭐라고 날 종 취급 하냐고 분한 마음을 삼키고 또 삼켰는데, 어째서 나도 똑같이 굴었을까? 내가 받은 설움과 구박은 네가 아닌 그 할망구가 준 것인데 왜 난 네게 그 빚을 이자까지 쳐서 받아내려고 했을까?"

두 사람은 한동안 아무 말 없이 찻잔만 응시했다. 연희가 다시 입을 열었다.

"미운 정이라도 있다면 한 번 기회를 더 주는 건 어떠니?"

"민호 씨와 전……."

"아니, 내게 말이야."

진영은 뜻밖의 말에 할 말을 잃었다.

"왜 그런 말씀을 하세요? 저를 싫어하셨잖아요."

"지금도 널 좋아하지는 않아. 세상 어떤 시어머니가 그렇게 당돌하게 이혼하는 며느리를 좋아할 수 있겠니?"

'그런데 왜 그런 말씀을 하세요?'라는 눈으로 진영은 연희를 바라보았다.

"이러니 여우하곤 살아도 곰이랑은 못 산다고 하는 거다. 폭발하기 전에 한번 이야기라도 할 수 있잖아."

"제 성격이 워낙 그래요. 그냥 참는 거 말고는 다른 방법을 잘 몰라요. 저도 잘 몰랐는데, 제가 좀 웃기는 성격이더라고요.

솔직하게 원하는 걸 원한다고 말하면 되는데, 죽어도 그런 말을 못 하겠어요."

"미련하긴."

하지만 연희도 그랬다. 며느리라는 위치에서 참는 것 말고는 버틸 수 있는 방법이 없었다. 석금도, 시어머니 영분도 연희만 참으면 집안이 조용하다고 했다. 그러나, 그게 진짜 집안이 조용한 것이었을까?

"제가 좋은 며느리가 아니었다는 것은 잘 알아요. 전 사람을 대하는 게 서툴러요. 사람에게 쉽게 마음을 주질 못해요."

자신의 약점을 담담히 말하는 진영을 보며 연희는 알 수 없는 연민을 처음으로 느꼈다. 완벽해 보이는 모습 뒤로 이런 약한 구석이 있을 줄은 몰랐다.

"난 내가 증오했던 사람을 닮고 싶지 않아."

연희는 잠시 생각에 잠겼다가 한마디를 덧붙였다.

"이제 와서 이런 말 하는 게 우습지만, 너 말고 내 며느리는 없는 것 같아. 그러니 한 번 더 기회를 줘. 널 다시 가족으로 맞이할 수 있는 기회를 말이야."

진영은 대답하지 않았다.

"일찍 왔네. 어머, 며느리도 같이 왔어?"

진영도 안면이 있는 연희의 고등학교 동창이자 제일 친한 친구인 구기동 송 여사였다. 진영은 자리에서 일어나 인사를 했다.

"큰일 치르느라 많이 힘들었죠?"

"아닙니다. 덕분에 잘 치렀습니다."

송 여사가 앉으려고 하자 연희가 만류하고 자리에서 일어났다.

"얘는 다른 약속 있어서 온 거야. 우린 이만 나가자."

"그래? 그럼 다음에 봐요."

"네. 좋은 시간 보내세요."

연희와 송 여사는 백화점 VVIP를 위한 고미술경매 프리뷰를 보러 온 길이었다. 팸플릿을 들고 경매에 나온 물건들을 보면서 송 여사는 작은 목소리로 말했다.

"좀 대충 부려 먹어."

"내가 뭘?"

"우리 때 생각하고 애들 대하면 자식 이혼시키는 지름길이다."

벌써 그 지름길로 가 버렸다, 이 친구야. 연희는 마음속으로 중얼거렸다.

아직 아주 가까운 지인에게도 민호의 이혼 이야기는 하지 않았다. 다들 '며느리를 그렇게 잡더니, 내 그럴 줄 알았어.'라고 혀를 찰 것 같았다. 객관적으로도 자신은 평균 이하의 시어머니였다. 그리고 이젠 그런 자신이 부끄러웠다. 사람에게, 그것도 아들이 사랑하고 아끼는 사람에게 함부로 대하는 게 뭐 그리 대단한 일이었을까? 진영의 말이 맞았다. 자신은 참 못된 시어머니였다. 그리고 아내로도, 어머니로도 낙제였다. 막내딸로 귀염만 받고 자라서 누군가를 사랑하려면 스스로를 희생하고 낮춰야 한다는 것을 몰랐다. 연희는 또다시 부끄러움을 느겼다. 지금껏 늘 '남 탓'만 하고 산 인생이었다.

"있을 때 잘 해. 걔가 정말 성격이 무던한가 보다, 아무 말 없이 잘 사는 거 보면. 나라면 열 번은 더 도망갔어, 이 기지배야. 겉보리 서 말만 있어도 네 시집살이는 안 살고 싶어. 살림 야무지게 하고, 너 같은 시어머니 모시면서, 남편 잘 잡고 사는 거 보면 네가 며느리 복은 있나 보다. 걔 들어오고 회사도 더 잘된다며? 그게 다 타고난 복이 있어 그런 거야. 네가 하도 지독한 시집살이를 해서 저런 보살 며느리가 들어왔나 보다."

"보살은 무슨. 쟤가 저래 봬도 성깔 있어. 정색하고 나오면 민호 아버지도 못 당해."

안 당해 봤으면 말을 마라. 선전포고도 없이 이혼하는 며느리, 그 뒤통수 후려 맞는 기분은 당해 보지 않으면 몰라.

"얘, 성깔 없는 사람이 어디 있어? 괜히 며느리 괴롭히다가 네 복 발로 차지 마라. 너희 집안 조용한 건 다 저 며느리 덕이야."

"그래. 집이 참 조용하지."

진영이 없는 집은 조용하고 썰렁했다. 진영의 빈자리는 생각보다 컸다. 집안 구석구석에 진영의 손길이 닿아 있어 더 그런 것 같았다.

연희는 송 여사와 더 이상 대화를 하고 싶지 않아 전시된 조선시대 산수화를 열심히 보는 척했다. 송 여사도 입을 다물고 그림을 유심히 살폈다.

쇼핑은 금방 끝났다.

사외보와 사보를 위해 한 벌, 여성지 인터뷰에 입을 옷 한 벌, 이렇게 두 벌을 준비해 줬으면 좋겠다고 홍보팀에서 알려 왔다. 두 벌을 고른 후, 한 벌을 예비로 더 골랐다. 고른 옷에 맞춰 구두와 가방, 액세서리도 골랐다. 3년 동안 진영을 담당한 미스 신은 진영보다 진영에게 어울리는 것을 더 잘 알았다. 진영의 옷 색깔과 디자인에 맞춰 민호도 옷을 골랐다. 피팅까지 했지만 한 시간도 채 걸리지 않았다.

진영은 민호와 함께 점심을 먹으러 갔다.

점심때를 조금 지난 시간이었지만 여전히 가게는 북적거렸다. 진영과 민호는 10분 정도 기다린 끝에 안쪽 테이블로 안내를 받았다. 민호는 허름한 식당을 신기하다는 듯 구경했다.

진영은 메뉴판을 보지도 않고 주문을 했다.

"매운갈비찜 2인분이랑 치즈 추가하고요. 날치알계란찜도 주세요."

"매운 단계는요?"

진영은 민호에게 물어보지도 않고 제일 매운 3단계로 주문했다. 진영은 앞치마를 민호에게 건네며 말했다.

"아까 백화점에서 어머님 만났어요."

"어머니를? 당신 보고 뭐라고 하셨어?"

단박에 민호의 목소리에 긴장감이 돌았다. 진영은 민호 앞에 수저를 놓아 주며 말했다.

"아뇨. 그냥, 좀 변하신 것 같아서요."

"뭐라고 하셨기에?"

200

"미안하다고요."

놀란 민호는 잠시 할 말을 잃었다.

"우리 어머니 사전에 그 단어가 있는 줄 꿈에도 몰랐네."

"이혼하고 나올 땐 하나도 안 미안했는데 오늘 어머님에게 그 말을 들으니까 많이 죄송했어요. 난 한 번도 어머님한테 진심이 아니었어요. 그래서 어머님이 뭐라고 해도 상관없었거든요. 이혼하고 나오면 어머님 마음에 안 드는 사람 사라졌으니까 오히려 속 시원해하실 줄 알았는데……. 나, 나오기 직전에 어머님한테 한 번 들이받았었거든요."

"뭐라고 들이받았는데?"

"어머님이 당신한테 말 안 하셨어요?"

"자세한 이야기는 안 하셨어. 뭐라고 했어?"

"어머님이 정말 싫다고요."

민호는 풋, 웃음을 터트렸다.

"정말 그 말을 했단 말이야? 어머니 앞에서? 아들인 나도 해 보지 못한 말인데?"

"아들이니까 못 했겠죠. 난 남이니까 할 수 있는 거고요."

민호는 여전히 웃음을 참지 못했다. 진영이 두 눈을 똑바로 뜨고 딱 부러지는 목소리로 '어머님이 정말 싫어요.'라고 말하는 것을 상상하니 어쩐지 유쾌하기까지 했다. 연희를 싫어하는 사람은 많았지만 그녀 앞에서 그렇게 딱 부러지게 '싫다'고 말한 사람은 없었다. 연희의 시어머니이자 민호의 조모인 영분 역시 마찬가지였다.

"당신이 싫다고 하니까 어머니 반응은 어땠어?"

"좀 많이 놀라신 것 같았어요."

알고 있었으면서 막상 그 소리를 들었을 때 연희가 그렇게 놀랐던 이유는 뭘까, 진영은 이제 와서야 그게 궁금해졌다.

"난 평생 어머님이 안 변하실 줄 알았어요. 그런데 어머님이 사과하시는 걸 보니까 기분이 많이 이상했어요. 어머님, 저한테 정말 미안해하시는 것 같았거든요. 그런데 사실 어머님이 저한테 미안해하실 건 없잖아요. 난 돈 받고 한 건데, 한 번도 진심으로 대한 적이 없는데, 나야말로 가족이 될 생각이 애초부터 없었는데……."

기분이 이상했다. 진영은 연희가 먼저 손을 내밀어 줄 줄은 꿈에도 몰랐다. 연희가 자신보다 나은 사람일지도 모른다는 생각이 들었다. 연희가 변할 수 있다면 어쩌면 진영 자신도 달라질 수 있지 않을까, 하는 생각마저 들었다.

두 사람의 대화는 음식이 나오면서 잠시 끊겼다.

"익힌 거예요. 끓기 시작하면 치즈 넣으세요."

종업원은 찌그러진 양은 냄비를 식탁 중앙에 있는 휴대용 가스레인지 위에 올려놓고 쌩 하니 사라졌다.

"이거, 사람이 먹는 거야?"

찌그러진 양은 냄비에서 끓고 있는 정체불명의 붉은 탕에서 올라오는 냄새가 장난이 아니었다. 캡사이신 폭탄이라도 터진 것 같았다.

민호는 국물을 조금 떠서 먹고 눈을 휘둥그렇게 떴다. 입에서 화산이 폭발하는 것 같았다. 그런 민호를 본체만체하고 진영은 허겁지겁 갈비를 뜯었다. 진영은 스트레스를 받으면 매운 맛이 당겼다. 그런데 요 근래 학교 일 때문에 머리가 터질 지경이었다.

민호는 갈비 하나를 먹고는 두 손을 모두 들어 버렸다. 진영은 혼자서 2인분을 다 해치우고 남은 국물에 피자치즈를 추가해서 밥을 함께 볶아 먹고도 바닥을 닥닥 긁었다.

"모자라? 더 시킬까?"

민호는 여러모로 놀랐다.

진영이 매운 음식을 좋아하는 것도 몰랐고, 어마어마하게 많이 먹는 여자인지도 몰랐다. 밖에서 식사하면서 이렇게 맛있게 먹는 진영도 난생 처음이었다.

"눌어붙은 게 맛있어요."

아무리 봐도 냄비 밑바닥에 눌어붙어 있는 것은 음식물 쓰레기 전 단계로 보였다. 민호로서는 배가 고파 죽을 지경이라도 결코 먹고 싶지 않은 비주얼이었다. 진영은 결국 밑바닥에 눌어붙은 것까지 깨끗하게 긁어 먹은 후에야 숟가락을 놓았다. 진영은 말한 대로 자신이 계산을 했다. 민호는 여자가 사 주는 밥을 먹은 것도 난생 처음이었다.

"매운 거 먹었으니까 이제 단 거 먹으러 가요."

"또 먹어?"

"디저트 배는 따로 있다니까요."

민호는 진영의 배를 뚫어지게 쳐다보았다. 이 여자 위장은 무슨 마술 주머니야? 그렇게 먹고 디저트를 먹겠다고?

"왜 그렇게 봐요?"

"매운 음식 좋아하는 줄 몰랐어."

"당신 부모님이 매운 음식을 별로 안 좋아하시잖아요. 당신
도 싫어하고. 당신 집 음식 맛은 개성 음식이라 정갈하고 세련
된 맛이긴 한데, 내 입맛에는 좀 심심해요. 난 짜고 칼칼한 걸
좋아하거든요."

"그랬어?"

민호와 입맛이 극과 극이었다.

"처음엔 김치 맛에 적응 못 해서 고생했어요."

"우리 집 김치 맛이 어때서?"

"고모님이 담그신 개성식 김치를 보고 고춧가루가 모자란
줄 알았다니까요."

김치에 고수를 넣는 것도 놀랐는데, 고수로만 김치를 담그는
것을 보고는 더 놀랐다. 진영에게는 일종의 문화 충격이었다.

진영이 석금의 입맛에 맞춘 음식을 워낙 잘해서 민호는 진
영도 그 맛을 좋아하는 줄 알았다. 그러고 보니 진영이 음식을
맡은 후 칼칼한 찌개가 곧잘 올라오곤 했었다. 매운 음식을 별
로 좋아하지 않는 석금과 민호도 진영이 끓여 주는 굴비찌개는
자주 해 달라곤 했었다.

"우리, 저거 먹어요."

진영은 자연스럽게 민호의 팔을 끌었다. 진영은 노점에서
파는 지팡이 아이스크림을 두 개 샀다. 아이스크림 값도 진영

이 냈다.

"근데 당신은 왜 항상 외식할 때 나한테 뭐 먹을지 안 물어봐요?"

"내가 그랬나?"

"처음부터 지금까지 한 번도 나한테 뭐 먹을지 물어본 적이 없었어요. 당신, 처음 만났던 아르노에서 살짝 재수 없었던 거 알아요?"

민호는 얼굴이 빨개졌다.

"뭐 먹고 싶다고 말하지 그랬어? 그럼 사 줬을 텐데."

"회식 메뉴는 원래 상사가 정하는 거 몰라요?"

진영이 피식 웃자 민호도 괜히 웃음이 났다.

"내가 고른 게 싫었어?"

"맛이 없진 않은데, 너무 비싸서 음식을 즐길 수가 없어요. 난 마리 앙투아네트가 아니라 뼛속 깊이 서민이니까."

"마리 앙투아네트?"

"당신 첫인상이 그랬어요. 남자 마리 앙투아네트."

진영이 지팡이 아이스크림을 소리 내어 베어 먹은 후 말했다.

"빵이 없으면 아이스크림을 먹으면 되잖아."

민호는 웃음을 터트렸다.

"한 끼에 몇만 원도 아니고 몇십만 원, 몇백만 원씩 하는 그런 음식 먹고 나면 황금 똥이라도 싸야 할 것 같단 말이에요. 그러니까 다음에는 뭐 먹고 싶은지 나한테 물어봐요."

다음에는?

민호는 눈을 둥그렇게 크게 떴지만 진영은 모른 척하고 손가락 두 마디 정도 남은 지팡이 아이스크림을 한입에 다 넣었다.

진영을 데려다주고 돌아오던 민호는 집 근처 꽃집에서 차를 멈췄다.

오늘을 이대로 마감하기에는 왠지 아쉬웠다. 민호는 꽃집 안으로 들어갔다.

"어서 오세요."

"꽃다발을⋯⋯. 아니요. 좀 돌아볼게요."

"도움이 필요하시면 부르세요."

민호는 화분을 진열해 둔 곳으로 걸음을 옮겼다. 화분들을 둘러보던 민호의 시선이 유난히 선명하게 빛나는 진한 분홍색 꽃송이에 팔렸다. 예쁜 꽃에 비해 줄기와 몸통의 생김새가 기괴했다. 몸통은 통통했고, 줄기는 가느다랬다. 줄기와 몸통 부분이 나무를 뿌리째 뽑아 거꾸로 박아 놓은 듯한 모양이었다. 민호는 스모선수를 떠올렸다.

"저건 뭔가요?"

"아데니움이라고 해요."

"뭐하고 되게 닮았는데⋯⋯."

민호가 갸웃거리자 직원이 바로 대답했다.

"어린 왕자에 나오는 바오밥 나무와 많이 닮았죠? 우리나라 말로는 석화라고 하고, 영어로는 데저트 로즈(Desert rose)라고 해요. 사하라 사막 남쪽이 원산지거든요."

데저트 로즈. 사막의 장미. 사막에서 이렇게 아름답고 화려한 꽃이 필 줄은 몰랐다.

"바오밥 나무처럼 크게 자라는 건 아니죠?"

"현지에서는 4미터까지 자라는 것도 있다지만 얘는 분재예요."

민호는 꽃이 피지 않은 화분을 골랐다.

"이걸로 포장해 주세요."

"네. 메시지 카드 쓰시겠어요?"

민호는 망설이다가 카드를 달라고 했다.

민호는 진영의 집으로 차를 돌려 아파트 앞에 도착하자 진영에게 잠시 내려오라고 전화를 걸었다.

진영은 민호가 준 화분을 받아 들고 어리둥절한 얼굴을 했다.

"지나가다가 꽃이 예뻐서 샀어. 너랑 잘 어울리는 것 같아서."

꽃? 민호가 준 화분에는 초록색 이파리밖에 보이지 않았다.

"아주 예쁜 꽃이 펴."

"이름이 뭐예요?"

"데저트 로즈."

"사막의 장미라는 뜻이네요. 그럼 얘 고향은 사막인 거예요?"

"사하라 사막이 얘 고향이야."

"사막에 꽃이 있다니 신기해요. 고마워요."

진영은 집으로 돌아와 책상 위에 화분을 올려놓았다.

사막의 장미라. 《어린 왕자》에 나오는 장미가 생각났다.

진영은 민호가 끼워 둔 메시지 카드를 발견했다. 진영은 봉투에서 카드를 꺼내 읽었다.

꽃이 피는 것을 같이 볼 수 있을까?

진영은 한참 동안 카드와 화분을 번갈아 쳐다보았다.

진영은 서랍을 열고, 확인서등본이 담긴 서류 봉투 위에 민호의 카드를 올려 두었다.

이제 정말 며칠 남지 않았다. 마음의 결정을 해야 할 때였다.

진영은 소리 내지 않고 서랍을 닫았다.

28

일요일 오전, 민호는 서재에 앉아 서류 대신 휴대전화를 노려보았다.

'메시지 카드를 읽었을 텐데 왜 아무 대답이 없지?'

민호 안의 민호가 대답을 했다.

'왜냐하면 대답할 이유가 없으니까. 대답하고 싶지 않으니까.'

그렇지만 진영은 분명 '다음에는'이라고 말했다. 진영에게 의도가 있었든 없었든 상관없었다. 그 네 글자가 민호를 완전히 들뜨게 했다.

쇼핑을 하고, 밥을 먹고, 인파 속을 걷는 보통 연인들이 지겨울 정도로 하는 일을 민호와 진영은 어제 처음 해 보았다. 민호는 꿈을 꾸는 것만 같았다.

진영은 반짝반짝 빛이 났다. 민호는 자기도 모르게 홀린 듯이 진영을 바라보았었다.

진영은 뭔가 많이 달라져 있었다.

그의 아내였을 때와 달리 진영은 솔직했고, 잘 웃었다. 좋을 때나 싫을 때나 늘 애매한, 진심 없는 미소를 짓던 그녀가 아니었다. 그 몇 시간 동안 민호는 지난 3년 동안 알게 된 것보다 진영에 대해 더 많이 알게 된 것 같았다. 민호의 집에 있을 때의 진영은 움직임이 항상 조심스러웠고, 조용했다. 그러나 어제의 진영은 움직임이 활기찼다. 보폭을 크게 해서 성큼성큼 걸었고, 말할 때 손도 바쁘게 움직였다. 목소리 톤도 높았다. 무엇을 좋아하는지, 무엇을 싫어하는지 말해 주었다. 늘 진영을 감싸고 있던 벽이 어디론가 사라져 버린 것 같았다. 민호는 그 모든 게 다 기뻤다.

처음으로 데이트를 한 기분이었다. 남자 마리 앙투아네트라고 했지. 또다시 민호는 웃음을 터트렸다. 진영이 그런 식으로 자신에게 농담을 한 것도 처음이었다. 민호는 밝은 햇빛 아래에서 사람들이 수없이 오가는 거리를 누군가와 함께 걷는다는 게 그렇게 기분 좋은 일인지 몰랐었다.

민호는 그들이 이혼한 것은 기억에서 깨끗이 지워 버렸다. 그런 것 따윈 아무 상관 없었다. 진영과 무엇이 하고 싶다, 앞으로 어떻게 되고 싶다 그런 생각은 나지 않았다.

그저 당신을 보고 싶다. 그래야 내가 살 것 같으니까. 내가 당신의 무엇이든, 그딴 건 상관없어.

그것이 민호 마음에 있는 전부였다.

민호는 수없이 문자를 썼다 지웠다 하다가 겨우 문자를 보냈다.

뭐 해?

겨우 두 자였지만, 거의 30분 동안 고민하고 또 고민한 끝에 나온 말이었다.

드라마 재방 봐요.

금방 답이 왔다.

무슨 드라마?

진영은 시청률 40%가 넘는 인기 드라마 제목을 댔다.

그런 것도 봐? 당신 국어 선생님이잖아.
국어 선생님하고 드라마가 무슨 상관이에요?
아이들에게 아름다운 우리말과 인간성의 정수가 담긴 문학을 가르치는 사람이 적어도 말이 되는 드라마를 봐야지. 그거 막장이라며?
드라마가 아무리 막장이라고 해도 아무렴 내 인생보다 더 막장일까요.

진영이 깔깔 웃는 소리가 들리는 듯했다. 민호도 미소를 지으며 문자를 보냈다.

드라마 좋아하는 줄 몰랐어.
드라마 싫어하는 여자가 어디 있어요?
밥 같이 먹을래?

민호는 기습적으로 물어보았다. 몇 초 안에 답이 오던 문자가 끊겼다. 한참 후 진영이 보낸 문자가 떴다.

아니요.

진영다운 거절이었다. 여지 같은 것은 남기지 않았다.

밥이 싫으면 커피 마실까?

민호는 진영의 의도를 모른 척했다.

할 일이 많아요.

'오늘도, 내일도, 모레도 당신을 위해 낼 시간은 없어요.'라는 말로 들렸다.

그럼 말고.

민호는 애써 쿨한 척했다. 문자라 표정을 들키지 않을 수 있어서 다행이었다.

그럼, 마리아의 집에서 봐요.

그때까지 연락하지 말라는 뜻이었다. 그러나 민호는 굴하지 않았다.

일요일에 데리러 갈까?
아뇨. 괜찮아요.

문자는 그걸로 끝났다.
민호는 한참 동안 멍하니 앉아 있다가 웃음을 터트렸다.
'언제 이 비슷한 일을 겪었던 것 같은데…….'
3년 전에도 그는 진영에게 매번 이렇게 매몰차게 거절당했었다. 민호는 다시 그때로 돌아간 기분이었다.
민호는 경현에게 전화를 걸었다.
"형, 부탁할 일이 있어."
민호의 말을 듣고 경현은 윤아에게 물어보겠다고 말한 다음 한동안 침묵했다.
— 다시 시작하고 싶어?

"끝낸 적이 없는데 뭘 다시 시작해?"

— 넌 이혼했어. 그게 무슨 뜻인지 몰라?

"결혼을 끝낸 거지 사랑을 끝낸 건 아니잖아. 누구를 사랑하는 데 꼭 상대방의 동의를 구해야 해?"

— 네가 기운 차린 건 좋은데 남녀 간의 사랑에서 자기를 사랑하지 않는 사람을 사랑하는 건 자신을 낭비하는 거야.

갑자기 민호가 웃어서 경현은 놀랐다.

"어차피 낭비하는 내 인생, 이진영에게 쭉 낭비하려고."

— 미친 놈. 네 뇌가 어떻게 생겼는지 한번 뜯어 보고 싶다.

"뜯어 볼 필요 없어, 이진영 하나로 꽉 차 있으니까."

— 너도 사랑받고 살아야지. 진영 씨는 참 좋은 사람이지만, 너에게는 별로 좋은 여자가 아닌 것 같다.

"그걸 왜 형이 정해? 그럼 어떤 여자가 나한테 좋은 여잔데?"

민호의 목소리가 낮아졌다. 잔뜩 기분이 상한 목소리였다.

— 널 사랑해 주고, 네가 얼마나 자신을 사랑하는지 알아주는 여자. 3년을 그렇게 한결같이 사랑하면 돌부처도 벌떡 일어나 고맙다고 껴안겠다.

"진영이도 내게 무척 고마워해. 돌부처도 고마워는 했겠지만 사랑해 주진 않았을 거야. 한때는 그 사람이 나와 같은 마음이길, 나를 사랑해 주길 바랐지만 이젠 아무것도 바라지 않아. 그 사람이 날 사랑해 주길 바라서 최선을 다했어. 근데 그건 사랑이 아니라 욕심이더라고. 보답을 바랐는데 그게 과연 순수한 사랑이었을까? 나에겐 그 사람을 사랑할 자유가 있고, 그리워

할 자유가 있고, 그 사람에겐 날 거절할 자유가 있는 거지."

경현은 침묵했다.

"사람들은 사랑이 기적을 만든다고 말하잖아. 그래서 난 진영이를 많이 사랑해 주면 진영이도 언젠가 기적처럼 날 사랑해 줄 줄 알았어. 그게 내가 생각하는 행복한 결말이었어. 내가 아는 사랑 이야기들은 다 그렇게 끝이 났거든."

감정이 치밀어 오르는지 민호는 한동안 말을 잇지 못했다.

"진영이가 이혼하자고 했을 때 내 세상이, 나 자신이, 내가 믿고 있던 모든 것이 다 부서지는 것 같았어. 사랑 같은 것도 더 이상 믿을 수가 없었어. 난 정말 진영이를 많이 사랑했어. 내가 할 수 있는 건 다 했고, 내가 가진 걸 다 줬는데 그 사람은 내게 이혼밖에 원하지 않았어. 내 곁에서는 행복하지 않았고, 내가 주는 행복도 원하지 않는다고 했어. 그걸로 우리는 끝이라고 생각했어. 그런데 끝이 아니더라. 이혼하고 진영이를 다시 본 날, 정말 지독하게 날 아프게 했고, 외롭게 했고, 그래 놓고도 날 떠나 버린 매정한 여자가 어쩌면 싫어지지 않았을까 생각했는데 아니었어. 여전히, 아니 이전보다 더 좋아. 더 사랑해. 다 줘 버려서 내 안에 아무것도 남지 않은 줄 알았는데 여전히 그 사람에게 주고 싶은 게, 줄 수 있는 게 있었어. 여전히 그 사람을 사랑할 수밖에 없는 거, 그게 기적이더라고. 난 그 사람이 이 세상에 존재한다는 것만으로 만족할래. 이젠 보고 싶을 때 참지 않을 거야. 그 사람을 보지 않아야 할 이유가 하나도 없더라고."

경현은 자기도 모르게 한숨이 나왔다.

— 이젠 나도 모르겠다. 집으로 뛰어 와. 이 새끼야.

집에 혼자 있으면 저녁을 먹으러 오라고 윤아가 전화를 걸었다.

— 오늘 도우미 아줌마랑 시터도 쉬는 날이고, 어머님도 여행 가셨어. 애들 아빠는 레스토랑에 나갔고. 나 좀 살려 주라. 우울해서 미치겠어. 너랑 수다 떨면서 밥 먹으면 기분이 좀 풀릴 것 같아.

"뭐 먹고 싶은 건 없어요?"

— 집에 먹을 거 많아. 애들 아빠가 얼마 전에 횡성한우를 사 왔는데 그게 냉장고에 그대로 있어. 우리 바비큐 하자. 쓸데없는 거 사 오지 말고 빈손으로 와.

아무리 그래도 남의 집에 가는데 빈손으로 가긴 그래서 진영은 후식으로 먹을 케이크와 과일을 샀다. 윤아 집에 도착해서 막 벨을 누르려는데 대문 너머로 아이가 까르륵 웃는 소리와 남자 목소리가 들렸다.

'형부가 계시나?'

벨을 누르자 소영을 안은 민호가 문을 열어 주었다. 놀라서 눈을 크게 뜬 진영과 달리 민호는 느긋한 얼굴로 말했다.

"일찍 왔네."

민호는 천연덕스러운 얼굴로 진영을 맞이했다.

"형수님, 진영이 왔어요!"

민호가 안고 있던 소영을 내려놓자 소영은 계속 민호에게 안기고 싶은지 찡찡거렸다.

"올 사람 다 왔으니까 바비큐 준비할게요."

민호는 바비큐 그릴에 불을 피우기 시작했다.

진영은 어이가 없는 얼굴로 민호와 윤아를 번갈아 바라보았다. 민호는 태연했고 윤아는 얼굴이 벌겠다. 진영은 윤아를 추궁했다.

"선배, 저 사람 왜 여기 있는 거예요?"

윤아가 두 손을 모우고 '한 번만 봐 줘.'라고 말하는 듯한 눈으로 진영을 보며 작은 목소리로 말했다.

"진영아, 네가 화난 건 알지만 그냥 넘어가 주라."

진영은 기분이 이상했다. 놀라긴 했지만 화가 난 건 아니었다.

윤아와 진영이 식사를 하는 동안 민호는 소영과 마당에서 놀아 주었다. 소영은 민호를 퍽 잘 따랐다.

"박민호, 의외네. 애들 싫어할 줄 알았는데."

"누구 계획이에요? 선배예요, 형부예요?"

윤아는 진영에게 팩 쏘아붙였다.

"내 계획이다. 네 전남편이 주말마다 내 남편을 데리고 나가는 바람에 난 거의 석 달째 주말 과부 신세다. 박민호가 미친 짓 하는 건 다 너 때문이잖아. 그러니까 오늘은 네가 나 좀 봐 줘. 아무 의도도 없어. 넌 한 번 결정한 거 뒤집을 애가 아니잖아. 손바닥도 마주쳐야 소리가 나지. 얼마나 보고 싶으면 저러겠냐."

진영은 이젠 태가 나게 부른 윤아의 아랫배를 보고 말을 삼켰다.

"가끔 만날 수는 있는 거 아니야? 외국 사람들은 이혼한 후에도 쿨하게 친구로 지내잖아. 너하고 박민호도 그러지 말라는 법이 어디에 있어?"

"전 쿨한 거 싫어요. 쿨하지도 않고요."

"쿨하지 않긴. 너처럼 대번에 이혼하는 앤 살다 살다 처음이다. 애정 없이 시작했다는 것도 알고, 심청이 인당수에 빠지는 심정으로 결혼했다는 것도 알지만 그래도 이혼할 줄은 몰랐어."

윤아는 배를 쓰다듬으며 중얼거렸다.

"거 웬만하면 그럭저럭 살지 그랬니? 늘 남들처럼 평범하게 살고 싶어 했잖아. 남자로 사랑하는 마음이 절대로 생기지 않더라도 여잔 자기 애 아버지라는 이유만으로도 남자랑 살 수 있어. 남녀 간의 사랑, 그거 어찌 보면 별거 아니야. 애 낳고 보니 그건 정말 이기적이고 변덕스러운 사랑이더라. 너도 울타리 하나 정도는 있어야 하잖아. 이제 동생 결혼하고 나면 넌 어쩔래?"

"언제는 도망가라면서요."

진영이 결혼식 때 일을 상기시키자 윤아는 피식 웃었다.

"그땐 개자식인 줄 알았으니까."

"지금은요?"

"개는 개인 것 같아. 자기 버리고 간 주인도 좋다고 꼬리 흔드는 개."

윤아는 진영의 얼굴을 빤히 바라보며 말했다.

"결혼하고 나면 배우자 얼굴이 자기 결혼 생활 성적표야. 박민호랑 같이 살 때 넌 육체적으로는 힘에 부쳐 보였지만 정신적으로는 편안해 보였어. 넌 늘 누가 공격할지 몰라 털을 잔뜩 세운 고양이 같았는데 희한하게도 박민호랑 같이 있을 땐 그런 경계심을 다 놓아 버린 것 같았어. 그래서 시작은 괴상했지만 그럭저럭 살겠거니 했는데 정말 어머님 돌아가시자마자 이혼할 줄은 몰랐다. 넌 정말 돈, 그것뿐이었니? 박민호에게 받은 게 돈밖에 없어?"

진영은 윤아의 시선을 피했다.

"진심이 거절당하는 것처럼 세상에 아픈 일은 없을 텐데. 내가 박민호였다면 다신 널 보고 싶지 않았을 것 같아. 근데 뭐가 좋다고 이렇게 네 얼굴 한 번 보자고 자기 싫어하는 티 팍팍 내는 나한테까지 아쉬운 소리를 하는 건지."

진심이어서 이혼할 수밖에 없었다고 하면 선배는 뭐라고 말할까요?

모든 문제가 그 진심 때문이었다면요.

소영이 눈을 비비며 칭얼거렸다.

"소영이 졸린가 보다. 잠투정하네."

윤아가 자리에서 일어났다.

"씻기고 재워야겠다."

"나도 도울게요."

"됐어. 오늘 내가 널 여기 부른 목적, 이젠 다 알잖아. 둘이서 조용히 시간 보네."

윤아는 목소리를 높여 민호에게 말했다.

"냉장고에 맥주 있어요. 많이 덥죠? 시원하게 둘이서 한잔 해요."

윤아는 소영을 데리고 집 안으로 들어갔다. 그사이에 벌써 해가 져서 마당은 어두웠다. 윤아를 따라 집 안으로 들어간 민호가 차가운 맥주 두 병을 가지고 나왔다.

진영은 민호를 빤히 쳐다보았다. 민호는 그러거나 말거나 진영의 옆에 맥주병을 놓고 자기 몫의 맥주를 시원하게 마셨다.

"이거, 당신 짓이죠?"

"응."

순순히 대답하는 민호의 눈은 장난꾸러기처럼 반짝거렸다. 좋아하는 여자애를 골탕 먹이면서 즐거워하는 초등학생 같은 모습이었다.

"왜요?"

"보고 싶은데 안 만나 주니까."

"우리가 이혼한 거 잊었어요?"

"이혼을 했지 불구대천 원수가 된 건 아니잖아."

진영은 말문이 막혔다.

"당신이 정말 보고 싶어서 미칠 것 같았지만 이혼했으니까 봐선 안 되는 줄 알았거든. 근데, 곰곰이 생각하니까 그게 아니더라고. 우린 이제 남이 됐잖아. 그 말은 우리 사이도 리셋됐다는 뜻이야. 남자 박민호, 여자 이진영. 남자가 좋아하는 여자를 쫓아다니는 게 뭐 이상해?"

"말이 되는 소릴 해요."

"뭐가 말이 안 되는데?"

진영은 뭐가 말이 안 되는지 말을 할 수 없었다.

"내가 꼴 보기도 싫어?"

민호는 진지한 눈빛으로 진영을 바라보며 물었다.

"내가 싫어?"

"그건 아니에요."

다행이라는 듯 민호가 웃었다. 그러나 진영은 차갑게 덧붙였다.

"그렇다고 좋아하는 것도 아니에요."

그러나 민호의 얼굴에서 웃음은 사라지지 않았다.

"싫어하지도 않고 좋아하지도 않고 그렇다고 내게 무관심할수도 없고. 진퇴양난이군, 이진영."

진영은 움찔했다.

"당신 사귀는 사람 있어?"

"무슨 말도 안 되는 소리예요!"

진영은 자기도 모르게 언성을 높였다.

"그럼 쫓아다니는 남자 하나 정도 있어도 상관없잖아. 당신이 광고하지 않는 한 내가 당신 전남편이라는 건 아무도 모를테고."

진영은 민호의 넉살에 더 이상 할 말이 생각나지 않았다. 민호는 또다시 진영에게 잽을 날렸다.

"결혼하자는 것도 아니고 사귀자는 것도 아닌데 당신 왜 그렇게 호들갑이야?"

나무라는 듯한 말투에 진영은 헛웃음이 나왔다.

"미국이나 유럽 사람들처럼 전처랑 친구 사이로 지내려는 거예요?"

"살 비비고 산 사이에 무슨 친구? 난 전처랑 친구 안 해."

"그럼 뭐 하자는 거예요?"

"뭘 해야 해? 뭘 해야 하는데?"

도리어 민호가 되물었고, 진영은 또 말문이 막혔다. 오늘 진영은 여러 번 말문이 막혔다. 완전히 민호에게 밀리는 기분이었다. 민호는 진영을 놀리듯 빙글빙글 웃으며 입을 열었다.

"결혼도 했고, 이혼도 했고. 안 해 본 건 연애밖에 없는데, 그거라도 할래? 나는 대환영이야."

"미, 미쳤어요?"

"그걸 이제 알았어? 난 한참 전부터 너한테 완전히 돌았어. 지금 내가 얼마나 우스운 꼴인지 알아. 그렇지만 이렇게 행복한데 우스운 꼴이면 어때."

민호는 진영의 손을 깍지까지 껴서 꽉 잡았다. 진영은 손을 빼려고 했지만 민호의 힘이 워낙 세서 빠지지 않았다.

"아주 오래전부터 난 네 앞에서만 웃을 수 있게 돼 버린 것 같아. 당신이 바로 내 행복이야. 그러니까 내가 행복할 수 있게 가끔 만나 줘."

환하게 웃는 민호의 얼굴에 진영은 번개라도 맞은 듯 움찔했다. 손에서 힘이 빠졌다. 어째서? 난 그렇게 지독한 짓까지 해 버렸는데 당신, 내 앞에서 이렇게 웃는 거야?

"도대체 왜 그렇게 웃어요? 내가 당신에게 한 짓은 다 잊었어요?"

민호는 또 미소 지었다.

"진영아. 네가 누군가를 정말 사랑하게 된다면 말이야. 더 이상 '왜'라고 묻지 않게 될 거야. 사랑에 무슨 이유가 필요하니? 넌 내게 나쁜 짓 같은 거 하나도 하지 않았어. 말했잖아. 난 널 사랑했고, 사랑하고 있는 거라고. 넌 날 사랑하지 않았고, 사랑하지 않고 있는 거고."

민호는 잠시 진영을 자기 쪽으로 좀 더 가까이 잡아당겼다. 진영은 힘없이 민호 쪽으로 끌려갔다.

"네가 나에게 할 수 있는 가장 나쁜 짓은 네가 행복하지 않은 거야. 네가 아프고 슬픈 거야."

민호는 진영을 품에 안고 이마에 베이비 키스를 했다.

진영의 심장이 두근두근, 기분 좋은 소리를 내며 뛰었다.

"놔줘요."

민호는 아쉬운 얼굴이었지만 순순히 진영을 품에서 놔줬다.

갑자기 열이 오르는 것 같아 진영은 찬 맥주를 마셨다. 차가운 맥주는 식도를 타고 내려가면서 뜨거운 열기로 바뀌었다. 얼굴이 붉게 달아오른 게 느껴졌다. 진영은 맥주 탓을 했다. 맥주 반병에 취해 버린 거라고.

진형은 아침 식사를 깨지락거리는 진영을 바라보았다.

"학교 일 하고 시험 공부하느라 많이 힘들어?"

"아니. 그냥 가을 타나 봐. 입맛이 없네."

"이번 주말에 수지가 소래포구로 전어 먹으러 가자고 하는데 누나도 같이 갈래? 전어라면 집 나간 며느리도 돌아온다잖아."

집 나간 며느리라는 말에 진영은 웃음이 터졌다. 진형은 영문을 몰라 어리둥절한 표정을 지었다. 겨우 웃음을 멈추고 진영이 말했다.

"이혼한 며느리가 돌아오는 생선은 없니?"

진형도 웃고 말았다.

"일요일에는 일이 있어."

"그럼 토요일에 가면 되지."

"중요한 일이어서 빠질 수가 없어. 전어 잘못 먹고 배탈 나면 어떻게 해. 다음에 같이 가자."

"근데 오늘 무슨 날이야?"

"응?"

"우연히 봤는데 누나 화장대에 있는 달력에 오늘 날짜에 빨간 동그라미가 쳐져 있어서. 혹시 내가 중요한 날인데 잊어버렸나 싶어서."

"학교 일이야."

"그래?"

진형이 출근을 하자 진영은 설거지를 하고 출근 준비를 마친 후 서랍을 열었다. 오늘이 마지막 날이었다. 매일 미루다 보니 마지막 날까지 오고 말았다. 진영은 자신이 이해가 되지 않았다.

매번 서류를 내려고 할 때마다 겁이 났다. 진영은 이미 판사 앞에서 이혼 의사까지 확인받았으면서 왜 자신이 형식적인 서류 정리를 못 해 이렇게 전전긍긍하는지 알 수 없었다.

마지막 한 걸음을 못 가게 잡고 있는 건 민호일까, 자신일까?

석 달은 꽤 긴 시간인 것 같았는데 벌써 오늘이 마지막 날이었다. 오늘 신고를 하지 않으면 협의 이혼은 무효가 되었다.

서류 봉투를 서랍에서 꺼내는데 무언가 떨어지는 소리가 났다. 민호가 데저트 로즈 화분을 선물할 때 줬던 메시지 카드가 바닥에 떨어지는 소리였다. 진영은 허리를 굽혀 카드를 주웠다. 진영은 화분을 바라보았다. 괴상하게 생겼지만 바오밥 나무가 떠올라 진영의 눈에는 귀엽게 보였다.

'도대체 어떤 꽃이 필까?'

인터넷으로 꽃 사진을 찾아볼까도 했지만 진영은 꽃이 필 때까지 기다리기로 했다. 직접 눈으로 보는 게 더 감동적일 것 같았다.

진영은 한참 동안 카드를 만지작거리다가 다시 서랍 속에 넣었다.

'나에게 당신은 도대체 어떤 존재지? 왜 나는 계속 이 서류를 낼 수 없는 거지?'

석 달을 고민했지만 여전히 알 수 없었다. 진영은 한숨을 내쉬었다.

'이제 더 이상 고민하지 말자. 바보 같은 짓은 이제 그만.'

진영은 서류를 가방에 넣었다. 진영은 오후에 반차를 냈다.

4교시 수업은 진영의 반이었다.

"빈자리 누구야?"

진영은 반장에게 물었다.

"임윤지요. 저번 시간에 배가 아프다고 양호실에 갔어요. 전수업 샘 허락받고 갔어요. 진짜 많이 아픈 것 같았어요."

허락을 받고 양호실에 갔다고 하니 별일 없겠지. 진영은 수업을 진행했다.

교사 식당에서 진영은 양호 교사인 미은과 한 식탁에서 밥을 먹었다.

"우리 반 윤지, 많이 안 좋아요? 3교시에 양호실 갔다고 했는데 4교시에도 안 들어와서요."

"그 반에서 양호실 온 애 없는데?"

미은은 고개를 갸웃거렸다.

"배가 아파서 임 선생님 허락받고 갔다던데요?"

"어디 가서 땡땡이치나 보네. 하여튼 남자 선생님들은 여자애들한테 너무 약해."

흔히 있는 일이었다. 미은은 심각한 진영의 얼굴을 보며 말했다.

"걱정하지 마. 애들이 가끔 그래. 예민할 때잖아. 이 선생은 학교 다닐 때 수업 빠진 적 없어? 밥이나 먹어. 담임선생님이 써 준 조퇴증이나 외출증 없이는 학교 밖으로 못 나가. 학교 어던가에 있겠지. 적당히 야단 치고 벌점이나 줘."

식사를 급히 마친 진영은 2학년 학생들이 급식하는 곳으로 가 보았다. 하지만 윤지는 보이지 않았다. 윤지를 봤다는 아이도 없었다. 진영은 아침 조회 때를 떠올렸다. 뭔가 거슬리는 게 있었다.

'오늘 화장이 유난히 짙었어.'

학칙에 화장을 하는 건 금지되어 있었지만, 비비크림이나 립글로즈 정도는 봐주는 편이었다. 윤지는 용케 교문을 통과했다 싶을 정도로 화장한 티가 심하게 났다.

'거기 있으려나?'

진영은 계단을 올라 구 미술실이 있는 복도로 갔다.

그곳에도 윤지는 없었다. 아래로 내려오려다가 진영은 미술 준비실 계단을 이용해 옥상으로 올라갔다. 윤지는 옥상에 있었다. 난간에 기대어 아래를 멍하게 보고 있던 윤지가 갑자기 옥상 난간을 붙잡고 기어올랐다. 그 순간 진영은 윤지를 붙잡아야 한다는 것 말고는 아무 생각도 할 수 없었다.

"윤지야! 그러지 마!"

윤지는 진영이 부르는 소리에 놀라 뒤를 돌아보았다. 달려오는 진영을 보자 윤지의 움직임이 더 빨라졌다. 진영은 죽을 힘을 다해 달려가 윤지를 힘껏 껴안고 난간에서 끌어내리려고 했다. 윤지는 거세게 반항했다. 두 사람은 레슬링이라도 하듯 몸싸움을 하다가 옥상 바닥에 널브러졌다. 몸싸움에 윤지의 교복 재킷 단추가 죄다 뜯어졌다. 진영의 꼴도 가관이었다. 카디

건은 흙투성이였고, 치마는 찢어졌고, 구두 한 짝은 어디로 날 아갔는지 알 수가 없었다.

진영은 가쁜 숨을 몰아쉬며 윤지를 바라보았다. 혹시 윤지 가 또 난간으로 뛰어갈까 봐 두 팔목을 꽉 쥐었다. 윤지는 그 손에서 벗어나려고 했지만 어디서 그런 힘이 솟아난 건지 진영 의 두 손은 윤지의 팔목을 수갑처럼 꽉 조였다.

"무슨 짓을 하는 거야! 너 미쳤어?"

윤지의 입술이 파르르 떨렸다. 윤지가 자기도 모르게 아래 를 내려다보았고 진영도 윤지의 시선을 따라갔다. 진영의 시선 이 윤지의 아랫배에 멈췄다. 박스형 교복 재킷에 가려 보이지 않던 것이 적나라하게 드러났다.

"윤지야, 너 혹시?"

"그래요. 임신했어요. 임신했다고요!"

자포자기 상태가 된 윤지는 악을 썼다. 놀란 진영의 손에서 힘이 빠지자 윤지는 진영을 거칠게 밀어내고 난간 쪽으로 뛰어 갔다.

"임윤지! 바보 같은 짓 하지 마!"

윤지는 난간에 등을 대고 진영을 노려보며 소리를 질렀다.

"살아 있는 게 더 바보 같은 짓이에요! 아무도 나 같은 거한 텐 관심도 없다고요! 살든 죽든! 엄마는 나보고 쓰레기래요. 나 가서 죽어 버리래요. 나 같은 건 딸도 아니래요. 언제는 딸로 생각해 줬나? 그 새낀 자긴 모르는 일이라고 연락도 안 받아요. 다 나만 잘못했대요. 나만 없으면 된대요!"

진영의 귀에는 윤지의 말이 '도대체 나는 뭐죠? 왜 나를 사랑해 주지 않죠?'라는 말로 들렸다.

진영은 윤지의 짙은 화장 밑에 가려진 푸른 멍을 봤다.

"집에서도 쫓겨나고 학교에서도 쫓겨나겠죠. 난 그럼 어디로 가요? 어디로 가야 해요? 아무도, 나도 이 아이도 원하지 않아요. 그러니까 내가 사라져 주는 수밖에 없잖아요!"

거짓말쟁이.

진영은 입술을 깨물었다. 사랑받지 못한 아이는 거짓말쟁이가 된다. 그러면서도 그 거짓말을 누군가 제발 알아채길 바란다. 사실 난 외로워요. 난 사랑받고 싶어요. 버림받고 싶지 않아요. 제발 내가 살아 있어도 괜찮다고 말해 줘요. 제 몸이 가시투성이인 걸 알면서도 누가 안아 주길 바란다.

진영의 몸이 덜덜 떨렸다. 진영은 억지로 울음을 참았다.

"방법이 있을 거야. 선생님이⋯⋯."

"무슨 방법이오? 살아서 뭐 좋은 게 있어요? 이런 엄마 아이로 태어나는 애는 어떨 것 같아요? 애도 불행해질 게 뻔해요. 죽는 게 나아요. 애초부터 시작하지 않는 게 낫다고요. 태어난다 한들 애 인생에 무슨 좋은 일이 있겠어요. 왜 이런 세상에 날 낳았냐고 원망할 게 뻔하잖아요."

진영은 멍하니 윤지를 바라보았다.

아무도 날 원하지 않았나? 내 인생에 좋은 일은 없었나?

분명 그렇게 생각했던 적도 있었다. 세상의 비바람과 눈보라가 오직 자신에게만 불어닥치는 것 같았다. 왜 다른 사람들처럼 평범한 부모에게서 태어나지 못했는지 원망스러웠다.

그렇지만 태어났기에, 살아 있었기에 난 엄마를, 아빠를, 진형이를, 그리고 박민호를 만날 수 있었어. 그 사람들은 모두 내가 있어 행복하다고 했어. 내가 뭘 해 줘서가 아니라 그냥 나 자신이라서 사랑해 줬어. 어쩌면 내 인생, 기적이 수없이 많았던 것인지도 몰라.

그중 최고의 기적은 박민호를 만난 것이었다.

"그런 지긋지긋한 인생을 애한테 물려주고 싶지 않다고요!"

악을 쓰던 윤지는 멈칫했다. 진영이 울고 있었다.

"윤지야, 그렇게 애쓰지 않아도 사람은 언젠간 죽어. 그러니까 죽는 건 네가 생각하지 않아도 돼. 넌 사는 것만 생각해. 살아 있으면 분명 좋은 일이 있어."

자신이 그 증거였다.

민호는 진영이 돌아보지 않아도 늘 그 자리에 있었다. 이혼마저 그녀를 위해 해 준 사람이었다. 그래서 도무지 그 사람에게 뭘 어떻게 해 줘야 할지 몰랐다. 자갈을 줘도 진주나 다이아몬드처럼 생각하는 사람이었다. 도대체 왜 그러는지 알 수 없었다. 그래서 떠났다. 떠날 수밖에 없었다.

그러나 진영은 깨달았다. 그에게 뭔가 줄 필요는 없었다. 이유 같은 것도 필요 없었다.

지금 자신이 윤지를 구하려고 하면서 윤지에게 뭔가 보답을 바라지 않는 것과 같았다. 진영은 그저 윤지가, 윤지의 아이가 살아 있기만을 바랐다. 그것이 진영이 받는 가장 큰 보답이었다.

'당신 역시 그런 거였구나.'

사랑은 주고받는 것이지만 그것은 빚이 아니었다.

마음은 갚는 게 아니라 응하고 답하는 것이었다.

진영은 석 달 동안 왜 자신이 이혼 서류 제출을 망설였는지 깨달았다.

민호를 잃고 싶지 않았다. 그 사람이 주는 사랑을 잃어버리고 싶지 않았다.

그것이 진영이 그동안 외면했던 진짜 마음이었다. 자기도 모르는 사이에 진영은 민호의 사랑에 물들어 있었다. 언젠가 그가 새끼손가락에 몰래 물들여 준 봉숭아물처럼 진영의 심장은 민호로 물들어 버렸다.

"네 아이도 태어나길 잘했다고 생각하는 날이 올 거야. 꼭 행복해질 거야."

"선생님이 그걸 어떻게 알아요!"

"나도 미혼모의 자식이니까. 선생님은 입양아야."

윤지는 진영의 고백에 놀란 얼굴을 했다.

"선생님이 불행해 보이니? 다른 사람들과 많이 달라 보여?"

윤지는 얼결에 고개를 가로저었다.

"살다 보면 살아 있길 잘했다고 생각할 날이 꼭 와. 태어나지 않으면, 지금 죽어 버리면 미래에 너와 네 아이를 기다리고 있는 좋은 일을 절대로 만나지 못할 거야."

윤지는 울기 시작했다. 윤지의 손이 난간에서 떨어졌다.

"선생님, 저 살고 싶어요. 아이도 낳고 싶어요. 제발 저 좀 도와주세요."

진영은 윤지를 꼭 안았다.

"그래, 선생님이 도와줄게."

진영은 먼 옛날의 자신을 꼭 껴안는 기분이었다. 괜찮아질 거야. 그건 윤지에게 하는 말이기도 했고, 자기 안의 어린아이에게 하는 말이기도 했다.

괜찮아질 거야. 살아 있으면 꼭 좋은 날이 와. 너의 가장 간절한 소망 하나는 꼭 이루어질 거야.

박 비서는 차를 가져가면서 슬쩍 민호에게 말을 건넸다.

"사장님, 지금 로비에 사모님이 와 계신다는데요. 벌써 30분째……."

민호는 박 비서의 말을 끝까지 듣지 않고 잘랐다.

"어머니가 왜?"

"회장님 사모님이 아니라 사장님 사모님이……."

두 사람이 조용히 서류 정리를 해서 이미 남남이 된 것을 박 비서는 알고 있었다. 그래서 이제 '사모님'이라는 호칭을 쓰면 안 되었지만 그렇다고 이름을 부를 수는 없었다.

그제야 민호의 눈이 노트북에서 떨어졌다.

"뭐?"

"혹시 뵙기로 하셨어요? 로비 경비팀에서 연락이 왔습니다. 사모님이 로비에 30분 전부터 앉아 계신다고요."

민호는 자리에서 벌떡 일어났다.

로비로 내려가기 위해 엘리베이터를 기다리는 시간이 너무나 길게 느껴졌다. 30분 전부터 있었다고 했다. 기다리다가 가 버릴 수도 있었다. 민호가 경비팀에 전화를 걸어 진영을 붙잡아 두라고 해야겠다고 생각하는데 엘리베이터 문이 열렸다.

엘리베이터가 1층에 도착하자마자 민호는 뛰다시피 걸어갔다. 사방을 두리번거렸다. 로비 한쪽에 있는 방문자를 위한 공간에 진영이 앉아 있었다. 너무 멀어서 진영이 어떤 얼굴을 하고 있는지는 보이지 않았다.

막상 진영이 시야에 들어오자 민호는 그 자리에 얼어붙었다. 한참 후 고개를 든 진영과 민호의 눈이 마주쳤다. 진영은 별로 놀란 얼굴이 아니었다. 진영은 의자에서 몸을 일으켜 민호에게 다가왔다.

"무슨 일이야?"

"지나가다 들렀어요."

민호의 미간에 미세한 주름이 생겼다. 진영의 말투가 너무 심상했다. 정말 그 말대로 지나가다가 문득 민호가 생각나서 들른 것처럼 보였다.

"많이 바빠요?"

"아니, 아니야. 너무 갑작스러워서 그래. 아무 연락도 없이 와서."

"그럼 갈까요?"

'갈까요?'라고 말하면서도 진영의 발은 움직이지 않았다. 민호는 손수건을 꺼내 이마의 땀부터 닦았다. 겨우 마음을 진정시킨 민호가 입을 열었다.

"정말 무슨 일로 온 거야?"

"커피 마시러요."

"커피?"

"전에 커피 마시자고 했잖아요. 커피 한잔할래요?"

느닷없는 커피 이야기에 민호는 또 멍해졌다. 한참 후 민호는 입을 열었다.

"네가 사면."

진영은 웃었다. 진영은 민호에게 앉아 있으라고 말한 후 로비 한편에 있는 자판기에서 커피 두 잔을 뽑아 왔다.

"겨우 자판기 커피?"

"그때 당신이 맛있게 먹기에요. 싫으면 다른 커피 사 올까요? 요 앞에 커피집 있던데."

"아, 아냐."

그랬다. 병원에서 진영과 처음 마신 커피였다. 진영이 그걸 기억하고 있을 줄은 몰랐다. 민호는 아무 말 없이 커피를 마셨다. 텁텁하긴 했지만 그래도 맛있었다. 술과 차는 누구와 함께 마시는지가 중요했다. 두 사람은 아무 말도 하지 않고 커피를 마셨다.

민호는 몇 번이나 진영에게 말을 걸려고 했지만 진영의 얼굴이 뭐라 말할 수 없을 만큼 심각했다. 진영은 이따금 로비에 있는 커다란 벽시계를 힐끔 바라보았다.

커피를 다 마신 진영은 종이컵을 우그러트리더니 쓰레기통에 가볍게 던져 넣었다.

"커피 다 마셨으니까 갈게요."

진영은 자리에서 일어났다. 민호는 이제 황당할 지경이었다. 진영은 뒤도 돌아보지 않고 성큼성큼 로비를 가로질러 갔다.

정말 커피를 마시러 온 건가? 커피만?

민호는 멀어지는 진영을 멍하니 바라보았다. 스무 발자국 정도 멀어졌을 때 민호는 진영을 불렀다.

"진영아."

진영이 뒤로 돌아 민호를 바라보며 살짝 미소를 지었다. 민호의 심장이 두근거렸다. 민호는 지금 있는 곳이 회사 로비인 것도 잊고 큰 소리로 말했다.

"다음엔 내가 커피 살게."

민호를 알아본 직원들이 힐끔힐끔 두 사람을 번갈아 쳐다봤다. 그렇지만 민호는 진영 말고는 아무도 눈에 들어오지 않았다. 진영의 고개가 살짝 아래로 흔들린 것도 같았다. 진영이 다시 몸을 돌렸을 때 로비의 큰 벽시계가 저녁 6시를 알렸다.

민호는 엘리베이터를 타고 사장실로 다시 올라갔다. 태어나서 제일 놀랍고 황당한 날이었다. 자기도 모르게 피식 웃음이 나왔다.

민호의 담당 변호사인 김유한으로부터 직접 만나 해야 할 중요한 이야기가 있다는 연락이 온 건 그로부터 이틀 뒤의 일이었다.

29

"일은 다 보고 오신 거예요?"

현관문을 열어 주며 수지가 물었다.

"네."

"언니 또 말을 높이네요."

이제 제발 말 좀 놓으라는 진형과 수지의 성화에 못 이겨 수지에게 반말을 하기 시작했지만 진영은 여전히 높임말이 튀어나오곤 했다.

"미안. 바쁜데 힘든 일 부탁해서 또 미안."

"힘든 일 하나도 없었어요. 계속 잠만 자던데요. 전 거실에서 책 보고 있었어요."

진영은 윤지를 집에 혼자 놔두기가 걱정스러워 수지에게 잠시 와 있어 달라고 부탁을 했었다.

"저녁밥 안쳤어요."

"뭐하러?"

"제가 하는 것도 아니고 전기밥솥이 하는 건데요. 엄마가 김장 전에 먹을 배추김치 담갔다고 언니네 갖다 주라고 해서 냉장고에 넣어 뒀어요."

"전에 주신 반찬도 아직 다 못 먹었는데. 어머님 손맛이 좋으시더라. 잠깐만."

진영은 황급히 부엌으로 가 냉장고에서 참게장을 꺼냈다. 매번 염치없이 받아먹기만 하는 것 같아 제철을 맞은 참게로 참게장을 담가 놓았었다.

통에다 참게장을 차곡차곡 담으면서 진영은 석금 생각을 했다. 석금은 참게장을 좋아해서 아무리 입맛이 없어도 참게장만 있으면 밥 한 공기를 그냥 비웠다. 가을마다 진영은 영천댁에게 배운 대로 참게장을 넉넉하게 담갔는데, 늘 봄이 되기 전에 바닥이 났다. 석금이 맛있게 참게장을 먹던 모습이 떠올랐다.

'올해는 못 담갔겠구나. 고모님이 좀 나눠 주셨으면 좋을 텐데.'

"참게장이야. 두 분 입맛에 맞으실지 모르겠어. 매번 얻어먹기만 하니 미안해서 말이야. 금방 먹을 건 냉장고에 넣고 나머지는 냉동실에 보관해."

"어휴, 언니는 바쁜데 뭐 이런 걸 만들었어요. 저희 식구 먹을 거에 조금 보태서 더 하는 건데요."

수지는 살림을 해 보지 않아서 늘 먹던 것보다 조금 더 많이 음식을 하는 것이 얼마나 수고로운 건지 몰랐다. 게다가, 식구가 아닌 다른 사람에게 음식을 보내는 건 주부에겐 무척 신경이 쓰이는 일이었다. 수지의 어머니가 엄청 신경을 썼을 거라고 진영은 생각했다. 은화가 상견례 때의 무례를 여태껏 마음에 담고 있는 것일지도 몰랐다. 딸 가진 죄인이라는 말이 괜히 있는 말은 아닌 것 같았다.

"어머님께 김치 고맙다고 꼭 전해 드리고."

"네."

수지는 생글생글 웃으며 대답했다.

"그럼 어서 데이트하러 가."

집 문제는 수지네 집 근처 아파트를 구하는 걸로 결론이 났다. 언제 싸웠냐는 듯 둘은 예전처럼 사이좋은 연인으로 돌아갔다. 정말 다행이었다.

아파트 입구까지 수지를 배웅한 진영은 집으로 돌아와 소파에 앉았다.

고작 하루인데, 너무 많은 일이 한꺼번에 벌어진 것 같았다.

진영은 결국 내지 못한 확인서등본이 든 서류 봉투를 꺼냈다.

이혼은 무효가 됐고, 이진영은 여전히 박민호의 아내였다.

진영은 태어나서 처음으로 머리가 아닌 가슴이 시키는 길로 걸어가려고 하고 있었다.

진영은 확인서등본을 봉투째로 잘게 찢어서 쓰레기통에 넣었다.

진영의 방에서 인기척이 났다. 진영이 방으로 들어가니 윤지가 부스스한 얼굴로 몸을 일으키고 있었다.

"더 잘래?"

"아뇨. 실컷 잔 것 같아요."

"원래 임신하면 잠이 많이 온다더라."

윤지의 배에서 꼬르륵 소리가 났다. 윤지의 얼굴이 빨개졌다. 그러고 보니 점심도 먹지 못했을 터였다.

진영이 서둘러 저녁 밥상을 차려 주자 윤지는 밥 한 공기를 게 눈 감추듯 다 먹어 버렸다.

"더 먹을래?"

얼굴이 빨개진 채로 윤지는 고개를 끄덕거렸다.

윤지는 두 번째 밥그릇도 깨끗이 비웠다. 진영은 후식으로 먹을 포도를 씻었다. 끝물이라 포도가 아주 달았다. 윤지는 꼭 며칠 굶은 것처럼 포도도 허겁지겁 먹었다.

"천천히 먹어. 그러다 체하면 어쩌려고."

윤지는 쑥스러운 얼굴로 말했다.

"배 나와서 임신한 거 들킬까 봐 밥을 많이 못 먹었어요."

"병원에는 가 봤니?"

"아니요."

"생리는 언제부터 멈췄니?"

"생리가 불규칙해서 매달 하진 않았거든요. 대충 다섯 달은 넘은 것 같아요."

다섯 달이라. 이제까지 들키지 않은 게 용하다 싶었다.

"부모님은 아시니?"

"몇 주 전에 아시게 됐어요."

샤워를 하고 있는데 갑자기 욕실 문이 벌컥 열리고 엄마가 들어왔다. 문 잠그는 것을 깜빡한 모양이었다. 윤지는 얼어붙었다. 배는 툭 튀어나왔고, 배꼽을 가로지르는 갈색선이 선명했다. 윤지만큼이나 엄마도 얼어붙었다. 갑자기 엄마 입에서 욕이 튀어나왔다. 윤지는 머리채를 잡혀 알몸인 채로 거실로 끌려 나왔다.

"뭐라고 하셨니?"

"지우래요. 무조건 지우래요."

진영은 한숨을 깊이 내쉬었다. 얼핏 봐도 지울 수 있는 개월이 아니었다. 이제 숨기기 힘들 만큼 배가 불러 올 것이다. 그러면 학교에 다니기도 힘들어진다.

"다시 한 번 물어볼게. 아이는 낳고 싶은 거니?"

"네."

윤지는 단호하게 대답했다.

"그럼 학교는 어떻게 할래?"

"다니고 싶지만 불가능한 일이잖아요."

임신한 사실이 알려지면 퇴학을 피하기 힘들었다. 잘해야 자퇴였다.

"전 지금처럼 공부가 하고 싶었던 적이 없었어요. 고등학교도 졸업하지 못한 제게 무슨 기회가 있겠어요? 집에서는 아무런 도움도 받지 못할 거예요. 앞으로 제 힘으로 벌어먹고 살려면 고등학교 졸업장이라도 있어야 하잖아요. 대학은 꿈도 못 꾸지만 고등학교만이라도 제대로 졸업하고 싶어요."

"선생님이 꼭 졸업할 수 있도록 도와줄게."

윤지는 눈물이 고인 눈으로 미소 지었다.

"선생님, 어떻게 제가 위태위태한 걸, 도움이 필요한 걸 한 눈에 아셨어요? 개학 첫날, 선생님하고 눈이 마주쳤는데 기분 이 정말 이상했어요. '난 네가 임신한 거 다 알아.'라고 하는 그 런 눈빛이었거든요. 선생님, 고마워요. 선생님이 아니었으면 전 이 아이 지키지 못했을 거예요."

윤지는 두 손으로 배를 감쌌다.

"아기가 밉지는 않니? 아기가 안 생겼다면 넌 평범한 고등학 생으로 살 수 있었을 텐데."

윤지는 세게 고개를 가로저었다.

"아니요. 이상하게 하나도 안 미워요. 엄마가 날 막 때리는 데, 뱃속에 있는 아이가 내 배를 두 손으로 치면서 '우리 엄마, 때리지 마.' 이렇게 소리를 지르는 것 같았어요. 내 편을 들어 준 사람은 아기가 처음이었어요. 이런 엄마 아이로 태어나게 해서 미안해요. 그렇지만 선생님도 이렇게 잘 크셨잖아요. 그 러니까 우리 아기도 잘 클 수 있을 거예요."

내가 과연 잘 컸을까? 진영은 또다시 눈앞이 눈물로 흐릿해 졌다.

진영은 망설이다가 물었다.

"임신하기 전에는 엄마가 손댄 적 없니?"

윤지의 눈빛에 망설임이 가득했다.

"말하기 싫으면 안 해도 돼."

진영은 자기를 낳아 준 사람에 대해 나쁘게 말하는 게 얼마나 힘든 일인지 누구보다 잘 알고 있었다. 자신에게 그렇게 끔찍한 짓을 한 인숙인데도 인숙을 욕할 때마다 진영은 제 마음을 칼날로 찢듯 아팠다. 윤지는 아주 작은 목소리로 입을 열었다.

"엄마는…… 항상 날 미워했어요."

차마 입 밖으로 낼 수 없는 진실이었다. 자신을 보는 엄마의 눈은 무관심이나 짜증, 아니면 분노로 가득했다. 왜? 왜 엄마는 날 사랑하지 않을까? 윤지는 아무리 노력해도 오빠처럼 사랑받을 수 없었다.

"네 엄마가 싫다고 말해도, 네 엄마가 나쁜 사람이라고 말해도 괜찮아. 그렇게 한다고 해서 네가 나쁜 아이가 되는 건 아니야."

윤지의 눈에서 눈물이 뚝뚝 떨어졌다.

진영은 윤지의 손을 꼭 잡아 주었다. 친모에게 버림받았다는 그 거지 같은 기분을 진영만큼 잘 이해하는 사람이 또 있을까? 왜 사랑해 주지도 않을 거면서 낳은 걸까? 태어나길 원해서 태어나는 사람은 없는데.

"아이 아빠는 누구야?"

"학원에서 아르바이트하는 오빠요."

"혹시 강제로 당한 거니?"

"아니요. 그건 아니에요."

잠시 침묵하던 윤지가 머뭇거리며 입을 열었다.

"그렇지만 모르겠어요. 제가 원했는지는요. 오빠가 사랑하면 그걸 해야 한다고 했어요. 안 하면 오빠가 날 떠날 것 같았어요. 그걸 하면서 내가 하나도 안 좋았던 건 내가 오빠를 사랑하지 않아서랬어요."

너무 무서웠고 아팠다. 할 때마다 자신이 더러워지는 것 같았다. 사랑받는 게 이렇게 비참한 기분일 리 없었다.

진영은 욕이 튀어나올 것 같은 걸 간신히 참았다.

"윤지야, 그 사람은 네가 어리고 성에 무지한 걸 이용한 거야. 그러니까 그 일로 네 스스로를 자책할 필요 없어. 네가 더럽혀졌다고, 네가 나쁜 짓을 했다고 생각해선 절대로 안 돼."

"다 제 잘못이라고 했어요."

"아니야."

진영은 힘주어 말했다.

"넌 네 행동에 책임을 지려고 했지만 그 남자는 도망가 버렸잖아."

윤지는 또다시 울음을 터트렸다.

미술실 복도에서 푸르스름하게 빛나는 인큐베이터를 보면서 윤지는 뱃속 아기에게 너무 미안했다.

저기에 있는 저 아이들에게는 모두 번듯한 엄마, 아빠가 있겠지. 태어나는 순간부터 사랑받겠지.

윤지는 아기에게 아무것도 해 줄 수 없었다. 열여덟 살인 윤지는 자기 자신도 책임지지 못하는 미성년자였다. 학교에 임신 사실이 알려지면 퇴학당하거나 잘해야 자퇴였다. 집에서도 어떤 지원을 받을 수 없었다. 부모는 윤지의 이야기를 들으려고도 하지 않았고, 묻지도 않았다. 미혼모 보호소도 아이를 낳은 후 몇 개월 정도밖에 머물 수 없다고 했다. 알아보면 알아볼수록 절망만 커졌다.

"선생님, 전 매일매일 학교 옥상에 올라갔어요. 죽고 싶었지만 죽을 용기는 없었어요. 선생님이 올라오지 않았더라도 죽진 않았을 거예요. 누군가가 구해 주길 기다리며 또 거기에 올라갔겠죠. 매일매일 기도했어요. 제발 저 좀 구해 달라고요. 그런데 선생님이 나타나서 절 구해 줬어요. 그러니까 선생님, 전 세상을 믿고 이 아이를 낳을 거예요. 아이가 나중에 왜 낳았냐고 절 미워하더라도 그 미움을 다 받을래요."

"미워하지 않을 거야."

그 여자와 달리 너는 아기를 사랑하고 책임지려고 하니까. 그 여자는 사랑은 고사하고 단 한순간도 내 존재를 인정하지 않았어.

"만약 네가 나를 낳아 준 사람이었다면 난 고마워했을 거야. 나중에 네 아이가 크면 선생님이 꼭 말해 줄게. 네가 얼마나 용감한 엄마였는지, 그리고 얼마나 아기를 사랑했는지 말이야."

"선생님, 고맙습니다."

진영은 고개를 가로저으며 윤지를 꼭 안아 주었다.

"아니, 선생님이 고마워. 네가 살아 줘서, 아기를 지켜 줘서."

나야말로 네 덕에 정말 중요한 것을 깨달았어.

민호는 토요일에 담당 변호사인 유한을 찾아갔다.

어제 유한에게서 전화가 왔다. 유한은 민호를 만나 할 이야기가 있다고 했다. 무슨 용건이냐고 물었지만 유한은 직접 얼굴을 보고 해야 할 말이라고만 답했다.

영문도 모르고 변호사 사무실에 온 민호는 기분이 그다지 좋지 않았다. 이혼 후 민호는 살이 빠져 얼굴이 더 날렵해졌고 눈빛은 더 날카로웠다.

"그래, 뭡니까, 전화로는 절대 할 수 없다는 중요한 말이?"

얼마나 급한 일이기에 토요일에 의뢰인을 불러내냐는 뜻이었다.

민호는 중요한 일이 아니라면 가만두지 않겠다는 듯한 눈으로 유한을 노려보았다.

유한은 이 소식을 어떻게 전해야 할지 몰랐다. 어쨌든 월요일이 되기 전에 대책을 세워야 했기에 토요일임에도 불구하고 민호를 불러낸 터였다.

법원에서 이혼 의사확인을 받은 지 3개월이 지나 남은 법적인 문제를 정리하던 유한은 의료보험공단에서 뜻밖의 사실을 통보받았다.

유한은 목이 바싹 말라 물을 한 모금 마신 후 입을 열었다.

"공단에 의료보험 분리 신청을 했는데 뜻밖의 사실을 알게 되었습니다."

의료보험 분리 신청이 받아들여지지 않았다. 사유를 듣고 유한은 기가 막혔다.

"이진영 씨가 이혼의사확인서등본을 내지 않으셨더군요. 그 래서 이진영 씨가 아직도 박 사장님의 피부양자로 올라가 있습니다."

민호의 미간 주름이 꿈틀거렸다.

"내고 싶을 때 내면 되지 않습니까? 의료보험이 뭐 그렇게 중요한 문제라고 사람을 오라 가라 하는 겁니까? 그 사람이 내 의료보험에서 좀 늦게 빠지는 게 무슨 큰 문제라고요. 설마 의료보험료 몇 푼 아끼자고 그 사람한테 이혼신고 빨리 하라는 전화라도 하라는 겁니까?"

이 사람, 이혼에 대해 이야기할 때면 내내 멍한 상태더니 역시나 하나도 제대로 듣지 않은 게 확실했다. 지금 이게 얼마나 큰 문제인지 모르는 것 같았다.

혹시, 민호와 진영이 합의 하에 이혼을 취소했을지도 모른다는 실낱같은 희망이 깨끗이 사라졌다.

'도대체 이걸 어떻게 하지?'

유한은 한숨을 푹 내쉰 후 설명하기 시작했다.

"두 분이 법원에서 협의이혼 의사 확인을 받고 확인서등본을 받은 지 3개월이 넘었습니다. 3개월 안에 이혼신고를 하지 않으면 법원으로부터 받은 확인은 효력을 상실합니다."

효력을 상실한다는 말에 민호의 안색이 바뀌었다.

"그게 무슨 뜻이죠?"

유한은 심호흡을 깊이 한 후 천천히 말했다.

"이진영 씨와 박민호 사장님이 여전히 부부라는 뜻입니다. 두 분의 이혼은 무효입니다."

민호는 한동안 아무 생각도 나지 않았다.

이혼이 무효라니 생각지도 못한 일이었다. 민호는 법원에서 진영과 헤어지던 그 순간 이혼했다고 여겼다. 등본을 진영에게 맡긴 건, 도저히 자신이 그들의 결혼에 마침표를 찍는 일을 할 수 없어서였다.

"어떻게 그런 일이……."

민호는 얼빠진 얼굴로 겨우 이렇게 말한 후 다시 입을 굳게 다물었다.

유한은 손수건을 꺼내어 이마의 땀을 닦았다. 민호의 반응은 당연했다.

"이진영 씨가 서류 내는 것을 깜빡하신 것 같습니다."

"깜빡?"

민호는 헛웃음을 지었다. 이 세상에서 이진영과 제일 거리가 먼 단어가 있다면 바로 '깜빡'일 것이다.

"그게 아니라면 행정기관에서 일을 처리하면서 뭔가 착오가 생겼을 수도 있고요."

"그럼, 그 서류를 다시 내면 되는 겁니까?"

"제가 아까 말씀드리지 않았습니까. 두 분의 이혼은 무효라고요. 법적으로 두 분은 여전히 부부입니다. 이혼을 원하시면 처음부터 다시 하셔야 합니다. 그런데 그쪽에서 순순히 이혼에 응해 줄지 모르겠습니다. 의도적으로 확인서등본을 내지 않았을 가능성도 배제할 수 없으니까요."

"이혼을 원한 건 그쪽이었는데 왜 확인서등본을 의도적으로 안 냈다는 겁니까?"

"제 생각엔 돈 문제가 아닐까 싶은데요. 박 사장님이 유책 배우자임에도 이혼할 때 이진영 씨는 법적으로 보장된 위자료도 받지 않았고, 따로 재산 분할도 요구하지 않았습니다. 막상 이혼을 하고 경제적인 어려움을 겪다 보니 돈 욕심이 생겼을 수도 있고, 그때는 그저 빨리 이혼하고 싶었는데 시간이 지나고 보니 바람피운 남편과 조용히 이혼하기 억울하다는 생각이 들었을 수도 있습니다."

유한이 어제 하루 동안 고민한 끝에 내린 결론이었다.

민호는 딱 잘라 말했다.

"진영이는 그런 사람 아닙니다."

유한은 민호의 시선에 울컥 화가 치밀어 올랐다. 민호의 눈빛은 마치 어떻게 그렇게 파렴치한 소리를 하냐는 듯했다.

지금 당신 편은 이혼한 전처, 아니 이혼하는 척하고 막판에 이렇게 물을 먹인 당신 아내가 아니라 변호사인 나라고!

유한은 민호의 멱살을 잡고 정신 차리라고 흔들고 싶었다.

일이 더럽게 꼬였다 싶었다. 재판이혼으로 가면 진흙탕 싸움이었다. 외도를 한 민호는 절대적으로 불리했다.

"한 길 사람 속은 모르는 겁니다."

"내 아내는 내가 잘 알아요. 그럴 사람이 아닙니다. 그럴 생각이었다면 애초에 이혼할 때 다 받아냈겠죠. 내가 분명히 말하지 않았습니까, 원하는 건 다 주라고."

그 말이 마치 '네가 협상을 잘못해서 그런 것 아니냐.'라는 뜻으로 들려서 유한은 또다시 울컥했다.

몇 달 전 유한은 민호의 협의이혼을 맡아서 진행했다. 민호는 이혼이 될 때까지 극비를 유지하기를 바랐고 그래서 유한은 민호의 부친인 석금에게도 이혼 수속을 밟고 있다는 사실을 함구했다.

민호는 유한을 찾아와 이렇게 말했었다.

"아내 쪽 변호사에게 연락이 올 겁니다. 그쪽에서 해 달라는 대로 해 주면 됩니다."

유한은 그때 민호가 엄청난 약점을 잡혔다고 생각했다. 그래서 아내 쪽 변호사인 은수와 만날 때 엄청 긴장했었다. 그러나, 아내 쪽에서는 빠른 이혼 말고는 아무것도 원하지 않았다. 맥이 빠질 만큼 금방 일이 끝났다. 재산 문제도 오히려 진영은 받지 않으려고 했고 민호는 주려고 해서 실랑이가 벌어졌다.

그런데 이렇게 뒤통수를 칠 줄은 꿈에도 몰랐다.

등본을 그쪽에서 내게 하는 게 아니었다. 유한은 자신이 끝까지 꼼꼼하게 일을 챙기지 못했다는 사실을 인정했다. 3개월이 되기 전에 한 번만 확인을 했어도 막을 수 있는 사태였다. 이런 귀찮은 일에 휘말리지 않기 위해 민호가 그에게 거액의 돈을 지불하는 것이었다.

"어쨌든 확인하지 못한 건 제 불찰입니다."

유한은 자기 잘못을 인정했다.

민호는 멍한 얼굴이었다.

"도대체 왜?"

딱히 유한에게 묻는 것 같진 않았다. 너무 어이가 없어서 자기도 모르게 마음속 소리가 입 밖으로 나온 것 같았지만 유한은 대꾸를 했다.

"심경의 변화가 생겼을 수도 있죠. 3개월은 길다면 긴 시간이니까요."

유한은 물을 마시느라 민호의 표정이 미묘하게 변하는 것을 보지 못했다.

"이건 정말 만에 하나인데, 이진영 씨가 임신을 하셨을 수도 있습니다. 이혼 후에 임신 사실을 알고 고민하다가 등본을 내지 않았을 가능성도 있습니다."

"그럴 리 없습니다. 아내는 계속 피임약을 먹고 있었습니다."

"세상에 100% 피임은 없다는 걸 잘 아시지 않습니까?"

민호는 진영과 마지막으로 몸을 섞은 날을 꼽아 보았다. 최소한 넉 달이 훨씬 넘었다. 넉 달이면 임신 상태를 숨기기 힘들만큼 배가 나올 때였다. 불과 며칠 전에 본 진영의 배는 납작했다. 임신은 확실히 아니었다. 민호는 한편으로 아쉬운 마음이 들었다.

"임신은 아닌 것 같습니다. 임신이라면 분명히 저에게 알렸을 겁니다."

"그럼 다행이고요."

유한은 안도의 한숨을 내쉬었다. 아이가 있으면 문제는 더 복잡해졌다.

"단순히 착오나 실수라면 귀찮으시겠지만 다시 협의이혼 신청을 하셔야 하고, 이진영 씨에게 다른 생각이 있는 거라면 당사자가 직접 하거나 변호사를 통해서 의사표현을 해 올 겁니다. 일단 제가 이진영 씨에게 연락을 해 보겠습니다."

"하지 마세요."

단호한 목소리였다.

"사정을 들어도 제가 먼저 듣겠습니다. 그 말대로라면 아직 나는 그 사람 남편이고, 그 사람은 내 아내라는 뜻 아닙니까?"

생각해 보니 그 말이 맞았다. 어쨌든 두 사람은 아직 부부였다.

"알겠습니다. 그렇게 하십시오."

민호는 유한에게 물었다.

"마감일이 언제였죠? 등본을 내야 하는 마지막 날 말입니다."

유한은 바로 대답했다.

"사흘 전이었습니다."

진영이 느닷없이 회사로 민호를 찾아왔던 날이었다.

가끔 시계를 보던 진영의 모습이 떠올랐다.

민호의 귓가에 6시를 알리는 로비의 벽시계 소리가 들렸다. 6시면 관공서가 문을 닫는 시간이다. 그러나 진영은 민호의 옆에 있었다.

어쩌면 진영은 일부러 등본을 내지 않은 것인지도 모른다.

그렇다는 건……

토할 만큼 심장이 빠르게 뛰었다.

민호의 머릿속에 활짝 핀 데저트 로즈가 떠올랐다 사라졌다.

변호사 사무실을 나온 민호는 두근거리는 심장을 가라앉히려고 애쓰며 진영에게 전화를 걸었다.

"나야."

— 네.

진영의 목소리가 지나치게 담담해서 민호는 당황했다. 저울에 올려 둔 두 개의 가능성 가운데 실수 쪽이 아래로 내려오기 시작했다. 민호는 애써 담담한 목소리로 물었다.

"어디야?"

— 마리아의 집이요.

"당신이 오늘 거기 간다는 이야기는 듣지 못했는데?"

— 회사 일은 아니에요. 다른 일이 있어서요.

"무슨 일인데?"

— 말하기 곤란해요.

민호는 심호흡을 깊게 했다.

"진영아."

민호는 묻고 싶었다. 우리는 여전히 부부니? 넌 여전히 내 아내니?

민호는 왼손을 물끄러미 바라보았다. 여전히 빼지 않은 결혼반지가 네 번째 손가락에서 반짝거렸다.

"지금 내가 마리아의 집으로 갈게. 할 말이 있어."

— 내일 이야기하면 안 돼요?

"그럼 집 앞에서 기다릴게. 네가 올 때까지."

— 일이 언제 끝날지 모르겠어요. 지금 들어가 봐야 해요. 우리 내일 이야기해요.

진영이 급하게 전화를 끊었다.

민호는 멍하니 끊긴 휴대전화를 바라보았다. 다시 전화를 걸 용기는 생기지 않았다.

도서관 개관식에서 만난 진영은 완벽한 아내 노릇을 했다. 예전 그의 아내였을 때처럼 남편의 한 발 뒤에서 겸손한 몸가짐으로 조신하게 내조하는 아내의 모습을 보여 주었다. 그렇지만 민호는 그 모습이 마음에 들지 않았다. 진영의 진짜 모습이 아니었기 때문이다.

개관식 행사가 끝났고, 사보와 사외보를 위한 인터뷰와 사진 촬영도 끝났다.

민호는 도서관 서가 앞에서 사진 촬영을 하며 기자의 인터뷰에 응하는 진영을 바라보았다. 여성지 인터뷰가 끝나면 오늘 일정은 끝이었다.

민호의 시선이 무릎 위에 얌전히 포개진 진영의 손으로 향했다. 집을 나간 후 한 번도 낀 것을 본 적 없는 결혼반지가 왼손 약지에 얌전히 끼워져 있었다. 부부인 척하기 위해 낀 것일 수도 있지만 그들이 '여전히' 부부이기에 끼고 있는 것인지도 몰랐다.

민호의 심장이 미친 듯이 뛰었다. 어서 빨리 확인하지 않으면 심장이 파열되어 죽을 것 같았다.

진영은 자신의 의지로 확인서등본을 내지 않았을 것 같았다.

그렇지만 왜? 진영이 왜 자신과 결혼을 계속 지속하겠다는 마음을 먹었을까? 자기도 모르게 민호의 시선이 또 진영의 배로 향했다. 몇 번이나 유심히 바라보았지만, 임신은 아니었다. 그렇다면 도대체 뭐지? 실수나 착오가 아니라면 남은 것은 하나였다. 정확히 무엇인지는 알 수 없지만 무언가 진영에게 민호와 살아야 할 이유가 생겼다는 것이었다.

만약 그렇다면…….

갑자기 눈시울이 뜨거워져서 민호는 등을 돌렸다.

그 이유가 뭐든 괜찮아. 네가 다시 나와 살아 준다면, 내 곁에 있어만 준다면…….

민호는 심호흡을 깊이 하며 인터뷰 장소에서 나왔다.

민호는 2층에 있는 도서실로 들어갔다.

1층은 어린아이들을 위한 곳이었고 2층은 좀 더 자란 초등학생 정도 되는 아이들을 위한 곳이었다. 1층 도서실 바닥에는 푹신한 매트가 깔려 있어 편하게 바닥에 앉아서 책을 볼 수 있었고, 2층 도서실은 서가 구석구석에 아이들이 몸을 숨기고 책을 읽을 수 있는 비밀 공간이 있었다.

민호는 건축가에게 아이들의 상상력이 무럭무럭 자랄 수 있고, 아픈 마음을 치유할 수 있는 도서관을 지어 달라고 부탁했다. 상하이 국제어린이청소년도서관을 짓고 워낙 유명해진 건축가라 의뢰를 맡기기 어려울지도 모르겠다고 생각했었는데, 민호의 취지를 듣고 RGH 유닛은 흔쾌히 일을 받아들였다.

도서관은 민호가 생각했던 것보다 훨씬 더 멋진 도서관으로 완성되었다. 민호는 뿌듯한 눈으로 도서관을 둘러보았다. 서가 어디선가 어린 진영이 몸을 숨기고 정신없이 책을 읽고 있을 것 같았다.

서가는 미로처럼 되어 있었다. 책도 분류기호에 따라 배열된 게 아니라 제멋대로 꽂혀 있었다. 서가에서 마음껏 길을 잃고 예상하지 못한 이야기와 만나라는 의도에서였다. 보물찾기를 하듯 책을 찾길 바라서였다. 민호는 어른인데도 서가를 거닐다 보니 심장이 두근거렸다.

이 도서관은 친부모에게 버림받아 춥고 외로웠던 어린 진영에게 주는 민호의 선물이었다. 그때의 진영에게는 자신을 지킬 수 있는 갑옷도, 가시도, 벽도 없었을 것이다. 세상의 매서운 찬바람을 홀로 맞아야 했던 그 어린 소녀에게 잠시나마 몸을 숨길 수 있는 안전한 장소를 선물해 주고 싶었다.

민호의 시선이 서가를 훑다가 멈췄다.

《어린 왕자》.

민호가 어린 시절 제일 좋아했던 동화책이었다. 민호는 서가에서 책을 뺐다. 민호는 옷이 구겨지고 더러워지는 것도 상관하지 않고 아이처럼 바닥에 털썩 주저앉아 책을 펼쳤다. 빠르게 페이지를 넘기던 민호의 손가락이 멈췄다. 민호는 사막여우가 나오는 대목에 시선을 고정했다.

　나한테 넌 보통 아이들과 똑같은 사내아이에 지나지 않아. 그리고 나한테 네가 필요하지도 않지. 너도 내가 필요하지 않을 테고. 왜냐하면 너한테 나는 수많은 여우 중 한 마리에 불과할 테니까. 그리고 만약 네가 나를 길들이게 된다면, 우린 사이가 좋아져서 서로 헤어지기 싫을 거야.

　민호는 다시 그 부분을 천천히 읽었다.

　네가 나를 길들이게 된다면, 우린 사이가 좋아져서 서로 헤어지기 싫을 거야.

　민호는 멍하니 한참 동안 그 부분에 시선을 고정하고 있었다.
　"여기 있었네요. 어디 있는지 몰라서 한참 찾았어요."
　민호는 자리에서 일어났다. 진영은 서가를 돌아보며 말했다.
　"정말 숨바꼭질하기 좋을 것 같아요. 이렇게 쑥 들어가 버리면 아무도 못 찾을 것 같은데요."
　"도서관은 맘에 들어?"
　"네. 정말 멋진 건물이에요."
　"인터뷰는 잘했고?"
　진영은 고개를 까딱했다.
　"불편한 질문은 없었고?"

"홍보팀에서 질문지를 미리 확인한 거라서 예상 못한 질문은 없었어요."

의도가 빤히 보이는 인터뷰였다. 진영은 홍보팀이 준 예상 답변지에서 한 치도 벗어나지 않는, 조금은 낯간지러운 대답들을 했다.

"당신은 뭘 읽고 있었어요?"

"《어린 왕자》. 어렸을 때 좋아하던 책이야."

"나는 지금도 좋아해요. 어려서 읽은 책을 나이 들어서 다시 보면 실망할 때가 많은데 이 책은 안 그랬어요."

"나도 그런 것 같아. 어렸을 때는 이 책이 어른들의 어리석음에 대해 이야기하는 거라고 생각했었어. 그런데 지금 읽어 보니 절망적으로 어리석고 속물적인 이 세상이 그래도 아름다운 이유를 말하고 있는 것 같아."

"사막이 아름다운 건 어딘가에 우물을 숨기고 있기 때문이다. 그 이야기요?"

"우물이 아니라 사랑이었어. 어리석은 사람들만 사는 이 지구가 아름다운 건 사랑이 있기 때문이었어."

민호를 바라보는 진영의 눈이 반짝 빛나더니 입가에 미소가 어리는 듯했다. 민호는 심장이 이상하게 두근거렸다. 진영이 자신을 그런 눈으로 바라봐 준 건 처음이었다.

그건 마치 사랑하는 사람을 보는 듯한, 따스함과 설렘이 뒤섞인 눈빛이었다.

"어제 할 말이 있다고 했잖아요."

갑자기 민호는 입안이 사막처럼 바싹 말라 버렸다.

"김유한 변호사에게 연락이 왔어."

진영의 얼굴은 담담했다.

"변호사가 이상한 소리를 했어. 우리 이혼이 무효라고."

여전히 진영의 얼굴은 담담했다.

민호는 진영이 의도적으로 서류를 내지 않았음을 확신했다. 이 모든 사실을 다 알고 있었다는 것도. 심장이 아플 만큼 빠르게 뛰기 시작했다.

"어떻게 된 거니?"

"서류를 안 냈어요."

"내는 걸 깜빡 잊어버린 거니?"

"아뇨. 알고 안 낸 거예요."

"그게 무슨 뜻인지 알고 있어?"

"당신하고 내가 여전히 부부라는 거죠."

"왜 그랬니?"

"내 대답이에요."

"무슨 대답?"

"당신이 물었잖아요. 데저트 로즈 화분을 줄 때 말이에요."

진영의 목소리가 너무 가벼워서 민호는 그 말이 진짜라는 게 믿기 어려웠다. 결국 민호는 되물을 수밖에 없었다.

"정말 내 아내이고 싶은 거야? 나와 부부이고 싶은 거야?"

진영은 고개를 끄덕였다.

"왜?"

"당신은 내게 가장 소중한 사람이니까요. 그런 당신을 잃고 싶지 않았어요."

내가 이진영의 가장 소중한 존재라고? 도무지 믿기지 않는 말이었다.

"당신은 그냥 나하고 꽃만 보고 싶었어요?"

진영이 살짝 웃으면서 물었다. 민호는 아무 말도 나오지 않았다. 정말로 기다렸던 대답인데, 막상 그 대답을 듣자 도리어 믿기지가 않았다.

진영은 민호를 응시하며 천천히 입을 열었다.

"난 당신하고 같이 살면서 꽃이 피는 걸 보고 싶어요. 죽을 때까지요."

"진영아."

진영은 그 부름에 응해 민호 쪽으로 한 걸음 더 가까이 다가갔다.

"당신과 이혼하고 싶지 않았어요. 그래서 내지 않았어요. 당신이 원할 때 이혼해 줄게요."

민호의 목소리가 격해졌다.

"그게 무슨 뜻이야? 내가 원할 때 이혼하겠다니. 그런 날이 오리라고 생각해? 나는 절대로 이혼 안 해. 난 절대로 널 안 놔준다고."

민호는 갑자기 숨이 막힌 듯 얼굴을 찡그렸다.

"내가 그 끔찍한 짓을 또 할 거라고 생각해? 이진영, 그건 내가 너에게 준 딱 한 번의 기회였어."

나한테서 도망갈 수 있는 기회. 놓아줄 자신도 없으면서 난 널 놓아준 거라고.

"마찬가지예요. 나도 당신 절대로 안 놔줘요."

진영은 민호의 손을 잡았다. 부드럽고 따스한 손이었다.

"나라는 인간, 여기저기 고장이 많이 나서 당신을 놓아주어 야 할 것 같아서 이혼했는데……."

민호는 진영의 입만 뚫어지게 쳐다보았다.

"당신 없이는 행복해질 수가 없어요. 그래서 당신과 헤어질 수가 없어요."

늘 내게만 쏟아지던 그 차가운 비가 언제부터 그쳤을까? 그 누구도, 설사 신이라도 메울 수 없다고 생각했던 내 마음의 구 멍이 언제 사라졌을까?

바로 당신이 내게 다가온 순간부터였다.

너무 천천히 다가와서, 너무 서서히 데워져서 난 내가 따뜻 해진 것조차 모르고 있었다. 아무것도 자랄 수 없다고 믿었던 사막 같은 내 마음에 무언가가 자라고 있었다.

"태어나서 지금껏 난 누군가를 진심으로 사랑한 적이 없었 어요. 내가 누군가에게 아무 조건 없이 사랑받을 수 있는 존재 라는 것을 믿을 수 없었거든요. 나는 내가 그런 존재가 될 수 없을 거라고, 아주 오래전에 체념했어요. 그래서 그런 바보 같 은 짓, 안 하려고 했는데……."

민호의 눈에 눈물이 고였다. 민호는 눈빛으로 '아니야.'라고 말했다. 진영은 그 눈물에 미소로 답했다. 그렇지만 눈에 눈물이 고이는 것은 어쩔 수 없었다.

"엄마가 날 입양해서 겪어야 했던 아픔이 싫었어요. 당신이 날 사랑하면서 아픈 게 싫었어요. 당신 곁에서 내가 사라져 주는 게 당신에게 받은 마음을 갚는 거라고 생각했어요. 그런데, 아니었어요. 당신이 나 때문에 받은 상처는 내가 없어져도 사라지지 않았어요. 그 상처를 낫게 하는 방법은 하나밖에 없다는 걸 이제야 깨달았어요."

진영은 말을 멈췄다. 민호는 숨도 쉬지 않고 진영의 말을 듣고 있었다.

"내가 당신을 사랑하는 거, 그 방법밖에 없어요. 그래서 난 당신을 제대로 사랑하고 싶어요. 당신이 내게 해 준 것처럼은 못 하겠지만요."

민호의 온몸이 서서히 떨리기 시작했다.

"허락해 줄래요?"

민호는 얼어붙은 듯 가만히 있었다.

"너무 늦은 거예요? 내가 너무 늦게 왔나요?"

민호는 고개를 세차게 가로저었다.

세상 모든 사랑 이야기의 결말이 그에게도 막 일어나려고 하고 있었다.

전혀 예상치 못한 순간에 펑펑 큰 소리를 내며 하늘 가득 불꽃이 피어올랐다.

꿈이면 어쩌나 싶었다.

진영이 한 걸음 더 민호에게 다가왔다. 달콤한 진영의 체취가 밀려왔다. 진영의 얼굴은 상기되어 있었고, 두 눈은 반짝거렸다.

진영이 지금 여기 있었다. 진영이 그와 함께하고 싶다고 말하는 이 순간은 절대로 꿈이 아니었다.

"당신이라면 사랑할 수 있을 것 같아요."

진영은 입술을 세게 깨물더니 고개를 가로저었다. 자기가 한 말이 마음에 들지 않아서였다. 진영은 다시 입을 열었다.

"당신을 사랑해요."

민호는 그 말을 듣자마자 진영을 세게 껴안았다. 진영이 숨도 쉴 수 없을 정도였다.

당신이라는 파도에 나도 모르게 흠뻑 젖었나 봐요.

고마워요, 내게로 밀려와 줘서.

진영도 두 팔로 민호를 껴안았다.

30

일정을 브리핑하고 사장실을 나가려는 박 비서를 민호가 다시 불러 세웠다.

"네, 사장님."

"개인적인 질문인데 말이야. 데이트 하면 뭐가 제일 먼저 생각나지?"

"예?"

뜻밖의 질문에 박 비서는 선뜻 대답을 못 했다.

"데이트라는 게 연애가 어느 정도까지 진전되었느냐에 따라 많이 다르지 않습니까?"

"그럼 연애 초기라고 가정하고."

"제일 무난한 건 영화 아닐까요?"

"영화?"

"연애 초기에는 아무래도 서로 좋은 모습만 보여 주려고 애

쓰다 보니까 솔직히 피곤할 때가 많더라고요. 영화를 보면 일단 좀 쉴 수 있어서 좋잖아요. 나와서는 영화 본 걸 이야기하면 되니까 화제를 찾으려고 애쓸 필요도 없고요. 그러다 친해지고 서로에 대해 더 알게 되면 관심사에 맞는 데이트를 하지 않나요?"

"그럼 어떤 영화가 좋지?"

"연애 초기에는 여자 취향에 맞추는 게 좋죠. 의외로 여자들이 가리는 영화가 많더라고요. 엉큼한 녀석들은 공포영화를 보라고 하지만 여자들도 눈치가 빨라서 그런 영화 고르는 남자에게는 점수가 짭니다."

민호는 뜻밖의 곳에서 박 비서의 능력을 발견한 기분이었다. 박 비서가 나가고 민호는 바로 진영에게 전화를 걸었다.

"저녁에 영화 볼래?"

— 그럴까요?

진영이 순순히 대답을 하자 민호는 기분이 좋아졌다. 민호는 노트북에 상영 중인 영화 목록을 띄웠다.

"뭐 볼까? 당신 보고 싶은 영화 있어?"

— 당신은요?

"난 별로 가리는 게 없어. 영화관 간 지도 오래돼서 뭘 봐야 할지도 모르겠어."

— 그럼 영화는 제가 예매할게요. 당신이 밥 사요. 이번엔 당신이 먹고 싶은 걸로.

"그래. 그렇게 하자."

— 예매하고 문자 보낼게요.

진영이 고른 영화는 할리우드의 B급 액션 영화였다. 제작비를 충실하게 썼는지 러닝타임 내내 쉴 새 없이 부서지고 폭발하고 주먹질과 총질이 난무했다. 머리가 희끗희끗한 중년의 영웅이 딸을 납치한 악당과 그 조직을 박살내는 단순한 스토리였다. 민호는 정말 진영이 재미있게 보는지 여러 번 확인했다. 진영은 정말 영화에 푹 빠져 집중해서 화면을 응시하고 있었다.

'막장에 이어 액션이라……'

민호는 피식 웃었다. 양파 같은 매력이 있는 여자였다. 다음에는 또 뭐가 튀어나올까 기대가 될 정도였다. 두근두근, 심장이 기대감으로 기분 좋게 뛰었다.

저녁은 민호가 예약해 둔 영화관 근처의 일식집에서 먹었다.

"못 먹는 생선 있어? 알아서 회랑 초밥 적당히 해 달라고 부탁했는데."

"다 잘 먹어요."

진영은 산뜻하게 대답했다.

민호는 회에 어울리는 니혼슈를 주문했다.

"술은 어느 정도 해?"

"말술이에요."

술을 따르던 민호의 손이 놀라서 멈췄다.

"술 마시다가 누구한테 업혀서 온 적은 아직 없어요."

민호는 또다시 웃었다. 봐, 양파 같은 매력이 있다니까.

"액션 영화를 예매할 줄은 몰랐네."

"액션 영화 안 좋아해요?"

"아니, 나는 좋아해. 영화 보면서 골치 아픈 거 질색이거든. 그런데 여자들은 예술 영화나 로맨틱 코미디, 그런 영화 좋아하잖아. 나 때문에 그 영화 예매한 거야?"

"액션 영화 좋아해요."

"별나네."

"아빠와의 추억 때문인가 봐요. 액션 영화를 처음 본 게 아빠랑이었거든요."

"돌아가신 아버님?"

진영은 고개를 끄덕거렸다.

"아빠는 나를 어떻게 대해야 할지 많이 어려워하셨어요."

마음의 문을 굳게 닫은, 아무 표정 없는 여덟 살짜리 여자아이. 귀여운 구석이라곤 하나도 없는 아이였다.

"궁리 끝에 아빠가 나만 데리고 영화관에 갔어요. 엄마한텐 비밀로 하고 사이다하고 팝콘도 먹고 그랬어요. 엄마는 군것질은 절대 못 하게 했거든요. 특히 탄산음료는 이 썩는다고요."

"돌아가신 장인어른이 액션 영화를 좋아하셨어?"

"우디 앨런하고 마틴 스콜세지 영화를 좋아하셨어요. 처음 극장에 갔을 때 애 데리고 볼 만한 영화가 액션 영화뿐이었는데 내가 정말 재미있게 보니까 매번 액션 영화를 보게 된 거죠. 고작 여덟 살에 뭔가 세상에 맺힌 게 많았나 봐요."

진영은 영화관의 어둠이 좋았다. 아무도 자신을 못 본다고

266

생각하니까 어떤 표정을 지을까 고민할 필요가 없었다. 레지나 수녀는 사람이 죽고 나면 천국이나 연옥, 지옥 중 한 곳에 가게 된다고 했다. 진영은 천국이 영화관이었으면 좋겠다고 생각했다. 조용히 어둠 속에 몸을 맡기고 그 누구의 시선도 신경 쓰지 않아도 되는 곳, 여덟 살 진영이 바라던 천국의 모습이었다.

"이건 아빠하고 나만의 비밀이었는데."

비밀이라는 말에 민호는 귀를 쫑긋 세웠다.

"장모님도, 처남도 몰라?"

"몰라요. 내가 액션 영화 좋아하는 것도 모를걸요."

"그럼 이제 나하고 당신만 아는 건가?"

"그러네요."

민호는 진영에게 소중한 것을 선물 받은 기분이었다.

"더 듣고 싶어, 당신 어렸을 때 얘기."

"별로 재미있는 이야기는 아닌데."

"그래도 듣고 싶어."

"그럼 당신 이야기도 해 줘요. 당신은 어렸을 때 뭘 좋아했어요?"

"초등학생 땐 야구선수가 꿈이었어. 학교 야구부에서 활동했었지."

"포지션은요?"

"유격수. 수비를 잘했고 타격도 나쁘지 않았어. 한 2년 야구부 활동하다가 그만뒀어."

"왜 그만뒀어요?"

"훈련 중에 야구공에 맞아서 기절한 적이 있었어. 연식 야구공도 제대로 맞으면 되게 아파. 맞는 순간 머리가 핑 돌면서 바닥에 쓰러졌지. 할머니가 그걸 아시고 난리를 쳐서 그만둘 수밖에 없었어. 그 이후로 운동은 무조건 금지였어. 우리 집안에 손이 귀하다 보니 할머니가 나를 과보호하는 면이 없잖아 있었는데, 어머니도 경쟁적으로 날 과보호하셨지. 그래서 난 할 줄 아는 게 아무것도 없어. 우리 할머니가 하신 말씀이 난 세 살때까지 흙도 밟지 않고 컸대. 내가 학교를 제대로 졸업한 게 기적인지도 몰라."

민호는 진영의 빈 술잔을 채워 주었다.

"좋아하는 건 많았는데 매번 할머니랑 어머니가 못 하게 하셨어. 갖고 싶은 건 다 가질 수 있었지만 하고 싶은 건 하나도 할 수 없었어. 아버지는 늘 날 한심하다는 듯 바라보셨지. 아버지는 빠릿빠릿한 아들을 원했는데 난 느린 아이였던 데다 머리도 평균 정도였고, 할머니와 엄마의 과보호로 더 무능해졌지. 별로 행복한 적이 없었어. 친구도 맘대로 사귈 수 없었어. 진로도 내 의사하곤 상관없었지. 그러다 보니까 생각이라는 걸 아예 하지 않게 된 것 같아. 돌이켜 보면 추억이랄 게 별로 없어. 고모하고 경현 선배가 없었다면 숨 막혀 죽었을지도 몰라."

진영은 가만히 민호의 이야기를 들었다. 자신이 몰랐던 민호의 시간들을 알아 가는 것이 행복했다.

"오늘도 늦어?"

아침 식사를 하던 진형이 물었다.

"어? 어. 학교 일이 많네. 중간고사 시험문제 출제도 해야 하고, 현장학습 계획서도 제출해야 해. 그리고……."

진영은 거짓말을 하면 말이 장황해졌다.

'이런 게 딸이 첫사랑에 빠졌을 때 아버지들이 느끼는 기분인가?'

요즘 진영은 신데렐라가 따로 없었다. 아슬아슬하게 1박 2일은 면하고 있었다.

모른 척해 주기엔 진영은 감정을 여기저기 너무 흘리고 다녔다. 재채기와 연애는 속이지 못한다고 했지만 진영은 너무 티가 났다. 이젠 이름도 가물가물한 그 남자와 연애를 하던 시절의 진영과는 확연히 다른 모습이었다. 그때의 진영은 저렇게 평정을 잃은 적이 없었다. 애달파했던 것도 그 남자뿐이었다.

도무지 이해가 안 되는 커플이었다. 진형은 부부 사이는 부부밖에 모른다는 그 말이 조금씩 이해가 되려 했다. 진형은 저 둘 사이를 절대로 이해할 수 없겠지만 한 가지는 확실했다. 진영은 편안해 보였고 행복해 보였다.

'키스는 좀 사람들 안 보는 데서 해라. 주변 사람에 대한 배려가 없어, 배려가.'

진형은 속으로 툴툴거렸다.

어제 퇴근길에 진형은 진영과 민호를 봤다. 데이트를 하고 민호가 집까지 데려다주는 것 같았다. 진형은 멀찌감치 서서 두 사람이 차에서 내려 뭔가 이야기를 하는 것을 바라보았다.

그런데 느닷없이 민호가 진영에게 키스를 했다. 두 손으로 뺨을 감싸고 민호는 아주 열렬하고 깊은 키스를 했다. 진형은 순간 헉, 하는 소리를 내고 말았다. 아는 사람, 그것도 가장 가까운 가족의 키스 장면은 솔직히 끔찍했다.

얼마나 놀랐는지 진형은 그 자리에서 뒤로 돌아 아파트 근처 편의점에 가서 맥주 두 캔을 마시고 나서야 집에 와서 진영의 얼굴을 볼 용기가 생겼다. 진형은 누나도 여자라는 사실을 뒤늦게 깨달았다. 그건 엄마가 여자라는 사실을 깨달은 것만큼 충격적인 사실이었다.

"오늘 일곱 시쯤이면 퇴근할 것 같은데 오랜만에 외식하자. 매콤한 꽃게찜 어때?"

"수지한테나 사 줘."

"그럼 셋이 같이 먹자."

"너희들 데이트에 내가 왜 끼어들어?"

말하는 것을 보니 오늘도 데이트인 것 같았다.

"오늘 출근 같이 할까?"

"응? 너 일찍 가야 하는 거 아냐?"

진형의 출근은 진영보다 늘 30분 이상 일렀다.

"오랜만에 누나랑 같이 나가지, 뭐."

진영의 얼굴이 발갛게 됐다 하얗게 됐다 아주 바빴다.

'매형이 데리러오기로 했군.'

진영은 따로 출근할 구실을 찾지 못해 끙끙거렸다. 진형은 그 모습을 딱 3초간 즐기다가 누나를 살려 줬다.

"아, 맞다. 오전에 봐야 할 보고서가 있는 걸 깜빡했네. 그냥 나 먼저 나가야겠다."

진영은 눈에 띄게 안도했다. 진형은 웃음이 터질 것 같아서 혀를 깨물었다. 누나를 놀릴 수 있는 날이 오리라고는 꿈에도 생각지 못했었다.

사랑에 빠진 사람은 다 저렇게 허점투성이일까?

진형은 허둥거리는 누나가 귀엽게 느껴졌다. 진형에게 누나는 늘 어려운 사람이었는데 요즘은 가끔 만만하게 느껴질 때가 있었다.

놀리는 건 여기까지만 해야겠다고 생각하고 진형은 식탁에서 일어나 다 먹은 그릇을 개수대에 놓고 말했다.

"나 주말에 수지랑 부산에 내려가. 친구 결혼식에서 수지가 부케를 받기로 했거든. 간 김에 부산 구경도 하고, 회도 먹고 오려고."

"잘 다녀와."

오늘도 어김없이 아파트 근처 도로에 너무나도 눈에 띄는 민호의 차가 서 있었다. 조심성 없는 건 정말 두 사람이 똑같았다. 평소처럼 모른 척 지나가려다가 진형은 차 쪽으로 갔다. 조수석 차창이 천천히 내려갔다. 민호는 멋쩍은 얼굴로 진형을 바라보았다.

이젠 예전처럼 이 남자가 밉지 않았다. 누나를 행복하게 해 줄 수 있는 남자였다.

"거 웬만하면 빨리 데려가요. 둘 다 뭐 하는 거예요? 중간에 있는 사람은 보이지도 않죠?"

"빨리 데려가기 싫은데."

"네에?"

뜻밖의 대답에 진형은 자기도 모르게 목소리를 높였다. 지금 우리 누나한테 튕기고 있는 거야? 자기도 모르게 눈빛이 험악해졌다. 그러나 민호의 표정은 온화하기만 했다.

"좀 더 오래 이렇게 설레고 싶어."

이 남자가! 진형은 닭이 될 것 같았다.

"3년이나 같이 사셨으면서 설렐 게 아직 남아 있어요?"

민호가 눈부시게 웃었다.

아마, 처남은 이해하지 못할 거야. 우리는 이제야 연애를 하는 거거든. 결혼과 이혼을 거친 후에야 말이야.

"저 토요일에 부산 갑니다."

"응?"

"부산 간다고요. 일요일 저녁 늦게 올라올 거예요."

그 말을 끝으로 진형은 제 갈 길을 갔다. 민호는 한참 후에야 그 말뜻을 알아챘다.

생전 처음으로 처남 진형이 마음에 들었다.

토요일, 민호는 진영이 근무하는 학교 교문 앞에 차를 세웠다. 그리고 학교 정문을 지키는 경비원에게 음료수 박스를 건넸다.

"수고 많으십니다."

경비원은 웃으면서 음료수 박스를 받아 들며 말했다.

"거참, 신혼이 좋습니다."

경비원은 아침에 가끔 진영을 데려다주는 민호의 얼굴을 기억하고 말했다. 경비원은 민호와 진영을 사이좋은 신혼부부라고 생각했다. 하교 중인 학생들이 민호를 힐끔거리며 수군거렸다.

진영은 소진과 함께 교무실에서 나왔다.

"윤지 좀 도와주세요."

소진은 한숨을 푹 내쉬었다.

"이 선생도 알다시피 이런 일에 그런 선례가 없어. 설령 학교가 윤지를 받아들이려고 해도 학부모들이 가만있지 않을 거야. 자기 아이에게 나쁜 영향을 미친다는 이유로 난리를 칠 거라고."

"임신을 이유로 자퇴를 강요하는 건 인권 침해이고 임신한 청소년의 학습권을 보장하라는 지시도 내려왔잖아요."

"그거야 구름 위에 계신 분들의 한가한 이상론이지. 일선 학교에선 씨도 안 먹힐 이야기야."

소진에게도 윤지와 같은 나이인 딸이 있었다. 만약 자기 딸이 어릴 적 실수로 이렇게 학교에서 빗자루로 내쳐지는 쥐 대접을 받는다고 생각하면 마음이 아팠다. 윤지는 이 학교에 다니는 아이들 중 교육과 보호가 가장 절실하게 필요한 아이였다.

"그렇지만 걔도 우리 학교 학생이잖아. 공부하겠다는 아이에게 공부할 기회를 빼앗는 건 선생이 할 일이 아니지. 한번 해보자."

"고맙습니다."

"어머, 이 선생 남편 왔다."

민호가 진영을 보고 손을 흔들었다. 진영도 봤다는 뜻으로 손을 살짝 흔들었다. 소진이 진영에게 물었다.

"데이트?"

"네."

"좋을 때다. 아니, 저렇게 멋진 신랑인데 자랑 좀 하지 그랬어. 난 이 선생이 하도 남편 이야기를 안 해서 사이가 엄청 안 좋은지 알았잖아."

"쑥스러워서요."

결혼한 여교사들끼리 있으면 자연스럽게 시집 이야기나 남편 이야기가 나오기 마련이었는데 진영은 늘 그 화제를 의도적으로 피했다. 그래서 다들 뭔가 사정이 있거나 엄청 사이가 안 좋은 게 아닐까 상상했었다. 그런데 어느 날 느닷없이 나타난 진영의 남편은 아주 멀쩡했다.

계약직 교사라고 진영을 무시했던 사람들도 민호를 보고 진영을 다시 보았다. 티를 내지 않아도 민호가 타고 다니는 고가의 외제차를 보면 그가 어느 정도 재력이 있는 남자임을 모를 수 없었다. 패션 화보에서 빠져나온 듯한 멋진 모습을 보는 것도 즐거웠다. 본의 아니게 민호는 요즘 동문여고에서 화제의 인물이었다. 남편에 대해 물어보는 사람들 때문에 진영은 귀찮을 정도였다.

'내가 이럴 줄 알았다니까.'

진영은 민호가 아침에 학교에 데려다주는 게 영 부담스러웠지만 민호는 꼭 한번 해보고 싶었던 거라며 눈을 반짝반짝 빛냈다.

"학교 사람들한테 이진영이 내 사람이라고 도장 찍고 싶어."

"도장 찍어서 뭐하게요? 대한민국 법이 우리가 부부라고 인정했잖아요. 그것보다 더한 도장이 필요해요?"

"감히 딴 놈이 당신 넘보지 못하게 하려고."

요컨대 영역 표시를 하겠다는 뜻이었다. 진영은 풋, 웃음이 터지고 말았다.

"어디 가서 그런 말 하지 마요. 사람들이 비웃어요."

"당신은 당신이 얼마나 매력적인 여잔지 모르는 것 같아."

또다시 웃음이 터졌다. 도대체 이 콩깍지는 언제 벗겨지지? 하지만 안 벗겨져도 좋을 것 같았다. 평생 이 남자에게 예쁘고 매력적인 여자로 보이고 싶었다.

"여고거든요."

"남자 교사들 많잖아."

"다 유부남이에요."

민호는 코웃음을 쳤다.

"남자는 다 똑같아. 다 늑대라고."

"당신도요?"

"난 당신한테만 늑대고."

진영은 웃고 말았다. 민호는 진지한 얼굴로 말했다.

"진영아, 난 사람들에게 네가 내 여자라는 거 막 티 내고 싶어."

"티 내서 뭐하게요?"

진영은 민호의 마음을 이해하지 못하는 것 같았다.

진영은 사랑한다고 했지만, 그 사랑의 무게와 온도는 자신의 것과 다른 것일지도 몰랐다. 민호는 좋아서 죽을 것 같은데 진영은 늘 차분한 얼굴이었다.

"난 너한테 해 주고 싶은 게 참 많았어. 그걸 다 하게 해 줘."

남들이 보면 사소한 그런 것들을 민호는 다 하고 싶었다.

결국 진영이 고개를 끄덕였다.

다가오는 진영을 보며 민호는 생각했다.

'왜 이렇게 욕심이 생기지? 예전엔 그냥 네가 날 봐 주기만 해도 좋았는데, 이젠 네가 나만큼 날 사랑해 줬으면 좋겠어. 너도 나만큼 이 감정에 휩쓸려 정신을 못 차렸으면 좋겠어.'

민호는 진영을 위해 조수석 문을 열어 주고 운전석에 앉아 진영의 안전벨트를 매 주었다.

민호가 예매해 놓은 뮤지컬을 보고 저녁 식사까지 하고 나니 밤 10시가 넘은 시간이었다. 여느 때처럼 민호는 진영을 집까지 데려다주었다. 민호는 진영을 따라 차에서 내렸다.

이미 진형이 깔아 둔 멍석이었다.

민호는 벌써 몇 번이나 '오늘 자고 가도 돼?'라고 묻고 싶었지만 도대체 어떤 타이밍에 그 말을 꺼내야 할지 몰라 망설이기만 했다. 진영은 민호가 오늘 하루 종일 정신이 딴 데 있다고 생각했을지도 몰랐다. 하긴 틀린 말은 아니었다.

어어, 하다 보니 벌써 집 앞이었다. 아내에게 같이 자자고 말하는 것이 이렇게 긴장되는 일인 줄 몰랐었다. 연애하는 남녀가 첫날밤을 두고 밀당을 하는 기분이었다.

어떻게 하면 짐승같이 보이지 않으면서 밤을 같이 보내자고 할 수 있지?

민호는 가볍게 한숨을 내쉬었다.

처음 여자와 잘 때보다 더 긴장되었다.

진영이 차에서 내리자 민호도 따라 내렸다.

평소였으면 '조심해서 들어가요.', '잘 자.' 하고 말하고 키스를 했을 테지만 민호도 진영도 머뭇거리기만 했다. 바닥을 보던 진영이 갑자기 고개를 들었다.

"오늘 진형이 집에 없어요. 자고 갈래요?"

진영의 얼굴이 빨갛게 달아올라 있었다. 혼자만의 마음이 아니었다.

민호는 가슴이 뻐근했다.

"손만 잡고는 못 자는데."

진영이 웃음을 터트렸다. 그렇지만 빨간 얼굴은 그대로였다.

철컹, 현관문 닫히는 소리가 유난히 크게 났다. 신발을 벗고 집 안에 들어온 진영은 불을 켜려고 했지만 민호가 진영의 팔을 잡아 자기 품으로 잡아당겼다. 민호의 심장이 빠르게 뛰었고, 진영의 심장도 같은 박자로 뛰었다.

그들만이 들을 수 있는 음악에 맞춰 춤을 추는 것처럼 진영과 민호는 꼭 안은 채로 서서히 발을 움직여 진영의 방으로 갔다.

방 한편에 있는 싱글 베드에 진영을 앉히고 민호는 바닥에 무릎을 꿇고 고개를 들어 자기를 내려다보고 있는 진영과 시선을 맞췄다.

"괜찮아?"

진영은 그냥 웃었다.

"나 오늘은 부드럽게 못 해, 당신에게 너무 굶주려서."

대답을 기다리지 않고 민호는 진영의 입술을 덮쳤다. 평소보다 열 배는 거친 키스에 진영은 움찔했다. 민호는 진영이 숨 돌릴 틈도 주지 않았다. 격렬하게 입을 맞추면서 민호의 손이 진영의 윗옷 단추를 거칠게 풀었다. 윗옷이 내려지고 가슴을 가린 속옷 역시 벗겨졌다.

진영을 눕힌 민호는 진영의 치마와 팬티도 단번에 벗겨 버렸다. 순식간에 알몸이 된 진영을 지그시 바라보면서 민호는 셔츠 단추를 풀었다. 진영은 자신의 나신만큼이나 민호의 나신도 부끄러워 시선을 돌리려고 했지만 민호가 허락하지 않았다. 짧고 단호한 목소리로 민호가 말했다.

"이진영, 날 봐."

진영은 서서히 벗겨지는 민호의 몸을 바라보았다. 넓은 어깨와 단단한 가슴, 보기 좋은 아랫배의 근육, 민호는 벨트를 풀고 바지를 내렸다. 남자의 벗은 몸을 보고 흥분하기는 처음이었다. 마지막 속옷까지 벗어 던진 민호는 망설임 없이 진영의 몸에 제 몸을 포갰다.

진영은 바들바들 떨고 있었다. 처음 민호와 몸을 섞을 때, 이상하리만큼 차분했던 진영과는 백팔십도 달랐다. 민호 역시 진영만큼이나 떨렸다. 그러면서도 미치도록 흥분됐다. 머리가 돌아 버릴 것 같았다.

목덜미를 빨던 민호는 두 손으로 주무르던 가슴 쪽으로 입술을 내렸다. 분홍빛 유두를 입안에 넣고 민호는 이미 젖어 있는 진영의 아래로 손을 내렸다. 진영에게서 신음이 터져 나왔고, 민호는 피멍이 들 만큼 세게 진영의 젖가슴을 빨았다.

진영의 부드럽고 연약한 부분은 모두 민호의 혀와 손에 의해 축축하게 젖어 있었다. 민호는 아무런 예고도 없이 진영의 안으로 파고들었다. 진영의 목소리가 더 높아졌다. 민호는 허리를 빠르게 움직였다. 살과 살이 부딪히며 내는 젖은 소리와 민호와 진영이 내는 신음 소리가 섞였다.

"진영아."

절정이 다가오자 민호는 진영을 불렀다. 진영은 흥분에 취해 대답을 하지 못했다. 진영은 겨우 눈을 뜨고 민호와 시선을 맞춘 채 '당신의 목소리가 들려요.'라는 뜻으로 민호의 손을 꽉 잡았다. 민호는 진영의 붉은 입술에 입을 맞췄다. 조금은 여유를 되찾은 부드럽고 다정한 키스였다. 민호의 입술에 맞닿은 진영의 입술은 따뜻했다. 키스를 하느라 잠시 느려졌던 민호의 움직임이 다시 격렬해졌다.

시트를 흠뻑 적실 만큼 흘린 땀은 어느새 말라 있었다. 민호의 몸은 뜨거웠고 진영의 몸은 서늘했다. 민호는 곤히 자고 있는 진영을 가만히 품 안으로 당겼다. 민호는 진영의 싱글 침대가 마음에 들었다. 이전 침대는 너무 넓었다. 팔을 뻗으면 겨우 머리카락 정도밖에 만질 수 없었으니까.

어둠 속에서 진영을 안은 채 민호는 온몸으로 더듬었던 진영의 부드러운 곡선들을 떠올렸다. 진영의 머리카락과 따스한 호흡이 민호의 가슴을 간지럽혔다. 민호는 진영의 머리카락을 헤집어 귀를 찾은 후 손가락으로 귓바퀴와 귓불을 만지작거렸다.

바싹 말라 있던 민호의 입안이 촉촉하게 젖어 갔다. 진영의 귀를 빨고 싶어 미칠 지경이었다. 진영이 곤하게 자고 있는 줄 알면서도 민호는 진영의 말랑한 귓불을 기어이 입안에 넣고 말았다. 혀로 건드리고 이로 아프지 않게 자근자근 깨물었다. 그러면서 손은 가슴을 가지고 놀았다. 훗, 하는 소리를 내며 진영이 진저리를 쳤다.

"깼어?"

여전히 진영의 귀를 입안에 넣은 채 민호가 말했다.

"일부러 깨워 놓고선."

느릿느릿, 살짝 쉰 듯한 목소리로 진영이 중얼거렸다.

민호는 낮은 목소리로 웃었다. 바보 같은 줄 알면서도 민호는 계속 진영을 깨워서 진영이 옆에 있다는 것을 확인하고 싶었다.

그녀가 자신을 사랑한다는 게 여전히 얼떨떨하기만 했다. 사랑받지 못할 때 느꼈던 갈증과는 다른 갈증이 민호를 덮쳤다. 사랑받고 있다는 것을 계속 확인하고 싶은 유치한 갈증, 더 없이 달콤하고 아릿한 갈증이었다. 또다시 민호의 온몸이 뜨거워졌다. 진영은 그런 민호의 열기를 모른 척하고 등을 돌렸다.

"졸려요. 자게 해 줘요."

진영은 몸을 둥글게 말며 하품을 했다. 긴장과 이완을 몇 번이나 반복했더니 온몸이 무거웠고, 골반에 뻐근한 통증이 느껴졌다. 그러나 민호는 아랑곳하지 않고 진영의 등에 몸을 밀착했다. 민호의 살갗이 닿은 곳에서 느껴지는 열기가 바늘처럼 따끔거렸다. 하으, 자기도 모르게 진영은 나지막한 신음 소리를 내뱉고 말았다. 너무 뜨거웠다. 그 열기에 또다시 머리가 멍해졌다.

"머리 많이 자랐다."

이혼하기 위해 법원에서 만난 날, 가느다란 목이 다 드러날 만큼 짧았던 머리가 어느새 목을 뒤덮고 있었다.

민호는 진영의 머리카락에 얼굴을 파묻었다. 입술은 머리카락을 스쳐 지나가 목덜미로 향했다. 부드러운 목덜미를 입안 가득 넣고 빨면서 민호는 천천히 아래로 내려갔다. 두 손은 젖무덤을 가득 쥔 채였다. 탄력 있는 가슴이 민호의 손바닥에서 뭉개졌고, 자극을 받은 유두는 살구의 핵처럼 딱딱해졌다. 손바닥으로 유두가 단단해진 것을 느낀 민호는 진영을 바로 눕히고 무릎을 세워 다리를 벌리게 한 후 그 사이에 제 몸을 가져갔다. 어느새 민호에게 길들여진 진영은 부드러운 허벅지에 힘을 줘 민호의 몸을 감쌌다.

민호가 진영에게 몸을 포개자 가슬가슬한 털이 난 부분이 겹쳐졌다. 아주 작은 자극으로도 진영은 민호가 주었던 쾌감을 온전히 기억해 낸 듯했다. 진영의 눈이 저절로 감겼다. 민호는 진영의 감은 눈에 혀를 가져가 눈꼬리 끝을 핥았다. 소금 맛이 느껴졌다. 쾌락의 결정이었다.

진영의 두 팔이 민호의 목에 얽혔다. 키스를 해 달라고 조르는 듯한 무의식적인 몸짓에 민호는 가슴이 뻐근해졌고, 흥분으로 아래가 더 딱딱해졌다. 민호의 입술이 살짝 닿자 진영의 입술이 석류처럼 갈라지며 뜨거운 열기를 뿜어냈다. 민호는 진영의 입속으로 깊이 들어가 호흡과 혀를 모두 제 것으로 했다. 석류 과육처럼 붉고 촉촉한 혀가 민호의 혀에 얽혔다. 혀가 얽히면 얽힐수록 새콤달콤한 과즙이 두 사람의 입안을 흥건하게 적셨다. 적셔지는 것은 입안만이 아니었다.

단단해지는 민호를 느꼈는지 진영의 몸도 긴장하기 시작했다. 민호의 분신이 제멋대로 진영의 꽃잎을 뭉개고 있었다. 꽃잎 속에 숨겨진 꽃술이 흐느끼며 울기 시작했다. 진영은 온몸을 파들파들 떨었다.

"아아. 민호 씨……. 아…….."

진영이 몸을 떨면서 만든 공기의 흐름이 민호의 살갗에 닿았다. 민호는 서두르지 않았다. 어둠 때문에 아무것도 보이지 않았지만 진영의 온몸이 그가 남긴 붉은 꽃으로 덮여 있다는 것을 느낄 수 있었고, 진영의 흰 피부가 붉게 달아오르고 있다는 것도 느낄 수 있었다. 데저트 로즈의 짙은 분홍빛처럼.

민호는 유두의 주름을 따라 혀끝을 미끄러뜨렸다. 섬세한 혀끝으로 유두를 할짝거리자 꽉 깨문 입술로도 막을 수 없는 신음 소리가 또다시 진영에게서 흘러나왔다. 진영은 또다시 온몸의 체액이 자글자글 끓는 듯한 기분을 맛봤다. 얼마나 더 뜨거워져야 하지? 민호는 아직 진영의 온도가 성에 차지 않는 듯했다.

민호의 손길은 나비의 날개처럼 섬세하고 부드러웠다. 민호는 두 다리가 갈라진 사이에 손을 넣었다. 충분히 젖어 있었지만 민호는 진영이 더 애원하게 만들고 싶었다.

"제발……."

진영의 몸은 너무 예민해서 벌써 끓어 넘치기 직전이었다.

"나는 아직 시작도 못 했어."

진영이 다시 세게 입술을 깨물었다. 몸을 섞을 때 민호는 철저하게 자신의 속도대로 움직였다. 민호가 아직 멀었다면 그녀가 견뎌야 하는 쾌감의 파도가 몇 번이나 더 남아 있다는 뜻이었다. 그리고 그녀가 애원하면 애원할수록 강도는 더 세졌다. 그만해 달라고 애원할 때마다 민호의 몸짓은 더 격렬해졌다.

"하윽."

민호가 진영의 가슴을 거칠게 베어 물었다. 싫증날 때까지 민호는 진영의 가슴을 가지고 놀았다. 그런 후, 꿀을 찾는 나비처럼 민호의 입술이 납작한 배와 배꼽을 거쳐 더 아래로 내려갔다. 몇 번이나 민호의 입술과 혀가 닿을 때마다 진영은 소용없는 줄 알면서도 허벅지를 오므렸다. 그러나 민호는 가볍게 그녀의 저항을 제압하고 자기가 원하는 것을 취했다.

진영은 부끄러워서 눈물이 나올 지경이었다.

무엇이 부끄러운지 열기에 들뜬 진영의 머리는 제대로 생각하지 못했다. 자기도 본 적 없는 은밀한 부분을 민호에게 드러내는 게 부끄러운 걸까 아니면 남자가 주는 쾌락에만 몰두하는 여자가 되는 게 부끄러운 걸까?

아니, 나 자신에 대해 아무것도 숨길 수 없는 게 두렵고 부끄러운 거야. 아무것도 숨기지 못하고 느끼는 대로 모두 즉시 온몸으로 뱉어 내는 게 부끄러워.

부드럽게 허벅지를 빨아들이던 민호가 이를 세웠다. 문신이라도 새기듯 허벅지를 자근자근 깨물었다. 그러나 진영은 하나도 아프지 않았다. 오히려 더 흥분했다.

"으. 아악."

진영의 머릿속이 하얗게 비었다. 진영은 민호의 머리카락 사이로 손가락을 집어넣었다.

민호의 혀가 꽃술을 건드렸다. 진영의 입술에서 뱃속에서 밀려나오는 듯한 탁한 소리가 흘러나왔다. 드디어 찾은 꿀을 빠는 나비처럼 민호의 혀가 점점 더 깊이 그녀의 안으로 들어왔다.

민호의 갈증이 채워질수록 진영의 갈증은 심해졌다. 아래가 질척하게 젖어갈수록 온몸이 버석버석 말라 가는 것 같았다. 열사의 사막에 알몸으로 버려진 것 같았다. 점점 숨쉬기가 힘들었고, 온몸에 힘이 들어갔다. 진영은 자신이 힘껏 조여진 바이올린 줄이 된 기분이었다. 점점 진영이 내뱉는 소리가 높아졌다.

민호의 혀가 닿을 때마다 그곳은 농란하게 익은 복숭아 과육처럼 흐물거리며 달콤한 과즙을 흘려 댔다. 끈적한 애액이 허벅지를 적셨다. 은밀한 곳을 가린 가느다란 검은 털들은 흠뻑 젖어 있었다. 어둠 속에서 혀와 입술이 내는 소리, 민호의 거친 호흡, 이제 울음과 다를 바 없는 진영 자신의 교성이 아주 먼 데서 들리는 듯했다. 눈을 떴는지 감았는지조차 알 수 없었다. 모든 것이 흐릿했고 느릿느릿 지나갔다.

폭풍과 폭풍 사이의 짧은 고요. 진영은 천천히 눈을 떴다. 민호가 자신을 보고 있었다. 진영은 번들거리는 민호의 입술을 손가락으로 쓸었다.

"이젠 들어와 줘요."

진영은 애원했다.

"더 이상은 나 못 견뎌요."

민호는 진영의 소원을 들어주었다. 민호는 진영이 허리를 살짝 들게 한 후 단번에 끝까지 들어갔다. 진영은 자기도 모르게 숨을 멈췄고, 민호는 아찔한 쾌감을 느꼈다. 조금도 움직일 수 없을 만큼 진영은 민호를 감쌌다. 거미줄에 칭칭 감겨 포박

당한 기분이었다. 민호도 숨을 쉴 수 없었다.

이전에도 진영과의 잠자리는 미치도록 좋았다. 그런데 지금
은 그때보다 더 좋았다. 민호는 진영이 자신과의 잠자리에서
그렇게 큰 쾌감을 느끼지 못한다는 것을 알고 있었다. 그저 싫
어하지 않는 정도였다. 그러나 지금 진영은 민호보다 더 느끼
고 있었다. 민호는 상대가 자신이 느끼는 것 이상을 느끼는 것
이 이렇게 흥분되는 것이라는 것을 처음 알았다. 진영의 몸은
뜨거웠다. 그에 대한 갈증으로 미치기 직전이었다. 민호는 진
영의 얼굴을 더 가까이에서 보고 싶었다.

민호는 진영을 안아 일으켰다. 민호는 진영의 눈에 비친 자
기의 얼굴을 가만히 바라보았다.

당신이 원하는 건 바로 나.

마음이 따스해졌다.

"움직여."

진영이 눈을 크게 떴다.

"당신이 움직여."

진영이 당황해서 가만히 있는 동안 민호의 분신은 진영의
안에서 제 존재를 알렸다. 가만히 있으면 불편해서 견딜 수가
없어 진영은 자기 몸을 편하게 하려고 몸을 움직였다.

"으, 하아."

진영은 거칠게 숨을 내쉬었고 부푼 가슴이, 산발이 된 머리
카락이 제멋대로 흔들렸다. 자기도 모르게 진영의 등이 휘었
고, 등줄기에서 진땀이 흘러내렸다.

"못 견디겠어요. 민호 씨, 나 못 해요."

진영은 헐떡임과 울먹임이 뒤섞인 목소리로 말했다.

진영의 숨결은 민호를 녹여 버릴 듯 뜨거웠다. 민호는 진영에게 입을 맞췄다. 진영의 입술과 혀와 숨결을 모두 제 것으로 했다. 진영이 민호의 짙은 키스에 허리를 움찔거렸다. 그때 무언가 전류가 강하게 통하듯 아랫배가 찌릿했다. 생전 처음 느끼는 이상한 기분. 하악. 진영은 터져 나오는 신음을 겨우 참아냈다. 진영은 자신이 민호의 어깨에 손톱을 깊이 박았다는 사실도 몰랐다.

"싫어. 이런 거 싫어."

생경한 쾌감이 두려워 진영은 고갯짓을 했다. 진영은 정말 싫다는 듯 몸을 빼려고 했지만 민호의 강한 손아귀에서 벗어날 수는 없었다. 민호는 단단한 팔로 진영을 가뒀다. 민호는 유혹이라도 하듯 흔들리는 진영의 가슴을 강하게 빨았다.

"아, 흐읍, 앗!"

진영이 허리를 들썩거렸다. 그 순간 기절할 만큼 짜릿한 느낌이 아래에서 밀려왔다.

미칠 것 같아.

민호의 미간에 깊은 주름이 생겼다. 민호가 흥분하는 모습을 보면서 진영은 더 깊게 몸을 움직였다.

이제 그와 나 사이엔 아무것도 없다, 어떤 모습을 보여도 괜찮다는 생각이 진영의 머릿속을 스쳐 지나갔다.

민호가 움직이는 것과는 또 다른 쾌락이었다. 진영은 자기

몸의 어디가 예민하고 어디를 자극받길 원하는지를 움직이면
서 알게 되었다. 늘 민호가 주는 것이라고 생각했던 쾌감을 스
스로 만들 수도 있다는 것을 알았다. 진영이 연주하는 음악이
었고, 진영이 리드하는 춤이었다. 진영의 움직임이 점점 더 적
극적으로 변했다.

민호는 달콤한 고통에 신음 소리를 토해 냈다. 민호의 반응
에 진영은 자기도 모르게 또다시 허리를 움직였다. 점점 더 움
직임이 빨라지고 격렬해졌다. 더 깊게, 더 깊게. 진영은 민호가
자신을 깊이 탐닉했던 것처럼 자신도 민호를 탐닉했다.

진영은 쾌락으로 일그러진 민호를 바라보았다. 민호는 눈빛
으로 이제 더 이상 자신도 견딜 수 없음을 드러냈다. 진영은 두
팔로 민호의 목을 감싸고 입을 맞췄다. 진영 역시 더 이상 견딜
수 없었다.

"좋아. 너무 좋아서 미칠 것 같아."

마음속으로 생각한 것인지 알았는데 자기도 모르게 입으로
튀어나왔다. 그 말을 듣고 민호는 미소를 지었다. 아니, 미소를
지은 것 같다고 생각했다.

찾아온 절정. 남자의 최고점과 여자의 최고점이 동시에 교
차했다.

진영은 절정 후 잠시 정신을 잃었다. 깨어났을 때 진영은 민
호의 몸 위에 누워 있었다. 민호의 손길이 진영의 등을 부드럽
게 쓸고 있었다.

진영이 민호의 몸에서 내려오려고 움직이자 민호의 손이 가볍게 진영의 등을 눌렀다. 가만히 있으라는 뜻이었다. 진영은 순순히 민호의 가슴에 뺨을 댄 채 누워 있었다. 바늘처럼 따가웠던 열기는 사라지고 부드럽고 포근한 온기가 천천히 심장으로 전해졌다. 하얀 거품이 뜬 부드러운 파도가 맨살을 간질이는 기분이었다.

민호의 손가락은 쉴 새 없이 진영을 만졌다. 흥분시키기 위한 손길이 아니었다. 진영의 존재를 무의식적으로 확인하는 손길이었다. 진영은 밤새도록 자신의 머리카락을 만지던 민호의 손길을 기억해 냈다.

가까이 다가올 수 없으니까, 안아 줄 수 없으니까 손을 뻗어 머리카락을 만졌던 거구나. 등을 돌린 나를 어떻게라도 붙잡고 싶어서 그렇게 애처로운 손길로 내 머리카락을 만지고 붙잡았던 거구나.

'평생 당신한테 등을 보이지 않을게요.'

진영은 민호의 손을 가만히 잡았다.

"머리 계속 기를까요?"

"응. 난 네가 머리 긴 게 더 좋아."

짧은 머리는 그날을 떠올리게 할 것 같았다.

"그럼 기를게요."

한참 후에 민호가 입을 열었다.

"한 번 더 말해 줄래? 사랑한다고."

그날 이후로 한 번도 사랑한다는 말을 들어 본 적이 없었다.

구두쇠 이진영 같으니라고.

나른한 목소리로 진영이 말했다.

"사랑해요."

민호는 가만히 그 소리를 음미했다. 그러나 여전히 실감이 나지 않았다.

"안 믿겨요, 내가 당신을 사랑한다는 게?"

"응."

사람 마음이 참 이상했다. 그토록 바랐건만, 막상 그 상황이 닥치자 믿기지 않는 이 마음은 또 뭘까? 막상 가지고 나니까 잃어버릴까 겁이 나는 이 마음은 또 뭘까? 뭔가 이 행복한 기분에 대한 대가를 언젠가 치러야 할 것 같은 초조하고 불안한 마음은 또 뭘까?

"또 도망갈 거니?"

"아니요."

"정말 내 아내이고 싶어?"

"네."

"영원히?"

"영원히요."

민호의 마음이 조금 놓였다.

말이란 게 얼마나 가볍고 허망한 것인지 알면서도, 그 말에 의지할 수밖에 없었다. 그건 더 많이 사랑하는 사람이 받아들여야 하는 숙명이기도 했다. 마음으로 믿을 수 있을 때까지는 조금 더 시간이 필요했다.

진영은 손을 올려 민호의 머리카락을 쓰다듬었다.

"내가 당신을 사랑하는 데 곧 익숙해질 거예요. 시간이 지나면 당신도 믿게 될 거예요. 내가 믿게 해 줄게요."

진영의 손길에 어린 다정함이 민호의 마음을 진정시켰다.

"키스를 해 주면 좀 확신이 생길 것도 같은데."

진영이 가만히 미소 짓더니 민호의 입술에 입을 맞췄다. 민호의 마음속에 진영이 자기에게 속한 사람이라는 확신이 자라기 시작했다.

얼마 후 민호가 잠이 들었다.

진영은 민호가 잠이 든 후에도 계속 그의 머리카락을 어루만져 주었다. 민호의 평화로운 숨소리가 세상 그 어떤 음악보다도 아름답게 들렸다.

행복하다.

진영은 진심으로 그렇게 생각했다. 진영은 눈을 감았다. 그리고 아주 금세 편안한 잠에 빠져들었다.

31

민호는 9시가 넘을 때까지 늦잠을 잤다.

민호가 눈을 떴을 때 옆자리는 비어 있었다. 닫힌 문 너머로 경쾌한 도마 소리가 들려왔다. 민호는 한참 동안 도마 소리를 듣고 있었다. 자기도 모르게 미소가 떠올랐다. 진영이 저 문 너머에 있었다. 좁은 침대만큼이나 좁은 집도 마음에 들었다. 어디에 있어도 진영의 기척을 느낄 수 있었다.

민호는 진영이 깔끔하게 개어 놓은 옷을 대충 입고 방 밖으로 나갔다. 조리대에서 대파를 썰고 있던 진영이 인기척에 몸을 돌렸다.

"일어났어요?"

아주 예전부터 그랬던 것같이 진영은 자연스럽게 민호를 대했다. 민호는 이혼 같은 건 한 적 없이 이 작은 집에서 계속 같이 살았던 것 같은 착각마저 들었다. 일요일, 남편은 늦잠을 자고 아내는 아침을 준비하는 그런 정말 평범한 풍경. 민호는 진영을 와락 껴안았다. 샤워를 했는지 머리카락에서 상쾌한 샴푸 냄새가 났고, 따스한 체온에 음식 냄새가 스며들어 있었다. 민호는 식욕이 동했다. 밥도 먹고 싶고, 진영도 먹고 싶었다.

"손이 젖었어요."

민호는 진영을 더 세게 껴안았다. 손이 젖은 진영이 어찌할 바를 모르고 가만히 있는 동안 민호는 안고 싶을 만큼 실컷 안은 후에 진영을 풀어 주었다. 진영의 얼굴이 발갛게 달아올랐다.

"냄새 좋다. 무슨 국이야?"

민호는 가스레인지 쪽을 기웃거리며 물었다.

"명란젓 넣고 순두붓국 끓였어요."

"맛있겠다."

민호는 진영의 입술에 쪽 소리가 나게 뽀뽀를 했다.

"배고파."

"먼저 씻고 와요. 소파에 갈아입을 속옷이랑 옷 놔뒀어요."

민호는 샤워를 하고 새 속옷과 진형의 것으로 보이는 트레이닝복으로 갈아입었다. 욕실장에 있는 진형의 스킨을 바르려는데 향이 너무 강했다. 피부가 예민한 민호는 향이 맞지 않는 화장품을 쓰면 두드러기가 났다. 민호는 진영이 무향 무알코올 화장품을 쓴다는 것을 기억했다.

"당신 로션 좀 써도 돼?"

"그렇게 해요."

진영은 식탁을 차리느라 바쁜지 민호를 보지 않고 대답했다.

진영의 스킨과 로션을 바른 민호는 방을 나가려다가 몸을 돌렸다. 진영의 화장품 사이에 낯익은 물건이 놓여 있었다. 민호가 거의 10년 넘게 꾸준히 쓰고 있는 향수였다. 남자 향수를 쓰는 여자도 있긴 하지만 진영은 향수를 쓰지 않았고, 국내에서 구하기 쉬운 제품도 아니었다.

문득 민호는 많이 남아 있던 향수가 새 병으로 바뀌었던 걸 기억해 냈다. 그때 민호는 진영 문제로 멍한 상태여서 거기에 대해 깊이 생각하지 않았었다. 청소하다가 깨뜨리기라도 했나 보다 하고 그렇게 무심히 넘겼었다.

진영이 방문을 열었다.

"밥 다 차려……."

진영은 민호가 향수병을 들고 있는 것을 보고 말을 끝까지 잇지 못했다.

"이거 혹시 당신 거야?"

"아니요."

"그럼 처남 거야?"

진영은 바로 대답하지 못했다. 나쁜 짓을 하다가 들킨 것처럼 허둥거렸다. 한참 후에야 겨우 진영이 입을 열었다.

"당신 거예요. 짐을 싸면서 섞였나 봐요. 미안해요."

민호는 진영을 빤히 바라보았다. 진영의 얼굴이 발갛게 달아올랐다.

"밥 먹으러 나와요."

진영은 황급히 방문을 닫았다.

민호는 한참 동안 향수병을 꼭 쥔 채 있었다. 민호는 소리 내지 않고 웃었다.

당신은 이걸 보면서 분명 내 생각을 했겠지?

혼자만 그리워한 건 아닌 것 같았다. 진영의 마음에 자신이 생각보다 오래전부터 있었다는 작은 확신이 생겼다. 민호는 향수를 살짝 뿌렸다.

언제부턴가 우리는 마주보고 있었구나. 다만 눈을 맞추지 못했을 뿐이었구나.

심장이 간질간질했다.

민호는 진영이 차린 아침을 먹었다. 역시 진영이 차려 준 밥이 제일 맛있었다. 민호는 매일 이렇게 마주 보고 밥을 먹고 싶다는 생각을 했다. 그리고 곧 그렇게 못 할 이유가 없다는 것을 깨달았다. 그들은 '여전히' 부부였다.

"여자들은 아파트가 편하지?"

"대부분 그렇죠."

"당신은?"

"난 단독주택이 좋아요. 아파트는 편리하긴 한데 답답해요. 난 흙 밟으면서 사는 게 좋아요. 아파트는 시간이 너무 빠르게 흐르는 것 같고, 나도 모르게 조급하게 살아야 할 것 같아서 어쩐지 금방 지쳐 버려요."

"단독은 불편하잖아."

"난 불편한 게 좋아요."

"정말 구식이네."

진영은 웃었다.

"고모님 댁에 가면 옛날에 살던 집에 온 기분이라서 늘 좋았어요. 옛날에 살던 집이 한옥을 수리한 집이었거든요. 집이 낡아서 벌레도 많고 겨울이 되면 욕실이랑 부엌이 정말 추웠지만 그래도 난 좋았어요."

"뭐가 그렇게 좋았어?"

"마당에 상추며 고추며, 방울토마토랑 가지 키우는 것도 재미있었고요. 아침에 일어나서 이슬에 젖은 차가운 방울토마토 따먹은 적 있어요? 정말 맛있어요. 가을이면 감을 따서 곶감도 만들고요. 낙엽을 태우는 날엔 아빠가 밤을 구워 주셨거든요. 목장갑을 끼고 까맣게 탄 밤을 까서 나랑 진형이 입에 번갈아 가며 넣어 주셨어요. 김장 김치도 꼭 땅에 묻고, 빨래는 날 좋은 날 뒤뜰에 탁탁 털어서 널고요. 바람에 빨래가 흔들리는 게 얼마나 보기 좋은지 모르죠?"

진영은 조용히 미소를 지었다.

"그 집 지금도 있어?"

"아뇨. 아빠가 돌아가시고 경매로 넘어갔는데 지금은 재개발이 돼서 아파트가 됐어요. 우리 집 있던 곳이 아파트 정문이더라고요. 언제 진형이랑 그 근처를 지나갔는데 고향이 없어진 것처럼 서운했어요. 당신은요?"

"난 성북동 집에서 태어나서 지금까지 살았어."

"그렇게 오래 거기 산 거예요?"

"그 집에 살면서 할머니 사업이 불같이 일어났거든."

사업하는 사람들은 미신에 많이 의존했다.

식사를 다 한 민호가 먹은 그릇을 챙기며 말했다.

"설거지는 내가 할게."

"할 줄 알아요?"

진영이 의심스러운 눈초리로 민호를 바라보았다.

"설거지하는 데 무슨 자격증이라도 필요해? 당신은 가서 쉬어. 내가 다 할 테니까."

민호는 자신만만하게 앞치마를 하고 고무장갑을 꼈다. 설거지하는 데 자격증이 필요한 건 아니지만 민호는 제 몸 씻는 것 말고는 무언가를 씻어 본 적이 없는 사람이었다. 달리 남자 마리 앙투아네트가 아니었다.

미덥진 않지만 민호에게 설거지를 맡기고 진영은 텔레비전을 켜고 주중에 보지 못한 드라마 재방송을 보기 시작했다. 드라마를 거의 20분은 본 것 같은데 여전히 주방에서 물소리가 났다. 뭐가 이렇게 오래 걸리나 싶어서 진영이 주방으로 가 보니 앞치마가 흠뻑 젖은 채로 민호가 심각한 얼굴로 밥그릇과 씨름하고 있었다. 주방 바닥도 물투성이였다.

"뭐 해요?"

"아무리 물로 헹궈도 그릇이 미끈거려. 냄새도 이상해. 왜 그릇에서 화장품 냄새가 나지?"

진영은 단번에 원인을 찾아냈다.

"혹시 이걸로 설거지했어요?"

"응."

"그건 주방 세제가 아니라 손 세정제예요."

손 세정제와 주방 세제가 나란히 놓여 있었는데, 민호가 손 세정제로 설거지를 한 것이다. 설거지를 다시 해야 하지만 진영은 짜증이 나지 않았다. 그냥 웃음만 나왔다.

"이리 나와요. 내가 할게요."

진영은 민호의 앞치마와 고무장갑을 벗겼다.

민호는 풀이 죽은 얼굴로 거실로 갔다. 민호가 소파에 앉아서 진영이 보던 드라마를 멍하니 보고 있는데 벨이 울렸다. 민호는 당황해서 주방으로 뛰어가다시피 했다.

"처남인가?"

"아뇨, 진형이는 저녁 먹고 온다고 했어요."

"그럼 누구지?"

"당신이 좀 나가 봐요. 진형이면 어때요."

진영은 태연한 얼굴로 설거지를 했다. 진영의 말이 맞았다. 부부가 한집에 있는 게 뭐 이상한 일인가? 민호는 현관으로 가 현관문 렌즈로 방문객을 살폈다. 진형이 아니었다.

"누구십니까?"

"이진영 선생님 댁 아닙니까?"

"맞습니다."

민호는 체인을 잠근 상태로 문을 조금 열었다. 50대로 보이는 부부였다.

"이진영 선생님을 뵙고 싶은데요. 실례지만 남편 분 되십니까?"

민호는 고개를 까딱하며 물었다.

"누구신가요?"

상대는 적당한 말을 찾지 못했는지 머뭇거렸다. 학부형인가?

"무슨 일로 휴일 아침에 오신 겁니까? 굉장히 급한 일이신가 보지요?"

다분히 찔리라고 한 말이었다. 여전히 두 사람은 아무 말도 하지 못했다.

설거지를 다 한 진영이 앞치마를 한 채로 주방에서 나왔다.

"민호 씨, 누구예요?"

진영의 목소리가 들리자 남자가 입을 열었다.

"정경태 아비 되는 사람입니다."

진영이 난감한 얼굴을 했다.

"누구야?"

민호가 진영을 보고 물었다. 진영은 가늘게 한숨을 쉬고 입을 열었다.

"윤지의……."

그것만으로도 충분한 대답이 됐다.

문틈으로 진영과 경태 부친의 시선이 마주쳤다.

"죄송합니다. 자식 일이다 보니 급한 마음에 큰 실례를 저질렀습니다. 꼭 뵙고 드릴 말씀이 있습니다."

민호는 두 부부를 훑어봤다. 입으로는 죄송하다고 말하면서도 전혀 죄송한 기색이 없었다. 인상도 마음에 들지 않았다. 일요일 오전에 연락도 없이 다짜고짜 쳐들어오는 무매너에도 짜증이 치밀었다. 민호는 어떻게 할까 하는 눈으로 진영을 바라보았다. 진영은 한숨을 내쉬고 어쩔 수 없다는 듯 입을 열었다.

"일단 들어오세요."

진영의 말에 민호는 체인을 풀었다. 부부는, 굳은 얼굴로 서 있는 민호를 힐끔 쳐다보고는 집으로 들어왔다.

민호는 소파에 앉아 팔짱을 낀 채로 못마땅한 기색이 역력한 얼굴로 부부를 바라보았다. 민호의 시선이 불편했는지 부부 중 남편이 헛기침을 했지만 민호는 아랑곳하지 않았다. 자신들이 불청객인 것은 아는지 부부는 차마 민호에게 자리를 피해 달라는 말을 입 밖으로 내지 못했다. 어쨌든 집에 온 손님이었다. 진영은 주방으로 가 찻상을 준비해 나왔다.

"저쪽 집에 연락을 하니 자기들은 모르는 일이라고 선생님과 상의하든가, 아니면 윤지를 설득하라고 하더군요. 부모가 돼서 자식한테 어쩌면 그렇게 무관심한지 정말 이해가 안 됩니다."

윤지의 부모도 이해가 안 됐지만 진영으로선 이 부부도 이해가 안 되긴 마찬가지였다.

"윤지, 그 아이는 지금 어디 있습니까?"

"죄송하지만 알려 드릴 수 없습니다."

"부모도 이해가 안 되지만 애는 더 이해가 안 되는군요. 열여덟 살밖에 안 된 애가 애를 낳아서 도대체 어떻게 할 거랍니까?"

"윤지가 결정할 문제입니다."

"그 아이는 윤지만의 아이가 아니지 않습니까."

"그래서 어떻게 하고 싶으신 건가요?"

"말씀드리지 않았습니까. 아이, 저희에게 맡겨 주세요."

"그건 안 될 일이라고 제가 몇 번이나 설명 드렸습니다."

"어차피 낳을 아이, 저희에게 달라는 건데 왜 싫다는 겁니까?"

"그럼 윤지가 말한 대로 인지청구를 해 주실 건가요?"

부부는 어물거렸다.

윤지는 집에서 나와 마리아의 집에서 지내고 있었다. 윤지는 아이의 아빠인 경태에게 아이가 태어나면 인지청구를 해 달라고 문자를 보냈다. 혼외자는 아이의 모친만이 출생신고를 할수 있었다. 어머니가 출생신고를 하면 아버지가 인지청구를 통해 부친으로 등재되었다.

낙태하라고 윤지에게 돈을 준 경태는 연락을 받고 당황했다. 윤지가 아이를 지웠다고 생각했던 경태와 경태의 모친은 그제야 경태의 부친에게 사실을 알렸다. 경태의 아버지는 진영에게 윤지가 낳은 아이를 달라고 연락을 해 왔다.

윤지는 아이를 키울 수 있는 여건이 안 됐다. 윤지의 부모는 윤지가 출산하는 것에는 동의했지만 태어날 아이에 대해선 어떤 책임도 지지 않겠다고 선을 그었다. 홀몸으로 돌아오는 게 아니면 출산 후 윤지를 받아들일 수 없다고 말했다.

스물다섯이면 아이를 충분히 책임질 수 있는 나이였고, 경제적으로 넉넉한 조부모가 있었다. 그렇다면 아이를 친아빠에게 보내는 게 입양보다 나은 선택일 수도 있었다.

그러나 경태의 부모는 아이를 직접 키울 생각이 없었다. 아이를 입양하려는 집을 아는데, 그곳에 개인 입양을 보내겠다고 말했다. 불법 입양을 시키겠다는 것이었다. 하지만 그럴 경우 입양된 아이는 법적인 보호를 받을 수 없었다. 진영은 단호하게 그 제안을 거절했다. 그랬더니 집에까지 찾아온 것이다. 진영은 부부의 얼굴을 보는 것도 불쾌했다.

"거참, 선생님도 답답하십니다. 애가 잘못된 선택을 하면 때려서라도 옳은 길로 가게 하는 게 선생의 의무 아닙니까?"

진영은 똑같은 말로 응수하고 싶었지만 민호가 있는 곳에서 언성을 높이고 싶지 않았다. 진영은 차분하게 대꾸했다.

"전 윤지의 행동이 옳다고 생각합니다."

부부 중 아내가 날카로운 목소리로 말했다.

"아기를 낳으면 어쩔 수 없이 우리 집에서 자기를 받아 주겠지, 뭐 그렇게 생각하고 배짱부리나 본데 어림없습니다. 우리 경태가 어떤 아들인데……."

진영은 여전히 차분히 대꾸했다.

"인지청구를 해 주실 필요는 없습니다. 윤지가 출생신고를 하고 그쪽에 친생자인지청구소송을 진행하면 되는 일이니까요. 윤지가 그런 부탁을 한 건 경태 군이 아기를 위해 최소한의 부정을 베풀 기회를 주기 위해서였습니다."

진영의 말에 부부의 얼굴이 벌겋게 달아올랐다.

"애 앞길 막을 일 있습니까? 우리 애는 졸업도 해야 하고, 취직도 해야 하고, 결혼도 해야 한다고요. 그러니까 이쪽에서 아기를 맡겠다는 거 아닙니까. 애 낳아서 주면 우리가 알아서 다 하겠습니다. 그럼 윤지 그 애도 미혼모가 될 일 없고, 어디 가서 자기가 떠벌리지 않으면 처녀 행세하고 살 수 있지 않습니까! 철없을 때 실수 안 하는 사람 있습니까?"

"아드님이 스물다섯 살인데 철없을 때 한 실수라고 할 수는 없지요. 자기가 한 일에 충분히 책임을 질 수 있는 나이입니다. 섹스를 하면 아이가 생긴다는 것을 모르는 나이는 아니지 않습니까?"

"그러니까 우리가 아이를 맡겠다고요."

"불법 입양을 하실 거잖아요."

"걔도 직접 키울 작정으로 낳는 건 아니잖아요."

"불법 입양을 보내는 게 아버지로서 책임을 다하는 건 아니죠. 키우는 것까진 바라지 않습니다. 정 아기를 데려가고 싶으면 윤지가 출생신고를 한 다음에 인지청구를 하시고 정식 절차를 밟아 입양시키세요."

"내 아들 자식이고 우리 손자니까 우리가 알아서 하겠다는 거잖아! 제삼자가 무슨 참견이야!"

흥분했는지 남자가 반말을 했다.

"우리가 순순히 나오니까 우리 말이 우스워? 교사 아니랄까 봐 훈장질은. 애들한테 뭘 가르친 거야? 고등학교도 졸업 안 한 계집애가 남자하고 잠이나 자고 다니고. 걔가 가진 애가 우리 애 애라는 증거 있어?"

분위기가 험악해졌다. 남자는 진영을 한 대 칠 기세로 테이블을 주먹으로 세게 쳤다.

"이것 보세요!"

민호가 거친 목소리로 대화에 끼어들었다.

"그 새끼는 부모인 댁들이 어떻게 키웠기에 미성년자와 성관계를 합니까! 그것도 자기가 가르치는 학생과! 증거요? 아기가 증거죠. 유전자 검사하면 바로 확인할 수 있으니까 조금만 기다리세요. 윤지가 싫다고 해도 내가 소송을 걸어서라도 댁의 아들이 그 아이의 생물학적 부친이라는 걸 밝혀 드리죠. 남의 집 귀한 딸 인생 망친 대가를 제가 윤지 대신 철저하게 치르게 할 겁니다."

부부는 놀라서 민호를 바라보았다.

"그쪽이야말로 이쪽에서 좋게 좋게 나오니까 우스워 보이나본데, 당신 아들이 미성년자 성폭행으로 감옥에 들어가야 정신 차리지? 앞길, 앞길 하는데 정말 제대로 앞길 한번 막아 드릴까? 당신 아들 다니는 대학에 대자보를 붙일까 아니면 학교 홈페이지에 글을 올릴까?"

민호가 거칠게 나오자 부부는 당황하는 기색이 역력했다. 뭔가 말하려고 우물쭈물했지만 민호가 단호하게 말을 끊었다.

"다시는 내 아내에게 연락하지도 말고 찾아오지도 마십시오. 만약 한 번 더 내 아내에게 집적댔다간 다음엔 경찰서에서 만나게 될 겁니다. 그다음은 법원일 테고."

민호는 경태의 부모를 쫓아내다시피 밖으로 내보냈다.

민호가 면전에서 현관문을 쾅 닫은 후에도 부부는 문을 두드려 댔다. 욕설을 내뱉는 소리도 들렸지만 민호는 눈 한 번 깜빡하지 않았다. 10여 분 후 문 두드리는 소리가 잠잠해졌다. 진영은 질렸다는 듯 한숨을 쉬며 소파에 앉았다.

민호가 말했다.

"부모를 보니 정말 자식이 왜 그런지 알겠다. 언제부터 저런 거야? 집에 계속 찾아오고 그런 거야?"

"아뇨. 집에 온 건 이번이 처음이에요."

진영은 많이 놀라고 화가 나서 쉽게 흥분을 가라앉히지 못했다. 민호 역시 마찬가지였다. 오늘 진영 혼자 집에 있을 때 저 사람들이 쳐들어왔다면 어떤 일이 벌어졌을까 상상하자 더 화가 났다.

"진영아, 저 사람들 저대로 내버려 둬선 안 될 것 같아. 나한테 이 일 맡겨 줄래? 내가 해결할게."

진영은 고개를 가만히 끄덕이며 말했다.

"그렇게 해 줘요."

진영은 마음이 든든했다. 민호는 자기에게 의지하는 진영이 고맙고 예뻤다.

진영은 윤지를 보기 위해 마리아의 집을 찾았다. 노란색 임부복 차림의 윤지는 환하게 웃으며 진영을 맞이했다. 잠도 잘 자고, 밥도 잘 먹고, 정기 검진도 빼먹지 않고 잘 다니고 있다고 했다. 잘 지내고 있는 모습에 진영은 마음이 놓였다. 하지만 한편으로는 너무 일찍 인생의 고단함과 어두운 면을 알아 버린 윤지의 성숙한 눈빛에 마음이 아려 왔다.

"의사 선생님이 아기 선물이라며 분홍색 신발을 주셨어요. 딸이라는 뜻이겠죠?"

"예정일은 언제야?"

"내년 2월이에요."

윤지는 튀어나온 배를 쓰다듬으면서 말했다.

"선생님, 저 아기 입양 보내기로 했어요."

윤지는 키울 수 없다는 것을 알면서도 쉽게 결정을 내리지 못했다. 매일매일 아기의 존재가 더욱 뚜렷해졌고, 아기에 대한 애정도 그에 비례해서 커졌다. 아기를 떼어 놓고 살 수 없을 것 같았다. 그렇지만 윤지는 현실적인 결론을 내렸다. 하고 싶은 것과 할 수 있는 것은 달랐다. 엄마는 아이를 책임질 수 있는 능력이 있어야 했다.

"입양을 보내는 게 나 좋으려고 그러는 게 아닐까, 아기가 귀찮아서 버리는 게 아닐까, 정말 머리가 빠개질 정도로 생각했어요. 근데, 아기를 위해서 보내는 게 맞는 것 같아요."

생각만으로도 슬픈지 윤지의 목소리가 떨렸다. 진영은 다정하게 윤지의 손을 잡아 주었다.

"우리 아기는 엄마가 있고, 아빠가 있고, 언니 오빠도 있는 그런 집에서 사랑받고 자랐으면 좋겠어요. 전 집에서 단 한 번도 행복한 적도, 편안한 적도 없었는데, 제 아기는 그러지 않았으면 좋겠어요."

"아기 아빠한테서 혹시 연락은 왔니?"

"아니요. 그 자식한테 기대한 제가 바보였어요. 선생님, 저 인지청구 안 할래요. 우리 아기한텐 저만으로 충분해요."

"윤지 너는 아기 출생신고 하는 거 겁나지 않니?"

새롭게 바뀐 입양법 때문에 출생신고를 해야 입양을 보낼 수 있었다. 하지만 미혼모들은 출생신고를 하는 것을 두려워해서 아기를 버리고 가는 경우도 비일비재했다. 그렇게 되면 아기는 입양 기회를 놓칠 때가 많았다.

"전 엄마잖아요. 그건 제가 해 줘야 할 것 같아요. 그래야 제가 떳떳할 수 있을 것 같아요. 아기는 제 인생의 오점이나 숨기고 싶은 잘못이 아니에요. 그리고 다른 사람은 속일 수 있어도 저는 속일 수 없잖아요."

진영은 이제 겨우 열여덟인 윤지가 그렇게 생각할 수 있다는 것이 놀라웠다.

"선생님, 전 아기를 버린 게 아니에요. 그렇죠?"

윤지는 절실한 눈빛으로 진영의 동의를 구했다.

"그럼. 선생님도 그렇게 생각해. 아기를 위해 제일 좋은 선택을 한 거야."

진영은 오늘 찾아온 용건을 꺼냈다.

"윤지야, 학교 말인데……."

윤지는 별 기대없는 목소리로 물었다.

"퇴학인가요, 자퇴인가요?"

"둘 다 아니야."

윤지 이야기를 꺼내자마자 학년 주임은 당장 자퇴서를 받아 오라고 했다. 진영은 무조건 매달렸다. 제발 고등학교 졸업장만 받을 수 있게 해 달라고 했다. 윤지 또래의 딸을 키우는 소진도 진영을 거들었다. 결국 학교가 한발 물러섰다. 윤지는 마리아의 집에서 위탁교육을 받는 것을 허락받았다.

윤지는 진영의 말을 듣고 놀란 얼굴을 했다.

"정말이에요? 저 학교 계속 다닐 수 있는 거예요?"

"여기서 위탁교육을 받다가 아이 낳은 후에 다른 고등학교로 전학 가는 조건이야. 원래 학교로는 못 가."

"그래도 저 고등학교는 졸업할 수 있는 거죠?"

"응. 졸업할 수 있게 됐어."

윤지는 여전히 믿어지지 않는지 '정말이죠?'라는 말을 몇 번이나 반복했다.

"그리고 이거."

진영은 윤지에게 봉투를 내밀었다. 봉투를 연 윤지는 어리둥절한 얼굴을 했다. 통장과 카드가 들어 있었다.

"이건 전에 선생님이 통장 만들어서 달라고 해서 드린 거잖아요."

"열어 봐."

윤지는 순순히 통장을 펼쳤다.

"이게 무슨 돈이에요?"

윤지로는 상상도 못 할 거액이 찍혀 있었다.

"설마 선생님이 제게 주시는 돈이에요?"

"아니야. 이 돈, 정경태 그 사람 부모가 준 거야."

이 돈을 받아 낸 건 민호였다. 민호는 변호사를 대동하고 경태와 경태의 부모를 찾아가 위자료를 받아 냈다.

"대학 학비, 생활비, 네가 받은 피해에 대한 위자료로 받은 돈이야. 그 남자한테 너와 아기에 대해 책임지게 해야 할 것 같았어."

윤지가 미래를 준비하는 데 부족함이 없는 액수였다.

변호사를 대동하고 간 민호의 협박 아닌 협박이 제대로 먹혔다.

민호는 부부의 약점인 아들의 미래를 건드렸다. 모든 합법적인 절차를 동원해서 아들의 미래를 흔들어 버리겠다고 말했다. 말만으로는 믿을 것 같지 않아서 민호는 대학 졸업반인 경태의 지도교수에게 전화를 걸었다. 지도교수는 경태에게 써 주기로 했던 추천서를 취소했다. 민호는 부부에게 말했다. 지도교수에게 건 전화를 경태가 취업할 기업의 인사 담당자한테 못 걸 것 같냐고.

명예 훼손으로 소송을 걸겠다는 경태의 부친에게 민호는 여유 만만한 얼굴로 '얼마든지.'라고 대꾸했다.

"단 이쪽에서도 소송 제대로 걸 테니까 알아서 하십시오."

소송을 하면 타격은 경태 쪽이 더 컸다. 그제야 위자료를 깎으려 들었지만 민호는 10원도 깎아 주지 않았다. 경태의 부모는 민호의 변호사가 제시한 위자료를 가져왔다.

"돈이 윤지의 상처나 앞으로 태어날 아이가 겪을 고통을 치유할 수 있을 거라고는 생각하지 않아. 그렇지만 그 사람들을 벌줄 수 있는 제일 좋은 방법이 돈인 것 같았어. 사과하라고 할 땐 콧방귀도 안 뀌더니 위자료를 내놓으라니까 눈빛이 달라지더군. 아주 진정성 있는 대화를 나누었지. 그 자식에겐 터무니없이 약한 벌이지만 이게 내가 할 수 있는 최선이야. 그 자식에게 벌을 주는 것보다 윤지의 미래를 생각했어. 물론 그 돈은 내가 줄 수도 있지만 그 자식한테 받아 내야 의미가 있을 것 같았어."

민호의 말에 진영은 동의했다. 죄책감이나 양심의 가책은 느끼라고 한다고 느낄 수 있는 것이 아니었다. 애초에 그런 게 있는 남자였으면 윤지와 아기를 버리고 줄행랑치지도 않았을 것이다.

진영은 자신의 친부는 어떤 사람이었을지 궁금해졌다. 인숙은 친부에 대해 말해 주지 않았다. 인선도 모르는 눈치였다. 어렸을 때는 동화책에 나오는 것처럼 잘생기고 부자인 아빠가 자신을 찾아올지도 모른다는 상상을 했던 적도 있었다. 그러나 어른이 된 진영은 친부가 별로 궁금하지 않았다. 그저, 시시한 남자였겠거니 싶었다.

윤지가 흑, 소리를 내며 고개를 떨어뜨린 채 울기 시작했다.

"선생님이 잘못한 거니? 돈 받지 말 걸 그랬니?"

윤지는 눈물을 줄줄 흘리면서 고개를 가로저었다. 고마워서 흘리는 눈물이었다.

"잘하셨어요. 그 자식한테 사과 따위 받고 싶지 않아요. 돈이 나아요. 이렇게 큰돈이 나갔으니 그 자식은 절대로 나도, 내 아이도 잊지 못하겠죠. 그거 쌤통이네요."

윤지는 진영을 꼭 껴안았다.

"선생님, 저 오늘만 울래요. 저 열심히 살 거예요. 나중에 아이가 절 찾아왔을 때 '날 낳아 준 엄마, 정말 멋지다.' 이렇게 말할 수 있을 만큼 저 잘 살 거예요. 적어도 아이가 절 부끄럽게 여기지 않도록 할 거예요."

"그래. 윤지, 넌 분명 그렇게 할 수 있을 거야. 선생님도 계속 곁에 있을 테니까 아무 걱정 하지 마."

"선생님, 저 강해질 거예요. 왜냐하면, 전 엄마니까요."

그 말에 진영은 가슴이 뭉클해졌다. 키우지 않아도 윤지는 분명 이 아이의 엄마로 평생을 살 것이다. 그 운명이 너무 슬퍼서 진영은 윤지를 꼭 껴안아 주었다. 아이를 포기하는 엄마들이 다 인숙 같지는 않았다. 진영은 자신이 위로받는 기분이 들었다.

"저 이 아이를 임신했다는 것을 알고 세상이 끝나 버린 것처럼 슬펐어요. 이제 제 인생에 좋은 일은 하나도 없을 거라고 생각했어요. 그런데 아니었어요. 아기 덕분에 선생님을 만났고, 행복해질 용기가 생겼어요. 아기가 없었다면 전 제가 불행한지도 모르고 계속 살았겠죠. 선생님, 이 아기를 낳기로 한 건 제가 태어나서 제일 잘 한 일이에요."

그 마음이 뱃속 아기에게 꼭 전해졌으면 좋겠다고 진영은 생각했다.

  이상하게도 진영과 연락이 잘 되지 않는 하루였다. 점심 때
쯤 전화통화를 겨우 한 번 했었는데 진영의 목소리가 너무 무
겁고 어두웠다. 결국 민호는 용건을 이야기하지 못했다. 무슨
일 있냐는 민호의 말에 진영은 피곤하다며 말끝을 흐렸다. 결
국 민호는 무리할 거 없다며 진영과 저녁에 만나기로 한 약속
을 취소했다. 저녁때가 되어도 진영에게는 문자 한 통 없었다.
민호는 오늘 진영을 보지 않고는 견딜 수 없을 것 같았다. 민호
는 자려고 침대에 누웠지만 다시 옷을 입고 차를 몰았다.
  진영의 아파트 앞에서 민호는 휴대전화를 든 채 망설였다.
12시가 조금 넘은 시간이었다. 피곤하다고 했으니 자고 있을지
도 몰랐지만 민호는 전화를 걸었다.
  ― 여보세요?
  자고 있는 줄 알았는데 목소리를 들어 보니 깨어 있었던 것
같았다. 그렇지만 여전히 목소리가 어두운 것 같아 민호의 심
장은 불길하도록 빠르게 뛰었다.
  "나 지금 집 앞인데. 잠시 나올래?"
  진영의 대답이 바로 나오지 않았다. 가느다란 한숨 소리도
난 것 같았다. 민호는 갑자기 속이 울렁거렸다. 뭔가 조짐이 좋
지 않다고 민호의 직감이 아우성을 쳤다.
  "할 얘기가 있어서 그래. 놀이터에서 기다릴게."
  ― 네. 지금 내려갈게요.

민호는 차에서 내려 놀이터로 갔다. 텅 빈 그네를 바라보고 있자니 그네에 앉아 있던 진영에게 결혼 반지를 끼워 줬던 일이 떠올랐다. 민호는 그네에 앉아 몸을 가볍게 흔들었다. 민호가 너무 무겁다는 듯 그네가 끼익하는 소리를 냈다. 민호는 기분이 묘했다. 그때나 지금이나 민호의 마음은 불안했다. 아니, 그때보다 지금이 더 불안했다. 진영이 자신을 사랑한다고 했는데도 왜 난 여전히 불안한 걸까? 민호의 마음이 대답을 했다. 그때의 넌 잃어버릴 게 없었으니까. 민호는 그네의 끼익거리는 소리가 꼭 자신의 심장에서 나는 소리 같다고 생각했다.

진영이 민호 앞에 서자 진영의 그림자가 민호의 얼굴에 그림자를 드리웠다. 진영은 민호의 얼굴을 보고 놀란 얼굴을 했다.

"얼굴이 왜 그래요? 무슨 일 있어요?"

민호는 진영의 손을 잡아당겨 진영을 무릎에 앉혔다. 민호는 진영을 꼭 껴안고 목덜미에 얼굴을 대고 긴 한숨을 힘겹게 뱉어 냈다. 많은 일이 있었지만 그 어떤 일보다 진영의 목소리가 어두운 게 제일 민호를 힘들게 했다. 그렇지만 그 말을 할수는 없었다.

"무슨 일 있어요?"

진영이 다시 물었다. 민호는 오늘 그를 두 번째로 힘들게 한일을 말했다.

"아버지가 암이신 것 같아."

'암'이라는 말에 진영의 심장이 쿵 소리를 냈다. 진영은 일단부정부터 했다.

"그럴 리가요. 아버님이 얼마나 건강하셨는데요."

진영은 머리가 띵했다.

"항암치료 받으려고 입원하셨어. 의사는 초기라고 걱정하지 말라고 하는데……."

민호의 목소리에 힘이 하나도 없었다. 그 지경이 될 때까지 민호는 눈치도 채지 못했다. 민호뿐만 아니라 연희 역시 몰랐다. 예전보다 기운이 없어 보이긴 했지만 노화라고만 생각했었다.

진영은 인선이 암을 앓았기 때문에 민호가 받은 충격을 이해할 수 있었다.

'요즘은 치료법이 좋아져서 암으로 잘 안 죽어.' 이런 소리는 그냥 아는 사람에게나 할 수 있는 말이었다. 피붙이가 암이라는 선고를 받는 순간 머릿속이 텅 비고 아무 생각도 나지 않았다.

진영도 담당 의사가 '암입니다.'라고 말한 순간 몇 초 동안 멍해서 정신을 차리지 못했었다. 말 그대로 눈앞이 캄캄했다. 비명을 지르고 싶었지만 목소리가 나오지 않았다. 비틀거리는 진영을 부축한 건 인선이었다.

민호는 캄캄한 바다에 빠진 사람이 구명정 하나에 매달리듯 진영을 꼭 껴안았다.

진영은 아무 말도 할 수 없었다. 이 순간에는 어떤 말도 위로가 되지 않을 것이다. 그래서 진영은 그냥 민호에게 가만히 안겨 있었다.

암이라고 말하는 석금의 얼굴은 담담했다. 석금은 사무적인 어조로 항암치료 일정을 말한 후, 올해 안에 경영권 승계를 마무리하겠다고 말했다. 민호는 병에 대해 묻고 싶었지만 석금은 계속 회사 일만 이야기했다. 민호는 그만 폭발하고 말았다.

"지금 그딴 게 무슨 문제예요. 아버지, 암이라고요! 죽어서 회사를 싸 짊어지고 가실 것도 아니잖아요!"

석금의 눈을 본 순간 민호는 얼어붙었다. 석금이 필사적으로 감추려고 했던 죽음에 대한 공포가 여과 없이 석금의 얼굴을 뒤덮고 있었다. 민호는 자기 앞에 있는 석금이 병에 걸린 허약한 노인임을 깨닫고 또다시 망연자실했다. 석금은 두려워서 병 이야기를 꺼내지 못했던 것이다.

난공불락의 요새라 생각했던 석금이 그의 앞에서 피로한 소리를 내며 무너지고 있었다.

아버지의 마지막 자존심, 아들 앞에서는 강한 남자이고 싶었던 아버지의 소망을 무참하게 깨뜨려 버린 자신에 대한 실망감이 밀려왔다.

민호는 인간이면 누구나 거치는 생로병사가 석금만은 피해 갈 줄 알았던 어리석은 자신을 조소했다.

민호는 진영을 가만히 안고 있는 것만으로도 위로받고 이해받는 기분이었다. 텅 비어 있던 가슴이 따스한 무언가로 차올랐다.

이 사람이 없었다면……. 정말 상상하고 싶지도 않았다.

민호는 조용히 입을 열었다.

"초등학교 때 아버지가 학교에 오신 적이 있었는데 친구들이 할아버지가 왔다고 놀렸어. 그때 아버지 나이가 쉰 살이 넘었을 때니까 애들 눈에는 할아버지로 보였겠지. 나에게 아버진 늘 늙은 사람이어서 아버지가 일찍 내 곁을 떠나 갈 것 같았어. 아버지가 떠나면 난 외아들이니까 어머니나 할머니를 책임져야 한다고 생각했어. 그 책임감이 너무 무거웠어. 그래서 더 철없이 굴었던 것 같아."

물어보지도 않고 이 세상에 날 낳았으니 그래도 된다고 생각했다. 그런데 언제부턴가 그런 원망이 옅어졌다. 진영과 결혼하면서부터였다. 어쨌든 아버지는 진영과 결혼하는 것을 허락해 줬고, 자신은 진영을 힘들게 한 짐을 아버지의 돈으로 해결할 수 있었다.

태어나길 잘했다는 생각을 하게 되면서 아버지에 대한 미움이 줄어든 것 같았다. 태어났으니까 진영을 만났고, 진영에게 사랑한다는 말도 들을 수 있었다.

진영은 가만히 민호의 말을 듣고만 있었다.

"난 아버지에게 늘 불만이 많았어, 나와 시간을 보내 주지 않아서, 나를 잘 이해하지 못해서, 늘 제멋대로 내 인생에 간섭해서. 그런데 나도 아버지에게 좋은 아들이진 못했어. 기찻길처럼 아버지와 난 계속 평행선을 그으며 살아왔던 것 같아. 한번도 그분을 이해하려고 한 적이 없었어. 진영아, 나 너무 무섭다. 난 아버지를 잃을 준비가 전혀 되지 않았어."

아버지는 아버지였다. 미워했던 것도 사랑이 있기 때문이었다. 인정받고 싶고, 관심을 받고 싶다는 마음이 있기 때문에 무심한 태도에 상처받았던 것이다. 그래서 복수라도 하듯 무관심으로 되갚았다.

진영은 차마 말할 수 없었지만 그런 민호가 부러웠다. 진영은 그 여자에게 비틀린 사랑이라도 좋으니 받고 싶다고 생각한 적이 있었다.

진영은 몸을 돌려 민호를 두 팔로 꼭 안았다.

"그런 준비는 언제도 되지 않아요."

진영은 아기를 달래듯 민호의 등을 토닥거렸다. 민호는 마음이 많이 진정이 됐다.

민호는 진영을 일으켜 세우고 자신도 그네에서 몸을 일으켰다. 민호는 진영과 마주 보고 서서 주머니에서 꺼낸 작은 상자를 내밀었다. 반지 케이스였다.

"하필 이럴 때라 미안한지만, 열어 봐."

진영이 열어 보니 반지 대신 열쇠가 들어 있었다.

"이게 뭐예요?"

"우리 집 열쇠."

"성북동 집 열쇠요?"

민호는 고개를 가로저었다.

"너랑 같이 살 집을 샀어. 오늘 집주인에게 열쇠를 받았어."

"집이요?"

민호는 진영이 당황하는 것을 전혀 알아채지 못했다.

"딱 보는 순간 우리 집이라는 생각이 들었어. 정말 예쁜 집이야. 당신 마음에도 들 거야."

민호는 진영의 대답을 기다렸다. 그렇지만 진영은 가만히 열쇠를 보기만 했다. 열쇠를 보는 진영의 눈빛엔 기쁨이나 놀라움이 없었다. 그저 어두운 눈으로 열쇠를 가만히 바라볼 뿐이었다.

'왜?' 하는 의문이 못이 되어 민호의 심장을 찔렀다. 난처한 듯한 눈빛인 건 자신의 착각이길 바랐다. 진영이 고개를 푹 숙였다. 민호의 심장이 또다시 기분 나쁘게 뛰었다. 민호는 애써 태연한 어조로 입을 열었다.

"성북동 집에서 살고 싶었어? 당신 거기 지긋지긋하잖아. 시집살이는 그만하면 됐어."

진영이 웃길 바라고 한 말이었지만 진영은 여전히 고개를 숙인 채였다.

"걱정하지 마. 부모님이 뭐라고 하시든 내가 다 막아 줄게. 당신이 날 용서하고 우리가 재결합했다고 하면 오히려 당신에게 고맙다고 하실 거야. 분가도 당연히 허락받을 자신 있어. 당신하고 제대로 부부로 살고 싶어."

평범한 부부처럼 지루하지만 행복하게 살자.

망설이던 진영은 반지 케이스로 손을 뻗었다. 그러나 진영의 손은 열쇠를 꺼내는 대신 케이스를 닫았다. 탈칵. 유난히 차갑고 날카로운 소리를 내며 케이스가 닫혔다.

민호는 믿을 수 없다는 눈으로 진영을 바라보았다.

"좀 생각할 시간을 줘요."

민호는 너무 놀라서 한동안 멍하니 있었다.

두 번째 프러포즈라고 생각하고 준비한 일이었다.

바쁜 시간을 쪼개어 집을 구하러 다니면서 민호는 결혼을 앞둔 신랑처럼 행복했었다. 이전에 결혼했을 때는 느끼지 못했던 기쁨이었다. 그때는 그저 진영을 곁에 붙잡아 두겠다는 생각뿐이었지만 이젠 달랐다. 진영이 그를 사랑하니까 행복이라는 것을 꿈꿔도 될 것 같았다.

진영이 열쇠를 받을 것을 의심한 적은 한 번도 없었다. 어쩌면 감격해서 울지도 모른다고 생각했었다.

그러나 진영의 얼굴에는 여전히 물음표가 가득했다. 그와 함께 살아야 할지 망설임이 가득한 얼굴이었다.

민호는 숨이 막혔다.

도대체 뭘 더 생각해? 내 아내면 한집에 사는 게 당연하잖아.

진영은 고개를 푹 숙인 채 아무 말도 하지 않았다. 민호는 반지 케이스를 부서져라 꽉 쥐고는 돌아서서 차를 향해 성큼성큼 걸어갔다.

"민호 씨!"

진영이 다급한 목소리로 불렀지만 민호는 발걸음을 더 빨리 했다.

진영은 민호를 향해 뛰어갔다. 진영이 민호의 손을 붙잡았지만 민호가 진영의 손을 뿌리쳤다. 진영이 다시 민호의 손을 붙잡았다.

"당신하고 같이 살기 싫어서 그러는 게 아니에요. 내가 설명할게요."

"듣고 싶지 않아."

"아니요. 들어야 해요."

"그만해. 듣고 싶지 않다고 했잖아!"

진영은 입을 다물었다. 민호는 상처받은 눈으로 진영을 바라보았다. 진영 역시 상처받긴 마찬가지였다.

"도대체 무슨 생각을 더 해야 하는데? 난 이제 정말 널 모르겠다."

"그러니까 이야기하겠다는 거잖아요."

"이야기한들 이해하지 못할 것 같아."

진영은 한숨을 내쉰 후 말했다.

"열쇠 줘요. 받을게요. 민호 씨, 미안해요. 내가 잘못했어요."

그러나 진영의 한숨이 민호를 더 자극하고 말았다. 민호는 비참했다. 마치, 적선을 받는 거지가 된 것 같았다. 언제까지 이렇게 매달리고 구걸해야 하는 거지?

"싫어."

"민호 씨."

"나도 생각할 시간이 필요한 것 같다."

진영의 얼굴이 새하얗게 질렸다.

"너, 날 사랑하기는 하니?"

망설임 없이 진영은 바로 대답했다.

"사랑해요."

그러나 민호는 더 이상 그 말을 믿을 수 없었다. 민호는 애타게 자신을 바라보는 진영을 외면하고 차에 탔다.

진영은 멀어지는 민호의 차를 멍하니 바라보고만 있었다. 차가 보이지 않게 되자 진영은 바닥에 주저앉았다. 소리 없이 눈물이 뚝뚝 떨어졌다.

32

벌써 한참 전에 알람이 울린 것 같은데 진영이 방에서 나오지 않았다. 진형은 조심스럽게 진영의 방문을 두드렸다.

"누나, 여섯 시 반 넘었어."

부스럭거리는 소리가 들려왔다. 피곤해서 알람을 듣지 못한 것 같았다.

"오늘 아침은 내가 할게. 누나는 천천히 준비해."

진형은 주방으로 갔다. 진영이 어제 저녁 예약취사로 밥을 안쳐 뒀고, 국도 끓여 뒀기 때문에 국을 데우고 상을 차리는 수고만 하면 되었다.

진영은 욕실 거울에 비친 자기 얼굴을 물끄러미 바라보았다. 밤새도록 한숨도 못 자고 내내 울었더니 얼굴이 폭격이라도 맞은 듯 엉망이었다.

눈물에 섞인 슬픔과 고통이 뾰족한 결정이 되어 심장을 문질러 댔다.

한숨도 자지 못했는데도 몸은 피곤하지 않았다. 그냥 죽도록 절망스럽기만 했다. 그 사람에게 내가 거부당할 수도 있다는 것, 그 사람이 내게 등을 보일 수도 있다는 것, 그 사람이 어쩌면 나를 싫어할 수도 있다는 것이 이토록 두려운 일이었다니…….

진영은 한숨을 크게 내쉬고 찬물로 얼굴을 씻었다. 밤새도록 울었는데도 또 눈물이 흐르기 시작했다. 진영은 진형이 들을 것 같아서 수돗물을 크게 틀어 놓고 입을 틀어막은 채 울었다.

욕실에서 나온 진영을 보고 욕실 밖에 서 있던 진형의 표정이 굳었다. 진영은 진형이 뭐라고 말하기 전에 입을 열었다.

"나중에."

"누나."

"내 마음이 지금 너무 복잡해서 그래. 말하고 싶어도 말로 정리가 안 돼. 나중에 다 말할 테니까 지금은 못 본 척해 줘."

"매형 문제야?"

"그렇기도 하고 내 문제이기도 해."

"정리가 안 돼도 말해 줘. 지금 당장."

"나중에 말한다니까."

"누나 사람 미치게 하는 데 재주 있는 거 알아? 세상 끝장난 얼굴을 하고 있으면서 지금 나더러 기다리라는 거야? 내가 누나한테 무슨 보고서를 달라고 했어, 육하원칙에 기승전결 안 맞으면 못 듣겠다고 그랬어!"

또다시 주르륵 눈물이 흘러내렸다.

"어제 병원에 갔다 왔는데……."

병원이라는 말에 진형의 안색이 하얗게 질렸다. 진형에게
병원에 대한 좋은 기억이라고는 하나도 없었다.

"어쩌면 아기를 낳지 못할 수도 있대."

입 밖으로 내고 나니 더 서러웠다.

"누, 누나."

"정말 어떻게 해야 할지 모르겠어. 그 사람에게 어떻게 말을
꺼내야 할지도 모르겠고."

진영은 바닥에 주저앉아 엉엉 울었다.

어제 진영은 두 번째로 찾아간 산부인과에서 검사 결과를
듣고 왔었다.

산전검사를 한 산부인과에서 진영은 자궁내막증 진단을 받
았다. 의사는 자연임신이 힘들 거라고 말했다. 두 번째 병원의
의사도 똑같이 말했다.

"자궁내막증이 심하네요. 혹시 임신 계획이 있으십니까?"

"가급적 빨리 아이를 가지고 싶어요."

의사는 깊은 한숨을 쉬면서 말했다.

"지금 상태론 자연임신은 힘들 것 같습니다."

진영은 얼굴이 하얗게 질렸다. 처음 그 말을 들었을 때는 받
아들일 수가 없었다. 그럴 리가 없었다. 뭔가 잘못되었을 거라
고 생각했다.

"생리통이 많이 심하셨을 텐데 병원에 좀 더 일찍 오시지 그랬어요."

책망하는 목소리가 아니라 안됐다는 목소리였다.

"결혼하신 지는 얼마나 되셨습니까?"

"3년 정도 됐어요. 그동안 계속 피임을 했고요."

"난소의 기능도 많이 떨어져 있네요. 건강한 난자를 채취할 수 있을지도 걱정입니다."

의사는 '이래서는 인공수정도 힘들 텐데.'라고 중얼거렸다. 진영은 손이 덜덜 떨렸다.

"임신을 원하시면 가능한 한 빨리 수술부터 받으셔야 합니다."

자궁에 이상이 있는 것 같다는 생각은 계속 들었지만 진영은 임신할 생각도, 엄마가 될 생각도 전혀 없었기 때문에 그냥 내버려 뒀었다.

"임신은 가능한가요?"

"시험관을 하셔야 할 것 같습니다."

"시험관 시술을 받으면 아이를 낳을 수 있나요?"

의사는 일반적인 이야기부터 시작했다.

"20대의 성공률은 45% 정도이고, 30대부터는 성공률이 그보다 떨어집니다."

45%. 그럼 거의 반반이라는 뜻이었다.

"그렇지만 사람의 몸이 알 수 없는 거라서 상태가 안 좋은데 단번에 성공하시는 분도 있고, 분명 별문제 없이 착상할 것 같은데 계속 실패해서 8차, 9차까지 시술하시는 분도 있습니다.

요즘은 예전보다 성공률이 높긴 하지만 개인차를 무시할 수는 없습니다. 그리고 시험관은 본인이 원하지 않으면 못 해요. 그만큼 힘들다는 말입니다."

8차, 9차. 듣기만 해도 아득한 숫자였다. 그래도 아이를 낳을 수 있다면 감내할 수 있을 것 같았다.

의사는 진영의 눈에서 이 진료실 안에서 수도 없이 봐 왔던 잔인한 희망을 보았다. 그는 차분한 얼굴로 현실을 이야기하기 시작했다. 희망을 깨부수는 자신이 잔인하다는 생각이 들었지만 어쩔 수 없었다.

"시험관은 경제적으로나 육체적으로나 정신적으로나 많이 힘든 시술입니다. 제 아내도 시험관을 시도했는데, 산부인과 의사인 저도 그때 처음으로 그게 얼마나 사람 피 말리는 일인지 알았습니다. 몸만 힘든 게 아닙니다. 짧으면 몇 달, 길면 몇 년 동안 오직 임신만을 위해 살아야 한다는 건, 옆에서 지켜보는 사람까지 처절하게 만들더군요. 그렇게 해서까지 아이를 낳아야 하는지 회의감마저 들었습니다."

그러나 진영은 고통이나 회의, 그런 것에는 관심이 없었다. 그런 것이야말로 진영에게는 아무 쓸데없는 것이었다.

"성공하셨나요?"

의사가 흐릿하게 미소를 지었다. 다들 이다음에 이어지는 그의 이야기를 듣고 싶어 하지 않았다. 환자들이 듣고 싶은 말은 '힘들긴 했지만 아이를 낳고 행복하게 잘 살고 있습니다.'이 겠지만 그는 그 말을 해 줄 수 없었다.

"아니요. 제가 포기하게 했습니다. 아내는 열 번이고 스무 번이고 하겠다고 고집을 부렸지만 저는 시험관 시술이 여자 몸에 얼마나 무리가 가는지 아는데 더 이상 시도하게 할 수 없었어요. 힘들어하는 아내 모습을 제가 견딜 수 없었습니다. 세 번만에 접었습니다. 우리 팔자엔 아이가 없는 거라고 아내를 단념시켰어요. 제게는 아이를 갖는 것보다 아내가 건강하게 사는 게 더 중요했으니까요. 부부 단둘이 사는 것도 나쁘지 않습니다. 서로가 서로에게 아이 역할을 하면서 그렇게 사는 거죠. 어떻게 모든 것을 다 가질 수 있겠습니까."

진영은 갑자기 눈물이 터졌다. 모든 것을 바란 게 아니란 말이에요.

의사가 책상 위에 놓인 티슈통을 진영 쪽으로 밀어 주었다.

진영은 한참을 울고 나서야 겨우 진정하고 입을 열었다.

"힘들어도 괜찮아요. 아이만 가질 수 있다면 괜찮아요."

똑같은 반응이었다. 아무리 힘들다고 말해도 다들 저렇게 말했다. 괜찮다고, 그러니까 제발 아이를 낳게 도와 달라고.

이 순간, 어떤 여자도 자기 몸이 힘들고 아픈 것을 생각하지 않았다. 아이만 낳을 수 있다면 얼마든지 고통을 선택하겠다고 말했고 실제로 그렇게 했다. 7년을 시험관 시술에 매달린 끝에 끝내 아이를 낳은 산모도 있었다. 그녀는 아이를 낳은 것으로 7년간 겪었던 고통을 다 잊은 듯한 얼굴을 했었다. 그는 자신이라면 절대로 그렇게 못 할 거라고 생각했다. 그것은 여자만이 체험할 수 있는 임신과 출산의 신비였다.

의사는 긴 한숨을 내쉰 후 진영의 기분이 조금 나아질 만한 말을 했다.

"제가 임신이 불가능하다고 진단을 내렸던 분이 몇 년 후에 보란 듯이 자연임신에 성공해서 건강한 아이를 낳은 경우도 여럿 있습니다. 다음에 오실 땐 남편 분하고 같이 오세요. 남편 분도 이진영 환자의 몸 상태를 알아야 하고, 시험관 시술을 하려면 검사도 받으셔야 합니다. 마음을 가급적 편하게 먹으세요. 전 시험관 준비하시는 분들에게 늘 이렇게 말합니다. 인생의 중심에 임신을 놓지 말라고요. 집착하면 집착할수록 잘 안 돼요. 오히려 마음 편하게 '안 될 수도 있다'고 생각하고 시도하시는 분들이 더 쉽게 임신에 성공하시더군요."

그렇게 마음이 비워져 편해질 때까지 얼마나 더 울어야 할지, 진영은 아득했다.

"수술하고 나서 얼마 후에 시험관을 시작할 수 있나요?"

"수술하시고 몸이 회복되는 대로 바로 시작하시는 게 좋습니다. 가급적 1년 안에 시험관 시도를 하시라고 권합니다."

"바로 수술 받겠습니다."

의사는 진영에게 자궁내막증 복강경 수술과 시험관 시술에 대한 팸플릿과 임신을 위한 몸 만들기를 정리한 작은 책자를 건넸다.

진영은 바로 수술 예약을 잡고 집으로 돌아왔다.

아무것도 손에 잡히지 않았다. 그냥 눕고만 싶었다. 진영은 밥도 먹지 않고 달팽이처럼 몸을 돌돌 만 채 이불에 파묻혔다.

왜 내 인생은 이런 걸까? 왜 꼭 행복해지려고 하면 이런 일이 생기는 거지?

나는 왜 그 사람이 원하는 것을 해 줄 수 없지? 왜 난 이 모양이지?

진영은 그저 눈앞이 캄캄하기만 했다.

'엄마, 저 어떻게 해요?'

시험관 시술이라는 방법이 있는데도 최악의 경우밖에는 생각나지 않았다.

민호의 전화를 받고 진영은 자기 몸 상태에 대해 이야기해야겠다고 마음먹었다. 그렇지만 그 전에 석금의 암 발병이라는 뜻밖의 소식을 들었다. 상심한 민호에게 어쩌면 자신이 불임일지도 모른다는 말을 꺼낼 수가 없었다. 힘든 일은 하루에 한 가지만으로도 충분했다. 진영은 일단 자기 감정부터 추스른 후 민호에게 이야기를 꺼내야겠다고 마음먹었다.

그런데 민호가 느닷없이 열쇠를 들이밀었다.

우리 집.

정말로 따스하고 정겨운 말. 그런데 그 순간 진영은 걷잡을 수 없이 슬퍼졌다.

이 사람이 원하는 미래를 줄 수 없다는 절망감에 진영은 순간적으로 그 현실로부터 도망가고 싶었다.

진영은 기대에 찬 민호의 눈을 보는 순간 마음이 얼어붙었다. 이렇게 행복한 순간에 그런 어둡고 불행한 이야기를 꺼내기가 정말 싫었다. 진영이 아니라고, 괜찮다고 말해도 민호는 분명 실망할 것이다.

진영은 생각이 정리될 때까지, 마음을 추스를 때까지 기다려 달라고 말할 생각이었다.

그래서 반지 케이스를 닫았다. 그런데 민호의 마음을 닫아 버린 것 같았다.

그녀의 말을 들으려고도 하지 않는 민호는 처음이었다.

자신은 왜 이렇게 서투른 건지, 진영은 자기 자신이 미웠다.

등을 보이지 않겠다고, 도망가지 않겠다고 약속했는데 이젠 민호가 등을 보였다.

외롭고 고통스러웠고 또 서러웠다.

멀어지는 민호의 차를 보면서 진영은 자신이 누구보다도 민호의 위로를 받고 싶었음을 뒤늦게 깨달았다. 민호에게 안겨 아이를 낳지 못할지도 모른다는 두려운 마음을 털어놓고 싶었다. 그렇지만 어젯밤 진영이 몇 번이나 전화를 걸어도 민호는 받지 않았다.

민호가 말했다, 생각할 시간이 필요하다고.

'당신은 무슨 생각을 하고 있을까?'

알고 싶었다. 목소리가 듣고 싶고, 안고 싶었다. 밤새도록 진영을 가장 힘들게 했던 건 혼자라는 막막한 느낌이었다. 이상했다. 예전에는 혼자 고민을 껴안는 게 편했고 익숙했는데, 자신이 왜 이렇게 약해진 건지 진영은 알 수 없었다.

진형의 앞에서 실컷 울고 나니 기분이 좀 나아졌다.

"누나, 걱정하지 마. 하늘에 계신 엄마, 아빠가 꼭 누나에게 아이를 보내 주실 거야."

진형은 의사보다는 차라리 돌아가신 부모님을 믿고 싶었다.

"아직 결혼도 안 한 내가 얘기해 봐야 별로 설득력은 없겠지만, 누나, 남자는 아이를 낳으려고 결혼하는 게 아니라 그 여자랑 함께하고 싶어서 결혼하는 거야. 만약에 수지가 불임이어서 평생 아이를 가질 수 없다고 하더라도 난 불행하다고 생각하지 않을 거야. 매형도 분명 그렇게 생각할 거야. 매형이 속상해한다면 그건 아이가 없어서가 아니라 누나가 아이 때문에 울고 마음 아파하기 때문일 거야. 난 그럴 것 같아."

진형의 위로를 받고 진영은 방으로 들어갔다. 진영은 민호에게 보낼 문자를 찍었다.

어제 잘 들어갔어요? 지금쯤 일어나서 출근 준비하겠네요. 당신 기분 상하게 해서 정말 미안해요. 사과 받아 주고 싶을 때 연락해요. 언제든 좋아요. 기다릴게요. 그리고 꼭 할 이야기가 있어요. 그것도 당신이 듣고 싶을 때까지 기다릴게요. 오늘 날씨가 꽤 쌀쌀하대요. 감기 안 걸리게 옷 잘 챙겨 입고 나가요.

문자를 보내려다가 진영은 몇 글자를 더 추가했다.

사랑해요.

진영은 문자를 보냈다. 그리고 출근하기 위해 옷장을 열었다. 출근이고 뭐고 다 하기 싫었지만 진영은 억지로 기운을 냈다. 진영은 자꾸만 무너지려는 마음을 애써 추슬렀다.

아이를 낳지 못한다는 게 아니라 힘들다는 거였다.

'나는 평생 누구도 제대로 사랑할 수 없을 거라고, 누구에게도 온전히 나로서 사랑받지 못할 거라고 생각했었어. 그렇지만 그렇지 않았잖아. 그러니까 아이도 생길 거야. 분명 내가 알지 못하는 미래에서 아이가 우릴 기다리고 있을 거야. 난 불행하지 않아. 아니, 난 불행해질 수가 없어. 이 세상엔 내 행복을 바라는 사람이 있고, 내가 행복하게 해 주고 싶은 사람이 있으니까.'

진영은 휴대전화를 손에 꼭 쥐었다.

'내가 말했죠. 내가 당신을 얼마나 사랑하는지 믿게 해 주겠다고요. 얼마든지 화내도 돼요. 다 받아 줄게요. 등 돌려도 돼요. 내가 당신을 보고 있으니까요.'

석금은 병실 문을 열고도 들어오지 못하고 머뭇거리며 서 있는 진영을 놀란 눈으로 바라보았다.

"거기 계속 서 있을 거냐?"

그제야 진영은 병실로 들어가 석금을 향해 고개를 꾸벅 숙였다.

"여긴 어쩐 일이냐?"

뭐라고 말을 시작해야 할지 몰라 진영은 병실 탁자에 가지고 온 쇼핑백을 올렸다.

"참게장 담갔는데 아버님 생각이 나서요."

참게장?

석금은 진영을 빤히 바라보았다. 느닷없이 찾아온 진영이 반갑기도 했지만 또 어리둥절하기도 했다. 석금은 침대에서 내려와 소파에 앉았다.

"거 한번 열어 봐라."

진영은 참게장을 꺼내어 등딱지를 열었다. 노란 알이 꽉 차 있었다. 석금은 자기도 모르게 침을 꿀꺽 삼켰다.

가을이 되면서 석금은 부쩍 참게장 생각이 났다. 분희에게 연락을 했지만 올해는 몸이 안 좋아서 참게장 담그는 걸 건너뛰었다는 대답이 돌아왔다. 하긴 분희도 힘 빠질 때가 됐다 싶었다.

아직 이혼 사실을 모르는 영천댁은 '내 좀 고마 부리묵고 며느리한테 얻어 자시소.'라고 말하고 전화를 끊었다.

연희를 시켜 잘한다는 집에서 참게장을 사 오게 했지만 늘 먹던 그 맛이 아니었다. 먹는 둥 마는 둥 하는 석금을 보고 연희는 힘들게 사 온 성의도 안 알아준다고 서운해했다. 뭘 먹어도 소태같이 썼고 모래알처럼 까칠했다. 몸무게가 줄자 의사가 난리를 쳤다. 그렇지만 입맛이 까다로운 건 아파도 여전했다. 연희도 두 손 두 발을 다 든 상태였다.

석금은 참게 다리 하나, 밥알 하나 남기지 않고 도시락을 깨끗이 비웠다. 진영은 식사를 하는 석금을 물끄러미 바라보았다. 항암치료가 힘든지 얼굴이 반쪽이었다. 그렇지만 진영은 아무렇지도 않은 얼굴로 말했다.

"진지 드시는 걸 보니까 별로 걱정 안 해도 될 것 같은데요. 전 또 아버님이 내일, 모레 하시는 줄 알았죠."

석금은 자기도 모르게 허, 하는 소리가 튀어나왔다.

애한테 이렇게 맹랑한 구석이 있었나? '예, 아버님.' 말고는 할 줄 아는 말이 없는 줄 알았다.

"나 내일, 모레 한다고 누가 그러더냐!"

부러 역정을 내는 척했다. 진영은 조금도 무서워하지 않았다. 오히려 생긋 웃으며 말을 받았다.

"민호 씨가 그러던데요. 아버님 돌아가시면 어떻게 하냐고 하도 침통한 얼굴을 해서 걱정 많이 했는데, 좋아 보이시네요."

"좋기는."

"많이 갑갑하시죠?"

"여긴 감옥이야, 내 돈 내고 갇혀 있는 감옥. 이건 뭐 자유라곤 없으니."

"항암 치료받긴 어떠세요?"

"죽을 맛이다."

"1차가 제일 힘들어요. 다음부턴 훨씬 수월하실 거예요."

"정말 그러냐?"

"저희 어머니도 1차 때 제일 힘들어하셨어요."

진영은 보온병에 싸 온 생강차를 컵에 따랐다.

"게장은 먹을 땐 좋은데 먹고 나면 비린내가 나잖아요. 생강차 드세요."

생강청이 아니라 말린 생강과 대추를 넣고 끓인 차라 매운 맛과 알싸한 향이 제대로였다. 석금은 생강차로 모처럼 맛있게 먹은 식사를 마무리했다.

"내가 아픈 건 민호한테 들었니?"

"네."

"너희들이 연락하는 줄은 몰랐구나."

"요즘은 안 해요."

"왜?"

"민호 씨가 저한테 화가 많이 났거든요."

"싸웠냐?"

진영은 애매한 미소를 지었다.

"그 녀석은 제가 뭐 잘한 게 있다고 화를 내. 못난 녀석."

"제가 또 저도 모르게 못되게 굴었나 봐요. 아버님은 잘 모르시겠지만 제가 되게 못됐거든요."

"모르긴 뭘 몰라. 그렇게 되바라지게 이혼하고 집 나가는 며느리가 세상에 어디 있냐. 고얀 것."

말은 그렇게 하면서도 석금의 목소리에는 노기가 없었다. 진영도 지지 않고 대꾸했다.

"그렇죠? 어떻게 3년 동안은 잘 숨기고 살았는데 말이죠."

석금은 자기도 모르게 웃고 말았다.

"곰인 줄 알았더니 여우였구나."

진영도 웃었다.

한 번 오고 말 줄 알았던 진영이 이틀 후에 또다시 석금을 찾아왔다.

"호박고지떡 좀 해 왔어요."

그 후로도 이삼일에 한 번씩 진영은 석금을 찾아왔고, 매번 정성스럽게 만든 음식을 가지고 왔다. 진영은 석금과 같이 차를 마시며 만들어 온 떡을 먹기도 하고, 눈이 나쁜 석금을 위해 경제 기사를 읽어 주기도 했다. 유난히 기력이 떨어져 만사가 다 귀찮은 날에도 진영이 오면 석금은 기분이 좀 나아졌다. 간병인도 진영을 반겼다.

병원에서는 아무런 즐거움이 없었다. 온통 아픈 사람들밖에 없으니 석금은 괜히 더 우울해졌다. 말상대를 해 줄 만한 사람도 없었다. 체력이 약한 연희는 아침에 잠시 왔다가 석금의 상태만 보고 집으로 돌아갔고, 민호는 예전의 자신처럼 회사 일이 바빠 얼굴 내밀 시간이 없었다. 일만 하고 산 석금 세대의 남자들이 그렇듯 석금은 이렇다 할 취미도 없었다. 텔레비전도 재미가 없고, 유일한 낙이었던 술, 담배도 금지, 게다가 먹는 재미도 없으니 죽을 지경이었다.

가장 짜증나게 하는 건 문병 오는 사람들이었다. 석금이, 아직 초기이고 진행 속도가 느려서 잘 관리하면 된다고 말해도 사람들은 다들 석금을 곧 죽을 환자로 취급했다. 항암치료가 힘들어 살이 빠지고 기력이 없긴 했지만, 환자 취급하는 사람들을 상대하고 나면 더 자신이 환자 같았다. 그런데 진영은 그를 환자 취급하지 않았다.

암 환자를 간호해 본 진영은 응석을 받아 주는 것이 환자에게 아무런 도움이 안 된다는 것을 알고 있었다. 자꾸 환자 취급을 하면 아픈 것 말고는 아무것도 생각하지 않게 됐다. 아주 사소한 것이라도 생의 의욕을 불태울 수 있는 대상이 있어야 했다. 내일을 기대하게 하는 작은 즐거움이 필요했다. 환자 면회 시간이 끝날 즈음 진영이 자리에서 일어나며 물었다.

"다음엔 뭘 가져올까요?"

"넌 노는 애도 아닌데 매번 올 때마다 음식 해 오는 게 힘들지 않니? 이젠 안 와도 된다."

미안해서 한 말이었다. 솔직히 석금은 진영이 오기를 기다렸다.

"제가 오는 게 싫으세요?"

"그건 아니다만……."

석금은 말끝을 흐렸다. 진영은 웃으면서 말했다.

"그럼 오게 해 주세요. 민호 씨가 저희 어머니한테 참 잘했어요. 자식인 저보다 더 잘했죠. 그래서 저도 아버님에게 잘해 드리고 싶어요. 민호 씨만큼은 못 하겠지만요."

"그럼 빈손으로 와라."

"싫은데요."

"너 원래 그렇게 어른 말 안 듣는 아이였냐?"

"제가 말씀드렸잖아요. 못된 구석이 있다고요. 좋아서 하는 거니까 하게 해 주세요."

진영은 항암치료를 받던 인선이 민호가 선물해 준 꽃다발을 받고 얼마나 환하게 웃었는지를 떠올렸다. 그 생각을 하니 석금을 위해 음식을 만드는 게 하나도 힘들지 않았다. 민호는 거의 매주 인선을 찾아왔었다. 그러면서도 굳이 그 사실을 진영에게 알리지도 않았고 생색을 낸 적도 없었다. 인선이 진영에게 소중한 사람이기 때문에 시간과 정성을 쏟은 거였다.

빚을 갚는 심정으로 하는 건 절대 아니었다. 그냥 그러고 싶었다. 석금에게 자신이 해 줄 수 있는 일이 있어 다행이라는 생각마저 들었다.

"네가 여기 오는 거 민호도 아니?"

"아니요. 근데, 말씀하지 마세요. 제가 좋아서 하는 일인데 그 사람이 괜히 부담 느낄까 봐 싫어요."

"아직도 그 녀석이 연락 안 하냐?"

"화가 단단히 났나 봐요."

"못난 놈. 소갈머리가 벼룩만 한 놈 같으니라고. 네가 사람이라도 죽였다더냐?"

"제가 자기 마음을 알아주지 않아서 많이 서운한가 봐요. 서운한 게 풀릴 때까지 기다리려고요."

진영은 담담하게 말했다.

"너희 둘, 다시 시작할 생각이냐?"

"글쎄요."

'글쎄요.'라고 말했지만 석금은 그 답이 긍정 쪽으로 기울어져 있다고 느꼈다.

"너무 늦었는지도 모르지만, 너한테 할 말이 있는데……."

"말씀하세요."

"마지막으로 한 번만 더 참아 주지 않겠니?"

진영은 아무 말도 하지 않고 석금을 바라보았다.

"너는 나와 민호 엄마가 널 가족으로 여기지 않았다고 생각한 것 같다만, 그건 네 생각이 틀린 것 같다. 네 빈자리가 꽤 크더구나. 네가 없어 불편한 게 아니라 허전하고 쓸쓸하더구나. 도대체 내가 뭘 잘못했기에 며느리인 네가 더 이상 견디지 못하고 떠난 걸까, 그런 생각을 많이 했단다. 가족이 아니었다면 그런 생각을 안 했겠지. 널 알 기회, 너와 가족이 될 기회를 한 번만 더 주면 안 되겠니? 내 생각에 가족은 말이다. 아무리 바보 같은 짓을 하더라도 마지막 기회 한 번은 더 주는 관계라고 생각한다. 널 가족으로 맞을 기회를 한 번 더 주지 않겠니?"

진영이야말로 석금이 그런 기회를 줘서 고마웠다.

"생각해 보겠습니다."

"그래."

"이제 쉬세요. 그만 갈게요."

진영은 자리에서 일어났다.

"다음엔 밤설기 좀 해 올까요? 요즘 밤이 맛있어요. 그냥 쪄서 먹어도 꿀처럼 달아요."

"그 손 많이 가는 걸 하겠다고? 괜찮다."

그렇지만 석금은 다음번에는 진영의 손에 밤설기가 들려 있을 것임을 알고 있었다.

석금은 침대에서 일어나 엘리베이터까지 진영을 배웅했다.

"조심해서 가라."

"네, 아버님. 또 올게요."

민호가 로비를 통과해 정문에 도착하자 기다리고 있던 운전기사가 뒷좌석 문을 열어 주었다.

"댁으로 모실까요?"

민호는 시계를 봤다. 모처럼 석금의 병원 면회시간 안이었다.

"병원으로 가 주세요."

"네."

지난주에는 민호도 연희도 석금을 찾아가지 못했다. 민호는 런던으로 출장을 다녀왔고, 연희는 석금이 아프다는 것만으로도 스트레스를 받아 아침에 잠깐 병원에 다녀오는 것만으로도 힘들었는지 나흘 전에 대상포진이 도져 집에서 안정을 취하고 있었다.

의사의 말대로 석금의 상태는 나쁘지 않았다. 의사는 항암치료만으로도 충분하다는 판단을 내렸다.

자주 찾아봬야 한다는 것을 머리로는 알고 있는데 해야 할 일도 만나야 할 사람도 많았다. 아버지의 빈자리를 필사적으로 메워야 했다. 다들 우왕좌왕하는 것이 피부로 느껴졌다.

잠을 자도 잔 것 같지 않았고 밥을 먹어도 먹은 것 같지 않았다. 겪어 보지 않고는 이해할 수 없는 세계가 있음을 민호는 서서히 깨닫고 있었다. 저 많은 사람들의 생계를 자신이 책임져야 한다고 생각하면, 문득문득 숨이 콱콱 막혔다. 그럴 때마다 민호는 진영이 보내 준 문자를 보았다. 진영이 그를 사랑하고 있다는 사실, 그 확신이 그를 지탱했다.

민호는 또다시 휴대전화를 꺼내 저장해 둔 문자를 하나씩 읽기 시작했다. 수십 번을 읽었는데도 읽을 때마다 미소가 떠올랐다. 연서라도 읽는 기분이었다. 사랑받고 있다는 확신이 이렇게 작은 것으로 들 줄은 몰랐다.

이진영은 박민호를 사랑한다.

매일 진영의 문자가 왔다는 신호음을 들을 때마다 가슴이 벅차올랐다.

그렇게 화를 내고 돌아선 민호는 미치도록 후회했다. 휴대전화가 몇 번 울렸지만 전화를 받지 않았다. 지금 전화를 받으면 또 심한 소리를 할 것 같았고, 이성을 잃고 그녀를 몰아붙일 것 같았다. 감정을 도저히 제어할 수 없었다.

'못난 놈.'

머릿속에는 울 것 같은 얼굴로 그를 붙잡았던 진영의 모습만 가득했다. 민호가 가고 분명 울었을 것 같았다.

한참 후에야 겨우 이성이 돌아왔다. 왜? 왜 거절한 거지?

민호는 곧바로 진영에게 물어봐야 했음을 깨달았다.

진영은 집 열쇠를 거절한 거지 그를 거절한 것이 아니었다.

그것을 두 번째 프러포즈라고 생각한 건 자신뿐이었고, 진영에게는 같이 살 집 열쇠를 받는 일일 뿐이었다. 그 집 열쇠를 좀 더 생각한 다음에 받겠다고 한 것이었다. 이성적으로 생각하면 민호는 화를 낼 이유가 없었다.

민호는 자신이 준 감정이 거절당하자 제어할 수 없을 만큼 화가 났다. 이성적으로 생각할 여유 따위는 없었다. 지금껏 진영의 앞에서 민호에게 여유 같은 게 있었던 적은 한 번도 없었다.

그깟 집이 뭐라고 진영을 울렸을까. 민호는 자신이 한심했다. 한순간 울컥하는 것을 참지 못한 자신이 너무 못난 것 같았다.

불안이 그런 식으로 폭발한 것 같았다.

민호는 진영이 자신에게 사랑한다고 말해도 믿기지가 않았다. 그토록 애원했지만 끝내 이혼을 요구했던 진영이 자꾸만 그의 마음을 할퀴어 댔다. 그때의 진영이 민호에게는 트라우마였다. 지금은 사랑한다고 말하지만 그 마음이 변하진 않을까? 너는 언제까지 나를 사랑할까? 그런 못난 생각이 자꾸만 잡초처럼 마음속에서 억센 뿌리를 내렸다. 사랑한다는 말을 들어도 여전히 진영에게는 안달이 났다.

민호는 몇 번이나 다시 진영에게 가려고 차 키를 잡았다 놓았다. 그러다 결국 해가 뜰 즈음 민호는 차를 몰고 진영의 아파트로 갔다. 불이 꺼져 있었다. 자고 있는데 깨우고 싶지 않아 민호는 차에 앉아 멍하니 진영의 집 베란다만 하염없이 바라보았다.

쌓였던 뭔가가 한꺼번에 폭발했지만 시원하다기보다는 씁쓸했고 불안했다.

진영이 그런 그에게 실망했을까 봐, 어쩌면 더 이상 사랑하지 않을까 봐 두려웠다.

어느새 운전석에 앉은 채 잠이 들었던 민호는 문자 알림 소리에 잠에서 깼다.

수신자를 보는 순간 민호는 잠이 확 깼다. 진영이었다.

뭐라고 썼을까? 설마, 다 없었던 일로 하자고 하는 걸까?

이 남자랑 같이 사는 건 아무래도 아닌 것 같다고 결론을 내린 걸까?

덜덜 떨리는 손으로 문자를 확인했다. 문자를 읽는 동안 숨도 쉬지 못했다.

미안하다고 했고, 기다리겠다고 했고, 하고 싶은 이야기도 있다고 했다.

그리고 사랑한다고 했다.

사랑해요.

민호는 마음속으로 그 문자를 읽었다.

그제야 숨이 쉬어졌다.

정말 대단한 이진영이었다. 죽고 싶을 만큼 사람을 미치게 만들어 놓더니 딱 네 글자로 그를 천국으로 보내 버렸다. 진영은 정말 듣고 싶었던 말을 정말 듣고 싶었던 순간에 해 주었다.

당장 연락하고 싶었지만 민호는 참았다. '사랑한다'는 그 말을 시험해 보고 싶었다.

진영도 그처럼 애가 탔으면 좋겠다고 생각했다. 그 때문에 가슴이 아팠으면 좋겠다고 생각했다.

2주 넘게 연락을 하지 않는데도 진영은 매일 한두 번씩 정성껏 쓴 문자를 보냈다. 사진도 찍어서 보냈다. 출근할 때 진영이 보낸 문자를 읽는 게 민호의 작은 행복이 되었다. 진영이 그를 그리워하고, 생각하고 있다는 게 좋았다. 답 문자를 보내고 싶어 손가락이 근질근질했지만 민호는 꾹 참았다. 민호는 응석을 부리고 있었다. 그렇지만 유치해도 좋으니 이번만큼은 이 밀고 당기기에서 딱 한 번만이라도 이기고 싶었다.

저녁으로 당신이 좋아하는 바지락 칼국수를 먹었어요. 당신하고 같이 먹었으면 좋겠다고 생각했어요. 저녁 거르지 말고 잘 챙겨 먹어요. 당신은 오늘 저녁 뭘 먹었는지 궁금해요.

학교에서 예쁜 은행잎 몇 개를 주웠어요. 은행 냄새는 싫지만 단풍이 든 노란 은행잎은 정말 예쁘네요. 사무실에서 일만 하지 말고 공원에 산책이라도 하러 가요. 햇볕을 많이 쬐어야 뼈가 튼튼하대요.

학생들 데리고 김유정 생가에 소풍 겸 현장학습을 왔어요. ITX 청춘열차를 처음 타 봤어요. 당신은 기차 좋아해요? 난 기차 타는 거 좋아해요. 탈칵탈칵 소리도 좋고, 매끈한 유리창 너머로 보이는 풍경도 좋아요. 세상에서 제일 큰 스노볼을 보는 기분이거든요. 아이들하고 나눠 먹으려고 계란 한 판을 다 삶았어요. 그리고 깨달은 충격적인 사실. 내년에 저 한 판 꽉 채워요. 계란을 안 먹어도 목이 메더군요. 사이다 한잔했습니다.

마리아의 집에 다녀왔어요. 아이들이 도서관을 많이 좋아해요. 서가에 숨어서 책을 읽을 수 있는 자리가 제일 인기라고 봉사하시는 분이 알려 주셨어요. 하루 종일 새 책 정리를 했어요. 손목이랑 허리가 아직도 아파요. 윤지도, 아기도 건강해요. 윤지가 진로를 정했어요. 의대에 가겠대요. 공부가 힘들겠지만, 잘 해낼 거라고 파이팅 하고 왔어요.

데저트 로즈의 꽃말을 찾아봤어요. 무모한 사랑이래요. 혹시 알고 있었어요?

일요일은 어떻게 보냈어요? 설마 회사에 간 건 아니죠? 집 근처 전통시장에 가서 모과를 샀어요. 예쁜 건 모과차를 만들었고, 못생긴 건 방에 두었어요. 방에 모과향이 가득해요.

진형이가 신혼집으로 이사를 갔어요. 짐 정리하는 거 도와주러 갔는데, 수지 부모님도 오셔서 같이 짜장면 먹었어요. 당신은 짜장면을 좋아해요, 짬뽕을 좋아해요? 난 짜장면이요. 오로지 짜장면이요. 한 번도 갈등해 본 적 없어요. 학교 근처에서 큼직한 감자가 들어간 옛날 짜장면을 팔아요. 가격은 단돈 3천 원. 게다가 수타예요. 어깨가 수영선수만큼 떡 벌어진 할아버지가 하루 종일 면을 뽑으세요. 짜장면 먹고 싶으면 학교에 놀러 와요. 내가 쏠게요.

어제는 돌아가신 아빠 생신이었어요. 수지랑 진형이랑 부모님 뵈러 다녀왔어요. 진형이가 이사 나가니까 유난히 집이 텅 빈 것 같아요.

원서접수가 한 달 남았어요. 벌써 뇌가 늙은 걸까요? 어제 외운 것도 아침이 되면 기억이 안 나요. 총명탕이라도 달여 먹어야 할 것 같아요. 이번엔 시험을 치는 데 의의를 둬야겠어요. 제가 합격하면 열심히 공부한 다른 수험생들에게 미안할 지경이에요.

오늘은 아침부터 비가 주룩주룩 내리네요. 감기몸살이 오려는지 몸이 으슬으슬해요. 입안이 까칠해서 따뜻한 국화차를 마셨어요. 민호 씨도 좋은 하루 보내요.

"도착했습니다."

민호는 휴대전화에서 눈을 떼고 차에서 내렸다.

병원에 올 때마다 느끼는 거지만, 병원 공기를 마시면 어딘가 아픈 듯한 기분이 들었다. 병실에 들어가자 간병인이 막 석금이 다 먹은 저녁식사 쟁반을 밖으로 내가는 중이었다. 생각보다 석금의 얼굴은 좋아 보였다. 그래도 환자복을 입은 모습은 영 적응이 안 됐다.

"좀 어떠세요?"

"그럭저럭 견딜 만하다."

"얼굴이 좋아 보이세요."

"환자 얼굴이 좋아 봤자지. 네 엄마는 좀 어떠냐?"

"별로 안 좋으세요."

"그럼 입원을 하든가."

"어머니까지 입원하는 모습을 사람들한테 보여 주기 싫으시다네요."

"거참, 별 희한한 고집을 다 부리는구나."

"정 박사님이 왕진 다녀가셨어요. 차 실장님이 잘 챙기고 있어요."

"저녁은 먹었냐?"

"네."

"그럼 차나 한잔하자."

잠시 후 간병인이 두 사람 몫의 따뜻한 녹차와 사과설기를 가져왔다.

"고모가 다녀가셨어요?"

사과설기를 보고 민호가 물었다.

"아니. 진영이가 가져왔다."

"진영이라니요?"

"벌써 옛 마누라 이름도 잊어버렸냐?"

"진영이가 여길 왔었다고요? 언제요?"

"이삼일에 한 번씩 와서 한두 시간 말벗해 주다가 간다. 이 것저것 많이 싸 오는데 괜한 고생 하는 거 아닌지 모르겠다. 덕분에 나만 호강이지."

무와 배로 담근 채김치, 고수를 넣은 배추김치, 장굴비 구운 것, 대추 속살을 꿀로 반죽한 속을 넣은 개피떡, 고사리죽. 간병인은 젊은 사람답지 않게 솜씨가 참 좋다고 놀랐었다. 솜씨도 솜씨지만 석금은 그 정성에 마음이 찡했다. 정말 마음을 다해 음식을 해 온다는 기분이 들었다.

"너희 다시 합칠 생각이냐?"

"진영이가 뭐라고 그래요?"

"걔가 내가 보고 싶어 오겠냐? 네 아비니까 오는 거지."

"조만간 그렇게 될 것 같아요."

"그럼 튕기긴 왜 튕겨?"

"튕기긴 누가 튕긴다고 그래요?"

"진영이 말이 네가 화나서 연락도 안 한다고 하던데?"

"그 사람이 아버지한테 그런 얘기까지 해요?"

"뭘 잘했다고 큰 소리냐, 싹싹 빌어도 모자란 놈이. 살아 주겠다면 얼씨구나 하고 업고 와."

석금은 녹차를 한 모금 마시고 말했다.

"좋은 애야. 착한 애고."

"저도 알아요."

"두 번 실수는 하지 마라."

"네. 그리고 저희 분가하려고요."

"누가 같이 살고 싶다더냐? 제발 나가라."

민호는 웃었다.

평소에는 출근하기 전에 진영의 문자가 왔는데 오늘은 아무것도 오지 않았다.

늘 받던 문자가 오지 않자 민호는 괜히 기분이 초조해서 휴대폰을 몇 분 단위로 계속 확인했다.

계속 아무 대답도 하지 않아서 화가 난 건가? 너무 오랫동안 무시했나?

민호는 더럭 겁이 났다. 역시 밀당도 해 본 사람이 하는 것 같았다.

기다리다 못해 민호는 문자를 보냈다. 두 시간 정도가 지나면 점심시간이었다.

짜장면 먹고 싶은데 사 줄래?

점심시간이 가까워질 때까지 답 문자는 오지 않았다. 민호는 결국 전화를 걸었다. 그런데 진영이 전화를 받지 않았다. 연속해서 세 번 전화를 걸었을 때에야 드디어 연결이 됐다.

— 여보세요?

진영의 목소리가 아니었다. 민호는 휴대폰 액정을 확인했다. 진영의 번호가 맞았다.

"저……."

— 민호 씨, 저 서윤아예요.

"형수님이세요? 진영이 좀 바꿔 주세요."

— 진영이 지금 막 수술 들어갔어요.

"수술이라니요? 무슨 수술이오?"

— 민호 씨, 지금 간호사가 보호자를 불러서요. 이따가 다시 전화할게요. 큰 수술 아니니까 걱정 말아요.

윤아는 급하게 전화를 끊었다.

수술이라니? 어디가 많이 아픈 걸까? 혹시 사고라도 당한 걸까? 그런데 왜 나한테 연락을 안 했지?

민호는 경현에게 전화를 걸었다. 경현은 사정을 알 것 같았다.

"형, 나야. 진영이가 입원했다는데 무슨 일이야?"

대답을 기다리는 몇 초가 너무나 길었다.

33

민호는 '수술 중'이라고 켜진 불만 하염없이 바라보았다.

"이제 30분 남았네요."

윤아가 중얼거렸다.

수술실 앞에서는 시간이 참 천천히 흘렀다. 수술실 문이 열릴 때마다 민호는 심장이 쿵쾅거렸다. 진영에게 아무것도 해 줄 수 없는 무력감이 온몸을 잠식했다. 이런 기분, 정말 끔찍했다.

민호는 또 긴 한숨을 쉬었다. 윤아는 몇 번이나 되풀이했던 말을 했다.

"자궁내막증은 젊은 사람들도 많이 걸리는 병이에요. 큰 수술 아니에요. 빠르면 모레, 늦어도 글피면 퇴원해요."

그렇지만 민호의 얼굴은 조금도 나아지지 않았다. 진영의 얼굴을 볼 때까진 이 불안한 마음이 진정되지 않을 것 같았다.

"너무 속상해하지 말아요. 진영이가 원래 그래요. 남한테 걱정 끼치는 걸 죽도록 싫어해요. 오죽하면 별명이 크렘린이겠어요. 민호 씨가 걱정할까 봐 연락 안 했나 봐요."

크렘린. 민호는 작게 웃었다. 진영과 어울리는 별명이었다.

"싸움을 했든 화가 났든 보호자가 필요한 상황인데도 애가 앞뒤가 꽉 막혀서……."

"그게 이진영 매력이지 않습니까."

윤아가 웃으며 말했다.

"죽어도 진영이 험담은 듣기 싫다, 뭐 그런 뜻인가요?"

민호는 힘없이 웃었다.

"수술은 왜 이렇게 급하게 한 겁니까? 위급한 상황이었습니까?"

"아뇨. 그런 건 아니에요. 빨리 시험관 시술을 하려고 수술을 서둘렀대요."

"시험관을요? 시험관을 왜 해요?"

"모르고 있었어요?"

윤아가 더 놀라며 되물었다.

"민호 씨도 알고 있는 줄 알았는데. 그래서 둘이 싸우고 화난 거 아니었어요?"

"아니요. 전 전혀 몰랐습니다. 시험관이면 임신 안 되는 부부들이 받는 시술 아닌가요?"

"네, 맞아요."

윤아는 자신이 이 문제를 먼저 이야기해도 되나 싶었지만 어쨌든 민호도 알고 있어야 할 것 같았다.

"자궁내막증이 심하면 자연임신이 잘 안 돼요."

"임신이 잘 안 돼요?"

"임신이 아니라 자연임신이요. 그래서 인공수정이나 시험관 같은 시술을 받는 거예요."

"시험관, 그거 힘든 거죠?"

"주변에 아는 사람이 세 번 시도한 끝에 아이를 낳았는데 시험관 시술이 몸에 무리가 많이 가는 데다 후유증도 있고 매일 맞아야 하는 주사도 정말 아프고 그렇다고 꼭 성공하는 것도 아니라서 많이 힘들어했었어요."

"누가 원한다고 그 고생을 시켜요? 아이 따윈 아무 상관 없어요. 평생 진영이가 아이를 낳을 수 없다고 해도 상관없습니다. 나한테 중요한 건 그 사람이니까요."

"진영이도 그러니까 낳으려는 거예요. 진영이에게 중요한 건 민호 씨니까요."

"그게 무슨 소리입니까?"

"민호 씨, 여자는 남자를 사랑하게 되면 그 남자의 아이를 낳고 싶어져요."

윤아는 목이 말라서 옆에 둔 생수병 뚜껑을 열며 말했다.

"남들 다 하는 임신을 자기만 못 한다고 생각하니까 상실감이 컸나 봐요. 어제 나랑 이야기하면서 많이 울었어요. 걔 인생은 뭐 하나 쉽게 지나가는 게 없네요."

'할 이야기가 이거였나?'

민호는 뭔가를 칠 것 같아 주먹을 꽉 쥐었다. 민호는 진영이 혼자서 마음고생을 했다고 생각하니 미칠 것 같았다. 그 와중에 진영은 석금의 병실에 이삼일에 한 번 꼴로 음식까지 해서 드나들었다.

좀 더 일찍 연락할걸. 그깟 밀당, 내가 이겨서 어디에 쓴다고 당신 혼자서 이 모든 일을 감당하게 했을까? 민호는 윤아 앞에서 눈물을 흘릴 순 없어 어금니를 악물었다.

"진영이 많이 변했어요. 난 걔가 평생 안 변할 줄 알았어요. 걔가 내 앞에서 우는 날이 올 줄은 꿈에도 몰랐어요. 진영이 아버님이 돌아가셨을 때도 내 앞에서 안 울었고, 남자친구랑 헤어졌을 때도 안 울었어요. 남자친구 엄마가 성격이 지랄 맞아서 학교까지 찾아와서 진영이한테 할 소리 못 할 소리 퍼부었는데 그때도 진영이는 꿈쩍도 안 했어요. 그렇게 안에만 쌓아두고 사람이 어떻게 사나 싶었어요. 아우, 징그러운 계집애."

민호는 윤아와 진영처럼 성격이 극과 극인 사람이 어떻게 친해졌는지 신기하기만 했다. 윤아가 불이라면 진영은 물이었다. 진영은 오지랖이면 질색했고, 윤아로 말하자면 오지랖이 태평양과 인도양을 합친 정도로 넓은 사람이었다.

"형수님은 그 사람의 어디가 마음에 드셨어요?"

뜻밖의 질문에 윤아는 잠시 생각에 잠겼다. 윤아는 대학 봉사 동아리에서 진영을 처음 만났다.

"처음엔 별로였어요. 매사 너무 반듯하고 요만큼도 틈이 없어서요. 신입생 환영회 때 신입생이 몸도 못 가누게 술을 퍼마시게 하는 게 우리 동아리 전통이었는데 진영이는 유일하게 그 날 제 발로 집에 간 신입생이었어요. 애가 아무리 마셔도 취하질 않아. 나중엔 배불러서 더 이상 못 마시겠다고 하는데 선배들이 다 '저거 뭐냐?' 그랬다니까요."

"진영이가 두주불사잖아요."

"진영이 별명이 뭔지 알아요? 이건 본인도 모르는데, DUD였어요."

"DUD요?"

"진영이랑 술 마시면 죽기 직전까지 마셔야 한다고요. Drink Until Die의 머리글자만 따서 DUD."

민호는 또 웃음이 나왔다.

"좀 얄미운 신입생이었어요. 할 말만 하고, 할 일만 하고, 붙임성도 없고, 선배, 선배 하고 엉기면서 밥 사 달라, 술 사 달라 그러는 것도 아니고. 선배랑 밥 먹으러 가서 제 밥값 내는 사람은 진영이가 처음이었어요."

그러고도 남을 사람이었다. 빚지는 것을 죽기보다 싫어하는 사람이니까. 윤아는 피식 웃었다.

"그런데 남자들은 진영이의 그런 싸늘하고 칼 같은 부분에 매력을 느끼나 봐요. 절벽 위에 핀 얼음꽃 같은 건가?"

"그 사람이 인기가 많았어요?"

"본인은 몰랐어요. 아무리 신호를 줘도 진영이가 못 알아채니 이어질 수가 있나요. 아버님이 돌아가신 후에는 아예 그쪽으로는 눈도 돌리지 않았고요. 아르바이트에 엄마, 동생 돌보면서 학교 다녀야 했으니까요. 근데, 그러면서도 매주 있는 봉사활동에는 한 번도 빠지지 않더라고요. 처음에는 다 열심히 하지만 봉사라는 게 쉬운 일이 아니거든요. 봉사 동아리에 들어온 애들은 어떤 로망에 이끌려 온 애들이 많아서 현실에 부딪히면 못 견뎌요. 해야 하는 일은 다들 하기 싫어하는 궂은일이고, 봉사하러 가서 또 마음의 상처도 많이 받고요. 그래서 1년쯤 지나고 나면 얼마 안 남아요. 진영이는 봉사활동 할 때도 누가 시키지 않아도 제일 궂은일을 하러 가는 모습이 참 예뻤어요. 요령을 부릴 줄 모르니까 자꾸만 더 챙겨 주고 싶은 마음이 생기더라고요."

"진영이가 참 착하죠. 사람이 꾀도 부릴 줄 모르고."

"그래요. 참 착해요. 사귀면 사귈수록 애가 참 괜찮아요."

"본인은 엄청 계산적이라고 생각하지만 진영이는 수학에는 재능이 없어요. 받은 건 확실히 기억하는데 준 건 제대로 기억을 못 하니 장사는 절대로 해서는 안 될 타입이에요."

윤아는 웃음을 터트렸다.

"맞아요. 민호 씨도 그걸 아네요."

"엄청 착한 사람인데 자기를 엄청 못된 사람이라고 생각하고, 엄청 여린 사람인데 자기를 엄청 강한 사람이라고 생각하고, 엄청 바보인데 자기가 영악한 줄 알죠."

윤아도 말없이 동의를 표했다.

"그래서 그 사람에게 뭔가 좋은 것을 해 주고 싶었어요. 누군가에게 그런 마음이 든 건 처음이었어요. 너무나도 메마른 사람인데 그 사람을 보고 있으면 늘 내 마음은 온갖 감정으로 축축해졌어요. 늘 가장 나쁜 것만 제 몫인 줄 알고 사는 게 안타까웠고 마음 아팠어요. 누구보다 좋은 것을 가질 자격이 있는 사람인데 말이에요. 그 사람의 희생에 세상 누군가는 보답을 해 줘야 할 것만 같았어요. 그게 나라면 정말 행복할 것 같았고요."

윤아는 마치 민호를 처음 보는 것처럼 물끄러미 바라보았다.

진영이 바뀐 이유를 이제야 알 것 같았다.

"몰랐는데, 민호 씨 대단한 사람이네요."

"제가요?"

사람을 변하게 하는 건 당연한 말이지만 사랑이었다.

세상 적당히 사는 팔자 편한 바람둥이라고 생각했던 박민호도 변했다.

'이 사람을 변하게 한 것은 진영이겠지.'

시작이 기묘하긴 했지만 어쨌든 이 둘은 천생연분이었다. 그렇지만 아이가 없는 건 부부에겐 정말 힘든 일이다.

"두 사람 사이에 아이가 없더라도 정말 괜찮겠어요?"

무슨 말도 안 되는 소리를 하느냐는 눈으로 민호는 윤아를 바라보았다.

"사람들은 남의 일에 참 관심이 많아요. 진영이는 그런 시선 때문에 평생 고통받아 왔고요. 민호 씨도 아이를 원하지 않아요? 어른들도 아이를 바라시지 않으세요?"

"전 평범한 집안에서 자랐어요. 삼대가 함께 사는 교과서에 나올 것 같은 집이었죠. 경제적으로도 어려운 적 없었고, 지금 껏 갖고 싶은 건 다 갖고 살았지만 전 별로 행복하지 않았어요. 겉은 그럴듯했지만 우리 집에는 사랑이나 서로에 대한 배려 같은 건 하나도 없었거든요. 다들 자기만 가장 중요했고, 자기가 가장 상처받았다고 생각하며 살았어요. 어느 누구도 가족을 위해 희생하려 들지 않았어요. 그렇지만 진영이 가족은 그러지 않았어요. 장모님도, 진영이도, 처남도 서로를 소중하게 생각하고 가족을 지키기 위해 노력했어요. 그 희생을 억울하다거나 손해라고 생각하지 않았죠."

민호는 자기 가정에 사랑이 없었다고는 생각하지 않았다. 단지 그 사랑을 지키기 위해 희생이 필요하다는 것을 몰랐을 뿐이다.

"그게 가족 아닌가요? 진짜 가족."

"참 재미있네요. 진영이는 민호 씨를 부러워하고, 민호 씨는 진영이를 부러워하고."

"아이가 없어도 전 행복할 자신이 있습니다. 남들이 뭐라고 하든 상관없어요."

민호는 피식 웃으며 덧붙였다.

"어쩌면 저 같은 자식을 낳기 싫어서 그런 건지도 모르겠어요."

"진영이한테 혹시 아이를 가질 수 없으면 입양하자는 말은 꺼내지 말아요."

"왜죠?"

"진영이가 원하는 건 아이가 아니라 민호 씨 아이니까요. 걔는 그래야 두 사람의 사이가 완전해진다고 생각하나 봐요."

어제 윤아는 진영을 위로하면서 입양 이야기를 꺼냈다.

"마지막 방법으로 입양도 있잖아. 그러니까 너무 걱정하지 마."

진영은 입양아의 심정을 알 테니까 아이를 친자식처럼 잘 보듬어 키울 것 같았다. 그런데 진영의 입에서 뜻밖의 말이 나왔다.

"선배, 저도 입양아지만 전 아이를 입양하고 싶지 않아요. 가족이 되기까지 얼마나 험난한 과정을 거쳐야 하는지 아니까요. 저는 남들처럼 평범한 가정을 꾸리면 안 되는 거예요? 그건 입양아인 저한텐 사치인가요? 욕심인가요?"

윤아는 그 순간 움찔했다. 진영은 정말 상처받은 얼굴이었다.

"미안. 내 생각이 짧았어."

윤아는 진영의 손을 꼭 잡고 말했다.

"정말 미안해."

윤아는 자신이 바보 같았다. 진영은 민호를 사랑하니까 그와 결혼하고 그의 아이를 낳고 싶은 거였다. 자신이 결혼하고 아이를 낳은 이유와 똑같았다. 윤아는 그런 진영에게 '입양'을 이야기한 자신의 입을 한 대 때리고 싶었다.

"전 꼭 그 사람과 내 아이를 낳고 싶어요. 그 사람과 함께 그냥 평범한 가족으로 살고 싶어요. 노력해서 진짜가 되는 거 말고 그냥 누가 봐도 진짜 가족이 되고 싶어요. 누군가와 가장 자연스러운 형태로 가족이 되고 싶어요. 누군가에게 진짜 가족임을 증명할 필요 없는 가족이오. 그것도 전 욕심내면 안 되는 거예요?"

"아니야. 그게 왜 욕심이야?"

그러면서도 윤아는 마음이 놓였다. 진영이 이제 '인간' 같아 보였다.

"근데 무슨 일로 싸운 거예요? 두 사람이 재결합하는 데 무슨 문제라도 생긴 거예요? 혹시 부모님이 재결합을 반대하세요?"

"아니요. 아버지는 진영이를 업고 오라세요. 저 같은 놈하고 살아 주는 게 감사할 지경이래요."

"그럼?"

"글쎄요. 도대체 뭐 때문에 싸운 걸까요? 잘 모르겠어요. 왜 그렇게 유치하게 군 건지 모르겠어요."

윤아는 피식 웃었다.

"하긴 부부가 큰 문제로 싸우나요. 어디 가서 말하기도 창피한 걸로 싸우지. 원래 그렇게 토닥토닥 싸워야 별문제가 없는 거예요. 한 번도 안 싸운 부부보다 사이가 먼 부부는 없을걸요."

"싸우는데 어째서 문제가 없어요?"

"화해할 방법을 알면 싸워도 괜찮아요. 싸우지 않는 부부는 한 번 싸우면 끝이거든요. 완전히 다른 두 사람이 함께 사는데 어떻게 부딪히는 게 없겠어요? 싸운다는 건 우리를 위해 나를 포기하지 않는 거고, 나를 위해 우리를 포기하지 않는 거예요. 또, 믿으니까 싸울 수 있는 거죠."

"형수님도 형님하고 싸우세요?"

민호의 눈에 경현과 윤아는 정말 사이좋은 부부로 보였다.

"그럼요. 결혼하고 1년은 거의 매주 한 번씩 싸웠어요. 우린 연애 기간이 짧았잖아요. 그래서 더 많이 싸웠어요. 근데 민호 씨, 싸우지 않으면 몰라요. 상대방이 무슨 생각을 하는지요. 사랑하니까 내 마음을 알아주겠지 하는 건 환상에 불과해요. 내 마음은 내 마음이고 상대방 마음은 상대방 마음이에요. 그래서 부부가 어려운 것 같아요. 마주 보면서도 또 같은 방향을 봐야 하니까."

수술을 마친 진영이 회복실에 들어갔다는 문자가 윤아에게 왔다. 얼마 후 수술을 담당한 의사가 와서 경과를 설명했다. 수술이 잘됐다는 말에 민호의 얼굴이 조금 펴졌다.

"형수님은 이제 들어가세요. 좀 쉬셔야지요. 여긴 제가 있을게요."

윤아는 수술하고 나온 진영의 얼굴을 보고 갈까 생각하다가 마음을 바꿨다. 민호 혼자서도 충분히 진영을 잘 돌볼 것 같았다.

"그래요. 여긴 민호 씨에게 맡길게요. 진영이 깨어나면 전화해 줘요."

"네, 그럴게요."

한 시간 후 진영이 이동침대에 실려 회복실에서 나왔다.

회복실에서 입원실은 가까웠다. 진영은 자기 힘으로 이동침

대에서 내려와 입원실 침대에 누웠다. 이불을 덮고도 진영은
바들바들 떨었다. 간호사는 계속 진영에게 말을 걸었다.

"환자 분 이름이 뭐예요?"

"이진영이오."

진영은 겨우겨우 대답을 했다. 자꾸 잠이 오는지 눈을 감았
다.

"자면 안 돼요. 무슨 수술 받으러 왔는지 기억나요?"

진영은 한참 후에 바싹 마른 입술을 달싹거리며 거의 들리
지 않는 목소리로 말했다.

"자궁내막증 수술이오."

"네, 맞아요. 수술은 잘 끝났어요. 좀 있으면 마취가 풀려서
아플 거예요."

진영은 눈을 깜빡거렸다.

"근데 수술 언제 해요?"

"수술 마치셨습니다. 잘 끝났어요."

몇 초 후 진영이 다시 물었다.

"수술 언제 해요?"

간호사는 지치지도 않고 똑같이 대답했다. 진영은 또다시
물었다. 같은 말을 계속 반복하는 진영을 보고 민호는 놀랐다.
술 취한 사람이 주정하는 것 같았다.

간호사는 익숙한 상황인지 민호를 보고 웃으며 말했다.

"일시적인 현상이에요. 마취 풀릴 때는 이래요. 보통 한 시
간이면 다 풀리는데 환자 분은 좀 더 걸리네요. 무슨 말을 했는

지도 다 잊어버려요. 이상한 말 해도 그러려니 하세요. 아무 의미 없는 소리거든요. 이건 무통 주사 버튼인데요. 아플 때 누르면 주사액이 몸으로 들어가요. 가급적이면 안 쓰시는 게 좋아요. 정 힘들 때만 누르라고 하세요. 두 시간 동안은 잠자면 안 되거든요. 옆에서 지켜보다가 잘 것 같으면 계속 깨워서 말 시키고 심호흡 깊게 하도록 도와주세요."

간호사의 설명이 끝난 후에야 민호는 겨우 진영의 곁으로 갈 수 있었다.

민호는 진영의 뺨에 손을 대고 소스라치게 놀랐다. 너무 차가웠다.

"몸이 왜 이렇게 차죠? 어디 잘못된 거 아니에요?"

"수술방 온도가 낮아서 그래요. 감염 때문에 온도를 낮게 하거든요."

그제야 민호는 윤아가 준 쇼핑백에 수면양말과 핫팩이 들어있는 이유를 깨달았다. 민호는 서둘러 진영에게 수면양말을 신겼다. 발도 핏기라곤 하나도 없이 차가웠다.

"수술 받느라 애썼어. 잘됐다니까 걱정하지 마. 난소에는 별이상 없대."

진영은 그저 눈만 깜빡거렸다.

"미안해, 당신 혼자 걱정하게 해서. 앞으로는 아무 걱정 하지 마. 내가 있잖아."

진영은 민호를 빤히 보더니 입을 열었다.

"누구세요?"

민호는 당황해서 병실을 나가려는 간호사를 불렀다.

"이 사람 왜 이러는 겁니까?"

간호사는 별로 놀라지 않고 말했다.

"일시적으로 기억을 못 하는 거예요. 금방 기억을 찾아요. 걱정하지 마세요."

민호는 진영을 바라봤다. 진영의 눈이 서서히 감겼다. 민호는 진영의 볼을 가볍게 때렸다.

"진영아, 자면 안 돼. 눈 떠."

겨우 진영이 눈을 떠서 민호를 바라보았다.

"누구세요?"

정말 진영은 민호를 모르는 눈치였다. 민호는 당황했다. 진영이 갑자기 기침을 심하게 해서 민호는 진영의 등을 두드려 주었다. 기침을 멈춘 진영이 민호에게 물었다.

"아저씨, 연예인이에요?"

"아니."

'왜 연예인이라고 생각한 거지?'

진영은 신기하다는 눈으로 민호를 바라보았다.

"그럼 누구세요? 왜 여기 있어요?"

"난 네 남편이야."

"남편? 나 결혼했어요?"

진영은 깜짝 놀랐다.

"응, 결혼했어."

민호는 결혼반지를 낀 왼손을 보여 주었다.

"내가 결혼을 했다니. 말도 안 돼."

진영이 웃음을 터트렸다. 웃음을 그치자마자 또 기침이 터져 나왔다. 민호는 걱정이 돼서 진영에게서 시선을 떼지 않았다. 기침을 멈춘 진영이 민호를 보고 물었다.

"정말 내가 결혼했어요?"

"그렇다니까."

"아저씨 이름이 뭐예요?"

"박민호. 그리고 아저씨라고 부르지 마. 아저씨라고 부르면 나도 널 아줌마라고 부를 거야."

진영은 까르르 웃음을 터트렸다.

"그럼 뭐라고 불러요?"

'민호 씨'라고 대답하려다가 갑자기 장난기가 발동했다.

"오빠."

"오빠?"

진영이 고개를 갸웃거렸다. 뭔가 입에 영 붙지 않는지 갸우뚱거리며 '오빠, 오빠.' 하고 작은 목소리로 되뇌어 보는 진영이 귀여웠다. 민호는 시치미를 뗐다.

"내가 정말 오빠라고 불렀어요?"

오락가락해도 따지는 거 좋아하는 성격은 어디 안 간 것 같았다. 그러고 보니 진영은 윤아에게도 '언니'라고 부른 적이 없었다. 항상 '선배'였다.

"내가 너보다 여섯 살 위거든. 뭐라고 불렀을 것 같아?"

납득한 듯 진영은 '아.' 하고 소리를 냈다.

진영의 눈꺼풀이 또 아래로 천천히 내려갔다. 민호는 진영의 뺨을 톡톡 쳤다.

"자지 말라니까."

진영은 겨우 눈을 뜨고 민호를 바라보았다.

"졸려요."

"지금 자면 내일 엄청 고생해."

민호는 진영의 이불을 고쳐 덮었다. 여전히 뺨이 차가웠다.

"오빠 되게 멋져요. 배우처럼 잘생겼어요."

"그래?"

잘생겼다고 하니 어쨌든 기분이 좋았다.

"내가 오빠 막 쫓아다녔어요? 귀찮아서 결혼해 준 거예요? 아니면 나랑 사고 쳤어요?"

도대체 어떤 무의식이 이런 소리를 하게 하는 걸까?

"이진영은 절대로 누굴 쫓아다니거나 사고 같은 걸 칠 사람이 아니야. 내가 쫓아다녔어."

"거짓말."

"거짓말 아니야. 내가 첫눈에 반해서 쫓아다녔어. 넌 나한테 눈길도 안 줬어."

진영은 민호를 빤히 봤다. 여전히 믿을 수 없다는 눈빛이었다.

"우리 연애했어요?"

"응."

"얼마나?"

"오래 못 했어. 다른 놈이 채 갈까 겁나서 얼른 결혼했거든."

진영은 풋, 웃음을 터트렸다.

"오빠가 날 되게 좋아했나 보다."

"말했잖아, 첫눈에 반했다고."

"난 하나도 안 예쁜데."

"그렇게 생각하는 네가 예뻤어."

무슨 말인지 이해할 수 없는지 진영은 얼굴을 찌푸렸다.

내가 아는 사람들은 다 자기가 실제보다 더 착하다고, 더 멋지다고, 더 괜찮다고 생각하지만 넌 그렇지 않았어. 넌 누구보다 예쁘고, 착하고, 멋진 사람인데 넌 늘 실제보다 자신이 못하다고 생각했지. 그래서 넌 노력하고 또 노력했지. 내가 아는 사람 중에 제일 착하고 예쁜 이진영.

"우리 행복해요?"

"응, 아주 많이 행복해."

"결혼했으면 신혼여행도 갔겠네요?"

"응."

"어디 갔어요?"

"제주도."

"제주도?"

"해외가 아니어서 실망했어?"

진영은 고개를 가로저었다.

"나도 엄마, 아빠처럼 제주도로 신혼여행 가고 싶었어요."

그랬었나? 그런 이야기는 듣지 못했다.

"우리 집도 있어요? 어떻게 생겼어요?"

"마당이 있는 단독주택이야. 네가 단독주택에서 살고 싶다고 했거든."

민호는 주머니에서 열쇠를 꺼내 보여 줬다.

"우리 집 열쇠야."

"아이도 있어요?"

"아직. 둘이 같이 있는 게 너무 좋아서 아기는 좀 나중에 낳기로 했어."

"우리 신혼이에요?"

"결혼한 지 3년 됐어."

"3년이나 됐는데 나랑 있는 게 오빠 여전히 좋아요?"

"그럼. 아직은 아기한테 널 뺏기기 싫어. 나보다 아기를 더 사랑하는 것도 싫어."

또 진영은 웃음을 터트렸다.

"오빠는 욕심쟁이네. 어떻게 아기한테 질투를 해요?"

"네 사랑은 다 내 거였으면 좋겠어."

"에이, 유치해."

"원래 남자는 유치해."

사랑에 빠진 남자는 그것보다 백 배는 더 유치하고.

난 아직 네 사랑에 목마르단 말이야. 어쩌면 평생 그럴지도 몰라. 그러니까 각오해, 이진영.

"와, 나 로또 맞았나 봐."

진영의 눈이 반짝거렸다. 민호는 진영의 손을 꼭 잡았다.

"로또는 내가 맞았지. 세상에서 제일 멋진 여자가 내 아내가
되어 주었으니까."

진영은 한동안 아무 말도 하지 않았다. 한참 후 진영이 입을
열었다.

"나 지금 꿈꾸고 있나요?"

"꿈 아니야. 꼬집어 줘?"

민호는 살짝 진영의 뺨을 꼬집었다.

"안 아픈 걸 보니 꿈인 것 같아요."

마취가 덜 풀려 감각이 아직 돌아오지 않은 것 같았다.

"꿈 아니라니까. 난 네 남편이고, 널 아주 무지 많이 죽도록
사랑한다고."

진영의 눈에서 눈물이 흘러내렸다. 민호는 당황했다.

"진영아."

"늘 바라던 일이 꿈에서라도 이뤄졌으니까 난 괜찮아요."

"꿈 아니라니까."

다시 진영의 눈이 감겼다. 민호는 살짝 진영의 어깨를 흔들
었다. 진영의 젖은 속눈썹이 천천히 위로 올라갔다.

"진영아. 네가 바라던 일이 뭐였는데?"

진영은 민호를 바라보면서 한참 후에 입을 열었다.

"누군가가 오직 나만을 사랑해 주는 거요. 그 사람과 결혼해
서 행복하게 사는 거요."

갑자기 민호의 마음이 뭉클해졌다.

내가 네 소원 평생 들어줄게. 내 사랑은 평생 다 네 것이야.

"어때? 넌 내가 남편이라서 좋아?"

진영은 망설임 없이 고개를 끄덕였다.

"정말? 왜?"

"얼굴."

"얼굴?"

"얼굴이 딱 내 스타일이거든요."

민호는 큰 소리로 웃음을 터트렸다.

"이거 나중에 기억 안 난다던데 녹음이라도 해 둬야 하나?"

진영이 한기를 느끼는지 몸을 떨었다. 민호는 서둘러 손을 내밀어 진영의 두 뺨을 감쌌다. 뺨이 얼음처럼 차가웠다.

"와, 아저씨 손 되게 따뜻하다."

"오빠라니까."

"오빠."

진영이 배시시 웃으며 말했다. 난생처음 보는 진영의 애교에 민호는 한여름 아스팔트에 떨어진 아이스크림처럼 흐물흐물 녹았다.

"으."

진영이 얼굴을 찌푸렸다.

"왜, 왜 그래?"

"아파요."

마취가 풀리면서 통증을 느끼는 것 같았다.

"많이 아파? 무통 주사 누르지 말고 가급적 참으라고 간호사가 그랬는데."

진영은 찡그린 얼굴을 펴지 않은 채 입을 열었다.

"키스해 주면 좀 덜 아플 것 같은데."

민호는 진영의 입술에 가볍게 베이비 키스를 했다.

"좀 나아진 것 같아요."

민호는 피식 웃음이 나왔다.

"오빠가 키스하니까 정말 결혼한 것 같기도 하고."

"결혼했다니까."

또 아픈지 진영이 다시 얼굴을 찌푸렸다.

"한 번 더 해 줄래요?"

백 번이라도 해 줄 수 있었다.

진영의 횡설수설은 10분도 안 돼서 끝났다. 간호사의 말대로 진영은 자기가 한 말들을 전혀 기억하지 못했다. 민호는 아쉬운 생각마저 들었다.

수술 경과가 좋아서 진영은 다음 날 바로 미음을 먹기 시작했다. 몸을 많이 움직여야 해서 민호는 진영을 데리고 병원 뒤에 있는 작은 공원으로 갔다. 공원을 열 바퀴 정도 뱅글뱅글 돈 후에야 민호는 진영을 벤치에 앉게 했다.

"많이 힘들어?"

늦가을이라 바람이 찼지만 진영의 이마에는 땀이 맺혀 있었다.

"그럭저럭 참을 만해요."

"진영아, 미안."

진영은 '뭐가 미안한데요?' 하는 눈으로 민호를 바라보았다.

"그냥 다 미안해. 너 혼자 수술 받게 한 것도 미안하고, 연락 안 한 것도 미안하고, 열쇠 안 받은 이유도 안 물어봐서 미안해. 다음엔 이런 일 없을 거야. 아무리 화나도 네가 하는 이야기는 꼭 들을게. 약속해."

진영은 고개를 끄덕였다.

"너도 이런 비상사태 때는 연락해."

"그럴게요. 이젠 화 좀 풀렸어요?"

"그래."

"이래서 부부싸움은 칼로 물 베기라고 하나 봐요."

민호는 웃는 진영의 모습을 바라보며 말했다.

"부부싸움은 무슨. 적성에도 안 맞는 밀당하다가 괜히 당신 힘들게 한 거지. 밀당의 천재 이진영한테 내가 괜히 대들었어. 어차피 이기지도 못할 싸움이었는데, 이기든 지든 어차피 난 지는 건데."

진영은 가만히 웃었다.

"좀 기대."

진영은 민호의 어깨에 머리를 기댔다. 민호가 진영의 머리카락을 만지작거렸다. 진영은 민호의 손길에 마음이 편해졌다.

"윤아 형수에게 대충 들었어. 자연임신은 힘들다면서?"

진영은 고개를 끄덕했다.

"아이를 꼭 낳고 싶어?"

진영은 민호의 어깨에서 머리를 뗐다.

"당신도 아이를 바라잖아요. 그리고 당신 부모님도."

"나나 우리 부모님을 위해서 아이를 낳을 필요는 없어. 내가 아이를 원했던 건 그렇게 해서라도 널 내 곁에 잡아 두고 싶어서였어. 내가 원하는 건 그때나 지금이나 오직 너 하나야."

진영은 가만히 민호의 손을 잡았다.

"네가 아이를 원하는 거야?"

진영은 망설이지 않고 대답했다.

"네."

"그럼 약속해. 딱 세 번만 하기로."

"민호 씨."

민호는 단호했다. 이렇게 하지 않으면 진영은 될 때까지 할 것이 분명했다. 그러니 민호가 한계를 정해 둬야 했다.

"나한테 우선순위는 너야. 아무리 아이가 예뻐도 너만큼은 안 예쁠 거고, 아무리 자식이 소중하다고 해도 너만큼은 안 소중할 거야. 딱 세 번만 하자. 그래도 안 생기면 인공적인 방법은 더 이상 시도하지 않는 걸로 우리 약속하자."

"민호 씨, 난 당신 아이를 꼭 낳고 싶어요. 그래야 당신과 진짜 가족이 될 것 같아요."

"나 하나로는 부족하니?"

"그럴 리 없잖아요."

"내가 다 해 줄게. 네 아빠 노릇, 엄마 노릇, 자식 노릇. 진영아, 우리, 아이는 선물이라고 생각하자. 선물은 주는 사람 마음이잖아. 주면 고맙겠지만 주지 않더라도 원망하지 말자. 행복하게 살기에도 짧은 시간이야. 그 시간을 안 되는 일에 매달리

면서 낭비하고 싶지 않아. 우리는 너무 돌아왔잖아. 난 널 마음
껏 사랑하고 싶고, 너한테 많이 사랑받고 싶어."

진영은 고개를 끄덕일 수밖에 없었다.

"당신 정말 나 하나로 만족해요?"

"만족하는 정도가 아니라 벅차."

진영의 눈에서 투명한 눈물이 흘러나왔다. 진영은 이렇게
누군가에게 사랑받을 수 있으리라 생각해 본 적이 없었다. 진
영은 가슴이 벅차면 심장이 아프다는 것을 처음 알았다.

"진영아, 이제는 '진짜'가 되려고 더 노력할 필요 없어. 넌 이
미 진짜야."

"그래도 시험관은 할 거예요."

"이진영 고집을 누가 꺾어."

민호는 웃었다. 진영도 겨우 웃을 수 있었다.

퇴원하는 날 민호는 일하던 중간에 진영을 데리러 왔다. 진
영은 혼자 퇴원할 수 있다고 말하지 않았다. 혼자 알아서 하는
자신이 얼마나 주변 사람들을 외롭게 하는지 이제는 알고 있
었다.

"어디 가는 거예요?"

민호의 차가 낯선 길로 접어들었다.

"우리 집."

조용한 주택가를 지나 언덕을 올라간 후 민호의 차가 멈췄
다. 진영은 차에서 내렸다.

"우리가 같이 살 집이야."

민호가 철제 대문을 열자 진영은 할 말을 잃었다. 황금비가 내린 듯 마당이 온통 노란 은행잎으로 뒤덮여 있었다. 앞마당에 있는 커다란 은행나무 두 그루에서 떨어진 은행잎이었다. 이 집에 온 진영을 환영하기 위해 깔아 놓은 융단 같았다.

"전 집주인이 그러는데 지금이 1년 중 제일 예쁠 때래."

처마 끝에 매달아 놓은 풍경이 바람에 흔들려 아름다운 소리를 냈다.

넓은 마당 한편에 아담한 한옥이 서 있었다.

"뒷마당이 텃밭도 만들 수 있을 정도로 넓어. 장독대도 있고, 당신이 좋아하는 빨래도 널 수 있어."

두 사람은 앞마당이 환히 보이는 툇마루에 앉았다.

"어떻게 이런 집을 구했어요?"

"원래는 전주에 있던 한옥이래. 거의 백 년도 더 된 집을 해체해서 여기에 다시 조립한 거야."

"그렇게 오래된 집 같지 않아요."

"워낙 관리를 잘해서 그래. 한옥 원형을 그대로 두고, 마당에 있는 백 년 넘은 은행나무 두 그루를 베지 말 것. 전 집주인이 집을 팔 때 내건 조건 때문에 집을 내놓은 지는 꽤 됐는데 집이 안 팔렸대. 딱 보는 순간 우리 집이라는 생각이 들었어."

진영은 돌담과 화려하게 핀 국화와 마당 한구석에 무심하게 서 있는 석물들을 천천히 바라보았다.

"이 동네에선 은행나무 집이라고 부른대."

"그런데 왜 이렇게 좋은 집을 팔았대요?"

"나이도 많고 건강도 안 좋아져서 이 집을 관리할 수 없어서 내놨대. 화장실하고 부엌이 현대식이긴 해도 불편할 거야."

"말했잖아요, 난 불편한 게 좋다고."

진영은 킥킥 웃음을 터트렸다.

"왜 웃어?"

"은행 열매 냄새가 나요. 가을마다 꽤 고생하겠는데요."

민호도 코를 벌름거렸다. 짙은 국화 향 속에 고약한 냄새가 섞여 있었다.

진영은 기묘하리만큼 마음이 편했다.

난생처음 집이라는 것을 가져보는 기분이었다. 지금껏 진영은 인생을 셋방살이하는 기분으로 살았다. 태어나서 처음으로 내 자리가 생긴 기분이었다. 누구 눈치도 보지 않고 살아도 되는 안전한 공간에 있는 기분이 들었다.

우리 집. 내 사람.

이런 기분이 행복이구나.

참 좋았다.

"민호 씨."

진영은 민호에게 다가가 민호의 입술에 입을 맞췄다.

"우리 여기서 행복하게 살아요."

민호는 진영에게 입맞춤을 되돌려 주며 말했다.

"앞으로 잘 부탁드립니다, 아내님."

"저야말로 잘 부탁드립니다, 남편님."

진영은 드디어 민호와 부부가 되었다는 생각이 들었다.

진영은 몸 상태가 나아지자마자 바로 시험관을 시작했다.

"내막 두께도 좋네요. 12밀리미터가 넘었어요. 배란도 잘됐어요. 사흘 후에 이식합시다."

의사는 초음파를 보며 말했다. 의사의 목소리가 밝자 진영도 덩달아 기분이 좋았다.

"난자를 아홉 개 채취했는데 그중 다섯 개가 수정되었어요."

난자 채취는 정말 힘들었다. 그래서 시술 역시 힘들 거라고 지레 겁을 먹었는데 의사가 시술은 정말 '앗' 하는 순간에 다 끝난다며 위로해 주었다.

진영이 배아를 이식받으러 가는 날, 눈이 내렸다.

민호는 진영보다 더 초조한 얼굴이었다. 진영은 민호의 손을 잡았다. 얼음처럼 차디찼다. 진영은 자기가 들고 있던 핫팩을 민호의 손에 건넸지만 민호는 받지 않았다. 민호가 중얼거리듯 말했다.

"누구한테 빌어야 할지 모르겠어. 세상에서 제일 힘센 신이 누구지?"

"난 엄마한테 빌었어요. 세상에서 제일 힘이 센 건 엄마니까."

"나도 그래야겠다. 장모님이라면 분명 아기를 주실 거야."

"아버님, 어머님한텐 말 안 했죠?"

"어머니한테는 말했어."

"하지 말지. 아버님 항암 치료 들어가셨잖아요."

"혹시 너한테 연락할까 봐. 어머니가 너한테 너무 기대시잖아. 너는 아무 말 안 할 테고. 힘들어도 힘들다고 말 안 하는 나쁜 버릇은 도대체 언제쯤 고칠래?"

민호는 아프지 않게 진영의 이마에 딱밤을 때렸다. 진영은 그저 웃기만 했다.

"제발 이번에 됐으면 좋겠다. 네가 배에 주사 맞는 거 난 더는 못 보겠어."

"난 괜찮다고 했잖아요."

"그래, 이진영. 너는 항상 괜찮지. 그런데 내가 괜찮지 않아."

"당신은 그만 회사 가요."

"사장이 좋은 건 이럴 때뿐이야. 당신, 집에 데려다주고 갈 거야."

대기실에서 잠깐 기다리다가 진영은 수술실에 들어갔다.

수술실 모니터에 진영이 이식받을 배아 두 개가 떴다.

우리 아기들이구나. 진영은 가슴이 뭉클했다. 밖에서 기다리고 있는 민호에게도 보여 주고 싶었다. 민호 씨, 우리 아기들이에요. 진영은 인선에게 기도를 했다. 엄마, 제발 잘되게 해 주세요.

"로딩해 주세요."

잠시 후 기구가 몸을 빠져나갔다. 의사의 말대로 이식받기 전의 고통스러운 준비 과정에 비하면 이식은 순식간에 끝났다.

"끝났어요. 수고 많으셨습니다. 좋은 소식 같이 기다립시다."

시술한 의사가 진영의 손을 꼭 잡아 주었다. 그 손이 정말 따뜻해서 진영은 눈물이 날 만큼 고마웠다.

1차 피검사를 하루 앞두고 진영은 임신테스트기로 검사를 했다. 궁금해서 견딜 수가 없었다. 그런데 야속하게도 한 줄밖에 나타나지 않았다.

'너무 일찍 한 건지도 몰라. 피검사가 제일 정확하다잖아.'

피검사를 받은 다음 날 병원에서 전화가 왔다.

— 이진영님이시죠?

간호사의 목소리가 어두웠다.

"피검사 결과 나왔나요?"

— 네. 0.3입니다.

예감이 정말 좋았는데, 배아도 상급이라고 했는데…….

간호사는 수치가 오를 수도 있다며 2차 피검사 날짜를 알려 줬다. 진영은 힘없이 전화를 끊었다. 이틀 후 생리가 시작되었다.

34

진영은 파도 소리에 잠을 깼다. 밤 비행기를 타고 별장에 온 두 사람은 피곤해서 커튼을 치는 것도 잊어버리고 잠이 들었다.

겨울 햇살이라고는 믿어지지 않을 만큼 밝고 따뜻한 볕이 방 안으로 흘러내렸다. 침대에서 몸을 일으킨 진영은 가볍게 기지개를 켰다. 진영의 부스럭거리는 기척에 민호도 잠이 깬 듯했지만 피곤한지 여전히 눈을 감은 채였다.

진영은 코를 벌름거렸다. 음식 냄새가 났다. 주방 쪽에서 달그락거리는 소리가 나는 것 같았다.

"민호 씨, 집 안에 누가 있나 봐요."

"저택 관리하시는 분한테 음식 좀 해 달라고 부탁했어. 신경 쓰지 말고 더 자."

"정말 이렇게 휴가 와도 되는 거예요? 나 때문에 무리하는 거 아니에요?"

"금요일에 갔다가 일요일에 올라가는 건데 휴가는 무슨."

1차 시험관 시술은 착상에 실패했다. 낙담한 기분을 숨기지 못해 어쩔 줄 모르는 진영에게 민호는 제주도에서 잠시 쉬다 오자고 했다. 두 사람은 금요일 밤 비행기로 제주도의 별장에 왔다.

"주말에 비가 온다고 했는데 날씨가 맑나 봐."

민호가 중얼거리듯 말했다.

"바닷가 날씨는 예상할 수가 없잖아요."

"그래. 이러다가 갑자기 비가 무시무시하게 퍼부을지도 몰라."

창문이 덜컹덜컹 소리를 내며 흔들렸다. 제주도 아니랄까 봐 바람이 거칠게 불었다. 겨울 바다에 부는 바람은 칼날이 허공을 가르는 듯한 소리를 냈다. 창문에 비친 하늘도 한기를 품은 푸른빛이었다. 어쩐지 쓸쓸한 기분이 들어 진영은 민호의 품으로 파고들었다.

잠깐 누워 있으려고 했는데 어느새 진영은 잠이 들었다. 민호도 얼마 후 잠이 깼지만 곤하게 자고 있는 진영을 보고 다시 잠이 들었다. 그렇게 두 사람은 몇 번 깨다 자다를 반복하며 늦잠을 잤다. 두 사람은 점심때가 다 되어서야 동시에 눈을 떴다.

"지금 몇 시지?"

진영이 침대 옆 협탁에 둔 휴대전화로 시간을 확인했다.

"열두 시 넘었어요."

진영이 일어나려고 하자 민호가 진영의 손목을 잡아끌었다.

"오랜만에 나 좀 예뻐해 줘."

민호가 입술에 키스를 하려고 하자 진영은 고개를 돌리며 말했다.

"아직 이 안 닦았어요."

"나도 안 닦았어. 오랜만에 단둘이 있는데 나 좀 예뻐해 달라니까."

"그건 또 무슨 소리예요?"

"우리 계속 셋이서 침대 쓴 거 몰랐어? 당신하고 나하고 시험관."

진영은 피식 웃음이 나왔다. 시험관을 하면서 부부관계는 거의 하지 못했다.

"당신이 나보다 그 녀석하고 더 친했잖아. 내가 그놈보다 더 잘한다고. 한번 비교해 봐."

진영은 웃음을 터트렸다. 민호가 진영의 위로 올라왔다. 한참을 키스한 후에 민호가 얼굴을 들고 말했다.

"어때? 그놈은 이렇게 키스해 주지 않잖아."

진영은 또 웃었다. 민호는 진영의 잠옷과 속옷을 벗기고 자기가 입은 것도 서둘러 벗어 던졌다. 이불도 거추장스러운지 침대 아래로 밀어 버렸다. 진영의 알몸을 보던 민호의 시선이 아랫배에서 멈췄다. 시험관 시술을 위해 맞아야 하는 주사 때문에 생긴 멍 자국이 여전히 선명했다.

민호는 진영이 바들바들 떨면서 배에 주사바늘을 꽂는 것을 보고 당장 병원에 찾아가 주사 놓는 법을 배웠다. 진영에게 주사를 놓는 건 죽을 만큼 힘들었지만 진영이 견뎌야 하는 고통에 비하면 아무것도 아니었다.

민호는 안쓰러운 눈으로 멍 자국을 보다가 하나하나에 다정하게 키스를 했다. 민호의 키스는 배에서 멈추지 않았다. 진영을 돌려 눕히고 엉덩이에 있는 멍 자국에도 입술을 가져갔다. 진영은 간지러워서 몸을 뒤틀었다. 민호의 입술이 엉덩이에서 등뼈를 따라 목덜미로 천천히 올라왔다. 한참을 키스하던 민호가 아랫배에 손을 넣어 진영의 엉덩이를 세웠다.

"앗."

진영은 놀라서 외마디 비명을 질렀다. 그러나 민호는 아랑곳하지 않고 진영의 엉덩이에 자기 분신을 밀착시켰다. 아직채 젖지 않은 몸이었지만 진영은 민호만큼이나 흥분했다. 거칠지만 짜릿한 느낌이었다.

밝은 햇빛 속에서 몸을 섞는 건 처음이었다. 민호는 진영의 고개를 뒤로 돌리게 해 거칠게 입을 맞췄다. 진영은 헐떡거리면서 민호와 혀를 얽었다. 아래로 늘어진 젖가슴을 민호의 강한 손이 잡았다. 오랫동안 굶주려 왔던 민호는 제어하지 못한 열정을 마음껏 풀어 놓았다. 몇 분 후, 민호는 거친 숨을 내쉬며 진영에게서 몸을 뗐다. 온몸에서 힘이 쭉 빠진 진영은 힘없이 침대에 등을 대고 누웠다. 숨소리가 여전히 거칠었다. 진영은 이불을 덮으려고 했지만 민호가 막았다. 민호는 가벼운 손길로 진영의 몸을 쓸었다.

햇빛에 비친 진영의 몸은 대리석처럼 매끄럽고 하얗게 빛났다. 몸에 맺힌 땀방울은 진주 같았고 다이아몬드 같았다. 민호는 옆으로 누워 진영의 하얀 젖무덤을 가만히 바라보았다. 부끄러운 듯 진영의 얼굴이 붉어졌다. 민호의 시선에 진영의 옅은 핑크색 유두가 빳빳하게 일어났고 호흡도 점점 거칠어져 두 가슴이 푸딩처럼 흔들렸다. 민호는 젖무덤의 흐릿한 푸른빛 혈관에 혀를 미끄러뜨렸다.

"예뻐. 솜털 하나도."

진영의 얼굴이 붉게 달아올랐다. 민호의 입이 유두를 빠는 사이 그의 손가락은 이전의 정사로 질척한 그녀의 안으로 거침없이 파고들었다. 진영의 아래에서 투명하고 뜨거운 액체가 다시 흘렀다. 진영은 어서 들어와 달라는 듯 다리를 벌렸고, 민호는 기다렸다는 듯 다시 진영의 안으로 들어갔다. 동시에 다다른 절정이 서서히 물러간 후에도 두 사람은 땀에 젖은 몸을 부둥켜안고 있었다. 한참 후에야 진영은 겨우 입을 열었다.

"민호 씨."

"응?"

"지금 나 너무 행복해요. 이상할 정도로."

"나도 그래."

"나 좀 자도 돼요?"

"응."

진영은 잠이 들었다. 얼마나 시간이 흘렀을까? 진영은 찰박거리는 소리와 낯선 촉감에 잠이 깼다. 진영은 눈을 떴다. 분명

침대에 있었는데 눈을 뜨니 욕조 안이었다. 진영은 민호의 품
에 안겨 있었다.

"당신이 씻기 귀찮을 것 같아서."

물에서 로즈메리와 장미 향기가 났다. 따뜻한 물속에 있으
니 온몸의 긴장이 풀리는 기분이었다. 진영은 몸에서 힘을 빼
고 다시 민호의 가슴에 등을 대고 눈을 감았다. 민호의 손이 진
영의 배를 덮었다.

"여기 있었지?"

"네."

진영은 모니터로 본 배아 두 개를 떠올렸다.

"누구 잘못도 아니야. 알지?"

진영은 고개를 끄덕였다.

시험관을 시작하고 처음으로 긴장이 풀리는 것 같았다. 시
험관을 시작하면 어쩔 수 없이 모든 일상이 거기에 맞춰졌다.
식사도 엄격하게 제한된 식단을 먹었고 운동도 열심히 했다.
그 과정이 힘들진 않았다. 힘든 것은 실패를 한 후부터였다. 과
정 동안 겪었던 아픔이 좌절과 함께 한꺼번에 피로감으로 몰려
왔다. 그런 고통이 민호의 품 안에서 모두 녹아 버리는 기분이
었다.

욕실에서 나온 두 사람은 별장 관리인이 아침에 끓여 놓고
간 몸국에 밥을 말아 먹었다.

"골프장 예약해 뒀어. 같이 가자."

"난 골프 못 쳐요."

"내가 가르쳐 줄게. 같이 운동하면 좋잖아."

"그냥 우리 여기 있으면 안 돼요?"

"그렇게 나랑 단둘이 있고 싶어?"

"네."

민호는 진영의 솔직한 대답에 웃었다.

"그거 살짝 19금인 거지?"

"글쎄요."

진영은 새침한 얼굴로 김치를 아삭아삭 씹어 먹었다.

"당신 부모님도 신혼여행을 제주도로 오셨다며?"

"그걸 당신이 어떻게 알아요? 엄마가 말했어요?"

"아니. 당신이 말해 줬어. 그래서 신혼여행을 제주도로 오고 싶었다며?"

"내가요? 언제요?"

민호는 피식 웃었다.

"그리고 말이야. 당신, 내 얼굴이 그렇게 맘에 들었어?"

"네에?"

"내 얼굴이 당신 취향이라며?"

진영이 두 눈을 크게 떴다.

"그, 그게 무, 무슨 소리예요? 내가 언제요?"

"아니야?"

진영은 아무 대답도 못 했다. 모처럼 진영의 허를 찌른 민호는 기분이 좋았다. 민호는 씨익 웃으며 말했다.

"밥 다 먹었으면 우리 산책 가자."

진영은 민호가 독심술을 하는 게 아닌가 3초 정도 의심했다.

민호와 진영은 손을 잡고 바닷가를 걸었다. 하늘을 뒤덮은 구름 사이로 볕뉘가 쏟아졌다.

"정말 멋있어요."

진영은 하늘과 구름, 태양이 만든 작품에 넋을 잃었다.

바람은 여전히 세차게 불었다. 민호는 자기 목도리를 굳이 진영의 목에 둘러 주었다.

"괜찮아요. 나도 목도리 했잖아요."

"하나보단 두 개가 더 따뜻하잖아. 2차 시험관 바로 들어갈 거라며. 감기 들면 안 되잖아."

민호는 진영의 손을 잡은 채로 코트 주머니 속에 손을 넣었다.

"이번에 안 돼서 많이 실망했지?"

"네."

진영은 솔직하게 말했다.

"당신은 실망 안 했어요?"

"나한텐 이미 네가 기적이라서 뭔가를 더 바라는 게 욕심 같아. 이보다 더 행복해진다는 게 상상이 안 돼."

민호는 고개를 돌려 뒤를 바라보았다. 진영은 민호의 시선이 멈춘 곳으로 눈을 돌렸다.

네 개의 둥그스름한 발자국이 이어져 있었다. 민호와 진영이 걸어온 흔적이었다.

"어쩌면 이 발자국들의 수가 늘어날 수도 있겠지만 언젠가는 다시 이렇게 네 개로 줄어들 거야. 어차피 가족의 시작과 끝은 같아. 너와 나로 시작해서 너와 나로 끝나겠지."

민호는 모래사장에 털썩 주저앉았다. 그 서슬에 진영이 민호 쪽으로 비틀거리며 쓰러졌고 민호가 무릎으로 진영을 받았다. 진영은 민호의 무릎에서 내려오려고 했지만 민호가 못 하게 했다.

"누가 보면 뭐 어때?"

진영은 민호의 무릎에 가만히 앉아 있었다.

"진영아, 난 요즘 가끔 굉장히 기분 나쁜 꿈을 꿔. 네가 아이를 낳다가 죽는 꿈."

"민호 씨. 그런 일은 없어요."

"꿈인 줄 알면서도, 꿈에서라도 네가 이 세상에 없다는 것을 난 받아들일 수가 없어."

"내가 힘들어해서 많이 걱정돼요?"

"응."

민호는 한숨을 푹 내쉬면서 말했다.

"각오는 했는데 네 몸에 주사를 놓을 때마다 미칠 것 같아. 네 몸을 내가 망가뜨리는 기분마저 들어. 혹시 네가 이것 때문에 아프다면 난 내 자식이라도 많이 미울 것 같아."

"절대로 안 그래요. 태어나면 예뻐서 어쩔 줄 모를걸요. 그렇지만 나보다 더 예뻐하면 안 돼요."

민호의 눈에서 물기가 사라지지 않았다.

"당신하고 약속한 대로 딱 세 번만 할게요."

"그래."

민호는 진영을 일어나게 하고 자기도 일어났다.

"그만 돌아가자. 너 감기 들겠다."

"수치가 안 오르네요."

의사의 목소리에 미안함이 가득했다. 1차 시험관이 실패로 돌아간 후 진영은 바로 냉동배아로 2차 시험관을 시작했다. 1차처럼 시작은 순조로웠다. 그렇지만 결과는 또 실패였다. 첫 번째 피검사에서 수치가 낮았기 때문에 두 번째 피검사도 기대를 하지 않았다. 그렇지만 이 좌절감과 슬픔은 도무지 익숙해질 것 같지 않았다.

"도대체 뭐가 문제일까요?"

진영의 말에 의사는 그저 쓴웃음만 지었다.

정말 최선을 다했다. 하루 24시간을 오직 임신만을 생각하고 살았다. 안 좋다는 건 뭐든 피했고, 좋다는 건 아무리 힘들어도 다 했다.

연달아 두 번, 그것도 착상에서 실패하자 진영은 희망이라는 것이 생각보다 훨씬 나약하고 얄팍한 것임을 깨달았다. 진영은 병원에서 나와 가까운 커피전문점으로 들어갔다.

봄은 아직인데 커피전문점의 케이크 쇼케이스에는 하얀 생크림에 빨간 딸기가 아낌없이 올라간 쇼트케이크들이 가득했다. 진영은 거의 몇 달 동안 커피도, 케이크도 먹지 않았다. 그런데 두 번째 시험관이 실패한 지금은 그 모든 게 다 부질없게 느껴졌다.

진영은 케이크와 커피를 주문했다. 부드럽고 달콤한 우유 생크림, 폭신하고 촉촉한 제누아즈, 상큼한 딸기의 향기. 케이크는 정말 눈물이 날 만큼 맛있었고, 씁쌀한 커피는 뒷맛을 깔끔하게 정리해 줬다. 진영은 커피 한 잔과 케이크 한 조각을 추가 주문했다.

위안이 필요했고, 위로가 필요했다. 지금까지 했던 노력에도 불과하고 진영은 다시 시작점에 서야 했다. 그것은 42.195킬로미터를 달려야 하는 마라톤에서 42킬로미터를 달렸는데 다시 시작점으로 돌아가 새롭게 레이스를 시작해야 하는 마라토너가 느끼는 기분과 비슷했다.

두 번째로 주문한 커피를 반잔쯤 마셨을 때 진형이 왔다. 진형은 커피와 케이크를 마시고 먹는 진영을 보고 두 눈을 크게 떴다. 시험관 시술을 시작한 이래 커피는 물론 설탕과 밀가루도 절대 입에 대지 않았던 진영이었다. 진형은 2차 시험관 결과도 좋지 않음을 직감했다.

"누나, 병원은 잘 다녀왔어?"

"응."

"뭐래?"

"실패."

유난히 담담한 진영의 목소리가 진형의 마음을 더 아프게 했다.

제발 이번에는 꼭 되길 진형과 수지도 간절히 바랐었다.

1차 시험관 시술 때는 진형과 수지의 결혼 준비로 진영이 무리를 했었다.

진영은 아니라고, 무리하지 않았다고 말했지만 진형은 진영의 성격을 잘 알았다. 지나치게 꼼꼼한 성격 탓에 뭐 하나도 대충 넘기지 못했다. 결혼 준비가 그렇게 복잡한 건지 진형은 처음 알았다. 사소한 일들도 다 의논을 해서 결정해야 했다.

두 번째는 꼭 성공하기를 수지와 둘이서 얼마나 빌었는지 모른다. 그런데 또 실패였다.

"괜찮아?"

"잘 모르겠어. 막막해. 이젠 겁도 나고."

진영은 한숨을 푹 쉬며 케이크 위에 놓인 딸기를 난폭하게 뭉갰다. 생크림과 딸기 과육이 지저분하게 섞였다.

"이번엔 정말 될 줄 알았는데……."

이럴 줄 알았으면 조짐이라도 좋지 말지. 잠도 쏟아졌고 아랫배도 뭉치듯 아팠다. 착각인지 모르지만 착상 증세가 뚜렷하게 느껴졌다.

"의사는 뭐래?"

"뭐라고 그래. 괜찮다고 하지. 다 괜찮지. 난자도, 배아도, 자궁 두께도, 내 몸 상태도 다 괜찮대. 괜찮은데 왜 임신이 안 되는 거야? 괜찮다는 말도 이젠 듣기 싫어."

진형은 안쓰럽게 진영을 바라보았다.

"차라리 누가 불가능하다고 말해 줬으면 좋겠어. 그럼 포기라도 할 것 아니야. 정말 못 할 짓이야. 민호 씨가 실망하는 모

습을 또 어떻게 봐야 할지 모르겠어. 어머님, 아버님도 실망하
실 텐데."

진영은 또 눈물이 나올 것 같아서 억지로 웃었다.

"나 참 못났지? 겨우 두 번 실패했는데 자신감이 바닥으로
떨어져 버렸어. 이제껏 난 노력하면 다 되는 줄 알았거든. 근데
노력해도 안 되는 일이 있나 봐."

진영은 괜찮은 척하지 않았다. 그냥 솔직하게 속상한 마음
을 그대로 얼굴에 드러냈다. 언제부터인가 진영은 진형 앞에서
더 이상 강한 척하지 않게 되었다.

"수지는 병원 다녀왔니?"

진형은 멈칫했다. 이런 누나에게 수지가 임신했다는 말을
하기가 미안했다.

"응."

"몇 주래?"

"5주. 아기집 보고 왔어."

두 사람은 수지가 시험에 합격할 때까지 임신을 뒤로 미룰
생각이었다. 선명한 두 줄이 나온 임신테스트기를 보고 수지는
눈물을 글썽거렸다. 감동의 눈물은 아니었다.

"내가 그날 위험하다고 했잖아!"

분위기에 취해 콘돔을 그만 깜빡했다. 진형은 싹싹 빌었다.
어떻게 낳아 키우냐며 울상인 수지에게 은화는 자신만 믿고 낳
으라고 말했다. 그런 수지와 은화의 모습을 보면서 진형은 여
자에게는 친정엄마가 특별할 수밖에 없다는 생각이 들었다. 한

편으로는 진영에게 저렇게 곁에서 지켜 주고 위로해 줄 인선이 없다는 게 참 마음 아팠다.

"어른들이 좋아하시지?"

"장모님이 특히 좋아하셔. 장인어른도 좋아하시고. 키워 줄 테니 아무 걱정 말고 둘이든 셋이든 낳으라셔."

"친정엄마 마음은 다 그래. 엄마가 살아 계셨으면 참 많이 기뻐하셨겠다. 넌 기분이 어때?"

"아직 실감이 안 나. 콩알만 한 게 아홉 달 후면 사람으로 변한다는 게 안 믿겨."

그렇게 말하면서도 진형의 얼굴에는 숨길 수 없는 기쁨의 미소가 떠올랐다. 진형은 미소를 재빨리 지웠다. 2차 시험관도 실패한 누나 앞에서 좋아하는 티를 내는 자신이 생각 없게 느껴졌다.

"수지가 누나한테 많이 미안해해."

"미안하긴 뭐가 미안해?"

"누나보다 먼저 애가 생겨서."

수지는 임신을 기뻐하면서도 진영에게 많이 마음이 쓰이는 눈치였다. 병원에서 나오면서 수지는 진형에게 '삼신할머니가 졸았나 봐. 왜 언니네 집에 갈 아이가 우리 집에 먼저 온 걸까?' 라고 중얼거렸다.

"그런 말도 안 되는 소리가 어디 있어. 나한테도 기쁜 소식이야. 조카가 생기는 거잖아."

반은 거짓말이었다. 기쁘면서도 마음이 아팠다. 수지가 부럽다 못해 질투심까지 생겼다. 진영은 그런 못난 마음을 동생에게 들키고 싶지 않았다.

진영은 자기 마음이 송곳처럼 뾰족하다는 것을 알았다. 버스에 붙어 있는 산부인과 병원 광고 문안을 보고도 괜히 울적했다.

당신은 꼭 임신할 수 있습니다.

시험관에 실패한 자신에게 그 광고 문안은 조롱처럼 들렸다. 서점의 임신과 육아 코너에서도 마찬가지였다. 《아기는 무슨 일이 있어도 꼭 생긴다》라는 책 제목을 보고 진영은 그런데 왜 나는 안 생기냐고 소리를 지르고 싶었다.

"3차는 언제 들어가?"

"모르겠어."

연달아 두 번 실패를 하고 나니까 자신감도 사라졌다. 또 실패를 하면 어떻게 하나 두려웠다.

진영은 화제를 돌렸다.

"할 말이 뭐야?"

진형의 표정이 긴장으로 굳었다.

"이모가 누나를 만나고 싶다고 나한테 연락을 했어."

"그 여자가 왜? 또 조혈모세포가 필요하대?"

진영의 반응은 시니컬했다.

진형에게도 별로 유쾌한 연락은 아니었다. 실낱같이 이어지던 인연은 인선의 죽음을 계기로 완전히 정리됐다. 진형은 부고를 알리면서 빈소에도 장례식에도 오지 말라고 못을 박았었다. 인숙과 인연을 끊는 건 인선의 뜻이기도 했다.

그런데 인숙이 회사로 연락을 해 왔다. 진영의 전화번호가 바뀌었고, 진형은 수신거부를 한 상태라 회사로 전화를 한 것 같았다. 진형은 인숙의 전화가 불쾌했지만 누나 일이라 전화를 끊을 수 없었다.

"무슨 일이래?"

"이모가 이혼한 건 알아?"

"뭐? 언제?"

"별거한 지는 꽤 됐었는데 석 달 전에 서류 정리했대."

진영은 아무 말도 할 수 없었다.

"그리고 세연이가 다 알았대, 누나에 대한 거. 조혈모세포 기증한 것까지. 나한테 확인하려고 전화를 했더라고."

"언제?"

"얼마 안 됐어. 세연이도 누나 한번 보고 싶다던데, 한번 만나 볼래?"

진영은 고개를 저었다.

"만나고 싶지 않아. 세연이, 나 안 좋아했어. 너도 알잖아. 나한테 언니 소리 하기 싫어서 늘 '저기요.'라고 그랬던 애야. 사정을 알았다고 나에 대한 애정이 생기는 건 아니잖아. 그런데 이혼은 왜 했대?"

영훈은 분명 이혼하지 않겠다고 진영에게 약속을 했었다.

"이모부가 투명인간 취급을 했대. 그 취급에 못 참고 이모가 집을 나갔고. 이모부는 끝까지 가정을 지키려고 하셨던 것 같은데 결국 서류 정리 들어간 것 같아."

"나 때문에 이혼했으니 피해보상이라도 받고 싶다는 거야?"

"아니. 누나 친부와 관련해서 할 말이 있대."

진영은 느닷없는 친부 이야기에 얼굴을 찌푸렸다.

"친부?"

"누나가 만나겠다면 내가 연락해서 이모랑 약속 잡을게."

"이제 와서 왜 친부 이야기를 하겠다는 거야? 30년 동안 이야기 안 한 친부가 왜 갑자기 튀어 나오냐고."

"자세한 이야기는 하지 않고 친부와 관련해서 누나에게 할 말이 있다고만 말했어. 죽기 전에 마지막으로 보고 싶다, 뭐 그런 이야기 아닐까? 재산 문제 때문에 누나 친부 쪽 자식들이 누날 만나려고 하는 걸 수도 있고. 친부 사후에 누나가 소송을 걸 수도 있으니까."

꽤 사는 집 남자였다는 소리는 얼핏 들었던 것 같았다. 죽은 외할머니가 그 집안이 손이 귀한 집이라 진영이 아들이었다면 분명 인숙과 결혼했을 거라고 말했었다. 달고 나올 것을 잊어버려서 제 어미 신세를 망친 년이라고 외할머니는 진영을 무섭게 구박했었다.

진영은 피식 웃었다.

"내 인생은 뭐 이렇게 막장 드라마니?"

"어떻게 하고 싶어?"

"너라면 어떻게 할 거야?"

"나라면 만날 거야."

"왜?"

"사후에 그쪽에서 법적 문제로 귀찮게 할 수도 있으니까 생전에 깔끔하게 정리해 두는 게 나아."

"난 돈 받을 생각 없어. 이제 와서 그 남자 호적에 올라갈 생각도 없고."

"그 의사를 그 남자 생전에 밝히는 게 좋다는 뜻이야."

진형은 농담조로 덧붙였다.

"나중에 누나 자식이 연애를 했는데 알고 봤더니 사촌지간이면 어떻게 해."

진영은 웃음을 터트렸다.

"누나는 보고 싶지 않아?"

"보고 싶긴. 지긋지긋해. 그 남자는 30년 동안 내 존재를 완전히 무시하고 살았잖아. 정자 하나 내게 준 것 말고는 아무것도 한 게 없으면서 자기가 보고 싶을 때 날 볼 수 있다고 생각하는 그 자신감은 도대체 어디에서 나오는 걸까? 나라면 미안해서라도 연락하는 건 꿈도 못 꿀 것 같아."

그러면서도 어떤 사람인지 궁금한 마음이 아예 없진 않았다. 아무것도 해 준 게 없어도 아버지는 아버지라는 건가? 그건 이성의 힘으로 끊어 낼 수 없는 본능의 영역일까? 마음이 복잡했다. 진영은 자신이 임신을 시도 중이어서 그런 부분에 더 예민하게 반응하는 것 같았다. 진영은 중얼거리듯 말했다.

"부모가 되지 않으면 역시 이해할 수 없는 기분일까? 대부분의 사람은 그런 사람도 아버지라고 생각할까?"

"누나 아버지가 왜 그 사람이야?"

진형이 단호한 목소리로 말했다.

"그래. 네 말이 맞아."

"그 사람을 만나는 건 누나의 의무가 아니라 권리라고 생각해. 권리는 행사하는 사람 마음이잖아. 모른 척하고 싶으면 모른 척해. 내 생각에도 그렇게 유쾌한 만남이 될 것 같진 않아. 누나 말대로 제대로 된 사람이라면 지금껏 누나를 안 찾았겠어?"

"시간을 좀 줘. 생각해 볼게."

"응."

집으로 들어가려다 진영은 미용실에 들러 머리를 정리했다. 칙칙한 집 안 분위기를 바꾸려고 꽃시장에 들러 꽃도 샀다. 꽃을 한 아름 안고 집에 왔는데, 집 앞에 연희의 차가 서 있었다.

"어머님 오셨어요? 연락하시지 그러셨어요."

"그냥 물건만 전해 주려고 온 거야. 강원도에서 민호 아버지가 아시는 분이 해산물을 좀 보냈다. 민호 고모도 너 먹으라고 반찬을 잔뜩 해서 보냈고. 겸사겸사 왔다."

진영은 다기를 가져와 차를 우렸다. 민호에게 이번에도 실패했다는 문자를 보냈으니 분명 진영의 피검사 결과를 학처럼 목을 빼놓고 기다리던 연희도 알고 온 게 분명했다. 피검사 결과의 '피' 자도 꺼내지 않는 것을 보니 진영은 더 확신이 생겼다.

"아버님은요?"

"미야자키로 골프 치러 가셨다."

"같이 가시지 그러셨어요."

"이번엔 남자들끼리 가는 거라서 빠졌어. 감시하는 사람이 없으니 네 시아버지 신나게 술 마시고 있겠지, 뭐. 가끔은 풀어 줘야 하지 않겠니."

석금의 암 발병 후 연희는 석금의 건강관리에 지나칠 만큼 신경을 쓰고 있었다.

"머리 정리하니까 좋아 보인다. 다음 주에 미스 채가 성북동에 올 때 네 옷하고 구두도 좀 챙겨 오라고 할까? 봄옷 몇 벌 필요하지 않니?"

연희로서는 진영에게 최대한 호의를 베풀려고 하는 거였다. 옷이고 뭐고 관심이 없었지만 진영은 연희의 호의에 답하고 싶었다.

"네, 고맙습니다."

진영은 가만히 찻잔을 내려다보았다. 옅은 연둣빛 찻물에 생기라곤 하나도 없는 시든 꽃 같은 여자가 떠올랐다. 내 꼴이 참 초라하긴 하구나. 이러니 다들 날 걱정하지.

"저 때문에 어머님 고생이 많으세요."

시험관에 전념하느라 경조사와 집안일은 모두 연희가 도맡아 하는 중이었다. 석금도 놀랄 만큼 연희는 불평 없이 집안일을 챙겼다. 까다로운 성격은 어디 가질 않았지만 예전의 연희에 비하면 상상도 할 수 없을 만큼 바뀐 모습이었다.

"그만한 공도 없이 자손을 보겠니."

연희의 입에서 가느다란 한숨이 흘러나왔다.

"다음 주에 안동에 진맥을 받으러 가자. 민 여사네 둘째 며느리가 거기 약 먹고 자궁이 따뜻해져서 시험관에 성공했다더라. 좋다는 건 다 해 보는 게 좋지 않겠니?"

"네."

연희도 민호를 낳고 둘째를 가지려고 수없이 시도했지만 이상하게도 아이가 생기지 않아 마음고생이 심했었다. 연희의 모든 것을 마음에 들어 하지 않았던 영분은 이상하게도 아이 문제만큼은 관대했다. 유산을 하고 누워 있으면 손수 미역국을 끓여 주었다. 그렇지만 고맙다는 생각은 조금도 들지 않았다. 시어머니가 끓여 주는 미역국이 맛있을 리가 없었다. 먹으면서도 솔직히 가시방석이었다.

"자식이 뭔지 그것만 한 애물이 또 있나 싶다. 있어도 애물, 없어도 애물."

진영은 새로 우린 차를 연희의 빈 다완에 가만히 부었다. 이렇게 연희와 차를 마시며 흉금을 털어놓는 날이 오리라고는, 결혼할 때는 전혀 상상조차 못 했었다. 연희 역시 마찬가지였다.

"이 집이 원래 손이 귀해. 나도 민호 낳고 10년 넘게 별짓을 다 했는데도 둘째를 못 낳았어. 결국 유산만 세 번 하고 포기했지. 돌아가신 시어머니도 민호 아버지를 결혼 10년 만에 가지셨다지. 집안내력인 걸 어쩌겠니."

"그러셨어요?"

"자식, 그거 없어도 괜찮아. 민호 녀석이 나한테 하는 거 보렴. 옆집 아저씨보다 나은 게 뭐 있니? 자식 키워 봤자 다 헛것이라니까."

두 사람은 소리 내지 않고 웃었다.

"그래도 손자는 귀엽지 않겠어요?"

연희는 손사래를 치며 말했다.

"얘, 손자 보면 빨리 늙는다는 소리도 못 들었니? 친구들이 다들 그래. 딱 오 분만 좋다고."

진영은 연희에게 위로받는 기분이었다.

"엄마 많이 보고 싶지?"

뜻밖의 말에 눈시울이 뜨거워졌다.

"어쩌겠니, 이제 너한텐 나같이 고약한 시어미밖에 없는 걸. 그래도 한세상 서로 의지하면서 살아야지."

"네."

연희는 진영의 눈에 고인 눈물을 모른 척했다.

"꽃, 꽃병에 꽃을 거니? 그럼 같이 하자."

진영은 서둘러 자리에서 일어나 꽃병을 찾았다.

민호는 평소보다 일찍 퇴근했다.

— 그럭저럭 견딜 만한 것 같더라.

집에 다녀온 연희가 민호에게 전화로 알려 주었다.

— 속이야 말이 아니겠지만. 얼굴을 보니 좀 쉬어야 할 것 같더라. 도우미 보내랴?

"그 사람이 싫어해요."

— 그럼 청소 해 줄 사람이라도 보내 줄게.

"저희가 알아서 할게요. 어머니가 신경 쓰시는 거 알면 그 사람 마음이 더 불편할 거예요."

연희가 긴 한숨을 쉬었다.

— 알았다. 피곤하면 절대로 아이 안 들어서니까 너라도 걔 무리 못 하게 막아.

"네, 그럴게요."

— 안달복달하지 마라. 모든 게 다 팔자소관 아니겠니. 네 팔자에 애가 있으면 생기겠지.

집에 도착한 민호는 차고에 앉아 몇 분 동안 가만히 눈을 감고 있었다. 진영이 시험관 시술에 실패한 후 생긴 새로운 버릇이었다. 진영 앞에서 밝게 웃기 위해서 민호는 그렇게 혼자 차 안에 앉아 슬픔을 삭였다.

진영의 앞에서는 슬퍼할 수가 없었다. 진영 역시 그의 앞에서는 슬픈 내색을 보이지 않았다. 힘들어하면 시험관을 그만두게 할 것 같아 더 무리를 하는 것 같았다. 예전보다 나아졌지만 진영은 여전히 힘든 것을 혼자 감당하려고 했다. 그 나쁜 버릇은 도대체 언제가 되어야 고쳐질까 싶었다. 민호는 익숙한 좌절감을 느꼈다. 세상에서 가장 행복하게 해 주고 싶은 진영이 행복하지 않았다.

민호는 짙은 한숨을 내뱉었다. 도대체 어떻게 해야 아이가 생길까? 왜 그렇게 노력하는데 생기지 않는 걸까? 민호는 8차,

9차 시험관을 했다는 사람들이 솔직히 어떤 심정으로 거기까지 갔을지 상상이 되지 않았다. 겨우 두 번만으로 민호는 완전히 지쳐 버렸다. 자신도 이런데 진영은 어떤 기분일까?

민호는 멍투성이인 진영의 배를 떠올렸다. 매일 진영은 같은 시각에 주사를 맞아야 했다. 어지간히 참을성이 있는 진영도 주사를 맞을 때면 눈물이 글썽글썽했다. 뭐 이렇게 고약하게 아픈 주사가 다 있나 싶었다.

아기를 기다리면서 진영이 해야 할 일, 감내해야 할 고통은 너무 많았지만 민호가 할 일은 거의 없어서 미안할 지경이었다. 이렇게 쉽게 아빠가 되어도 되나 하는 생각이 들었다.

또 진영의 몸에 주사를 놓을 생각을 하니 가슴이 미어졌다. 몸도, 마음도 얼마나 더 아파야 하나? 민호는 눈시울이 뜨거워졌다.

진영의 몸에 남은 멍 자국을 볼 때마다 민호는 꼭 자신이 그 멍을 만든 것 같아서 마음이 아팠다. 아이 없이도 행복하게 살 수 있다고 진영에게 몇 번이나 말했지만 그때마다 진영은 고개를 가로저었다. 당신 아이를 낳고 싶어요. 그 말에 민호는 질 수밖에 없었다.

간신히 마음을 가라앉힌 민호는 진영에게 줄 선물로 산 포레누아 케이크 상자를 들고 차에서 내렸다.

민호가 들어오는 인기척이 났을 텐데도 진영의 모습이 보이지 않았다.

'자나?'

민호는 조용히 안방 문을 열었다. 안방은 비어 있었다.

"진영아."

민호는 목소리를 높여 진영을 불렀다.

안방 옆에 딸린 작은 방에서 부스럭거리는 소리가 났다. 드레스 룸으로 쓰고 있는 방이었다. 민호는 드레스 룸으로 들어갔다. 방바닥에 주저앉은 진영이 소리 죽여 울고 있었다.

"진영아, 무슨 일이야? 어디 아파?"

진영은 고개를 가로저었다. 진영은 한참 후에야 겨우 울음을 그쳤다. 진영은 휴대전화를 민호에게 보여 줬다. 윤지가 보낸 문자였다.

선생님, 저 아이 낳았어요. 2.8킬로, 손가락도 열 개고, 발가락도 열 개예요.

문자에는 사진도 첨부되어 있었다.

자연분만을 무사히 마친 윤지가 태어난 지 얼마 안 되어 붉은 기가 역력한 아기 옆에서 브이 사인을 한 셀카 사진이었다. 윤지는 가장 기쁜 순간을 진영과 나누고 싶은 마음뿐이었고, 진영이 임신을 준비하고 있다는 것도 몰랐다.

진영은 윤지가 진심으로 미웠다. 자기는 죽을힘을 다해도 얻지 못하는 아이를 낳은 윤지가 미웠다. 제 손으로 키우지 못하는 사람도 아이를 낳을 수 있는데, 왜 자신은 아이를 가지지 못하는 걸까?

"나 정말 왜 이 모양이죠? 도저히, 도저히 윤지한테 축하한
다는 문자를 못 보내겠어. 수지도 임신했대요. 진형이 앞이라
겨우 축하했지만 마음속으로는 수지가 미울 정도로 부러워 죽
을 것 같았어요."

"괜찮아, 진영아."

"민호 씨, 왜 아이가 안 생기는 걸까요?"

진영이 소리 내어 울기 시작했다.

"왜 난 이렇게 모든 게 다 힘든 거죠? 왜, 왜 내 인생은 이 모
양인 거예요? 왜!"

진영은 민호의 가슴팍을 손바닥으로 쳤다.

"너무 아프다고요. 주사 맞는 것도 지긋지긋하고, 병원에 가
서 착상 안 됐다는 소리를 듣는 것도 지긋지긋해. 다른 사람들
은 태어나면서부터 있는 부모도 난 왜 없고, 다들 쉽게 낳는 아
기도 난 왜 이렇게 힘든 거야? 왜 내 인생은 이렇게 불공평한
거냐고요! 하나라도 쉽게 지나갈 수 있게 해 주면 좋잖아요. 최
소한 내가 노력한 만큼은 보상해 줄 수 있잖아요."

민호는 아무 말도 하지 않고 진영을 안았다. 등을 토닥여 주
면서 진영이 진정될 때까지 기다렸다. 그래도 진영이 그의 앞
에서 울음을 터트려 다행이라는 생각이 들었다. 혼자 슬퍼하
고, 혼자 아파하는 진영을 지켜보는 건 더 힘들었다.

한참 후 진영의 울음이 멎었다. 폭발하듯 울고 나니 진영은
피곤이 몰려왔다. 진영은 민호의 품에서 마음을 가라앉혔다.
민호의 체온과 체취는 늘 그렇듯 진영의 마음을 편하게 했다.

"정말 소중한 걸 쉽게 얻는 건 불행한 건지도 몰라. 그런 사람들은 자기가 얼마나 큰 기적과 축복 속에서 살고 있는 건지 모를 테니까. 우리가 간절히 바라고 바란 만큼 아이에 대한 사랑도 더 깊어질 거라고 생각해. 나중에 아이가 속 썩이고 미운 말을 해도 얼마나 힘들고 간절히 바라서 왔는지를 떠올린다면 쉽게 넘길 수 있지 않을까?"

눈물이 흘렀다.

"내가 좋은 엄마가 못 될 거라서 아이가 안 오는 걸까요? 내가 예전에 아이 같은 건 낳고 싶지 않다고 해서 아이가 날 찾아오지 않는 걸까요?"

"그럴 리 없다는 거 잘 알잖아. 이진영은 내가 아는 사람들 중에서 제일 예쁘고 착한 사람이야, 내가 부모를 고를 수 있다면 당신 아들로 태어나고 싶을 정도로."

"정말요?"

민호는 고개를 끄덕였다.

"그리고 난 우리 아기가 언젠가 올 거라고 믿어. 진심으로."

민호는 진영을 안아 안방으로 데려갔다. 민호는 이불을 펴고 진영을 눕혔다.

"진영아. 시험관 시술을 계속하고 싶으면 얼마든지 하고 싶을 때까지 해도 돼. 하기 싫으면 지금이라도 그만둬도 돼. 대신 한 가지만 약속해 줄래?"

진영은 민호의 품에서 고개를 끄덕였다.

"우리, 감사하고 행복한 마음으로 기다리자. 우리, 웃으면서 기다리자. 응?"

민호의 눈에 눈물이 그렁그렁했다.

"그럴게요."

"고 못된 녀석이 태어나면 내가 꼭 엉덩이 한 대 때릴 거야. 왜 이렇게 엄마 고생을 시켰냐고."

진영은 있는 힘을 다해 미소를 지었다. 민호 역시 미소를 지었다.

"민호 씨."

"응?"

"난 정말 당신 하나면 돼요."

"알아."

35

  윤지에게 아이가 태어났다는 연락을 받은 다음 날, 진영은 윤지와 아기의 선물을 사려고 백화점에 갔다. 윤지의 선물은 민호가 골라 주었다. 민호는 앞으로 쓸 일이 많을 거라며 노트북을 사 주라고 했다. 진영은 전자제품 매장에서 노트북을 구입하고 유아용품 매장으로 내키지 않는 발걸음을 뗐다. 앙증맞은 아기 옷과 장난감, 유아용품들을 보는 것만으로도 마음이 아팠다.

  아기 옷을 뒤적거리는 진영에게 점원이 상냥한 미소를 지으며 다가왔다.

  "몇 개월 된 아기 옷을 찾으세요?"

  "어제 태어났어요."

  "어머, 축하드려요. 출산선물을 하시려고요?"

"네."

"그럼 패키지로 구입하시는 게 좋아요. 공주님이에요, 왕자님이에요?"

"여자아이요."

직원은 핑크색 리본으로 묶인 바구니를 가져왔다. 처음엔 컵케이크 바구니인 줄 알았는데 자세히 보니 옷을 컵케이크 모양으로 개어 놓은 것이었다. 점원은 배냇저고리, 우주복, 내복, 손발싸개, 천 기저귀, 치발기, 딸랑이, 젖병, 모빌, 초점책, 턱받이, 속싸개와 담요 등을 하나씩 꺼내어 진영에게 보여주었다.

"참 예쁘네요."

진영은 자기도 모르게 말했다. 직원은 미소를 지으며 말했다.

"필요하신 게 더 있으면 추가하시면 되고요. 이미 있는 것은 빼도 되고요."

"아마 아무것도 없을 거예요."

진영은 마음에 든 물건을 몇 개 더 추가해 출산 축하 바구니를 만들었다. 처음의 무거웠던 마음은 온데간데없었다.

바구니는 꽤 묵직했다. 진영은 차에다 노트북과 선물바구니를 실어 놓고, 다시 백화점 지하로 돌아갔다. 꽃이 없으니 서운해서였다. 진영은 꽃바구니를 주문했다.

"리본에 뭐라고 써 드릴까요?"

진영은 뭐라고 써야 좋을지 몰라 몇 초간 생각에 잠겼다. 일반적인 출산 축하 문구는 안 될 것 같았다.

"음……. '두 사람의 행복을 진심으로 기도합니다.'라고 써 주세요."

그게 진영의 진심이자 소망이었다.

진영은 가만히 노크를 하고 문을 열고 윤지의 일인실 병실로 들어갔다.

"윤지야."

윤지의 눈이 벌겠다. 한참 울었는지 눈이 퉁퉁 부어 있었고, 얼굴에는 어제의 산고가 고스란히 남아 있었다.

"선생님."

"우리 윤지 애썼어."

축하한다는 말을 할 수 없어 진영은 마음이 아팠다. 애썼다는 말에 또 윤지는 펑펑 눈물을 쏟았다.

"울면 나중에 눈 나빠진대. 울지 마."

윤지는 겨우 울음을 그쳤다.

"뭣 좀 먹었어?"

윤지는 고개를 끄덕거리며 말했다.

"미역국이요. 근데 맛이 이상해요. 반찬도 없고."

"산모 미역국이라 그래. 뭐 먹고 싶은 거 없어?"

"아이스크림이요."

역시 애를 낳아도 애는 애였다.

"아기 낳고 찬 거 먹으면 나중에 고생한대. 몸조리 다 하고 나면 아이스크림 물릴 정도로 사 줄게. 지금은 좀 참아."

진영은 가져온 선물 보따리를 윤지 앞에 내려놓았다.

"이건 윤지 거, 이건 아기 거."

윤지는 자기 선물보다 먼저 아기 선물을 풀었다.

"정말 예뻐요."

윤지는 좋아서 어쩔 줄 몰라 했다.

"부모님은 오셨니?"

윤지는 고개를 가로저었다.

"어제 문자 보냈는데 아직까지 답장이 안 왔어요. 전화도 없고."

진영은 어제 윤지의 출산을 질투했던 게 미안했다. 아이를 낳고 혼자 있으면서 얼마나 마음이 아팠을까. 민호가 대신 문자를 보내 줘서 다행이었다. 그 문자가 윤지가 받은 유일한 축하 문자였을 것이다. 다른 산모들은 남편과 가족, 친구들의 축하를 받았을 텐데. 병실 문밖에 꽃바구니들이 몇 개나 나와 있는 곳도 있었다. 너무 많이 받아 방에 다 두지 못해 밖에 놔둔 것이었다. 거기에 비해 윤지의 방은 너무 썰렁했다. 진영이 가져온 꽃바구니가 유일했다.

"미안. 어제 오려고 했는데 일이 생겨서……."

"선생님, 아기 보러 갈래요?"

진영은 윤지와 아기를 보러 신생아실로 갔다. 열 명이 훨씬 넘는 아이들 중에서 진영은 금방 윤지의 아기를 찾을 수 있었다.

"저기 제일 오른쪽에 있는 아기지? 어쩜 너랑 눈, 코, 입이 똑같니."

"그렇게 많이 닮았어요?"

윤지는 기쁜 듯 눈을 반짝거렸다.

"응. 윤지 미니미 같아. 우리 윤지 아기가 저기 있는 아기들 중에 제일 예쁜 것 같아."

"선생님, 저랑 닮았으니까 나중에 길에서 우연히 마주쳐도 우리 아기 바로 알아볼 수 있겠죠?"

윤지의 눈에 또 눈물이 그렁그렁했다.

"낳고 보니까 아기한테 더 미안해요."

진영은 윤지의 손을 꼭 잡아 주었다.

"선생님한테 정말 고마워요. 우리 아기가 태어난 것을 축하해 주는 사람이 있어서 정말 좋아요. 그러니까 저 말고도 아기가 태어나길 바란 사람이 또 있는 거잖아요. 그렇죠?"

"그럼. 나도 윤지 아기를 얼마나 만나고 싶었다고."

"우리 아기는 머리부터 발끝까지 다 완벽해요."

"응. 정말 그래."

"선생님, 저, 아기 한 번도 안아 보지 않았어요. 한 번 안으면 절대로 못 놓을 것 같아서요."

진영은 심장이 따끔거렸다.

"지금이라도 안아 볼래?"

윤지는 고개를 저었다.

"저 대신 선생님이 안아 주실래요?"

진영은 망설이다가 고개를 끄덕였다.

진영과 윤지는 신생아실 옆에 딸린 작은 접견실로 들어갔다. 진영은 가운을 입고 손을 소독한 후에 간호사가 건네주는 아기를 두 팔로 받아 안았다. 아기는 깊이 잠들었는지 진영이 한참을 안고 있는데도 눈을 뜨지 않았다. 정말 윤지를 꼭 닮은 예쁜 아기였다. 진영은 자기도 모르게 아이를 가슴 쪽으로 더 끌어안았다. 아기는 입을 오물거리며 배냇짓을 했다.

진영은 기분이 이상했다. 자기가 낳은 아기가 아닌데도 마음 가장 밑바닥에서 알 수 없는 감정의 소용돌이가 거세게 일어났다. 자기 안에 이런 감정이 있을 줄은 꿈에도 몰랐다.

아기는 너무 작고 연약했다. 이렇게 무방비한 존재는 난생처음이었다. 갓 태어난 인간은 이렇게 약한 존재구나. 진영은 눈물이 나왔다. 그 순간 진영은 '가슴으로 낳는다'는 게 어떤 의미인지 깨달았다. 그건 그냥 수사적인 표현이 아니었다. 아기를 안아 주고 싶고, 보호해 주고 싶다는 마음이 자연스럽게 생겨났다.

"우리 아기 꼭 좋은 부모님 만나겠죠?"

진영은 아기에게서 눈을 떼지 않고 말했다.

"응. 꼭 좋은 가족을 만날 거야."

분명 이 아이가 받을 사랑은 친모가 주는 본능적인 사랑과는 다른 것이겠지만, 그것 역시 사랑임을 진영은 깨달았다. 인선은 분명 진형과는 다른 방식으로 진영을 사랑했을 것이다. 그건 친부모가 주는 사랑만큼 특별하고 위대한 것이었다.

"우리 아기 입양되는 모습, 선생님이 봐 주세요. 우리 아기 부모가 되어 주실 분들이 어떤 분들인지 선생님이 꼭 봐 주셨으면 좋겠어요. 그래야 제 마음이 조금 편해질 것 같아요."

"그래. 선생님이 보러 갈게."

윤지는 끝내 아기를 안지 않았다. 진영은 그것 역시 사랑임을 깨달았다. 진영은 마음속으로 중얼거렸다.

'아가야, 세상에 널 사랑하는 사람이 이렇게 많단다. 넌 원해서 이 세상에 태어나지 않았겠지만 네 엄마와 난 네가 태어나길 정말 바랐어. 태어나 줘서 정말 고마워.'

봄볕이 좋았다. 토요일, 오전 수업을 마치고 퇴근한 진영은 꽃시장에 들러 모종을 사 왔다. 간단하게 점심을 먹고 마당에 나가 한창 모종을 심고 있는데 벨 소리가 들렸다.

"누구세요?"

"진영아, 나."

민호였다.

"오늘은 퇴근이 이르네요."

"일이 모처럼 일찍 끝났어."

"좋네요. 이렇게 해 있을 때 당신을 집에서 보니까."

진영은 웃으면서 흙이 묻은 장갑을 벗어 원예용 앞치마 주머니에 넣고, 민호를 안고 가볍게 입을 맞췄다. 진영은 민호와 함께 집 안으로 들어갔다.

"갈증 나는데 시원한 거 한 잔 줄래?"

진영은 매실청을 탄산수에 타서 민호에게 건넸다. 민호는 단숨에 컵을 비웠다.

"내일이지? 윤지 아이가 입양되는 날."

"네."

"같이 가도 돼?"

"당신 약속 없어요?"

"응. 나도 같이 가고 싶어."

"그럼 나야 좋죠. 우리, 오는 길에 드라이브할래요?"

"어디 가고 싶은데?"

"청평이요. 호수도 보고 싶고, 거기 맛있는 손두붓집이 있어요. 두부 먹고 와요."

여자 신생아는 입양이 빨리 되는 편이어서 윤지의 아기도 금세 입양 갈 곳이 결정되었다. 윤지의 소망대로 아기는 가족이 많은 집 막내딸로 가게 되었다. 새 가족을 맞이하려고 2년이나 기다린 집이었다.

윤지는 레지나 수녀의 소개로 고등학교를 졸업할 때까지 비슷한 처지의 아이들이 모여 사는 소규모 그룹홈에서 지내게 되었다. 전학 수속도 잘 끝나 새 학교를 다니는 중이었다. 다행히 윤지는 그룹홈에도 새 학교에도 잘 적응했다.

다음 날 아침, 진영은 민호와 함께 마리아의 집으로 향했다. 진영은 자기 아이를 입양 보내는 듯한 기분이었다. 진영은 출발하기 전에 윤지에게 문자를 보냈다.

선생님 지금 아기 보내러 가.

한참 후에 답장이 왔다.

잘 부탁드려요.

민호는 차를 몰면서 물었다.

"당신 요즘 좋아 보여."

"그래 보여요?"

"응. 당신 마음이 편해진 것 같다고 아버지도 그러시던데. 혹시 무슨 일 있어?"

2차가 실패한 이후 또 바로 3차 시술을 할 줄 알았는데 진영은 좀 쉬고 싶다고 말했다. 민호는 두 번 실패했으니 진영이 더 초조하게 굴 줄 알았는데 뜻밖에도 진영은 평온했다.

민호는 진영이 아이를 포기한 게 아닐까 하는 생각을 했다.

"아기 안 낳아도 나는 정말 괜찮아."

진영은 웃었다.

"나 포기 안 했어요. 말했잖아요. 잠시 쉬는 거라고요."

시험관을 시도하는 대신 진영은 기간제 교사 일자리를 찾았다. 이번엔 남자 고등학교였다.

민호는 집에서 임용시험 준비에만 몰두하라고 했지만 진영은 멍하니 집에 있다 보면 잡생각만 든다며 학교에서 일하는 게 더 좋다고 했다. 처음엔 걱정을 했지만 진영은 즐겁게 학교로 출근했다. 진영이 편안하고 행복하니 민호도 행복했다.

"정말 괜찮은 거지?"

"나 레지나 수녀님한테 야단맞았어요. 그리고 정신을 번쩍 차렸죠."

진영은 배시시 웃었다.

"뭐라고 하셨는데?"

"오만하다고요."

2차 시험관에 실패한 지 얼마 안 되어 진영은 마리아의 집에 정기봉사를 하러 갔다. 진영은 레지나 수녀 앞에서 펑펑 울면서 하소연을 했다. 그러나 따스한 위로 대신 날카로운 채찍 같은 말이 돌아왔다.

"베로니카, 그건 오만이에요."

"원장님, 제가 오만하다는 말씀이세요?"

"그래요. 아주 오만해요."

진영은 너무 화가 나서 눈물이 쏙 들어갔다.

"제 어디가 오만한데요? 제가 얼마나 노력했는데요."

"누구나 다 노력해요. 다른 사람들은 베로니카만큼 노력하지 않았다고, 절실하지 않았다고 생각해요? 응답을 재촉하는 것도 오만이에요. 왜 신 앞에서 베로니카만이 특별해야 한다고 생각해요? 이미 신이 베로니카에게 넘치게 준 것은 조금도 눈에 들어오지 않나요? 지금 베로니카는 기다리지도 못하겠다고 징징거리는 거잖아요."

레지나 수녀는 못이라도 박듯 말했다.

"지금 베로니카의 사랑이 가장 필요한 사람은 아직 존재하지도 않는 아이가 아니에요. 정말 절실한 게 뭔지 착각하지 말아요."

정신이 번쩍 들었다. 그 말이 맞았다. 민호를 자꾸 외롭게 했다. 그러면 안 되는데. 저 사람을 외롭게 하고 아이를 낳는 게 무슨 소용이 있을까. 진영은 그렇게 생각했다.

"마음 편하게 기다려 보려고요."

"그래."

"나한테 제일 중요한 건 당신이랑 사는 일이니까요."

민호가 따스하게 미소를 지었다. 진영은 민호를 웃게 하는 자신이 참 좋았다.

윤지의 아기는 오늘이 무슨 날인지 아는지 모르는지 아기 침대에서 버둥거리면서 모빌을 바라보고 있었다.

진영은 레지나 원장을 도와 아기의 물건들을 쌌다. 진영이 출산선물로 준 것들과 임신 기간 동안 마리아의 집에 머물면서 윤지가 만들었던 헝겊인형과 퀼트이불 등이었다.

"베로니카가 분유 먹일래요?"

진영이 고개를 끄덕이자 레지나 수녀는 아기를 진영에게 안겼다. 아기는 기운차게 젖병을 빨았다. 레지나 수녀는 아기를 보는 진영의 눈에 어린 간절함을 읽었다. 그 간절함은 아기를 두고 마리아의 집을 떠나야 했던 윤지의 눈에 어린 슬픔과도 어딘지 닮은 듯했다.

"어제 윤지가 다녀갔어요."

"많이 울었겠네요."

"윤지는 옳은 선택을 한 거라고 생각해요."

진영도 레지나 수녀의 말에 동의했다. 키우는 것도 용기가 있어야 하지만 입양을 보내는 것도 용기가 있어야 했다.

"이 아이는 운이 좋아요. 자기를 사랑해 주는 세 명의 엄마를 가진 셈이니까요. 윤지, 베로니카, 그리고 오늘 만날 양어머니."

"네 명이죠. 원장님은 왜 빼세요?"

레지나 수녀는 가만히 미소 지었다. 그러나 그 눈에는 눈물이 고여 있었다.

어째서 매번 이렇게 마음이 아픈 건지, 레지나 수녀는 알 수 없었다. 떠나보내는 아이 한 명 한 명이 다 특별했고 소중했다.

레지나 수녀는 아기를 얼렀다. 아기는 순한 웃음소리를 냈다.

"생기지 않아 마음 아픈 것보다 낳은 아기를 떠나보내는 게 더 아프겠죠?"

"분명 예쁜 아이가 태어날 거예요."

"괜찮아요. 겨우 두 번 실패한 건데요. 이대로 계속 아이가 없어도 행복할 수 있을 것 같아요."

진영은 가볍게 미소를 지었다.

"인생은 시험이 아니더라고요. 열심히 한 만큼 응답받는 것도 아니고요. 다 받아들이자, 그렇게 마음먹었어요. 저 시험공부 다시 시작했어요. 기간제로 아이들도 가르치고요."

진영은 임신을 인생의 중심이 되지 말게 하라는 의사의 충고를 이제야 겨우 받아들이고 있었다.

'참 잘했어요.'라고 말하듯 미소 지으며 레지나 수녀가 아기를 안고 있는 진영의 손에 자기 손을 포갰다.

"그래요. 인생엔 그저 견뎌 내야 하는 시기도 있는 법이에요. 그리고 혼자 견디는 것보다 둘이 함께 견디는 게 훨씬 덜 고통스럽죠. 베로니카가 힘들 때 혼자가 아니어서 정말 다행이에요."

"네."

진영과 민호는 원장실에서 윤지의 아이를 데려갈 양부모와 입양 담당자를 함께 기다리고 있었다. 양부모는 긴장한 티가 역력했다. 진영이 아기를 안고 들어가자 부부는 벌떡 자리에서 일어났다. 두 사람 다 얼굴이 붉게 상기되어 있었다. 진영은 고개를 숙여 인사를 한 후 부부를 가만히 뜯어보았다. 선량해 보이는 사람들이었다.

진영은 안고 있던 아기를 양어머니에게 건넸다. 글썽글썽 눈물을 머금은 눈으로 부부는 미소 짓고 있었다.

"여보, 우리 딸이에요."

"고 녀석 새근새근 잘도 자네."

부부는 아기를 한참 동안 바라보았다. 진영도 아기에게서 시선을 뗄 수 없었다.

양아버지가 될 남자가 진영을 보며 물었다.

"저, 실례지만……."

"생모가 아기를 낳을 수 있도록 많이 도움을 주신 분입니다."

레지나 수녀가 말했다.

"아, 그렇습니까?"

진영이 말했다.

"윤지, 아니 생모가 아기가 양부모님께 가는 모습을 꼭 봐 달라고 부탁을 해서요. 뜻 깊은 자리에 불청객으로 와서 죄송합니다."

"아, 아닙니다. 그 무슨 말씀이십니까. 어린 학생이 참 장하네요. 쉽게 생명을 포기하지 않고 이렇게 낳아 줘서 정말 고맙다고, 잘 키우겠다고 전해 주십시오."

양어머니가 될 여자가 진영에게 물었다.

"아이 엄마 이름이 윤지인가요?"

"네."

"저……"

여자는 남자를 힐끗 보고 입을 열었다.

"아이 이름을 윤지라고 지어도 될까요?"

"지어도 괜찮겠지만 이유를 여쭈어도 될까요?"

여자는 아기를 가만히 보면서 말했다.

"저희 부부는 공개입양을 선택했어요. 어느 정도 자라면 입양 사실을 알게 되겠죠. 그러면 자기를 낳아 준 엄마를 궁금해 할 거예요. 그때 이렇게 말해 주고 싶어요. 네 엄마는 널 버린 게 아니라 우리에게 선물한 거라고요. 네 이름이 바로 널 낳아 준 엄마의 이름이라고요. 우리는 아기가 친모를 기억하길 바라고, 친모를 미워하지 않았으면 좋겠어요. 이 아이가 성인이 되어 스스로 판단을 내릴 수 있을 때면 친모와 만나게 해 주고 싶어요. 그 또한 귀한 인연이니까요. 윤지 학생에게 멋지게 살라고 전해 주세요."

그 마음씀씀이가 진영은 고마웠다.

"네. 윤지에게 그대로 전하겠습니다."

남자가 말했다.

"윤지 학생이 정말 좋은 선생님을 만났군요. 아무리 담임이라도 이 자리까지 나오시긴 쉽지 않은 결정이었을 텐데요. 정말 수고가 많으십니다."

"저도 미혼모의 아이로 태어나 여기 몇 년 있다가 부모님에게 입양되었어요. 그래서인지 윤지도, 꼬마 윤지도 남 같지 않아서요."

"그렇습니까?"

부부의 눈에 반가움이 어렸다.

"저희 부부는 입양을 결정하면서 많이 고민했습니다. 다들 말렸어요. 친자식이 둘이나 되면서 왜 입양을 하느냐, 그냥 봉사활동만 다녀라, 그런 말 많이 들었어요. 차마 입에 올리기 힘든 험한 말도 많이 들었죠."

아내도 고개를 끄덕이며 입을 열었다.

"몇 년 전부터 제가 위탁모 일을 했어요. 매번 품에 안고 키우던 아이를 보내고 나면 몇 달은 아기 우는 소리가 환청으로 들릴 만큼 힘들었어요. 이상하게도 그 아기들이 다 제 아기 같은 거예요. 그리고 이 사람도, 우리 아이들도 다 그렇게 생각했어요. 그래서 모든 아이를 구할 능력은 없지만 단 한 아이라도 좋으니 그 아이에게 가정과 사랑을 주고 싶다는 생각으로 입양을 결정했어요. 그렇지만 두렵기도 해요. 이 아이가 커서 자기가 입양아인 걸 알게 되면 많이 힘들어하겠죠. 선생님은 어떠셨어요?"

"저는 연장아로 입양이 되어서 처음부터 입양 사실을 알았어요. 그래서 부모님이 더 힘드셨을 거예요."

"선생님은 몇 살 때 입양되셨는데요?"

"여덟 살 때요."

"어머나."

"그땐 제가 힘든 것밖에 몰라서 부모님이 어떤 마음으로 절 받아들였는지는 생각도 못 했어요. 이제 와 생각하니 부모님이 정말 쉽지 않은 결정을 내리신 거였어요. 두 분을 제 진짜 부모로 받아들이기까지 거의 10년이 넘게 제 안에서 소리 없는 전쟁이 벌어졌어요. 절 버린 친모에 대한 미움을 감당하기도 힘들었고요. 그걸 극복하고 나니까 사람들의 말이 참 상처더군요. 핏줄이라는 게 한국 사회에서는 정말 무시무시한 거잖아요. 단지 핏줄이 아니라는 이유로 단번에 가족임을 부정당하기도 하니까요."

"이상한 색안경을 끼는 사람들이 참 많죠."

"부모님이 친자식과 차별 없이 저를 사랑하셨는데도 제 마음에는 늘 그 누구에게도 보여 줄 수 없는 큰 구멍이 있었어요. 저는 부모님이 절 사랑하는 이유를 알 수 없어 괴로웠던 것 같아요. 아무도 강요하지 않는데 저는 모범생이 되었고, 제가 원하는 모습이 아니라 다른 사람이 원하는 모습으로 살았어요. 제게는 사랑받을 이유가 필요했으니까요. 아무 이유 없이도 제가 누군가에게 사랑받을 수 있는 존재라는 것을 받아들이기까지 굉장히 긴 시간이 걸렸던 것 같아요. 사랑에 목마르면서도 사랑을 인정할 수 없었어요."

진영은 무의식중에 옆에 앉은 민호의 손을 찾았다. 민호는 진영의 손을 꼭 잡아 주었다.

"어떤 사정이든 친부모에게 버림받았다는 사실을 알게 되면 마음에 가시가 생겨요. 겉에 생긴 가시는 주변 사람을 찌르고 안에 생긴 가시는 자기 자신을 찌르죠. 그 가시를 혼자 힘으로는 뽑을 수가 없어서 괴로워요. 사랑해 주고 또 사랑해 주세요. 속 썩이고 험한 말을 해도 그냥 잊어 주세요. 마음에 구멍이 있어서 그 구멍이 메워질 때까진 주는 사랑이 줄줄 샐 거예요. 그렇지만 사랑받고 또 사랑받으면 그 구멍이 메워지는 날이 분명히 와요. 꼬마 윤지도 언젠가 깨닫게 될 거예요. 자신이 존재만으로 사랑받아 마땅하다는 것을요. 그리고 태어나길 잘했다고, 분명 그렇게 생각할 거예요. 아마 그때가 두 분과 꼬마 윤지가 '진짜' 가족이 되는 날일 거예요. 꼬마 윤지는 저보다 일찍 그걸 깨달았으면 좋겠어요."

진영은 자고 있는 꼬마 윤지를 바라보았다. 이 아이는 진영이 겪었던 고통을 피해 갔으면 좋겠다고 생각했다.

"선생님은 그렇게 생각하십니까?"

내 존재로 사랑받아 마땅하다고, 태어나길 잘했다고 생각했다.

"네."

"그럼 우리 윤지도 그렇게 될 겁니다. 저희 가족이 꼭 그렇게 되게 할 겁니다."

부부는 미소 지었다.

"고맙습니다."

진영은 진심으로 부부에게 감사하는 마음이었다.

부부가 꼬마 윤지를 안고 원장실을 나갔다. 진영과 민호도 자리에서 일어났다.

"아빠, 얘가 내 동생이야?"

원장실 밖에 서 있던 초등학생으로 보이는 두 아이 중 사내아이가 남자에게 물었다.

"응. 윤지야."

"꼬맹이 이름을 벌써 지었어?"

사내아이는 신기하다는 눈으로 자고 있는 윤지를 손가락으로 툭 건드렸다.

"잘 자고 있는데 너 때문에 깼잖아."

여자아이가 면박을 줬지만 사내아이는 아랑곳하지 않았다.

"우와. 진짜 예뻐. 꼭 인형 같아. 속눈썹이 엄청 길어. 눈도 엄청 크고. 엄마, 내가 안아 보면 안 돼?"

사내아이가 입을 열자마자 여자아이가 톡 말을 가로챘다.

"안 돼. 넌 아기 떨어뜨릴 거야. 엄마, 내가 안을래."

윤지의 양어머니는 여자아이에게 윤지를 건넸다. 여자아이는 조심스럽게 아기를 안고 얼렀다.

"윤지가 웃네. 기분이 좋나 봐."

"언니, 오빠를 만나서 기분이 좋은가 보지."

"엄마, 나도. 나도 안아 볼래."

남자아이가 졸랐다.

진영과 민호는 멀찍이 서서 그 모습을 바라보았다. 가족들의 표정이 밝았다. 웃음이 많은 사람들 같았다. 저 속에서라면 꼬마 윤지도 밝게 웃으면서 자랄 것 같았다. 인생이 꼬마 윤지를 넘어지게 해도 씩씩하게 웃으며 일어날 것 같았다.

"좋은 분들 같아."

"네. 그런 것 같아요."

"행복할 테니까 너무 걱정하지 마."

진영은 민호를 바라보며 말했다.

"네. 꼭 그럴 거예요. 꼬마 윤지도 나중에 당신처럼 멋진 남자를 만나서 사랑을 하겠죠?"

"아니. 그건 힘들 거야."

"왜요?"

"이렇게 멋진 남자가 세상에 또 있을 리 없잖아."

진영은 웃음을 터트렸지만 그 말에 동의했다.

"그러네요. 이렇게 멋진 남자가 세상에 또 있을 리 없죠. 꼬마 윤지한테 미안하네요."

민호는 갑자기 진영을 꽉 껴안았다.

"지금 울고 싶을 만큼 슬픈 거 알아. 내가 당신 반창고 노릇할게. 울고 싶으면 울어."

꼬마 윤지의 모습에 자꾸만 자기 모습이 겹쳤다. 꼬마 윤지와 저 가족들도 많이 아파하고, 많이 눈물을 흘린 후에야 '진짜' 가족이 되겠지. 사람들의 생각 없는 한마디에 밤잠을 이루지 못할 만큼 슬퍼하겠지. 자신이 왜 입양되어야 했는지, 그 누구도 탓할 수 없는 상황이 미치도록 힘들겠지.

'그렇지만 괜찮아. 살다 보면 꼭 좋은 날이 와. 그러니까 윤지도, 꼬마 윤지도 힘내. 나도 힘낼게.'

진영은 가만히 민호의 품에 안겨 있었다. 좀 전까진 눈물이 나올 것처럼 슬펐는데 민호에게 안기자 더 이상 슬프지 않았다.

한참 후에 민호가 입을 열었다.

"진영아, 이제 집에 가자."

"네. 집에 가요."

우리 그곳에서 지금처럼 행복하게 살아요.

진영은 민호의 품에서 얼굴을 뗐다. 민호는 맑은 눈으로 자신을 보며 미소 짓는 진영을 보았다.

"이제는 안 울어요. 그러니까 걱정하지 마요."

민호는 진영의 뺨을 손으로 만졌다. 진영은 민호의 손을 잡고 가볍게 입을 맞췄다.

민호 회사 근처의 조용한 찻집에서 진영은 인숙과 만나기로 했다. 약속장소엔 인숙이 먼저 도착해 있었다. 진영은 인사도 없이 앞자리에 앉았다. 보지 않은 몇 년 사이에 인숙은 팍 늙어 있었다.

주문한 녹차가 나왔다. 진영은 떫은 녹차를 한 모금 마셨다.

"그래도 네 아버지가 누군지 궁금하긴 했나 보구나, 이렇게 나온 걸 보니."

인숙의 목소리가 있는 대로 꼬여 있었다. 진영은 한동안 아무 말도 못 하고 인숙을 뚫어져라 바라보았다. 어떻게 저렇게 자연스럽게 아버지라는 말이 나오는지 진영은 어이가 없었다.

"네 아버지가 널 보고 싶다고 연락을 했어."

"돌아가신 아빠가 절 보고 싶다고 당신을 찾아갔어요?"

진영의 목소리도 있는 대로 꼬여 있었다.

"네 친부 말이다."

"아버지라고 하지 말아요. 그런 사람에게 쓰라고 있는 말 아니니까."

"살날이 오래 남지 않은 것 같더라."

진영은 녹차를 한 모금 마시고 입을 열었다.

"뭐 하는 사람이에요?"

인숙은 가방에서 빛바랜 사진 한 장을 꺼내 탁자 위에 놓았다.

"젊었을 때 사진이야."

진영은 사진을 힐끗 바라보았다. 서글서글한 느낌의 남자였다. 남자 옆에 서 있는 인숙이 앳돼 보였다. 얼핏 봐도 나이 차가 열 살 이상은 나 보였다.

"한식당을 크게 해. 너도 이름은 들어봤을 거다."

인숙이 말한 한식당은 서울에만 해도 가게가 세 곳이나 있었고, 뉴욕과 LA에 지점을 낸 꽤 규모도 크고 역사도 오래된 곳이었다.

"널 꼭 만나고 싶단다."

"난 안 만나요."

진영은 단박에 인숙의 말을 잘랐다.

"그냥 누군지 알고 싶어 나온 것뿐이에요. 그리고 이젠 알았으니 됐어요."

"죽기 전에 너한테 사과하고 싶다는데 그 소원도 못 들어줘?"

사과라는 말에 픽 웃음이 나왔다. 인숙도 그렇고 이 남자도 그렇고 '사과'라는 단어를 너무 쉽게 썼다. 미안하지도 않으면서 사과라는 말을 쓰는 사람들이었다. 진영은 지영재라는 그 남자가 진영이 겪어야 했던 그 모든 고통에 대해 단 1초도 생각하지 않았을 거라고 확신했다.

"사과, 그딴 게 받고 싶었던 시절도 있긴 했네요. 그렇지만 이젠 연연하지 않아요. 당신도, 그 남자도 진짜 사과 같은 걸 할 리 없는 사람들이니까요. 나한테 미안해서 하는 사과가 아니잖아요. 자기 인생에 여한을 남기기 싫어서 하는 사과인 걸 모를 것 같아요?"

"그래도 네 아버지야."

"당신은 그래도 내 어머니고요? 그렇게 말하면서 부끄럽지도 않으세요?"

인숙은 조금의 부끄럼도 느끼지 않는 눈빛으로 진영을 쏘아보았다.

"도대체 당신은 왜 나한테 그렇게 당당한 건데요?"

"열 달 동안 널 품은 건 나야, 언니가 아니라. 48시간 진통을 한 것도 나야, 언니가 아니라. 미혼모가 된 것도 나라고! 내가 아니었으면 넌 이 세상에 없었어. 그럼 조금이라도 나한테 감사해야 하는 거 아니야?"

콧구멍이 한 개였다면 숨을 못 쉬었을 것 같았다. 어떻게 저런 생각을 할 수 있을까?

"낳아 준 값은 넘치게 갚았잖아요. 그 남자도 나한테 뭔가 받을 게 있대요?"

"죽기 전에 널 한번 보려고 하는 것뿐이야."

"30년 동안 모른 척했잖아요. 그냥 죽으라고 해요. 이제 와서 눈물겨운 부녀 상봉을 기대하는 건 너무 뻔뻔하잖아요. 내가 그 장단에 설마 춤이라도 춰 주리라 생각했어요? 당신 가정도 박살났으니 그 집안도 박살나길 바라는 거예요?"

진영은 잠시 입을 다물고 있다가 궁금한 것을 물었다.

"도대체 왜 날 낳았어요?"

늘 궁금했다. 지금처럼 낙태가 엄격하게 금지된 시대도 아니었다. 그런데 왜 굳이 날 낳았을까?

"결혼하기로 했어. 그래서 낳았어."

"근데 왜 결혼 못 했어요?"

"그 사람 부인이 아이를 가지지 못했어. 내가 널 임신하고 낳을까 말까 고민하고 있는데, 그 사람이 이혼하겠다고 했어."

그렇다는 건 두 사람은 불륜이었다는 거였다.

"그 사람 부인이 내가 널 낳은 걸 알고 자살 기도를 했어. 바람 피워서 부인을 죽게 만들었다는 소릴 듣고 싶지 않았겠지. 아이만이라도 데려가라고 했는데 네가 딸이라서 그 집안에서 맡지 않겠다고 했어. 결국 그 부인하고는 이혼하고 새장가를 갔는데, 애는 안 생겼어. 10년 전쯤 큰조카를 양자로 들였다고 하더라. 대는 이어야 하니까."

아침 드라마로도 진부한 사연이었다.

"엄마는 그 사람이 누군지 알고 있었어요?"

"몰랐어."

"왜 여태까지 나한테나 엄마한테나 그 남자가 누군지 말 안 했어요?"

인숙의 얼굴에 부끄러움 비슷한 감정이 아주 짧게 스치고 지나갔다.

"그 집에서 돈을 받았다."

내 문제로 귀찮게 하지 않는다는 조건으로 돈을 받았겠지. 엄마하고 내게 그 남자 이야기를 꺼내지 않은 건, 혹시라도 나나 엄마가 그 남자를 찾아갈까 봐, 그래서 당신 결혼생활에 악영향을 미칠까 싶어서였겠지.

"다 커서 입양한 조카한테 무슨 정이 있겠니. 혈육이라고는 이 세상에 너 하나야. 그 사람이 설마 맨입으로 널 보자고 했겠니? 현금만 몇백 억을 쌓아 두고 사는 알부자야. 새로 들인 부인도 죽었으니 눈치 볼 사람도 없고. 네가 번듯하게 잘 커서 좋은 집안에 시집갔다고 무척 기특해해."

진영은 이제 비웃음을 참지 않았다.

"웃기는 사람이네요."

욕이 튀어나올 것 같았다.

"그 사람이 나에 대해 어떻게 알아요?"

"5년에 한 번 정도 나와 연락을 주고받았어. 그래도 자식인데, 어디서 어떻게 사는지는 궁금하지 않았겠니? 얼마 전에 네가 여성지에 인터뷰한 걸 우연히 봤다더라."

여성지 인터뷰? 아, 도서관 개관식 때 인터뷰를 했었지. 내가 누가 봐도 번듯한 집안에 시집을 가서 나에 대한 관심이 생긴 건가? 진영은 씁쓸했다. 내가 힘들게 살고 있었어도 그 사람이 과연 나를 보려고 했을까? 아닐 것 같았다. 어쩌면 죽어 간다는 것도 거짓말일지 몰랐다.

"너한텐 나와 그 사람의 피가 흘러. 너는 좋든 싫든 나와 그 사람 자식이라고. 그게 부모자식의 연이야."

"내가 지푸라기라도 잡고 싶을 만큼 힘들었을 때는 어째서 당신도, 그 사람도 그 잘난 부모자식의 연을 생각하지 않았어요?"

부모로서 아무것도 해 준 것도 없으면서 어떻게 이렇게 당당한 걸까? 엄마는 나한테 미안해했었는데, 더 사랑해 주지 못해 안타까워했었는데, 엄마는 한 번도 내게 무엇을 강요하지 않았었는데.

"그 연을 끊어 버린 게 당신들이에요. 그 남자는 돈 몇 푼으로 날 처리했고 당신은 당신 인생에서 날 지워 버렸잖아요. 그렇게 쉽게 버릴 수 있고 지울 수 있는 인연이 뭐가 그렇게 대단해요?"

"죽어 가는 사람에게 동정도 못 베푸니?"

"내가 죽어 갈 땐 당신도 그 남자도 없었어요."

진영은 인숙을 빤히 바라보았다.

"그때 내가 죽길 바랐어요?"

"그, 그때라니?"

인숙은 당황해서 말을 더듬었다.

"알잖아요. 그때. 엄마가 날 구하지 않았다면 난 죽었을 거예요. 그러니까 당신은 이미 날 죽인 거예요. 실낱같이 이어지던 인연, 거기서 완전히 끊어져 버린 거라고요. 그 남자도 내가 자식이라면 좀 더 일찍 날 찾았어야 해요. 최소한 호적에라도 넣어 줬어야죠. 그 사람이 나에 대해 관심을 가지는 것 자체가 난 불쾌해요. 내 말 그대로 전해 줘요. 난 그 사람이 죽든 말든 상관없다고요."

하긴 그렇게 똑같은 인간이니 불륜을 저지르고 자기 자식을 버릴 수 있었겠지. 그런 짓을 하고도 행복하게 살겠다는 생각을 할 수 있었겠지.

진영은 신생아실에서 윤지의 아이를 안았던 일을 떠올렸다. 연약하고 무력한 존재에 대한 가슴 뭉클한 연민과 애정을 이 여자는 느낀 적이 있을까? 날 한 번이라도 따스하게 안아 준 적은 있을까? 단 한 번도 없었을 거라고 진영은 확신했다.

"낳았으면 뭐 해요? 당신에게 난 한 번도 자식인 적이 없었는데."

겨우 열여덟 살인 윤지가 가지고 있는 모성도 당신에게는 없었어.

"난 똑똑히 기억해요, 마리아의 집에 날 맡기고 가던 당신을. 당신은 눈물 한 방울 흘리지 않았고, 날 두고 가는 당신 발걸음은 나는 듯이 가벼웠어요. 인생의 짐을 드디어 버린 사람의 발걸음이었죠. 어째서 날 조금도 사랑할 수 없었어요? 당신 말대로 열 달 동안 날 품었고, 힘들게 낳았잖아요. 최소한의 애정도 생기지 않던가요? 아니면 동정심이라도? 어떻게 나한테 그렇게 모질 수가 있었어요? 당신, 나한텐 어머니는 고사하고 인간도 아니었어요."

인숙을 바라보는 진영의 눈빛엔 아무런 감정도 담겨 있지 않았다.

"난 당신도, 그 사람 자식도 아니에요. 당신이 날 낳았다는 사실까지 부정하지는 않아요. 하지만 당신과 그 잘난 남자는 날 한 번도 사랑한 적 없어요. 그런데 어떻게 당신들이 내 부모라고 주장할 수 있어요? 내 어머니는 정인선이고 내 아버지는 이명진이에요. 그깟 유전자가, 열 달 동안 뱃속에 담고 있었던 게, 상처받지 않고 행복하길 바라며 노심초사했던 시간을, 아무런 조건 없이 쏟아부었던 사랑을 이길 수 있을 거라고 생각해요? 난 당신들이 준 그 잘난 유전자의 결과물이 아니라 날 사랑해 주고, 내가 세상과 사람을 사랑하며 행복하길 바랐던 소망들의 결과물이에요. 생물학적인 부모가 꼭 자신을 가장 사랑하고 이해해 주는 사람은 아니죠. 그거야말로 우연의 결과물일 뿐이에요. 그 우연을 인연으로 만드는 건 사랑과 정성이에요.

생김새는 닮았을지 모르죠. 그렇지만 난 당신들과 달라요. 절대로 당신들처럼 비겁하게 살지 않을 거니까. 난 내가 사랑하는 사람들을 끝까지 지킬 거예요. 날 사랑하는 사람들이 날 지켰듯이 말이에요."

진영은 자리에서 일어났다.

"난 보란 듯이 멀쩡하게 사는 게 당신에게 복수하는 거라고 생각했어요. 그래서 이를 악물고 모범생으로 살았어요. 누가 봐도 칭찬받을 사람이 되려고 죽을힘을 다해 노력했어요. 근데 아니었어요. 난 복수를 할 필요도 없었어요. 당신은 평생 한 번도 행복하지 않았을 테니까. 그리고 앞으로도 행복하지 않을 거니까. 당신이 가장 인정받고 싶고 사랑받고 싶은 사람에게 영원히 사랑도 인정도 존경도 받을 수 없을 테니까. 당신은 연민조차 받을 수 없는 사람이니까. 그런데 그거 알아요? 난 이제 당신이 밉지 않아요. 당신을 봐도 화가 나지 않아요. 왜냐하면 난 행복하니까."

그 순간 진영은 진짜 복수를 했음을 깨달았다. 진영에게 그들은 정말 남이었다.

그녀는 진심으로 행복했다. 사랑하고 있었고, 사랑받고 있었다. 그리고 남들이 뭐라고 하든 진심으로 진영을 아끼고 걱정해 주는 '진짜' 가족이 있었다.

"낳아 준 거 고마워요. 버려 줘서 더 고마워요. 덕분에 좋은 부모님 밑에서 자라고 좋은 사람 만나 결혼할 수 있었으니까요. 그렇지만 당신도 그 남자도 내게 아무 권리도 없어요."

진영은 등을 쭉 펴고 당당하게 카페를 나섰다.

이제 진영은 더 이상 버려질까 두려워하는 아이가 아니었다. 집이 있고, 사랑하는 사람이 있는, 스스로 행복을 선택할 수 있는 어른이었다.

이제 더 이상 진영 안의 아이는 춥지도 외롭지도 않았다.

그 아이는 환하게 웃고 있었다. 진영도 환하게 웃었다.

36

"많이 바빠요?"

진영이 사무실 문을 열고 들어가자 민호는 놀란 얼굴로 자리에서 일어났다.

"연락도 없이 어쩐 일이야?"

"근처를 지나가다가 당신이 보고 싶어서요."

"이런 서프라이즈 아주 좋은데."

민호는 웃었다.

"시간 괜찮죠?"

"한 시간 정도는 괜찮아."

진영은 커피와 샌드위치를 테이블 위에 놓았다.

"출출할 시간이잖아요. 같이 먹어요. 나 점심도 못 먹었거든요."

"왜 점심을 못 먹었어? 학교에서 무슨 일 있었어?"

"오후 수업이 없는 날이라 반차 냈어요. 만날 사람이 있어서요."

"누구? 아침엔 아무 이야기 안 했잖아."

"그 여자 만났어요."

민호는 종이컵을 소리 나게 테이블 위에 놓았다. 민호의 표정이 순식간에 굳었다.

"그 여자가 아직도 정신 못 차리고 당신 괴롭히는 거야?"

"아니에요, 그런 거."

진영은 샌드위치 포장을 벗겨 한 입 베어 물었다. 진영이 좋아하는 치킨샌드위치였다. 샌드위치를 삼킨 진영이 입을 열었다.

"친부가 날 보고 싶어 한대요."

친부라는 말에 민호는 잠시 놀란 얼굴을 했다.

"당신 친부가 누군지 알고 있었어?"

"오늘 들었어요."

자기도 모르게 민호는 진영의 얼굴을 빤히 바라보았다. 30년 동안 몰랐던 친부를 안 사람치고 진영은 너무 담담했다.

"당신, 괜찮은 거야?"

진영은 민호를 보며 살짝 미소 지었다. 민호는 진영이 정말 괜찮다는 것을 알았다. 언젠가부터 진영은 그의 앞에서 자기감정을 전혀 숨기지 않았다. 힘들면 힘든 티를 냈고, 좋으면 좋다고 했다. 민호는 진영에게 물었다.

"갑자기 왜 당신을 보자고 한 거야? 죽을병이라도 걸렸대?

아니면 유산 때문에 문제가 생길까 봐 보자고 한 거래?"

생각하는 건 비슷했다. 진형도 민호처럼 말했었다.

"많이 아픈가 봐요. 죽기 전에 보고 싶다고 그랬대요."

"그래서 볼 거야?"

"아뇨. 뭐하러요."

지영재. 진영은 자신의 친부 이름을 가만히 되뇌어 보았다. 인숙과 그 사람이 만약에 결혼을 해서 그 두 사람의 딸로 살았다면 나는 어떤 사람이 되었을까? 분명 지금의 '나'는 아니었을 거야. 그건 싫었다. 지금의 '나'여서 민호를 만날 수 있었다.

"난 여기가 얼음처럼 차가운 걸까요?"

진영은 자기 가슴을 살짝 눌렀다.

"죽을 날이 얼마 안 남았다는데 아무 느낌도 없었어요."

"죽을 날이 다 되어서야 자기 딸이 궁금한 그 남자가 얼음처럼 차가운 거지. 지금껏 단 한 번도 당신을 찾지 않은 거야?"

"돈을 줬었대요."

민호는 마음이 아파서 얼굴을 찡그렸다. 인숙이 미웠다. 그 여자는 어째서 자기 딸에게 이렇게 아픔밖에 주지 못하는 걸까?

"그 돈을 줬을 때 이미 그 남자는 너와의 인연을 정리한 거야. 그러니까 괜히 네 쪽에서 마음 아파하지 마."

"마음 안 아파요. 그 사람 유부남이었대요. 차라리 몰랐으면 좋았을걸. 내 상상보다 더 시시한 남자였어요."

진영은 커피를 한 모금 마셨다.

"이 집 치킨샌드위치 맛있어요. 당신도 어서 먹어요."

그제야 민호는 자기 몫의 치킨샌드위치를 집었다.

"그냥 누군지 알았으니 됐다 싶어요. 나중에 우리 애가 자라서 누구랑 연애를 했는데 알고 봤더니 사촌이다, 이러면 안 되잖아요."

민호는 작게 웃음을 터트렸다.

"근데 그 사람 자식은 나 하나뿐이래요. 날 돈 주고 버렸을 땐 자기 인생에 자식이 없으리라고는 꿈에도 생각 못 했겠죠? 내가 복수하지 않아도 이미 인생이 그 사람에게 복수를 한 것 같아요."

"이복형제들이 없어?"

"그런가 보더라고요."

진영은 미소 지으며 말했다.

"이젠 정말 끝이 난 것 같아요. 용서도, 이해도 아니고 그냥 흘러가 버린 것 같아요. 나를 낳아 줬다는 그 두 사람이 내 인생에 더 이상 아무런 영향을 미치지 못하는 존재가 되어 버렸어요. 내 마음이 편안하고 행복하니까, 더 이상 그 사람들의 사랑과 관심을 구걸하지 않으니까 그 사람들을 흘려보낼 수 있게 된 것 같아요."

본능적으로 그들의 애정을 갈구했던 시간도 있었다. 미움의 뒷면은 애정이었다.

인숙이 세연을 애지중지하는 것을 보고 분노한 것도, 결국은 애정이 목말라서였다. 그러나 이제 진영은 사랑에 목마르지 않았다. 부정하고 싶은 마음도 없고, 인정받고 싶은 마음도 없

었다. 그 두 사람은 가족도 아니고 타인도 아니었다. 그저 지워
져 이제 흔적만 희미하게 남은 사람들이었다.

민호는 가만히 미소 지었다.

"당신이 편하고 행복하면 난 됐어."

진영은 민호가 샌드위치를 다 먹은 후에 입을 열었다.

"병원에 가서 예약하고 왔어요. 시험관 다시 시작할래요."

"힘들어서 어떻게 하니."

다시 주사를 놓을 생각을 하니 민호는 한숨이 나왔다.

"이번 한 번만 우리 고생해요."

"하고 싶은 만큼 더 해도 돼."

"포기하는 거 아니에요. 생기면 좋고, 생기지 않아도 난 여
전히 행복할 자신이 있어요."

민호는 그렇게 생각해 주는 진영이 많이 고마웠다.

"지금처럼 임신을 원했던 적도 없는 것 같아요. 민호 씨, 나
아기를 행복하게 키울 수 있을 것 같아요. 이제 정말 엄마가 될
수 있을 것 같아요. 내 안에 있던 누군가를 미워하고 상처 주고
싶은 마음이 완전히 사라졌어요."

진영은 3차 시험관을 시작했다. 배란억제 주사를 맞은 후 과
배란 주사를 맞았다. 과배란 주사를 맞고 나면 생기는 부작용
도 이번엔 수월하게 지나갔다. 1차, 2차 시험관 때는 어지러워
서 서 있을 수가 없을 정도였는데 이번엔 배에 가스가 차서 불
편한 정도로 끝났다.

난포가 터지는 주사를 맞고 이틀 후 난자를 채취했다. 난자를 채취하고 나니 진영은 이젠 몸이 힘든 일은 끝났다 싶어 마음이 놓였다. 이식 날짜는 사흘 후로 잡혔다.

"진영아, 진영아."

병원에 갈 준비를 하고 있는데 민호가 호들갑스럽게 진영을 불렀다.

"이것 봐."

진영은 놀라서 두 눈을 크게 떴다. 데저트 로즈가 선명한 분홍색 꽃잎을 활짝 펼치고 있었다.

며칠 동안 나팔꽃처럼 돌돌 말린 꽃봉오리만 보여 줘서 언제 필지 조바심이 났었다.

"정말 예뻐요."

진영은 살며시 꽃잎을 만졌다.

"오늘 힘내라고 꽃을 피웠나 봐요."

"그런가 봐. 우리 오늘 힘내자."

민호는 진영을 병원에 데려다주고 다시 회사로 가야 했다. 오전 중에 꼭 처리해야 할 일이 있어서 자리를 비울 수 없었다.

"회복실 들어가기 전에 끝내고 올게."

"천천히 하고 와요."

대기실에서 한 시간 정도 기다리는 동안 진영은 가지고 간 책을 꺼내 읽었다. 생텍쥐페리의 《야간비행》이었다.

"저……."

옆자리에 앉은 여자가 말을 걸어 왔다. 막 파타고니아 우편

기가 폭풍에 휘말리려던 참이었다.

"몇 번째세요?"

진영은 책에서 눈을 떼고 여자의 얼굴을 물끄러미 바라보았다.

예전에 내 얼굴도 저랬겠지? 뿌리 깊은 좌절감 위로 초조함이 둥둥 떠다니고 있었다.

"세 번째예요."

여자는 한숨을 푹 쉬었다. 그 한숨이 안도의 한숨임을 진영은 알았다. 그러나 여자가 밉지 않았다. 자신도 그랬으니까. 그렇게 해서라도 마음의 안정을 취하고 싶은 게 사람의 얄팍한 심리였다.

"하도 얼굴이 편해 보이셔서요."

"그렇게 보였어요?"

여자는 고개를 끄덕이며 말했다. 이식을 기다리는 여자들의 표정은 딱 두 가지로 압축됐다. 초조해하거나 지쳐 있거나. 그런데 진영은 편안한 얼굴이었다. 그래서 여자는 자기도 모르게 말을 걸었다.

"마음을 비워서 그런가 봐요."

여자는 한숨을 푹 쉬었다.

"의사 선생님도 그렇게 말씀하셨는데, 그게 말처럼 잘 안 되네요."

"몇 번째세요?"

진영이 물었다.

"저도 세 번째예요. 1차는 피검사 탈락, 2차는 7주차에 계류 유산했어요. 아기집은 보였는데 심장이 안 뛰어서……."

여자는 훅, 하고 숨을 크게 들이쉬었다. 눈물이 나는 것을 참으려고 그러는 것 같았다. 진영보다 더 힘든 과정을 거친 사람이었다. 진영은 두 번 다 착상에 실패했다. 이 여자는 착상에 성공했고, 아기집도 보았으니 실패에 뒤따른 절망이 진영의 배 이상 깊었을 것 같았다.

"많이 힘드셨겠어요."

여자는 진영에게서 고개를 돌리고 시선을 아래로 내렸다. 눈물이 나는지 손수건을 눈에 가져다 댔다.

"남편은 애 없이 살자는데 전 죽어도 그건 싫더라고요."

"남편들은 그 마음을 이해 못 해요."

"그쪽 남편 분도 그러셨어요?"

진영은 고개를 끄덕였다. 여자가 말했다.

"그거 보면 남자들은 한참 후에야 아빠가 된다는 말이 맞나 봐요. 전 엄마가 될 수 없다는 생각만으로도 정말 미칠 것 같거든요."

진영은 여자의 마음을 손바닥을 보듯 알 수 있었다.

저 여자의 마음에는 오직 한 가지의 의문밖에 존재하지 않을 것이다.

왜 나는 임신이 안 되는 걸까?

진영 역시 그랬다. 수없이 묻고 또 물었다. 정말 미칠 것 같은데 그 생각을 멈출 수가 없었다.

마리아의 집에서 봉사를 하면서 생각했다. 이렇게 버려지는 아이도 있는데, 아이를 원하지 않는 사람들도 아이를 낳을 수 있는데 누구보다 간절히 바라는 내게 왜 아이가 오지 않는 거지?

"왜 임신이 안 되는 걸까요?"

여자는 기어이 그 말을 입 밖으로 냈다. 진영은 여자를 안아주고 싶었다. 주변 사람들에게, 남편에게조차 그 이야기를 털어놓기는 힘들었을 것이다. 진영 역시 자신이 느꼈던 절망감의 겨우 10분의 1 정도만 민호에게 보일 수 있었다.

"위로가 될지 모르겠지만 제가 아는 수녀님이 그러시더군요. 겸손함과 감사를 가르치기 위해 신은 시련을 주신다고요. 그 시련을 통해서 우리는 삶을 더 사랑할 수밖에 없게 된다고요. 시련은 우리를 외롭게 만들지만 또한 위대하게 만들기도 한다고 하셨어요."

간호사가 진영의 이름을 불렀다. 진영이 자리에서 일어나며 옆자리에 앉은 여자에게 말했다.

"마음 편히 먹으세요. 다 잘될 거예요."

여자는 힘겹게 고개를 끄덕였다. 여자는 진영의 가벼운 발걸음을 멍하니 바라보았다.

수술실에 들어간 진영은 가운을 갈아입고 팔찌를 차고 침대에 누웠다.

수술실 모니터에 진영이 이식할 배아가 보였다. 진영은 마음속으로 중얼거렸다. 엄마도 힘낼 테니까 너도 힘내. 엄마가 지켜 줄 테니까 아무 걱정하지 말고 세상에 나오렴.

이식을 마친 후 의사가 웃으며 말했다.

"배아 상태가 좋아요. 하나지만 상급이에요."

진영은 '겨우 하나'라는 생각을 하지 않으려고 애썼다.

"많이 애쓰셨어요."

의사의 말에 진영은 가만히 미소만 지었다.

진영은 침대에 누운 채로 회복실로 옮겨지면서 멍하니 천장의 형광등이 하나씩 뒤로 밀려나는 것을 바라보았다. 이전 두 번의 이식 때는 신경이 바늘 끝처럼 날카로웠는데 이번에는 이상하리만큼 마음이 편했고 졸음이 쏟아졌다. 맥이 탁 풀린 기분이었다. 어쨌든 끝났다. 내가 할 수 있는 건 다 했어.

회복실에서 민호가 기다리고 있었다.

"수고했어."

민호는 진영의 손을 꽉 쥐었다.

"많이 피곤해 보인다. 잘래?"

진영은 가만히 고개를 끄덕이고 눈을 감았다. 진영은 금방 깊이 잠들었다. 민호는 손을 살며시 풀고 진영의 머리를 가볍게 쓰다듬어 주었다.

이전의 진영은 이식을 마친 후에도 신경이 날카로워 좀처럼 쉬질 못했다. 그런데 이번엔 희한하게도 편안한 얼굴이었다. 민호는 편히 자는 진영의 모습을 가만히 바라보았다. 입 밖으로 내진 않았지만 이번엔 정말 잘될 것 같다는 생각이 들었다.

'장모님, 우리 착한 진영이에게 선물 하나 주세요.'

진영은 꿈을 꾸었다.

꿈속에서 진영은 황량한 벌판을 맨발로 걷고 있었다.

햇볕은 뜨거웠고, 땅에는 자갈투성이였다. 뾰족한 자갈에 찔린 발바닥에서 피가 흘렀다. 덥고, 배고프고, 목이 말랐다. 쓰러질 것 같았지만 알 수 없는 힘이 진영을 끌고 가고 있었다.

다리에 힘이 하나도 없어 진영은 허물어지듯 바닥에 넘어졌다. 더 이상 한 걸음도 못 걷겠어. 나 여기서 이렇게 죽는 걸까? 진영의 의식이 가물가물해지는데 어디선가 시원한 바람이 불어왔다. 겨우 정신을 차린 진영은 고개를 들어 바람이 불어온 곳을 바라보았다.

저 멀리 여자가 서 있었다. 너무 멀어서 얼굴은 보이지 않았지만 눈이 아닌 심장이 그 여자가 누구인지를 가르쳐 주었다.

'엄마.'

고운 옥색 한복을 입은 인선이 진영을 보고 미소를 지으며 어서 빨리 오라고 손짓을 했다. 갑자기 힘이 솟아났다. 진영의 발걸음이 빨라졌다. 진영은 뛰다시피 해서 인선에게로 가까이 갔다. 인선은 두 팔을 벌려 진영을 안았다.

"엄마."

눈물이 흘러 땀과 흙먼지로 지저분한 뺨을 씻어 주었다.

"우리 진영이 참 애썼어. 많이 힘들었지?"

"엄마. 나 정말 힘들었는데 왜 이제야 나타난 거야? 얼마나 기다렸는데."

진영은 어린아이처럼 떼를 썼다. 인선은 그저 진영의 등을 토닥여 줄 뿐이었다. 한참을 울고 겨우 진정한 진영에게 인선이 치마 속주머니에서 감을 꺼내 쥐여 주었다.

"엄마가 주는 선물이야."

진영은 감을 정신없이 베어 먹었다. 떫은맛이 하나도 없는, 차갑고 단단하고 달콤한 감이었다. 감을 다 먹고 나자 단단한 씨앗 하나가 진영의 손에 남았다.

인선은 진영이 쥐고 있는 씨앗을 땅에 심었다. 씨앗에서 연두색 싹이 트고 하늘을 향해 쑥쑥 자라나 순식간에 진영의 키보다 큰 나무가 되었다. 진영은 멍하니 나무를 바라보았다. 한번도 본 적 없는 아름다운 나무였다. 초록색 이파리들이 에메랄드처럼 반짝거렸다. 시원한 바람이 불어와 나뭇잎을 흔들자 아름다운 소리가 났다. 진영은 나무에 가까이 다가가 손을 댔다. 두근두근. 나무의 몸통에서 심장 박동이 느껴졌다.

진영은 고개를 들어 위를 바라보았다. 예쁜 열매 두 개가 열려 있었다. 진영은 홀린 듯 그 열매를 바라보았다. 무슨 일이 있어도 저 열매를 가지고 싶었다. 그렇지만 열매는 너무 높이 있어 진영의 손이 닿지 않았다. 눈물이 날 만큼 안타까워 진영은 나무를 마구 흔들었다. 그러자 거짓말처럼 열매 두 개가 가지에서 뚝 떨어졌다. 진영은 치마를 펼쳐 열매를 모두 받았다. 생전 처음 보는 열매였다.

"엄마, 이게 무슨 나무야?"

진영은 고개를 돌려 인선을 찾았다. 그런데 인선의 모습이 온데간데없었다.

"엄마, 엄마."

진영은 두리번거리며 인선을 불렀다.

이제 겨우 만났는데. 엄마, 왜 그렇게 금방 사라져 버린 거야? 난 할 이야기가 많은데, 꼭 해야 할 말도 있는데. 엄마, 엄마. 가지 마. 보고 싶었다는 말도, 사랑한다는 말도 못 했잖아.

민호는 울면서 잠꼬대를 하는 진영을 흔들어 깨웠다.

"진영아."

진영은 잠이 깬 후에도 한참 동안 그냥 눈만 깜빡거렸다.

"어디 안 좋아?"

진영은 간호사 호출 벨을 누르려는 민호의 손을 잡았다.

"괜찮아요. 나 괜찮아요."

진영은 민호의 손을 더 꽉 잡았다. 눈물에 젖은 눈으로 진영은 미소를 지었다.

"엄마를 만났어요."

"장모님 꿈 꿨어?"

진영은 고개를 끄덕였다.

"우리 아이가 온 것 같아요."

"뭐?"

"엄마가 아기를 데려다줬어."

진영의 목소리는 확신에 차 있었다. 민호는 그 확신에 전염되는 기분이었다.

"장모님이 도와주셨구나."

"응."

또다시 진영은 눈물을 흘렸다.

"좋은 일인데 왜 울어?"

그러는 민호의 목소리도 젖어 있었다.

"너무 좋아서요. 너무 좋아도 눈물이 나네요."

피곤이 몰려 와 진영은 눈을 감고 다시 잠을 청했다.

"어디 가지 마요."

"응. 옆에 있을게."

민호는 아기를 재우듯 진영의 몸을 토닥여 주었다. 민호는 잠이 든 진영의 얼굴을 한참 동안 보고 있었다. 좋은 꿈이라도 꾸는지 진영은 미소 짓고 있었다. 민호도 미소 지었다.

에필로그

알람 소리에 먼저 일어난 건 민호였다.

민호는 옆에서 끙끙 앓는 소리를 내며 자고 있는 진영을 바라보았다. 밤새 에어컨을 틀었는데도 진영은 땀을 흘리고 있었다. 임신한 후 유난히 더위를 탔다. 올해 여름은 10년 만에 온 무더위라는 말처럼 열대야가 벌써 20일째 지속되고 있었다. 방학인데도 보충수업 때문에 학교에 나가야 하는 진영이 민호는 그저 안쓰럽기만 했다.

임신 25주를 지나고 있는 진영은 부른 배 때문에 움직이는 것도 많이 불편했고, 저녁이면 손발이 퉁퉁 부어올랐다. 민호는 조심스러운 손길로 진영의 종아리를 마사지하기 시작했다.

"으."

진영이 얼굴을 찡그렸다. 민호의 마사지가 아파서가 아니라

태동 때문이었다.

"이 녀석 축구선수가 되려나? 왜 이렇게 발로 차지?"

민호가 배를 만지며 중얼거렸다. 진영은 겨우 눈을 떴다.

"규원이 때랑은 너무 달라요. 규원이는 손으로 주물주물 문지르는 느낌이었는데 얘는 사내아이라 그런지 뭐든 과격해요."

"좀 더 누워 있어. 아직 좀 더 주물러야 해."

"더워요."

진영은 긴 머리가 귀찮아서 얼굴을 찌푸렸다. 민호는 침대 옆 협탁에 둔 고무밴드로 진영의 머리카락을 하나로 묶어 주었다. 목덜미가 땀투성이였다.

첫아이를 임신했을 때는 더운 줄 몰랐는데, 둘째아이 때는 또 달랐다. 땀샘이 폭발이라도 한 것처럼 흥건하게 몸을 적셨다.

민호가 매일 아침저녁으로 손발을 정성껏 주물러 주는데도 온몸이 퉁퉁 부어올랐다. 규원이 때는 임신하는 게 힘들었지 임신 기간 동안은 그 흔한 입덧도 하지 않고 지나갔었다. 그런데 이번에는 입덧 때문에 석 달 동안 과일 주스 말고는 입에도 대지 못했다. 그래도 행복한 고통이었다. 기대하지 않았던 임신이라 깜짝 선물을 받은 것 같았다. 민호뿐만 아니라 석금도, 연희도, 두 아이의 부모가 된 진형과 수지도 기뻐했다.

진영은 가만히 예정일을 꼽아 보았다.

"이제 백 일도 안 남았어요."

진영은 5년 전 규원을 시험관 임신으로 어렵게 낳아서 둘째는 생각도 하지 않았다. 그런데 덜컥 자연임신이 되었다.

"역시 당신 꿈이 맞았나 봐."

민호가 말했다. 진영이 꿈에서 열매 두 개를 받았다고 해서 민호는 내심 쌍둥이가 아닐까 생각했는데 아니었다. 그런데 이렇게 꿈대로 두 번째 아이가 생겼다.

출근 준비를 마친 진영이 민호에게 잔소리를 시작했다.

"규원이 아침 꼭 먹여야 해요. 이 닦이는 것도 잊지 말고요."

"한두 번 해 본 일도 아닌데 뭘 그래."

여름방학 보충수업은 8시부터 시작해서 진영은 민호보다 일찍 출근해야 했다.

"당신이 규원이한테 너무 약하잖아요. 나하고 있을 때는 규원이 아침도 잘 먹고, 이도 잘 닦는단 말이에요."

도우미가 여름휴가를 떠나 요 며칠은 민호가 규원이 어린이집에 갈 준비를 도맡아하고 있었다.

"엄마가 빡빡하니까 아빠라도 좀 느슨해야지. 우리 규원인 애 같지 않다고 다들 그래. 너무 얌전하고 자기 할 일 다 알아서 한다고. 어린이집 선생님이 규원이 칭찬을 얼마나 많이 하는 줄 알아? 그러니까 아빠한텐 응석 좀 부려도 돼. 원래 아빠는 딸의 영원한 호구이자 어장의 첫 물고기인 거 몰라?"

진영은 웃고 말았다.

규원의 방에 들어간 진영은 작은 목소리로 말했다.

"규원아, 엄마 학교 가. 어린이집에서 오늘도 재미있게 지내. 친구들이랑 사이좋게 지내고."

규원이 깨지 않게 진영은 살짝 이마에 뽀뽀를 했다.

"밥 안 먹는다고 시리얼 주면 안 돼요. 규원이 시리얼 먹으려고 당신 앞에서 괜히 밥투정하는 거예요. 그거 너무 달아서이 다 썩어요. 벌써 충치가 두 개나 생겼단 말이에요."

민호는 씩 웃고 대답을 하지 않았다. 주겠다는 소리였다.

"하여튼 규원이한테 당신은 너무 약해."

"당신한텐 더 약해."

"그럼 주지 마요."

"근데 규원이가 당신을 꼭 닮은 눈으로 '주세요.' 하면 안 줄수가 없다고."

진영은 웃을 수밖에 없었다.

"다녀올게요."

진영은 민호의 입술에 가볍게 키스를 했다.

"오늘도 수고해. 꼭 앉아서 수업해야 해."

민호가 대문 밖까지 진영을 배웅하고 집 안으로 돌아오자잠옷 차림의 규원이 눈을 비비며 방에서 나오고 있었다.

"규원이 일찍 일어났네."

"아빠, 엄마는?"

"엄마는 지금 막 학교 갔는데."

규원이 울먹울먹했다.

"왜 나 안 깨웠어?"

서러워 죽겠다는 듯 규원은 바닥에 주저앉아 울기 시작했다.

진영이 둘째를 임신한 후 규원은 부쩍 떼가 늘었다. 연희와 석금을 비롯한 주변사람들이 별생각 없이 '이제 규원이는 누나가 될 거니까 더 의젓하게 굴어야 해.'라든가, '동생이 생기니까 참 좋지?'라고 하는 말에 스트레스를 받는 것 같았다. 본능적으로 '누나'는 양보할 게 많다는 것을 느끼는 것 같았다.

예전에는 의젓하게 진영이 출근하는 모습을 보고 잘 다녀오라는 인사를 했었는데 요즘은 막무가내로 학교에 가지 말고 자신과 놀아 달라고 떼를 썼다. 그래서 진영은 규원을 깨우지 않고 출근을 했다. 나중에 일어나 울면서 떼를 쓰는 규원을 달래는 건 민호의 몫이었다.

이럴 때는 딱 한 가지 방법밖에 없었다.

"규원아, 오늘 아침으로 밥 대신 초코 맛 시리얼 먹을까?"

규원은 울음을 뚝 그쳤다.

"정말? 나 착한 일 하나도 안 했는데?"

진영은 규원이 어린이집에서 착한 어린이 스티커를 받아 올 때만 상으로 시리얼을 줬다. 규원은 쉽게 이가 썩는 체질이라 진영은 여간해선 단것을 먹이지 않으려고 했다.

"우리 규원이는 원래 착하니까. 규원이는 아무것도 안 해도 착해."

규원의 얼굴이 더 환해졌다.

규원이 안아 달라고 두 팔을 벌렸다. 민호는 규원을 안고 식당으로 갔다. 식탁 의자에 규원을 앉히고 민호는 볼에 시리얼을 듬뿍 담고 우유를 부었다. 흰 우유가 초콜릿색으로 변하자 규원의 눈이 반짝반짝 빛났다. 규원은 스푼을 쥐고 한 입 크게 입에 넣고 우물거렸다. 단걸 좋아하는 건 진영을 고스란히 닮은 것 같았다.

"엄마한텐 비밀이야."

규원이 고개를 끄덕거렸다.

"아빠 최고."

규원은 어지간히 기분이 좋은지 엄지손가락을 두 개나 치켜 들고 생글생글 웃었다. 민호는 이 맛에 딸을 키운다 싶었다. 눈에 넣어도 안 아플 만큼 귀여웠다. 하루하루 시간이 가는 게 안타까울 정도였다. 아이는 눈 깜짝할 사이에 자랐다. 품에 안고 있으면 녹아 버릴 듯 부드럽고 작았던 아이가 서고, 기고, 걷고, 말을 배웠다.

민호는 규원이 더 크지 않고 딱 이 모습으로만 계속 있었으면 좋겠다고 생각했다. 언젠가 딴 놈한테 시집보낼 생각만으로도 속이 쓰렸다.

"아빠가 비밀 하나 말해 줄까? 아빠는 엄마 뱃속에 있는 아기보다 규원이가 백배 더 좋아."

"정말?"

"그럼. 나중에 아기가 규원이 속상하게 하면 아빠가 막 혼내 줄 거야."

규원이 울상을 했다.

"그럼 아기가 너무 불쌍하잖아."

민호는 규원의 머리를 쓰다듬으며 말했다.

"규원이가 많이 사랑해 주면 돼. 규원이 꼭 비밀 지켜야 해."

456

규원이 고개를 끄덕였다.

"엄마한테도 말하면 안 돼."

"응."

규원은 신나게 시리얼을 퍼먹었다. 금세 시리얼을 다 먹은 규원이 민호를 보고 물었다.

"아빠, 나 시리얼 좀 더 먹으면 안 돼?"

규원이 눈을 반짝거리며 민호를 바라보았다. 정말 진영을 꼭 닮은 눈이었다. 민호는 끙, 소리를 내며 시리얼 박스를 가져왔다. 정말 이길 수가 없었다, 저 눈에는.

"대신 이 잘 닦아야 해."

"응!"

언제나처럼 대답은 씩씩하게 하는 규원이었다.

오전에는 선선해서 그나마 아이들이 집중을 했는데 점심을 먹고 나자 더위에 식곤증이 더해져 서른두 명 중 반 이상이 고개로 노를 젓고 있었다. 진영은 들고 있던 교재를 교탁에 큰 소리가 나게 놓았다. 학생들이 화들짝 놀라 눈을 떴다.

"오늘 많이 덥지? 반장, 매점 가서 하드 사 와."

하드라는 말에 흐리멍덩한 동태 눈알 같던 아이들 눈이 드디어 살아 있는 사람 눈으로 돌아왔다.

진영은 반장이 사 온 하드를 먹고 있는 아이들을 바라보았다.

'자식들, 수업할 때 이렇게 생기 있게 집중하면 좀 좋아.'

진영은 하드를 깨물며 생각했다.

"선생님, 첫사랑 이야기해 주세요."

하드를 먹고 나자 더위는 가셨지만 공부할 마음은 생기지 않는 듯했다. 아이들은 책상을 치면서 변성기의 걸걸한 목소리로 '첫사랑, 첫사랑.' 하며 소리를 질렀다. 비 오는 날 개구리 떼가 우는 소리와 비슷했다.

첫사랑이라. 왜 그렇게 저 나이 때는 첫사랑 이야기가 듣고 싶은 걸까? 진영은 아이들 몰래 피식 웃었다.

"너희들이 더워서 정신이 없구나."

진영은 새침한 얼굴로 마지막 남은 하드 조각을 입안에 넣고 나무 막대와 포장지를 교실 뒤쪽에 있는 쓰레기통에 정확히 던져 넣었다.

"에이, 선생님."

진영은 못 이기는 척 입을 열었다.

"선생님 첫사랑은 말이야."

아이들의 눈이 별똥별처럼 빛났다.

"지금 하고 있는 중이라서 이야기 못 하겠다."

"에이, 거짓말. 선생님 결혼하셨잖아요오오."

"그래."

"그럼 첫사랑하고 결혼하신 거예요?"

"그런가? 아닌가?"

뭐라 말하기 힘들었다. 결혼한 후에 사랑하게 되었으니까. 결과적으론 첫사랑과 결혼한 셈이었다.

"어쨌든 선생님 남편이 선생님 첫사랑이야."

진영의 알쏭달쏭한 대답에 아이들은 점점 더 모르겠다는 눈빛을 했다.

하긴, 너희들이 사랑에 대해 알긴 뭘 알겠니? 나도 아직 다 모르겠는데.

"하드 먹고 정신 차렸으면 문제집 펴."

학생들은 구시렁거리며 문제집을 펴기 시작했다.

"어허. 동작이 느리다."

진영의 목소리가 날카로워지자 학생들의 움직임이 빨라졌다.

학생들이 '마녀 모드'라고 부르는 상태였다. 이때 개기면 상당히 힘들어졌다.

"17번, 아까 읽다 말았던 곳부터 읽어."

17번 학생이 자리에서 일어나 제시문을 읽기 시작했다.

"……내가 옳은 일을 했는지는 모르겠어. 나는 인생이나 정의, 슬픔의 정확한 가치 따위는 몰라. 한 사람의 기쁨이 얼마나 가치 있는지도 정확히 알지 못하고, 떨리는 손의 가치도, 연민도, 부드러움도. 그는 생각했다. 삶이란 모순덩어리야. 우리는 할 수 있는 대로 그럭저럭 살아가지……."

진영은 문제집에서 눈을 떼고 창밖을 바라보았다.

생텍쥐페리의 《야간비행》에 나오는 구절이었다.

삶은 모순덩어리. 온 힘을 다해 겨우 그럭저럭 살아갈 수밖에 없는 게 삶이지만, 그래도 사랑하고 사랑받으며 살기에 그 모순을 감당할 수 있는 것인지도 모르겠다고 진영은 생각했다.

동시에 떼 지어 우는 매미 소리에 진영은 정신을 차리고 교실 쪽으로 시선을 돌렸다.

진영은 힘찬 목소리로 문제를 읽었다.

"이 글에서 말하는 '모순덩어리'와 유사한 상황을 아래 보기 중에서 고르시오. 27번, 보기 1번부터 5번까지 읽어 봐."

27번이 일어나서 문제에 딸린 보기를 읽기 시작했다.

"오늘도 남편이 기다리고 있네."

옆자리에 앉은 수학 담당이자 진영 반의 부담임이기도 한 예경이 놀리듯 웃으며 말했다.

"정말 이 선생은 전생에 나라를 구했나 봐. 임신했을 때는 공주 대접이라지만 이렇게 거의 매일 데리러 오는 건 쉽지 않은데."

"나라만 구했겠어요? 우주를 구했을지도 몰라요."

"어휴, 이 선생. 염장 지르기는."

진영은 웃으며 그만 들어가겠다는 인사를 했다.

운동장 한편에 있는 나무 그늘 아래에서 민호가 규원과 함께 진영을 기다리고 있었다. 민호가 손을 들어 진영을 봤다는 표시를 했다. 진영의 발걸음이 빨라졌다.

요즘 한창 동물과 곤충 관찰에 재미를 붙인 규원은 나무 그늘 아래에 주저앉아 왕개미들이 바쁘게 돌아다니는 모습을 입을 벌린 채 보고 있었다.

진영은 가만히 서서 민호와 규원의 모습을 바라보았다. 진영에게 사랑을 가르쳐 준 두 사람이었고, 늘 주는 것보다 더 많은 사랑을 주는 두 사람이었다. 진영은 문득 인선을 생각했다. 인선이 살아 있어 이 모습을 볼 수 있다면 정말 좋을 것 같았다.

'아니야. 분명 엄마는 저 위에서 다 보고 있을 거야.'

민호가 몸을 돌려 진영을 보더니 활짝 웃으며 손을 흔들었다. 진영도 손을 흔들었다.

"규원아, 엄마 왔다."

민호의 말에 규원이 벌떡 자리에서 일어나 진영을 향해 달려왔다.

"엄마!"

진영은 무릎을 낮추고 규원을 꼭 안아 주었다. 규원은 하루치 어리광을 다 부리겠다는 듯 진영의 입술에 뽀뽀를 하고 코를 뺨에 비벼 댔다.

"오늘도 어린이집에서 잘 놀았어?"

"응. 근데 규원이가 노래를 불렀는데 다들 웃었어."

"무슨 노래를 불렀는데?"

"곰 세 마리."

규원은 신나게 노래를 부르기 시작했다.

"곰 세 마리가 한집에 있어. 아빠 곰, 엄마 곰, 아기 곰. 아빠 곰은 날씬해. 엄마 곰은 뚱뚱해……."

민호가 웃음을 터트렸다.

"봐. 아빠도 자꾸 웃어. 선생님도 웃고. 애들은 내가 노래를 잘못 불렀대."

규원은 울상이었다.

진영도 웃음이 터지려고 하는 걸 간신히 참았다.

"규원이가 예뻐서 웃은 거야."

진영의 말에 민호도 맞장구를 쳤다.

"원래 집집마다 곰들은 다 다르게 생긴 거야. 규원이 다음에 노래 부를 땐 아빠 곰은 멋있어, 엄마 곰은 용감해, 아기 곰은 너무 똑똑해, 이렇게 불러 보면 어때?"

그제야 규원은 웃었다.

규원은 진영의 배를 만지며 말했다.

"아가야, 오늘도 엄마 뱃속에서 잘 놀았어?"

진영은 놀란 얼굴을 했다. 사실 진영은 규원이 곧 태어날 동생을 싫어하는 것 같아 걱정이었다. 동생이 태어날 거라는 말을 할 때마다 규원은 별로 좋은 얼굴이 아니었고, 아기 이야기를 할 때마다 자꾸 말을 돌렸었다. 태어날 아기가 쓸 방을 꾸미면서 규원이 어렸을 때 썼던 아기 침대를 가져다 두었을 때는 자기가 쓰겠다고 떼를 썼다. 이젠 몸이 커서 아기 침대에 눕지도 못하는데 거기서 자겠다고 고집을 부렸다. 어쩔 수 없이 태어날 아기 침대를 새로 사야 했다.

규원이 뒤를 돌아 민호를 보며 말했다.

"아빠는 저쪽에 가 있어."

"왜?"

"엄마한테 비밀 이야기 할 거 있단 말이야."

민호는 대번에 서운한 얼굴을 했지만 규원이 말한 대로 멀찌감치 물러섰다. 규원은 진영의 귀에다 소곤거렸다.

"있지, 엄마. 나 물어볼 게 있는데."

"뭐야?"

"아기가 태어나도 엄마는 규원이 엄마야?"

규원은 심각한 얼굴이었다. 진영은 웃음이 터져 나올 것 같아 혀를 깨물었다.

"그러엄."

"착한 누나가 안 돼도 엄마는 날 사랑할 거야?"

"그럼. 엄마는 규원이가 규원이라서 좋아. 우리 규원이는 숨만 쉬어도 착한걸. 있잖아, 규원이 태어난 날 엄마가 많이 울었다."

"왜?"

"행복해서. 우리 규원이 만난 게 너무 기뻐서 울고 또 울었어. 규원이는 아빠가 엄마한테 준 제일 좋은 선물이었어."

규원을 키우면서 진영은 더 이상 어린 시절을 떠올려도 슬프거나 마음 아프지 않게 되었다.

"엄마는 규원이가 있어서 뼛속까지 행복해."

규원은 어리둥절한 얼굴을 했다.

"뼛속까지 행복한 게 뭐야?"

"아주, 아주, 아주, 아주 많이 행복한 거."

진영은 규원의 얼굴을 가만히 뜯어보았다. 민호는 규원을 보며 진영과 닮은 점을 찾는 것 같았지만 진영은 민호와 닮은 점이 늘 눈에 띄었다.

나와 당신의 아이. 또다시 진영은 가슴이 벅찼다.

진영은 규원의 운동화 끈이 풀린 것을 보고 쪼그리고 앉아 끈을 리본 모양으로 매어 주었다.

그때 보드랍고 따스한 촉감이 머리 위에 느껴졌다.

"엄마, 참 잘했어요."

진영은 규원과 눈높이를 맞춰 바라보았다. 이런 예쁜 짓은 어디서 배운 거야? 진영은 규원의 보드라운 뺨에 쪽 소리가 나게 뽀뽀를 해 준 다음 말했다.

"우리 규원이가 더 잘했어요."

규원이 헤헤 웃었다. 민호가 두 사람에게 다가왔다.

"비밀 이야긴 다 한 거야?"

"네."

민호는 진영이 일어나기 쉽게 손을 잡아 주었다.

"엄마, 규원이 카레 먹고 싶어."

"그럼 오늘 저녁은 카레로 결정."

규원은 민호와 진영의 손을 잡았다.

"아빠, 엄마, 나 비행기 태워 줘."

"자, 그럼 셋 하면 날아오르는 거야. 하나, 둘, 셋!"

셋에 맞춰 진영과 민호는 규원의 손을 꼭 잡고 위로 힘껏 끌어올렸다. 규원은 까르르 웃음소리를 내며 허공으로 튀어 올랐다.

"또, 또 해 줘."

손을 잡은 세 사람의 그림자가 운동장 위로 길게 늘어졌다. 모르는 사람도 절로 미소가 나올 만큼 행복한 가족의 그림자였다.

《계약직 아내》끝

작가 후기

아이를 낳은 부모들이 입을 모아 하는 말이 있습니다. 자식에 대한 사랑과 비하면 남녀 간의 사랑은 아무것도 아니다. 《계약직 아내》는 남녀 간의 사랑보다는 인간이 살기 위해 꼭 필요한, 아무 조건 없는 절대적인 사랑, 즉 부모가 자식에게 주는 사랑과 자식이 부모에게 주는 사랑에 대해 이야기하고 싶어 쓴 글입니다.

《계약직 아내》는 원래의 시놉시스대로라면 상당히 다른 글이 되었을 것입니다. 그러나 글의 운명은 때로는 작가의 상상력과 의지와는 상관없는 방향으로 흐르기도 합니다. 최초의 시놉시스에서 민호는 주인공이 아니었습니다. 첫사랑을 순수하게 지키던 남자 주인공이 한 여자의 두 번째 사랑이자 마지막 사랑이 되는 그런 이야기를 쓰고 싶었는데, 이야기 초반부터 민호에게 꽉 잡혀 시놉시스에 있던 남자 주인공은 아예 나오지도 못했습니다. 링에 한 번 올라가지도 못한 원래의 남자 주인공은 언젠가 다른 이야기의 주인공이 되어 독자들을 만나게 되겠죠.

초보 작가이다 보니 작품을 쓸 때마다 새롭게 배우는 것들이 있습니다. 이전의 두 현대물을 쓸 때와 달리 이번 작품을 쓸 때는 제가 창작한 인물인데도 그 인물에 대해 저 역시 잘 모른다는 것을 깨닫고 얼마나 당황했는지 모릅니다. 진영은 생각보다 훨씬 마음의 문을 굳게 잠그고 있었고, 민호는 겉모습과는 달리 세상에 이런 순정남이 없었습니다. 글을 쓰면서 민호가 과연 진영을 어디까지 이해할 수 있을까, 진영 옆에서 언제까지 버틸 수 있을까 하며 작가인 저도 전전긍긍했습니다. 두드려도 열리지 않는 진영의 마음 때문에 아팠던 건 민호만은 아니었습니다.

이 책의 여주인공 진영은 무조건적인 사랑을 받아 본 적이 없는 사람입니다. 그렇기 때문에 모든 일에, 특히 사랑에 '이유'가 필요한 사람이기도 합니다. 사람은 그저 그 존재 자체만으로 사랑받아 마땅하다는 것을 이해하지 못하는 사람입니다.

생각해 보면 정말 대단한 일 아닌가요? 누군가를 아무런 조건 없이 사랑한다는 것 말입니다. 대부분의 세상 사람들이 그런 무조건적인 사랑을 주고받는다는 것이 어쩌면 기적일지도 모른다는 생각이 듭니다.

민호가 진영에게 주는 사랑은 남녀 간의 사랑이라기보다는 부모가 자식에게 주는 무조건적인 사랑이고, 자식이 부모에게 매달리는 절박한 사랑입니다. 제가 이제껏 쓴 소설의 남자 주인공 중 스펙(?)은 가장 떨어지지만 자기 여자를 사랑하는 마음만큼은 민호가 제일 순수하지 않았나, 그렇게 생각합니다. 한 여자를 사랑하는 능력 말고는 별다른 능력이 없지만 제 마음을 가장 짠하게 한 남자 주인공이었습니다. 그리고 제 작품의 모든 여주인공들 중에서도 가장 행복하길 바랐던 진영이 행복해져서 정말 좋았습니다.

《두 개의 심장》으로 시작해 《그림자 신부》, 《맹월》, 《프렌치 러브 박스》에 이어 《계약직 아내》까지, 어느새 다섯 번째 작품으로 독자 분들을 만나게 되었습니다. 처음 작품을 쓸 때는 다섯 작품 정도 쓰면 어느 정도 소설쓰기의 '감'을 잡겠거니 생각했는데, 여전히 글을 쓰는 건 똑같이 어렵습니다. 글을 쓰면서 느끼는 긴장과 고통은 변함없지만, 또한 글을 쓰면서 느끼는 기쁨 역시 바래지 않습니다.

꼼꼼한 독자이자 좋은 평자인 임유리 편집자님과 부족한 원고를 멋진 책으로 만들어 주신 파란미디어 분들, 어딘가에서 이 책을 읽고 드디어 마지막 장에 도달하신 당신에게 감사의 마음을 전합니다.

류다현 드림